● 새미작가론총서 5

이태준

이 기 인 편

새미

• 세계기행문선 2

이 태 준 著

�口 머리말

   이태준은 좋은 작가다. 깔끔하고 운치있는 문장과 짜임새있는 구성, 그리고 무엇보다 선명한 인물 묘사가 문학의 감미를 맛볼 수 있게 한다. 비록 그의 작품이 대작의 반열에 드는 것은 아니지만, 잔잔한 연민과 애수의 정서에는 깊은 감동이 숨어 있다.

   그가 우리 문단에 끼친 영향 또한 작지 않다. ≪문장≫의 편집과 구인회를 통해 상당한 공적을 남겼으며, 해방 후 좌우익의 대립 상황에서 보여준 행적도 주목할 만한 의미를 갖는 것이다. 어쨌든 이태준은 우리 문학을 한결 풍요롭게 만들어 준 훌륭한 작가임에 틀림없다.

   그러나 이태준에 대한 연구는 그다지 활발하지 못한 편이었다. 월북 문인이라는 굴레가 그에 대한 자유로운 접근을 방해하고 있었기 때문이다. 해금 이후에 이태준의 문학에 대한 관심이 고조되고, 정밀한 연구가 진행되고 있는 것은 반가운 일이다. 이제 비로소 기교나 순수문학이란 테두리를 넘어 본격적인 조명이 이루어지는 셈이다.

   논문을 선정함에 있어, 이태준 당대의 평가와 해금 전의 연구 성과, 그리고 해금 후의 연구 경향을 개략적으로라도 보일 수 있도록 노력하

4李泰俊

였다. 다만 본 기획의 성격상 근래의 연구 성과를 모두 수록할 수 없었던 점이 무척 아쉬웠다.

지난 해에 나왔어야 할 책이 본의 아니게 이제서야 나오게 되었다. 귀중한 원고를 수록할 수 있도록 허락해 주신 필자들께 죄송스러울 뿐이다. 이 자리를 빌어 사죄의 말씀을 드린다.

1996년 11월
편저자

●목 차●

I. 이태준 연구 논문

이태준 소설의 문학사적 의의

이 기 인

1. 서 론

월북 문인에 대한 해금 조치 이후, 우리의 문학 연구는 새로운 국면을 맞는다. 그동안 문학사의 공백으로 남아 있던 많은 부분들을 보완할 수 있게 되었기 때문이다. 그 중에서도 이태준에 대한 연구는 질적·양적으로 상당한 성과를 보이고 있는데, 이는 그가 우리 문학사에서 대단히 중요한 위치를 차지하고 있음을 반증하는 것이다.

해금 이전의 이태준 연구가 '기교의 완숙'과 '사상의 결여'에서 크게 벗어나는 것이 아니었음[1]에 반해, 최근의 논의들은 다양한 접근 방법[2]

---

1) 해금 전의 이태준에 대한 논의는 정한숙 (『한국현대문학사』, 고대출판부, 1982), 조연현(『한국현대문학사』, 성문각, 1969), 백철 (『조선신문예사조사』, 백양당, 1949), 김현·김윤식(『한국문학사』, 민음사, 1973), 김우종(『한국현대소설사』, 선명문화사, 1968), 이재선 (『한국현대소설사』, 홍성사, 1979) 등의 문학사적 평가가 주종을 이루고 있는데, 이들 모두 이러한 견해에 대체로 일치하고 있다.
2) 김현숙의 「이태준 소설의 기호론적 연구」(이화여대 박사학위논문, 1991), 이병렬의 「이태준 소설의 창작기법 연구」(숭실대 박사학위논문, 1993) 등은 그 대표적인 예이다.

으로 새로운 평가를 이끌어 내고자 한다. 뿐만 아니라, 그동안의 논의에
서 제외되었던 장편이나 북한에서 쓰여진 작품에 대한 연구,3) 해방 이
후의 사상적 변모나 그의 전 생애와 작품을 관류하는 정신적 경향을 밝
히려는 시도4) 등으로, 이태준 연구는 풍성해진 느낌이다.

  그럼에도 불구하고 이태준 문학의 의의에 대한 평가에는 별다른 변
화가 있는 것 같지 않다. 그 이유는 아마도 대부분의 이태준 연구가 문
학으로서의 성취보다는 작가의 세계관이나 정신적 비밀의 해명에 비중
을 두고 있기 때문일 것이다.

  새삼스러운 이야기지만, 우리의 문학 풍토는 파행을 거듭한 근대사로
인해 심각한 정신적 갈등을 느끼고 있는 듯하다. 이 때문에 투철한 역
사의식, 치열한 사회적 관심이 끊임없이 요구되었으며, 조금이라도 철저
하지 못한 부분이 발견되면 곧 허위의식이나 낭만적 경향으로 취급되곤
했다. 당연히 문학 연구자들의 관심도 문학 자체보다는 문학의 한 측면
이라 할 수 있는 사회현실이나 작가의 사상에 집중되어 왔다. 이태준에
대한 주요 논의들이 작가의식을 토대로 하여 생애 혹은 작품 경향의 변
모를 해명하는 데 주력하고 있는 것도, 이러한 우리 문학 풍토에서 연
유된 것이라 하겠다.

  작가의 세계관이나 정신적 경향이 작품의 성패에 커다란 영향을 미

---

3) 이태준의 장편에 대한 연구로는, 안남연 「이태준 장편소설 연구」(한국외국어
   대 박사학위논문, 1993)와 이명희 『상허 이태준 문학 세계』(국학자료원,
   1994) 등이 있으며, 북한에서 쓰여진 작품에 대한 연구로는, 김승환, 『해방공
   간의 현실주의 문학 연구』(일지사, 1991) 등이 있다.
4) 이런 유형의 연구는 대단히 많다. 대표적인 예로는, 김윤식 「이태준론」(<현
   대문학>, 1989.5), 강진호 「동경과 좌절의 미학」(상허문학회 편, 『이태준문학
   연구』, 깊은샘, 1993), 류보선 「역사의 발견과 그 문학사적 의미」(『한국의 전
   후문학』, 태학사, 1991) 등이 있다.

치는 것은 의심할 여지가 없는 것이지만, 그렇다고 해서 그것이 곧 작
품의 문학적 성과를 결정짓는 것은 아니다. 이태준이 사상의 빈곤 혹은
철저하지 못한 세계관이나 현실인식 때문에 문학적으로나 개인적 삶으
로나 비극적 운명을 걷게 되었다는 논의5)만으로 그의 문학에 대한 평
가를 끝맺을 수는 없다. 이러한 성급한 평가는 무엇보다도 한 작가가
이루어낸 수작과 태작을 사상적 일관성이란 논법에 의해 하나의 묶음으
로 처리해 버리는 오류를 범하는 것이 된다.

한편, 성격 창조의 선명함, 문체의 탁월함, 형식의 완결성 등으로 이
태준 문학을 규정6)하는 것은 지나치게 시야가 좁은 것이다. 그것은 이
태준 소설이 갖는 부분적인 장점이다. 이러한 부분들에 대한 연구는 문
학 연구의 심화를 위해서 반드시 필요한 것이지만, 이 부분적인 특징들
이 이태준 소설의 본령으로 평가되어서는 안된다.

이태준 문학의 의의는 어디에 있는가. 이 질문에 대한 적절한 답변은
이태준이 가졌던 사상적 무게나 문학적 기법이란 측면에서만 접근해서
는 찾을 수 없다. 그것은 이태준의 가장 우수한 작품들이 주는 감동의
비밀을 밝히고, 그 감동의 시대적 가치를 규명하는 작업이어야 한다. 이
태준 소설의 본령은 어디에 있으며, 그것은 당대의 독자들에게 그리고
우리 문학사에서 어떠한 가치를 갖는가라는 질문은, 그에 대한 다양한
연구가 이루어지고 있는 지금부터 본격적으로 따져보아야 할 문제인 것
이다.

---

5) 이태준의 사상과 관련된 평가는 대체로 부정적이다. 김윤식, 정현기, 강진호
등의 전게 논문들, 이우용 「허위적 속성의 문학과 비극적 삶-이태준론」(『문
학의 힘과 비평의 깊이』, 온누리, 1991) 참조.
6) 이러한 평가는 주로 해금 전의 논의에서 많이 발견된다. 주1)에서 제시한 문
학사류 참조.

2. 이태준 연구의 방향

이태준 문학의 사상성 결여에 대한 지적은 최재서[7]와 백철[8]의 논의
를 기점으로 하여, 그동안 이태준 연구의 한 축을 이루어 왔다. 이는 감
상적 패배주의[9], 딜레탕티즘[10]이란 부정적 평가로 이어져 오면서 이태
준의 문학사적 위치를 축소시켜 버린 느낌이다. 최근 활발하게 전개되
는 이태준에 대한 연구들 역시 접근 방법이나 연구 대상의 확대에도 불
구하고, 그 기본적인 태도는 백철의 논지와 맥락을 같이 하는 것이다.

> 그렇지만 이태준은 소설이나 정치에서 그리 만족스러운 결과를
> 보여주지는 못했는데, 그것을 단지 '역사적 우연'으로만 치부할 수는
> 없는 것이다. 그것은 무엇보다 식민지와 해방기라는 격변의 현장을
> 체험한 지식인이자 작가로서의 이태준이 엄정한 자기비판을 보여주
> 지 못했기 때문이다. 그는 부단한 동경만을 피력했을 뿐, 왜 현실이
> 부정되어야 하는지, 자신의 동경이 궁극적으로 무엇을 의미하는 것
> 인지를 반성하지 않았다.[11]

강진호는 이태준의 소설이 심정적 차원이기는 하지만, 상당한 정도의
현실인식을 담고 있음을 주장한 바 있다.[12] 그러나 그 현실인식은 자기
비판을 수반하지 못한 낭만적 동경에 불과한 것으로서, 문학적으로나

7) 최재서, 「단편작가로서의 이태준」, 『문학과 지성』, 인문사, 1938
8) 백철, 「문학과 사상성 검토」, <동아일보>, 1938. 2. 15−19
9) 김우종, 전게서, pp.
10) 김현·김윤식, 전게서, p.
11) 강진호, 전게논문, p.127
12) 강진호, 「이태준연구」, 고려대 석사학위논문, 1987

정치적으로나 만족스럽지 못한 결과를 가져왔다고 결론짓는다. 강진호
는 작가의 문학적 성과와 정치적 선택 행위를 작가의 정신적 경향이라
는 일관된 기준으로 파악하고 있는데, 이는 그 이전의 이태준 연구가
부분적 특징의 나열이나 인상비평의 수준에 머물렀던 것에 비해 한결
심화된 것이다.

그러나 이 논의는 이태준의 전모를 하나의 틀에 묶어 내기 위해서,
그의 철저하지 못한 현실 감각을 집요하게 추적한다. 식민지 현실에서
느끼는 분노, 연민, 사라져 가는 과거에 대한 애수, 그리고 해방 후의
적극적인 정치 참여에 이르기까지, 그의 모든 작품과 행동이 현실의 조
응을 거치지 않은 주관적 신념 토로에 그치고 있음을 지적하고, 참된
문학인의 자세로서 바람직하지 못한 것으로 평가한다.

한편 류보선은, 이태준이 순수문학에서 현실 참여문학으로 변모하는
것을 민족주의라는 그의 일관된 사상이 시대적 변화에 따라 심화·발전
되어 가는 과정으로 파악한다.[13] 그는 이태준의 문학이 해방을 전후하
여 변화하는 원인이 민족주의 사상의 실현 바탕이 되는 민중에 대한 의
식의 유무에 있는 것으로 파악한다. 해방 전의 단편들은 그의 민족주의
가 대중들과 단절된 상태에서 결벽증이나 민족적 자존심으로 표출된 결
과라는 것이다.

이러한 논의들은 이태준 문학의 가치에 대한 견해 차이에도 불구하
고, 사상성의 결여라는 기존의 평가에서 그리 멀지 않은 것으로 보인다.
역사의 주체인 대중에 대한 인식 부족, 또는 현실의 논리를 무시한 주
관적 동경이란 결국 작가의 현실 인식이 철저하지 못함을 지적하는 것
이며, 나아가 그의 세계관에 결정적인 결함이 있음을 의미하고 있는 것

---

13) 류보선, 전게논문

이다. 이러한 논의에 따르면 철저하지 못한 사상에서 나온 그의 작품은 참된 문학으로서의 역사적 소임을 다할 수 없는 것이 된다.

여기서 특히 주목해야 할 점은 해방 전의 서정적인 단편들은 그의 미흡한 현실 인식의 단적인 증거이며, 해방 후의 <해방전후>, <농토>는 그러한 약점을 어느 정도 극복하였거나 극복해 가는 과정을 담고 있는 작품으로 거론되는 것이다. 이태준이 최종적으로 도달한 현실 인식의 수준에서 본다면, 과거의 정신적 경향은 언제나 미성숙의 상태인 셈이다. 사상적 깊이, 혹은 현실 인식의 철저함을 기준으로 판단했을 때, 한 개인의 정신적 궤적이 급격한 후퇴를 보이는 경우는 극히 드물다. 따라서 사상이나 현실 인식만을 기준으로 하여 작가의 문학 세계를 판단한다면, 후기작품은 초기 작품들보다 훨씬 폭넓고 깊이있는 것이어야 한다.

문제는 이태준의 최종 작품이 최고 수준의 작품인가라는 점이다. 흔히 논자들이 인용하는 후기작들-예컨대 <패강냉>, <사상의 월야>, <해방전후> 등은 작가의 사상이나 현실 인식의 정도를 드러내는 좋은 예들이지만, 결코 문학적 성취도가 높은 작품들은 아니다. 이태준의 사상이나 세계관의 변모를 논의의 틀로 삼는다면, 해방을 전후한 후기작들이 도달한 지점을 문제삼을 수밖에 없으며, 이 경우 가장 뛰어난 작품으로 인정되는 해방 전의 단편들은 정당한 평가를 받을 수 없게 된다.

이태준에 대한 주요 연구는 거의 대부분이 이런 유형에 집중되어 있다. 서종택 교수는 문학은 어떤 형태로든 사회를 반영하고 있으며, 중요한 것은 그 정도의 문제라는 태도를 보인다.[14] 이태준의 단편소설이 현

---

14) 서종택, 「이태준의 단편소설」, 서종택·정덕준 편, 『한국현대소설사연구』, 새문사, 1990

실 반영이나 사회적 관심에 있어서 미흡하다는 점을 지적하고 있는 것
이다. 이태준의 삶과 문학을 허위의식의 소산으로 본 이우용15)이나, 이
태준의 귀족주의적 취향과 문화의식의 변모를 역사적 굴곡 속에서 해명
하고자 한 김윤식 교수의 견해16)도 결국은 이태준의 정신적 경향을 연
구한다는 점에서 같은 맥락에 놓여 있는 것이다.

한편 이남호 교수는 이태준의 단편소설에 대하여 정반대의 평가를
내린다.17) 이태준은 당대의 사회적 모순에 대하여 투철한 의식을 가지
고 있는데, 다만 그것이 고도의 문학적 형상화 속에 용해되어 있어서,
현실 비판의 표면적 강도가 약화되어 보일 뿐이라는 입장이다. 이 글은
그동안 지나치게 부정적으로 평가되어 온 이태준의 현실 인식의 수준을
긍정적으로 보고 있다는 점에서 일정한 의의를 지닌다. 그러나 그 투철
한 현실인식을 용해하고 있는 문학적 형상화에 대한 구체적인 언급은
생략되어 있다. 비록 정반대의 평가에 도달하기는 했지만, 이 역시 작가
의 사회의식을 논의의 틀로 삼는다는 점에서, 앞서 살펴 보았던 글들과
같은 유형의 연구라 할 수 있다.

이태준의 작가의식을 통한 연구들, 예컨대, 사상성, 현실 인식, 패배주
의, 센티멘탈리즘, 딜레탕티즘, 민족주의, 낭만성 등의 관점에서 접근하
는 연구들은 그 평가의 결과에 상관없이 일정한 한계를 갖는 것이다.
적어도 이런 논의는 이태준 소설이 갖는 문학적 성취를 고려할 수 없
다. 물론 이태준의 정신적 변모과정을 밝히는 연구들이 그의 문학을 평
가하는데 공헌하고 있는 것은 사실이다. 그렇다고 해서 이태준의 사상

---

15) 이우용, 전게논문
16) 김윤식, 전게논문
17) 이남호, 「이태준 단편소설 연구」, 《한국어문교육 3》, 고려대사대국어교육
   회, 1988

적 수준이 곧 그의 문학적 수준인 것은 아니다. 또한 작가는 그의 정신적 수준이나 세계관에 따라 늘 일정한 수준의 작품을 쓰는 것도 아니다. 작가의 사상, 세계관, 현실 인식 등이 어떤 의의를 갖는다면, 그것은 반드시 그 미적 성취를 매개로 해서만 성립될 수 있는 것이다.

이런 점에서 이태준 소설의 감동적 측면에 주목한 김환태의 글은 음미할 만한 것이다.

> 진정한 예술은 언제나 우리를 울렸다. 그러면서도 우리를 눈물에 탐닉하여 실망낙담하고 자포자기하게 하지 않고 새로운 희망과 용기를 가지고 인생에 돌아가게 하였다.
> 상허는 어떻게 하여 우리를 울리고 우리의 눈물을 통하여 우리에게 희망의 불빛을 보여 주었느냐?
> ……(중략)……
> 상허는 누구보다도 인생에 대한 열렬한 사랑을 가지고 있다.[18]

그는 이태준 소설이 눈물, 즉 등장인물에 대한 연민의 정서를 체험케 함으로써 독자로 하여금 새로운 삶의 희망으로 돌아가게 한다고 주장한다. 진정한 인생을 보여주기 위해서 작가는 인생에 대한 열렬한 사랑을 가지고 있어야 한다. 이태준은 이 사랑을 통하여 어두운 현실 속에서 천국의 평화를 찾아냄으로써 독자에게 위안을 준다는 것이다.

김환태의 이 글은 치밀한 작품 분석이 결여된, 인상비평의 수준에 그친 것이어서, 그 논의의 타당성 여부를 문제삼을 필요는 없다. 다만 그가 이태준 소설을 바라보는 시각이, 현실이나 사상이라는 고정된 기준에 입각한 것이 아니라, 작품이 독자에게 주는 감동과 그 영향에 맞춰

---

18) 김환태, 「상허의 작품과 그 예술관」, ≪개벽≫, 1934. 12, p.11

져 있다는 점에서 의의를 찾을 수 있다. 독자에게 주는 감동이란 그 작품이 이루어낸 미적 성취의 본령이라 할 수 있다. 김환태의 글은 바로 이 문학적 성취를 문제삼는다는 점에서, 문학 연구를 사회나 역사의 문제로 바꾸어 놓은 다른 연구들보다 훨씬 온건하고 균형잡힌 것이다.

이런 태도는, 이태준의 소설이 사상적 고민이 없고 사회적 관심이 없음에도 평범한 생활 속의 유머와 페이소스를 포착함으로써 성공하고 있다고 지적한 최재서의 글[19]에서도 엿볼 수 있다. 그의 주장에 따르면, 문학의 가치와 성취는 단일하지 않다. 이태준의 작품에 포착된 연민과 애수는 비록 진지한 고뇌를 수반하는 것은 아니지만, 그 자체로 충분히 가치있는 것이다. 그리고 그는 작가에게 새삼 사회나 사상에 관심을 두기보다 연민의 문학으로 정진함으로써 문학적 성취를 완성하도록 조언한다.

이태준 소설의 연민을 긍정적으로 평가한 당대의 견해들은, 작가의 세계관이나 현실 인식의 문제에 몰두한 후대의 논자들에 의해 외면당해 왔다. 센티멘탈리즘, 딜레탕티즘, 패배주의라는 혹평은 그의 소설이 보유하고 있는 미적 성취와는 무관하게, 사회나 역사라는 일방적 기준에 의해 재단된 것이다. 지금까지의 이태준 문학 연구는 그 양적·질적인 확대에도 불구하고, 아직 심한 편중 현상을 보이고 있는 셈이다. 이태준의 문학을 온당하고 균형있게 평가하기 위해서는 순수하게 그의 문학적 성취를 통해 접근해야 한다.

다만, 이런 논의가 빠지기 쉬운 함정, 즉 문학적 성취를 시대나 사회와는 전혀 무관한 별개의 영역으로 취급하려는 태도는 지양되어야 한다. 작품의 미적 성취는 그 자체로 끝나는 것이 아니라, 독자에게 읽힘

---

19) 최재서, 전게논문

으로써 사회적 의미를 갖는다. 현실의 고발이든, 역사적 전망이든, 혹은
당대 사회와 전혀 무관해 보이는 순수 애정물이든, 개인적 취향이든 간
에 그 나름의 사회적 반향을 갖는다. 그 반향의 크기, 즉 성공적 형상화
를 통해 독자의 공감을 얻는가 그렇지 못한가를 검토하는 것이 문학 연
구의 일차적 과제라면, 그 반향이 어떠한 시대적 의미를 갖는가라는 차
원의 문제는 문학사적 의의를 밝히는 중요한 작업이다. 성공적인 형상
화를 획득한 작품이라도 독자에게 허무주의나 반역사적 태도를 조장하
는 결과를 초래할 수 있으며, 반대로 삶에 대한 애착과 희망을 불러 일
으킬 수도 있다.

　중요한 것은 작품의 이 시대적 의미가 작가의 현실 인식이나 세계관
의 타당성 여부에 의해 판가름되는 것이 아니라, 문학적 형상화라는 미
적 성취를 통해 매개된다는 사실이다. 지금까지 우리 문학 연구는 미적
성취란 매개를 간과하고 작가의 세계관 혹은 현실 인식을 직접적으로
다루고자 했기 때문에, 사회나 역사의 문제와 거의 구별되지 않는 생경
한 논의가 되어 버린 것이다.

　이태준 소설의 의의를 정당하게 평가하기 위해서는 무엇보다도 그의
미적 성취를 먼저 검토하고, 그것이 당대 독자에게, 혹은 우리 문학사에
서 어떤 의의와 역할을 했는가를 밝혀야 한다. 문장이나 기교의 탁월함
은 그것이 작품의 미적 성취에 어떻게 기여하는가를 따지는 부분적 연
구이며, 딜레탕티즘이나 패배주의라는 평가는 작품의 미적 성취가 당대
독자에게 어떻게 수용되고 어떤 반향을 가져왔는가를 검토한 다음으로
미뤄져야 할 문제이다. 보다 근본적으로 필자는, 문학 연구가 하나의 기
준에 입각하여 어느 작가의 부족함을 비판하는 것이기보다는, 그 작가
가 이루어낸 작은 성취라도 면밀히 가려내어 그 의의를 정당하게 찾아

주는 일이 되어야 한다고 믿는다.

3. 이태준 소설의 공감대

이태준 소설의 감동이 연민과 애수에 있음은 재언할 필요가 없을 것
이다. 물론 이태준이 연민의 정서만을 다루고 있는 것은 아니다. 현실과
이상 사이에서 갈등하는 작가 자신의 심경을 토로한 작품이나 (<패강
랭>, <토끼 이야기>, <해방전후> 등), 긍정적인 인물을 내세워 이상적인
삶의 모습을 그리려 한 작품들 (<돌다리>, <농군>, <코스모스 이야기>
등), 주로 남녀간의 애정을 그리고 있는 장편 등, 이태준이 시도한 작품
유형은 결코 단순하지 않다. 그러나 이러한 작품들은 완결성의 부족, 비
현실성, 혹은 통속성으로 인해 이태준의 문학적 성과 속에 포함시키기
에는 적당치 않다. 이태준 소설의 가치는 인생의 낙오자들에 대한 연민
의 정서를 세밀하게 묘사해 놓은 <복덕방>류의 작품에서 찾아야 한다.[20]

그의 연민은 폭넓은 공감대를 형성하며 독자를 빨아들이는 강한 호
소력을 갖는다. 이 호소력은 세련된 문장과 섬세한 묘사, 완숙한 기교에
어느 정도 힘입고 있는 것이지만, 본질적으로는 연민을 자아내는 대상
과 그 대상을 바라보는 시점에 의해 결정된다.

연민의 대상이 되는 이태준 소설의 등장인물들은 흔히 인생의 낙오
자로 거론되지만, 단순히 패배자의 이미지로 독자에게 다가오는 것은
아니다. 그들의 첫 인상은 무엇보다 선량하다는 것이다. 천성적으로 순

---

20) 이와 관련해서 구체적인 작품 분석에 입각한 논증이 뒤따라야 할 것이지만,
본고의 성격상 다음 기회로 미룬다.

박하고 어리석은 인물, 급변하는 사회 속에서 자기 한 몸조차 수습하지 못하는 나약한 인물, 이미 인생의 황혼에 들어서서 과거를 회상하며 여생을 보내는 노인 등, 이들은 모두 남에게 해를 끼치지 않는, 오히려 남에게 피해를 입고도 항변조차 변변히 할 수 없는 인물로 설정되어 있다.

물론 그들의 선량함이 도덕적, 사상적으로 다른 사람보다 훌륭하다는 의미는 아니다. 오히려 삶에 대한 나약함, 무능력이라는 것이 더 적절할지 모른다. 그것은 감당할 수 없는 어떤 거대한 문제에 봉착했을 때 드러나는 인간의 무력함과도 다르다. 그들에게는 보통의 사람들이 가지고 있는 삶의 방편과 악착스러움이 없다. 생존경쟁의 대열에서 멀리 떨어져 있기 때문에, 그들을 바라보는 사람들의 태도도 그다지 각박하지 않다. 따라서 그들의 어리석음으로 인해 다른 사람이 불편을 겪게 되었을 때도, 얼마든지 용납될 수 있는 것이다.

> 그런데 요 며칠 전이었다. 밤인데, 달포 만에 수건이가 우리 집을 찾아 왔다. 웬 포도를 큰 것으로 대여섯 송이를, 종이에 싸지도 않고 맨손에 들고 들어왔다. 그는 벙긋거리며
> 「선생님 잡수라고 사왔읍죠」
> ……(중략)……
> 나는 수건이가 포도원에서 포도를 훔쳐온 것을 직각하였다. 쫓아 나가 매를 말리고 포도값을 물어 주었다. 포도값을 물어 주고 보니 수건이는 어느 틈에 사라지고 보이지 않았다.
> 나는 그 다섯 송이의 포도를 탁자 위에 얹어 놓고 오래 바라보며 아껴 먹었다. 그의 은근한 순정의 열매를 먹듯 한 알을 가지고도 오래 입안에 굴려 보며 먹었다.[21]

---

21) 이태준, <달밤>, 『이태준전집 1』, 깊은샘, 1988. pp.121－122
    이하 작품 인용은 제목과 면수만 밝힘.

반편인 황수건은 듣는 사람의 생각은 조금도 하지 않고, 기분 내키는 대로 지껄이다 가곤 한다. 그는 천성적으로 떠벌이기를 좋아하며, 그로 인해 소학교 급사 자리에서도 쫓겨나고 만다. 그러나 그에게서 악의라고는 조금도 찾을 수 없다. 오히려 제 딴에는 여러가지 사실을 알려 주겠다는 호의적인 마음의 표현인 것이다. 때문에 독자들은 황수건이 포도를 훔쳐 '나'에게 가져 왔을 때, 그 바보처럼 어리숙한 행동으로부터 순박하고 은근한 정을 느끼게 된다. 그리고 이 선량한 황수건이 조금만 더 똑똑해서 어떻게든 자신의 앞가림을 하고 살게 되기를 기대하는 것이다. 이처럼 이태준의 소설에 등장하는 인물들은 현실에 적응하지 못할 정도로 순박하고 선량하다. 선량한 인물들이 겪는 불행은 독자를 손쉽게 연민의 정서로 이끈다.

현실에 적응하지 못함으로써 생기는 불행이 비범한 인물과 관련될 때, 독자가 느끼는 정서는 연민이 아니라 비장이다. 이 경우는, 그들이 갖는 덕목의 비범성과 그들이 맞서는 문제의 심각성에 의해 작품의 감동이 결정된다. 그러나 이태준의 인물은 그저 남들처럼 안락하게 살고 싶다는 평범한 욕망의 소유자들이다. 그들은 이 작은 욕망을 충족시키지 못해 애를 태운다. 그 모습은 지극히 속되고 일상적인 것인데, 이 일상성이 갖는 공감의 폭은 상당히 넓다. 등장인물의 괴로움이나 불행이 독자의 생활 감정과 멀지 않기 때문에, 그들에 대한 연민은 아주 자연스럽게 이루어지는 것이다.

등장인물이 일상적 삶에 국한된다는 것은 그 공감의 영역이 넓다는 장점이 있는 반면, 그들을 통해 제시되는 문제가 극히 피상적일 수밖에 없다는 단점도 갖는다. 한 인물의 좌절은 그것이 극히 사소한 개인적

차원의 불행일지라도, 깊이 천착할수록 당대 사회의 구조적 모순과 긴
밀한 상관성을 드러내게 된다. 그러나 이 경우, 벌써 그 등장인물은 일
상으로서의 모습이 아니라, 시대나 사회라는 거창한 문제와 관련된 비
상한 의미를 갖게 된다. 이런 인물을 대하는 독자는 이미 단순한 연민
의 정서를 넘어서, 다른 차원의 정서나 문제 의식으로 작품을 대하기
시작한다. 그러나 이태준은 이런 차원의 감동은 의도적으로 회피한다.
그는 단지 평범한 일상과 그 일상에서 느낄 수 있는 연민을 다루고자
한다.

　이태준의 이러한 경향은 연민의 대상을 바라보는 시점에서 확인할
수 있다. 그는 불행에 빠진 인물들과 일정한 거리를 유지하는 관찰 시
점을 선택함으로써, 작중인물의 불행이 수반하는 여과되지 않은 감정과
그 원인의 천착을 비켜간다. 불행에 빠진 등장인물들은 저마다의 절실
한 사연을 갖게 마련이다. 그리고 그들의 절실한 사연은 그들 나름의
비극성을 수반한다. 그러나 객관적 거리를 유지한 관찰 시점에서는 그
들의 비극성은 제거되게 마련이다.

　　　나는 그날 그에게 돈 삼 원을 주었다. 그의 말대로 삼산 학교 앞
　　에 가서 뻐젓이 참외 장사라도 해보라고, 그리고, 돈은 남지 못하면
　　돌려오지 않아도 좋다 하였다.
　　　……(중략)……
　　　그리고는 온 여름 동안 그는 우리집에 얼른하지 않았다.
　　　들으니, 참외 장사를 해보긴 했는데 이내 장마가 들어 밑천만 까
　　먹었고, 또 그까짓 것보다 한가지 놀라운 소식은, 그의 아내가 달아
　　났단 것이다. 저희끼리 금슬은 괜찮았건만 동세가 못 견디게 굴어
　　달아난 것이라 한다. 남편만 남 같으면 따로 살림나는 날이나 기다
　　리고 살 것이나, 평생 동세 밑에 살아야 할 신세를 생각하고 달아난

것이라 한다.[22]

황수건에게 있어서 아내의 출분은 절실한 아픔일 것이다. 참외 장사에 실패하는 것도 작은 일은 아니다. 그러나 이 사건들을 겪는 황수건의 절망은 드러나지 않는다. 그것을 전달하는 작중화자가 단순히 소문을 옮겨 놓듯 손쉽게 지나쳐 버리기 때문이다. 황수건과 작중화자인 '나' 사이에는 상당한 거리가 놓여 있고, 이 거리에 의해 황수건의 불행은 그 절실한 아픔이 사라진 채 독자에게 전달되는 것이다. 이렇게 비극성이 제거된 후, 남는 것은 황수건에 대한 연민이다. 즉 황수건의 불행은 작품의 배경으로 물러서고, 대신 그에 대한 연민의 감정이 전경화하는 것이다.

시점의 선택은 작품의 심미적 구조에 중대한 영향을 미친다. 작중인물의 행위에 수반되는 진지한 고뇌와 열정을 느끼기 위해서는 작중인물과 밀착된 시점을 가져야 한다. 예컨대 작중인물이 사회의 구조적 모순에 저항하거나 이해관계를 두고 첨예하게 대립하는 경우, 행위자의 시점에서 서술되어야만 사건의 현장성이 포착될 수 있다. 한 시대의 총체성과 그 중압감, 이에 맞서는 인물의 갈등 양상, 그들이 선택한 신념의 무게와 투쟁의 비장함, 그리고 대립의 구체적이고 긴박한 진행 과정은 이러한 시점으로부터 가져올 수 있는 심미적 요소가 된다. 혹은 고대소설에서처럼 작중인물이 그 누구도 부정하기 힘든 덕목이나 신념에 입각해 있는 경우, 독자는 작중인물에 대하여 전폭적인 몰입의 상태에 도달한다. 이렇게 독자와 작중인물의 거리가 밀착되면 독자는 작중인물의 처지나 행위를 마치 자신의 것처럼 느끼게 된다.

---

22) 이태준, <달밤>, p.121

반면 작중인물로부터 일정한 거리를 유지하는 시점에서는 이러한 심미적 특성은 가져올 수 없다. 그대신 독자는 객관적인 관찰에 입각한 사태의 공평한 파악이나, 혹은 작가의 편향적 태도에서 유래하는 비판, 풍자, 연민, 아이러니 등과 같은 심미적 정황으로 유도된다.

이태준은 관찰 시점을 선택함으로써 작중인물의 내면 세계나 그가 겪는 사건의 현장성에의 접근을 포기한다. 그대신 작중인물과의 거리를 유지하면서 그에 대한 작가의 태도를 은연중에 독자에게 강요한다.

> 우리도 그가 원배달이 된 것이 좋은 친구가 큰 출세나 하는 것처럼 마음속으로 진실로 즐거웠다. 어서 내일 저녁에 그가 배달복을 입고 방울을 차고 와서 쭐럭거리는 것을 보리라 하였다.
> ……(중략)……
> 「그까짓 반편을 어딜 맡깁니까? 배달부로 쓸랴다가 똑똑치가 못하니까 안 쓰고 말았나 봅니다.」
> ……(중략)……
> 이렇게 되었으니 황수건이가 우리 집에 올 길은 없어지고 말았다. 나도 가끔 문안엔 다니지만, 그의 집은 내가 다니는 길 옆은 아닌 듯 길가에서도 잘 보이지 않았다.
> 나는 가까운 친구를 먼 곳에 보낸 것처럼, 아니 친구가 큰 사업에나 실패하는 것을 보는 것처럼 못 만나는 섭섭뿐이 아니라 마음이 아프기도 하였다. 그 당자와 함께 세상의 야박함이 원망스럽기도 하였다.[23]

똑같이 어리석고 못난 인물일지라도 비판이나 풍자의 대상이 될 수도 있고, 동정과 연민의 대상이 될 수도 있다. 이 차이는 등장인물의 덕목에서 비롯되는 것이 아니라, 그를 바라보는 시점 속에 포함된 화자의

---

23) 이태준, <달밤>, pp.117-118

태도에서 오는 것이다.

황수건은 독자의 호감을 살만한 어떤 장점도 가지고 있지 않다. 삶에 대한 진지한 자세도 없고, 남다른 선의나 희생의 덕목과도 무관하다. 그렇다고 그가 만인의 동정을 살만큼 부당하고 기구한 처지에 놓인 것도 아니다. 그러나 독자는 황수건에게서 연민을 느낀다. 이 연민은 작중화자인 '나'의 시점, 즉 황수건에게 애정을 가지고 있는 시점 속에 숨겨져 있는 것으로서, 어느덧 독자의 정서로 전이되어 온다.

관찰 시점은 대상으로부터 객관적 거리를 유지하는데, 이로부터 생겨나는 서술의 객관성24)이 독자의 시선을 그 시점 속으로 끌어 들인다. 독자는 이 시점에 일치함으로써 그 속에 내포된 정서까지 공유하게 된다. 황수건은 어리석고 못난 인물이다. 상식적으로는 이해할 수 없는 그의 우스꽝스러운 언행을 사실적으로 묘사하는 동안, 작중화자는 황수건으로부터 일정한 거리를 유지하는 것처럼 보인다. 독자는 작중화자가 보여주는 객관적 거리를 전적으로 신뢰하게 된다.

그렇다고 작중화자가 황수건에 대하여 멸시의 감정을 갖고 있는 것은 아니다. 오히려 그의 아픔을 함께 느끼며 그를 위해 야박한 세상을 원망하는 것이다. 이러한 작중화자의 태도에는 황수건에 대한 깊은 애정이 포함되어 있다. 연민은 이 애정에서 비롯된다. 대상에 대한 호의와 애정이 없이 연민의 정서는 생겨나지 않는다. 작중화자의 시점을 전적으로 신뢰하게 된 독자는 그 시점속에 녹아있는 태도, 대상에 대한 애정까지 함께 받아들이게 된다.

연민의 정서는 대상과 주체 사이의 위상에 따라 상당한 차이를 보이

---

24) 서술의 객관성이란 서술 기교, 시점, 문체 등으로부터 비롯된 것으로, 현실과의 조응을 통한 객관성과는 다른 차원에 속하는 것이다.

게 된다. 지적 우월성에 입각한 연민은 권위적 판단이나 비판과 결합되어 있기 때문에 대상에 대한 애정으로 이어질 수 없다. 또한 행복하고 여유있는 입장에서의 연민은 일종의 감정의 사치라는 불쾌감을 수반하기 쉽다. 그러나 이태준 소설에는 이러한 지적 우월성이나 여유있는 자의 허세가 보이지 않는다. 이태준의 연민이 대상에 대한 각별한 애정에 바탕을 두고 있다는 점은 그 공감의 폭과 깊이에 상당히 중요한 영향을 미친다.

<달밤>의 작중화자인 '나'는 반편인 황수건의 실없는 수작을 열심히 받아 준다. 뿐만 아니라, 그가 며칠 보이지 않으면 그의 소식을 궁금해하고 기다린다. 마치 가까운 친구처럼 그에게 애정을 느끼는 것이다. 인생의 낙오자를 향한 이 애정은 동류의식에 근원을 두고 있다. '나'는 황수건의 순수한 인간미로부터 편안함을 느끼고, 그와 쓸모없는 대화에 열중한다. 독자는 황수건의 불행을 함께 슬퍼하며 세상의 야속함을 원망하는 '나'에게서 황수건의 순박함과 유사한 삶의 자세를 엿볼 수 있다.

연민의 대상과 연민을 느끼는 주체가 동류의식에 근거하고 있음을 뚜렷이 드러내는 작품으로 <실락원 이야기>가 있다.

> P촌을 떠날 때, 동리는 온통이 끌어나와 나를 보내기에 섭섭해했다. 학생들과 청년들은 이십리 밖에까지 따라나왔다. 이 집 저 집서 수군거리고, 부녀자들도 거적문 틈으로 울 넘어로 내어다보는 것이었다. 어디서든지 정갓난이도 내다보았을 것이다. 그리고 울었을 것이다. 학생들이 엉엉 소리쳐 울었지만 소리없이 운 정갓난이의 마음은 더 아팠을 것이다.
> 나는 정갓난이를 잊지 못한다. 그러나 그에겐 나를 단념하라고 이르고 온 것이다. 왜? 나는 P촌과 같은 낙원을 잃어버린 이상, 내 한 입도 건사하기 어려운, 경제적으로 철저한 무능자인 조선 청년의 하

나인 것을 깨닫기 때문이었다.[25]

'나'는 산골 마을에서 아이들이나 가르치며 평화롭게 지내고 싶다는 소박한 꿈을 가지고 있다. P촌은 그런 '나'의 이상에 꼭 맞는 조용한 마을이었다. 그러나 P촌에서의 행복했던 생활은 일본인 순사의 횡포에 의해 좌절되고, 그로 인해 '나'는 정갓난이와의 사랑마저도 단념할 수밖에 없다. '나'는 비록 많이 배우고 똑똑한 인물이지만, P촌에서 무력하게 쫓겨나는 '철저한 무능자'라는 점에서 손거부나 황수건보다 별로 나을 바 없는 인물인 것이다.

이 작품은 화자가 자신의 과거를 회상하는 형식을 취하고 있다. 일견 행위자의 시점을 선택하고 있는 것처럼 보이지만, 작중인물의 내면이나 사건의 극적인 현장감은 거의 드러나지 않는다. 그 이유는 회상이란 형식이, '현재의 내'가 '과거의 나'를 관찰, 서술하는 방식이기 때문이다. 화자인 '나'는 시간이라는 거리에 의해 감정의 현장성에서 벗어나 있다. 과거의 '나'는 마치 다른 사람인 것처럼 연민의 대상이 된다. 물론 현재의 '나'는 자신의 과거로부터 완전히 자유로울 수 없기 때문에, 그의 회상에는 강한 집착, 즉 애정이 포함되어 있다. 말하자면 이 작품의 연민은 그 대상과 주체가 일치되어 있는 것이다.

<손거부>의 '나'는 우스꽝스러운 문패를 써달라는 손거부의 부탁을 순순히 들어 준다. 그것은 못나고 가난한 아버지가 아들의 이름을 대성이, 복성이라 짓는 심정을 충분히 공감하고 있기 때문이다. <불우선생>의 '나'는 상당한 교양과 학식을 가지고 있는 노인이 걸식으로 욕된 삶을 이어가는 것을 안타깝게 여긴다. 그것은 곧 배운 만큼 뜻을 펼 조건

이 못되는 식민지 지식인으로서의 동류의식인 것이다.

연민의 정서가 동류의식으로부터 비롯된다는 사실은, <복덕방>, <촌
뜨기>, <아담의 후예> 등 일인칭 시점이 아닌 작품에서 보다 세련된 형
상화를 얻는다. 그것은 단순한 동류의식이 아니라 동병상련의 감정이라
부를 만한 것이다.

<복덕방>은 안초시의 죽음을 통하여 사회에 적응하지 못한 노인들의
욕망과 좌절을 다루고 있다. 안초시는 젊었을 적엔 제법 돈푼이나 있었
지만, 지금은 사업에 실패하고 서참의의 복덕방에 나와 소일하는 처지
가 되어 있다. 그러나 이대로 인생의 낙오자가 되어 주저앉기는 싫었다.
어떻게든 큰 돈을 마련하여 남은 인생을 떳떳하게 살아 보고 싶은 것이
다. 그가 딸을 부추겨 부동산 투기에 나서는 것은, 다시 한번 이 세상과
교섭해 보고 싶다는, 삶에 대한 안타까운 집착이다. 그 마지막 기대조차
실패로 돌아가자, 안초시는 자살을 선택한다.

>　　얼굴이 시뻘건 서참의도 한 마디 없을 수 없다는 듯이 나섰다.
>　　……(중략)……
>　　"나 서참일세 알겠나? 흥…… 자네 참 호살세 호사야…… 잘 죽
>　었으니 자네 살았으문 이만 호살 해 보겠나? 인전 안경다리 고칠 걱
>　정두 없구…… 아무턴지……"
>　　하는데 박희완 영감이 들어서더니
>　　"이 사람 취했네 그려."
>　　하며 서참의를 밀어냈다.
>　　박희완 영감도 가슴이 답답하였다. 분향을 하고 무슨 소리를 한
>　마디 했으면 속이 후련이 트일 것 같아서 잠깐 멈칫하고 서 있어 보
>　았으나
>　　"으흐흑……"
>　　하고 울음이 먼저 터져 그만 나오고 말았다.[26]

　서참의의 이 투박한 조사에는 안초시에 대한 진정과 그 자신의 처량한 심사가 함께 섞여 있다. 서참의는 성격이 맞지 않는 안초시와 티격태격 다투기도 하지만, 그의 처량한 신세에 진심으로 동정을 느끼고 있다. 재물에 대한 집착, 풍족했던 과거가 남겨 놓은 자존심, 허황된 탐욕이 빚은 어리석은 행동 등, 안초시는 결코 탐탁한 인물은 아니다. 그럼에도 안초시의 죽음에서 연민을 느끼게 되는 것은 안초시가 딸 안경화로부터 지나친 천대를 받는다는 점에 있다. 그리고 안경화로 대표되는 각박한 세상에 대한 원망이 서참의의 시선 속에 내포되어 있다.

　서참의는 합병 전에는 혈기 넘치던 무관이었으나, 이젠 한낱 복덕방 영감으로 생계를 이어갈 뿐이다. 안초시나 박희완 영감처럼 세상과의 끈이 완전히 끊어진 것은 아니지만, 시대의 변화에 밀려난 인생의 낙오자라는 점에서는 별로 다를 바가 없다. 서참의는 가끔 과거의 호기있던 생활과 현재의 처지를 비교해 보며, 처량한 심사를 가누지 못해 술잔을 기울이곤 한다. 시대의 변화에 밀려난 서참의나, 그런 시대에 편승해 살고 있는 안경화로부터 푸대접을 받는 안초시는 같은 처지에 놓여 있는 셈이다. 그런 서참의가 안초시에게서 동병상련의 정을 느끼는 것은 자연스러운 일이다. 그에게 있어서 안초시의 탐욕과 무지는 세상에서 밀려나지 않으려는 안타까운 집착이며, 오히려 동정과 위로의 대상이 된다. 안초시의 불행이 자신의 초라한 삶에서 그리 멀지 않은 것이기에, 그의 죽음에 대한 서참의의 감회는 남다를 수밖에 없다.

　비슷한 처지의 인물을 병치시킴으로써 생겨나는 연민에는 상대의 삶에 대한 애정이 깃들게 마련이다. 앞서의 작품에서 일인칭 화자의 시점

---

26) 이태준, <복덕방>, 『이태준전집 2』, 깊은샘, 1988, pp.49-50

에 내포되어 있던 작가의 애정이 여기서는 동병상련을 느끼는 작중인물의 태도 속에 은폐되어 있다. <아담의 후예>에서는 기약도 없는 딸을 기다리며 원산항 주변을 맴도는 거렁뱅이 안영감과 어시장에서 인절미나 순대를 파는 할멈들이, <꽃나무는 심어 놓고>에서는 고향을 떠나 서울의 다리 밑에서 사는 방서방과 구걸행각에 나섰다가 길을 잃고 돌아오지 못하는 아내가, <밤길>에서는 젊은 아내가 달아나는 바람에 죽은 젖먹이를 땅에 묻는 황서방과 홀홀단신인 동료 모간꾼 권서방이 병치됨으로써 동병상련의 정을 느끼게 한다.

동병상련은 그 주체와 대상의 경계가 모호한 정서로서, 근원적으로 자신에 대한 애착에 바탕을 두고 있다. 그런 까닭에 연민의 대상이 겪는 불행은 그들 모두의 아픔으로 공유되고, 마치 자신의 일인 것처럼 서로를 애정으로 감싸게 된다. 이 상황은 작중인물 사이에서 형성되는 것이지만, 일인칭 화자의 애정어린 시선이 그랬던 것처럼, 곧 독자의 정서로 환원된다. 독자는 작중인물의 인간적 약점에도 불구하고 그들의 불우한 삶에 애정을 느낀다. 이태준 소설의 나약하고 불행한 인물들의 삶은 그만큼 강한 호소력으로 독자의 심금을 울리는 것이다.

이태준의 소설은, 일상적인 삶의 욕망을 이루지 못하고 좌절하는 초라한 인물을 그려냄으로써 독자의 연민을 자아낸다. 일상적인 인물에 대해 일정한 거리를 유지하는 연민의 시선에는 사회에 대한 통찰이나 작가의 역사의식이 개입될 여지가 없다. 이 평범성은 흔히 피상적 관찰로 이해되는 경향이 있으며, 이태준의 작품에 사상성이 결여되어 있다는 비난으로 연결되기도 한다. 그러나 적어도 이 피상적 관찰로부터 오는 연민의 정서는 치열한 삶의 고뇌나 사상적 갈등보다는 훨씬 수월한 감정이며, 그래서 많은 독자에게 공유될 수 있는 것이다. 이태준은 현실

에 대한 날카로운 인식이나 신념의 실천이란 문제를 비켜간다는 점에서
비난받아 왔지만, 실은 그것을 비켜감으로써 오히려 넓은 공감대를 형
성할 수 있었음도 또한 사실이다.

4. 이태준 소설의 의의

그러나 이태준 소설의 의의는 그의 연민의 정서가 폭넓은 공감대를
형성한다는 사실만으로 평가될 수 없다. 중요한 것은 그 연민의 정서가
독자들에게 미치는 영향이다. 궁극적으로 이태준의 문학적 의의는 이
부분에 놓이는 것이며, 이런 점에서 그의 세계관이나 현실 인식이 일정
정도 관련되는 것이다. 물론 이 경우 세계관이나 현실인식은 작가의 정
신 속에 존재하는 것이 아니라 작품의 미적 성취 속에 있는 것이며, 따
라서 논리적 결함의 유무로 판단되는 것이 아니라 독자에게 어떤 영향
을 주는가에 의해 평가되어야 한다.

일인칭 화자의 시선 속에 숨겨진 애정은 결국 작가 이태준의 태도로
귀착된다.[27] 그것은 이태준 문학의 중심에 위치하는 것이며, 나아가 그
의 현실에 대한 대응 방식과도 관련된다. 물론 연민은 그 자체로 가치
있는 정서는 아니다. 그 가치는 그것이 우리의 삶에 어떤 기능을 하는
가에 있다. 연민의 정서가 삶에 대한 의미있는 정신적 고양으로 기능하

---

27) 단편 <고향>에는 다음과 같은 귀절이 보인다. '살아서 무엇하니 하고 침을
    뱉고 발기로 차버리고 싶으면서도 그들을 끌어 안고 울고 싶은 것이 누를
    수 없는 그 때의 감격이었다.' (『이태준전집 1』, 깊은샘, 1988, p.19) 이는
    비록 작품 속의 일절이지만, 당시 현실의 질곡에 분노하면서도 조선에 대한
    애정을 누를 수 없는 작가의 태도를 엿볼 수 있게 하는 부분이다.

는가 혹은 단순히 값싼 동정으로 그치는가는 그 연민을 불러 일으키는 요소들, 즉 연민의 대상이 되는 인물들과 그들이 놓여 있는 상황에 따라 결정된다.

이태준이 주로 다룬 대상은 선천적으로 어리석은 인물이거나, 새로운 삶을 개척하기엔 너무 나이가 들어 버린 노인들, 그리고 현실의 벽 앞에서 너무나 손쉽게 포기 절망하는 인물들이다. 이로 인해 이태준은 극복의지나 역사의식이 부족하다는 비판을 받아 왔다. 그러나 작중인물은 그 가장 두드러진 특징 하나만이 아니라, 수 없이 많은 삶의 국면들이 어우러져 하나의 온전하고 구체적인 형상으로 창조된다. 마찬가지로 이태준의 등장인물이 갖는 좌절과 절망도 많은 것들, 예컨대 그들의 일상적 욕망과 선량함, 그리고 무력한 조선인이라는 특징과 유기적으로 관련되어 있는 것이다. 특히 불행의 그늘에 가려져 있기는 하지만, 작중인물들이 보여주는 삶에 대한 본능적인 애착과 집념은 연민의 정조에 중요한 영향을 미치는 것이다.

> 사는 것이래야 남보기엔 죽지 못해 사는 것이었다. 그러나 그도 자기 마음엔 그렇지는 않은 듯, 누가 자기의 목숨을 멸시하면 그것처럼 분한 건 없어하였다. 어떤 때 장사 마누라들이 먹을 것을 주어 놓고 저희끼린 동정하는 말로
> 「불쌍한 늙은이랑이……」
> 「늙어서 고생하긴 젊어서 죽는 이만 못하당이……」
> 하고 지껄이면 안영감은 화가 버럭 치밀어 가만히 놓을 그릇도 뎅그렁 소리가 나게 내어 던지었다.28)

---

28) 이태준, <아담의 후예>, p.81

  아무리 불우한 삶이라 하여도 살아있다는 것은 소중한 것이다. 구걸로 연명하는 안영감의 삶은 남 보기에는 죽지 못해 사는 불우한 모습이지만, 그는 자신의 생명이 멸시 당하는 것을 참을 수가 없다. 그는 말광대 놀음이나 낚시질을 구경하는 즐거움뿐만 아니라, 돈벌러 떠난 딸이 돌아오리라는 막연한 희망도 가지고 있다. 그에 비하면 B부인의 양로원은 아무런 즐거움도 희망도 없는 곳이다. 그래서 그는 답답하기만 한 양로원을 탈출하여 자유스러운 생활로 되돌아 간다. 그 즐거움과 희망은 너무도 보잘 것 없는 것이지만, 그것조차 없다면 안영감의 삶은 더 이상 계속될 수 없는 것이다. 이 보잘 것 없는 즐거움을 찾아 나서는 안영감의 초라하고 처량한 모습에서 생명에의 본능적인 애착을 엿볼 수 있다.

  부동산 투기로 돈을 벌어 보려는 <복덕방>의 안초시, 늦게 본 자식 때문에 새삼스레 목숨에 대한 애착을 느끼는 <우암노인>, 자신이 못이룬 성공에의 꿈을 아이들의 이름 속에 담아내는 <손거부>, 오르지 못할 나무인 줄도 모르고 건넛집 전문대생에 마음을 두고 있는 <색시> 등, 이태준 소설의 인물들은 대개 행복을 붙잡아 보려는 절실한 욕망을 가지고 있다. 이 욕망은 평범한 일상생활 속에서 마주치는 아주 속되고 보잘 것 없는 것이며, 시대나 사회라는 거창한 문제보다는 개인의 삶에 국한되어 있다.

  그러나 그들이 겪는 불행은 이 지극히 보잘 것 없는 일상적 욕망의 좌절이라는 점에서 더욱 절실하고 가련하게 느껴지는 것이다. 최소한의 삶을 향한 그들의 눈물겨운 집착에서 독자들은 연민을 느낀다. 이 연민은, 그것이 아무리 보잘 것 없는 삶일지라도 이 세상의 그 무엇과도 바꿀 수 없을만큼 소중한 것임을 일깨운다. 등장인물들이 겪는 좌절과 절

망은 연민의 감정을 일으킴으로써, 오히려 그 사소하고 보잘 것 없는
삶과 욕망의 소중함을 일깨우기 위한 장치로 기능하게 된다. 이태준의
연민은 흔히 무시되거나 업신여기기 쉬운 일상 속의 삶과 속된 욕망에
각별한 애정을 갖게 한다.

  그러나 더욱 중요한 것은 그들의 사소하고 보잘 것 없는 생명에의
애착이 조선인 전체의 모습을 대변한다는 점이다. 순박하나 어리석은
인물들, 구시대적 틀에 얽매여 급변하는 사회에 적응하지 못하는 노인
들, 가난 때문에 고향을 떠나야 하는 농민들, 아무런 희망도 즐거움도
가질 수 없는 노동자들, 무력한 지식인 등은 식민치하의 압제에 시달리
던 조선인의 가장 일반적인 초상이 아닐 수 없다. 계층이야 어떻든 당
시의 조선인들은 나름대로 심각한 속박에서 벗어날 수 없었으며, 평범
한 일상생활조차도 정상적으로 유지하기 어려웠을 것이다. 이러한 식민
지 백성의 고달픔과 그 고달픔을 견디며 살아가는 조선인의 모습이 이
태준 소설의 인물들을 통해 뚜렷이 그려진다.

  더욱이 그들의 좌절은 시대적 상황 속에 놓임으로써 개인적 차원에
국한되지 않고 민족적 불행으로 확대된다. 그들의 불행은 개인적인 불
운이나 어리석음에서 오는 것이라기 보다는, 당시의 시대적 조건과 결
부되어 있는 것이다. 이태준은 작품의 배경이나 단편적인 삽화들을 통
해서 그 불행의 근원이 시대나 사회에 있음을 강력하게 암시한다.

  아뭏든 김의관네가 안성인가 어디로 떠나가고, 지주가 일본 사람
  의 회사로 갈린 다음부터는 제 땅마지나 따로 가진 사람 전에는 배
  겨나기가 어려웠다. 텃세가 몇 갑절이나 올라가고 논에는 금비를 써
  라 하고, 그것을 대 주고는 가을에 비싼 이자를 쳐서 벼는 헐값으로
  따져가고, 무슨 세납 무슨 요금 하고, 이름도 모르던 것을 다 물리어

나중에 따지고 보면 농사지은 품값은커녕 도리어 빚을 지게 되었다.
.... 그래서 한 집 떠나고 두 집 떠나고 하는 것이 삼년 안에 오
륙 호가 떠난 것이다.[29]

방서방네 일가족이 정든 고향을 떠나 막막하기만 한 서울로 향하는
것은 일제 강점 이후 피폐해 진 농촌 생활의 한 단면을 드러내는 것이
다. 모범 동리였던 마을이 폐동이 될 징조가 보이자, 군청에서는 사쿠라
나무를 나누어 주고 심도록 한다. 꽃이 피면 동리 사람들이 마을을 사
랑하는 마음이 생겨 고향을 떠나지 않으리라고 생각한 것이다. 그러나
꽃나무가 싱싱하게 자라도, 마을을 떠나는 사람은 줄지 않는다. 삶의 근
거를 잃어버린 농민들을 사쿠라 꽃으로 붙잡아 두겠다는 발상은, 일제
가 가혹한 식민 정책을 기만적인 술책으로 호도하고 있음을 상징적으로
보여주는 것이다.

방서방네 일가족이 겪는 비극은 그 직접적인 원인이 나타나 있지 않
다. 다만 지주가 일본 사람의 회사로 갈린 다음부터 농민들의 삶이 전
에 없이 궁핍해 졌고, 그 때문에 많은 농민들이 고향을 떠났으며, 방서
방네는 그런 농민들 중의 하나일 뿐이다. 그러나 이 정도의 간단한 배
경만으로도 독자들은 방서방네의 비극이 일제의 강점 이후 시행된 일련
의 식민정책의 결과임을 짐작할 수 있다.

이와 관련하여 이태준이 당대 현실의 모순이 어디서 유래하고 있는
가를 밝히지 않았다거나, 혹은 민중들의 고통이 구체적 형상을 매개로
제시되지 못했음을 비판하는 견해를 볼 수 있다. 그러나 현실의 모순은
사회과학적 논리나 민중들의 구체적 곤경을 통해서만 제대로 반영되는

---

29) 이태준, <꽃나무는 심어 놓고>, p.105

것은 아니다. 문학은 이러한 것들을 반드시 직접적으로 드러내야 하는
것은 아니다. 독자들은 단편적인 암시와 배경만으로도 얼마든지 당대의
상황이나 사회의 구조적 모순을 짐작한다. 그 작품이 사회의 모순을 고
발·폭로하는 것을 주목적으로 하지 않는 이상, 그에 대한 구체적이고 장
황한 묘사는 오히려 작품의 통일성을 저해하는 요소일 뿐이다. 예컨대,
농민이 겪는 고통의 근원, 즉 사회의 구조적 모순과 관련된 구체적 묘
사는 독자를 현실에 대한 분노로 이끈다. 이 경우, 작품의 진행은 모순
구조에 대한 날카로운 파악과 등장인물이 감행하는 진지한 투쟁으로 이
어져야 하며, 작품의 심미적 영역도 연민과는 다른 차원의 것이 될 수
밖에 없는 것이다.

이태준은 사회적 모순에 희생된 민중의 입장에서 현실 폭로나 고발,
혹은 투쟁과 극복을 작품화하고자 하는 일련의 문학적 경향과는 상당히
멀리 떨어져 있다. 단지 불행한 민중의 모습을 사실적으로 그려내고 그
들에게 연민의 정서를 느끼도록 하는 데 주력한다. 때문에 시대 상황에
대한 묘사는 이런 단편적인 암시나 배경만으로도 충분한 효과를 얻는
다.

　　그래도 자기 아버지 대에까지는 굶지는 않고 남에게 비럭질은 하
지 않고 살아왔다. 그렇던 것이, 언제 누구라 임자로 나서 팔아먹었
는지, 둘레가 백 리도 더 될 큰 산을 삼정 회사에서 샀노라고 나서
가지고는 부대를 파지 못한다. 숯을 허가 없이 굽지 못한다. 또 경찰
서에서는 멧돼지 함정이나 여위 돈은 물론이요, 꿩 창애나 옥누 같
은 것도 허가 없이는 못 놓는다 하고 금하였다.
　　요즘 와서 안악굴 동네는 산지기와 관청에서 이르는 대로만 지키
자면 봄 여름에는 산나물이나 뜯어먹고, 가을엔 멀구 다래나 하고
도토리나 주워다 먹, 겨울에는 곤충류와 같이 땅속에 들어가 동면

이나 할 수 있으면 상책이게 되었다.30)

장군이가 대대로 화전을 일구고 숯을 구우며 살던 살림을 걷어 치우고 아내를 친정으로 보내 버리는 사정이 암시되어 있는 부분이다. 이 부분은 사회의 구조적 모순을 드러내기엔 지나치게 단편적이며, 더구나 장군이가 겪었던 심적 갈등과 고통을 형상화하는 것으로는 턱없이 부족하다. 그러나 장군이의 불행이 일제의 가혹한 식민정책으로부터 비롯된 것임을 짐작케 하는 데는 부족하지 않다. 장군이가 아내와의 눈물겨운 이별 뒤에, 관청의 급사인 듯한 아이에게 뺨을 얻어 맞는 삽화도 당시 민중들의 위에 군림하던 관청의 횡포를 드러내기에 충분한 것이다.

한적한 산골에서 펼쳐 보려던 교사로서의 소박한 꿈이 일본인 순사에 의해 좌절되고 마을을 떠나는 <실락원 이야기>, 호반이었던 서참의가 군대의 해산으로 복덕방 영감이 되어 생계를 유지하는 <복덕방> 등, 그들의 좌절이 식민지 현실로부터 비롯된 것임을 짐작할 수 있게 해 주는 요소들은 얼마든지 찾을 수 있다.

특히 <아담의 후예>는 일제의 간섭과 기만적인 술책으로 자유를 잃고 구속된 삶을 살 수 밖에 없었던 당시 조선인의 삶을 암시하고 있는 작품이다. 원산항 주변의 거렁뱅이 안영감은 자선가인 B부인을 만나 양로원으로 가게 된다. 그러나 그 곳에서의 생활은 숱한 규칙과 구속뿐, 아무런 삶의 보람을 느낄 수 없는 것이다.

「앙잉게 앙이라 이 안에사 죽은 목숨이지! 죽는 날이나 기다리고 있능 게지!」

---

30) 이태준, <촌뜨기>, pp.148-149

이날부터 안영감은 더욱 바깥이 그리워졌다. 단념하려던 딸의 생각도 불이 일 듯 몸을 달게 하였다.

「정으칠, 그동안에 딸이 배에서 내렸는지 뉘 아나!」

하고 B부인에게 와 있은 것이 생각할수록 후회되었다. 더구나 조석으로 찬 없는 밥상을 마주 앉을 때마다 밥값이나 내고 먹는 것처럼 쩔개 투정이 나서 「이래 가지고는 못 견디겠다」는 각오를 했다.31)

안영감은 좋아하던 말광대 놀음이나 낚시질 구경도 마음대로 할 수 없는 양로원을 못견디도록 답답하게 느낀다. 자선사업이란 미명하에 조악한 식사와 예배당만이 허용된 그 생활은, 일제의 압제 하에 놓여 있던 당시 조선의 현실과 대응되는 것이다. 기만적인 식민정책 아래 자유를 박탈당한 조선인들의 생활이, 죽는 날이나 기다리며 희망없는 삶을 이어가는 안영감의 모습 속에 투영되어 있다.

물론 이런 배경과 암시가 당대 사회의 모순을 드러내는 것을 주목적으로 하지는 않는다. <아담의 후예>는 자유롭지 못한 양로원 생활을 폭로하기 위한 작품은 아니다. 그보다는 딸을 기다리는 부질없는 희망이라도 가지고, 장사 마누라들과 온정을 나누며 살 수 있는 삶의 소중함을 보여주고자 한다. 다만 안영감의 불우한 삶은 당대의 사회를 연상케 하는 암시가 있음으로 해서, 특정한 개인의 문제에 국한되는 것이 아니라, 당시 조선인이 겪었던 보편적인 삶의 한 예라는 의미를 띠게 된다.

이렇게 작중인물들이 보여준 평범한 삶에의 욕망, 혹은 생명에의 애착들은 식민지라는 가혹한 삶의 조건 하에 놓이게 되면서 보다 깊은 의미를 획득한다. 그것은 곧 생존의 위협 아래서 끊임없이 자신의 생명을

31) 이태준, <아담의 후예>, 1988, p.85

유지하려는 본능적인 집착이다. 비록 그들의 생존 본능이 적극적인 투쟁으로 발전하지는 못했지만, 대다수의 나약하고 평범한 식민지 백성들이 걸었던 전형적인 삶이었음에 틀림없는 것이다.

개개인의 불우한 삶이 당대 조선의 전형으로 이해되면서, 그들에게서 느끼던 연민은 어느덧 식민지 조선에 대한 연민으로 확장된다. 이미 논의했듯이 이 연민은 동병상련의 정서이며, 연민의 시점을 통해 독자에게 대상에 대한 애정을 일깨운다. 유랑하는 농민, 뜻을 펼 수 없는 지식인, 늙은 기생, 불우한 노인들의 모습이 우리 자신이나 친근한 이웃으로 다가온다. 애정이 깃든 시선으로 그들을 바라볼 때, 어리석음과 나약함은 순박함으로 용납되고, 일상적 행복에 매달리는 부질없는 탐욕조차도 절박한 시대를 견디려는 안타까운 노력이 된다. 그들의 못남과 어리석음은 비판되는 것이 아니라, 우리 자신의 삶으로 포용되는 것이다. 독자는 어느샌가 작중인물에게 애정을 느끼게 되는데, 이는 30년대라는 가혹한 처지에 놓였던 우리의 삶에 대한 애정인 셈이다.

이태준의 작중인물이 무지하고 변혁 의지를 가지고 있지 않았다고 해서, 그 문학적 효과까지 부정되어서는 안된다. 오히려 이 나약한 패배자들이야말로 전형적인 식민지 백성들의 삶에 가장 가까운 것이다. 그리고 이들에 대한 연민을 통해 작가는 조선에 대한 애정을 환기시키고 있다. 식민지 현실이 갖는 숱한 모순을 정확히 인식하고 변혁시키려는 태도가 가치있는 것임은 물론이다. 그러나 이것만이 가치있는 것은 아니다. 이태준의 소설은, 궁핍과 구속 속에서 대다수의 사람들이 투쟁이 아니라 견딤으로 살았음을 보여 준다. 그리고 그들의 삶은 투쟁에 바쳐진 삶 못지않게 소중하다. 가혹한 세월을 견디며 사는 모습이야말로 우리의 실상에 보다 가까운 것이며, 이 못난 인물들을 연민의 시선으로 바라보는 일은 불행했던 우리 역사를 애정으로 포용하는 것이 되기 때문이다.

5. 결 론

좌절과 절망으로 점철된 30년대의 삶을 애정으로 그려내는 행위는 작가 자신이 그 시대의 일원임을 자각하고 있다는 것을 의미한다. 당시의 삶이 비록 못나고 서글픈 것이었지만, 그렇다고 포기할 수도 외면할 수도 없는 엄연한 현실이다. 그것은 민족이나 계층이라는 이념적인 시각을 빌려 오지 않더라도, 피부로 느낄 수 있는 생생한 삶의 현장이다. 작가는 그 불우한 삶을 다루면서, 시대적 질곡 속에 놓여 있는 자신의 모습을 확인한다. 작중인물의 불행을 동병상련이나 동류의식으로 표현하는 것에서 이태준이 당대의 아픔을 공유하고 있음을 볼 수 있다. 그는 이 시대의 아픔을 애정으로 포용하고자 한다. 그리고 이는 다름아닌 작가 자신의 시대적 대응 태도인 셈이다.

궁극적으로 왜곡된 사회구조의 근원을 파악하는 과학적 인식과 그에 대한 올바른 대응이나 실천의지가 중요한 것은 사실이지만, 그것은 결국 이 애정 이후에 올 수 있는 것이다. 식민지 백성들의 참혹한 삶을 자신의 삶의 일부로 포용하는 애정을 가지고 있는 경우에만, 진정한 개혁의 의지가 성립될 수 있다. 적어도 일제에 대한 저항이나 사회적 모순에 대한 투쟁은 그 시대의 삶에 대한 끊을 수 없는 애착에서 비롯되는 것이기 때문이다. 애정이 없는 신념이나 현실인식은 결코 감동적일 수 없다.

물론 이 애정이 곧 능동적이고 적극적인 저항이나 극복의지로 전환될 수 있는 것은 아니다. 여기에는 그 시대의 모순을 파악할 수 있는 안목과, 난관을 극복할 수 있는 용기와 신념이 필요하다. 이 과정에서 각자의 세계관은 다양한 편차를 보이게 된다. 민족이니 계급이니 하는 세계관은 그 역사적 타당성이 문제될 수 있는 것이지만, 보다 중요한 것은 그 타당성은 당대의 민중에 대한 애정을 전제로 가능할 수 있다는 점이다. 이태준의 문학은 식민지 시대의 삶에 대하여 애정을 환기시켜 준다. 이는 곧 그 삶을 위협하는 당대 현실에 대한 저항을 배태하고 있는 것으로, 적극적인 저항으로 나아갈 수 있는 출발점인 셈이다.

이태준의 문학이 가지고 있는 연민의 정서를 패배주의로 낙인찍을 수 없는 이유는 바로 이 점에 있다. 문학의 진정한 시대적 의미는 작가의 세계관을 노골적으로 드러냄으로써 독자에게 전달하는 데 있는 것이 아니라, 작품의 심미성에 의해 독자의 가슴 속에 반향, 생성되는 것이다. 카프계열의 소설들이, 당대의 삶을 단지 지양되어야 할 것으로만 파악하여 사회주의 이념의 선전에만 골몰함으로써 실패했던 것은, 이러한 문학의 속성을 외면한 단적인 예라 할 수 있다. 이태준은 단지 당대 현실에 대한 애정을 환기시키는 데 그침으로써, 판단이나 실천의 문제를 독자의 몫으로 남겨 놓는다. 그리고 이로 인해 그의 작품은 상당히 넓은 공감대와 감동을 수반한다.

우리 문학사에서 식민지 시대의 불우했던 삶을 왜곡된 모습 그대로 포용하고자 한 작가는 과연 얼마나 되는가. 김유정의 해학과 토속적인 정서 속에 숨겨진, 못나고 어리석은 조선 농민들의 모습은 결코 미워할 수 없는 것이다. 그만큼 그의 소설은 힘없고 가난한 사람들에 대한 애정으로 가득 차 있다. 이 애정이 독자로 하여금 조선 농민들이 겪었던 불행에 깊은 연민을 느끼게 한다. 그리고 이로 인해 30년대 농민들의 삶은 독자들에게 심각한 문제로 다가오게 된다. 비록 표현된 정조는 조금 다르지만, 이태준의 소설 역시 이러한 측면을 지니고 있다. 감동적인 연민의 정서를 통해 못나고 왜곡된 한 시대의 삶을 애정으로 포용하고 있다는 점에서, 그리고 독자에게 그러한 애정에 동참하도록 한다는 점에서, 이태준의 소설은 동시대 어느 누구의 작품에도 손색이 없는 훌륭한 작품이라 할 수 있다.

'인간사전'을 보는 재미

유 종 호

1. 이런 세상이 있어요?

"아버지 사진이에요. 전에 합방 전에 충청도 서산 고을 사실 때에 사진 이래요……그래, 이런 세상이 있어요?"

그는 설움에 말문이 막히곤 하였다.

"아버진 만세 때 대동단에 끼어서 해외로 가셨읍니다. 두 달 만에 북경서 한번 편지가 있은 후로는 십여년이 되도록 소식이 없을 때야 노래에 생존해 계시리라고는 믿지도 못합니다. 어머니와 나는 거금도 수송동에 있지만, 그 집을 팔아서 오륙 년 동안 먹어 오다가 그 후에는 내가 유리 공장에 다니었어요……거기서도 어디 내가 잘못해서 나왔나요. 감독 녀석이 내게다 눈을 두니까 말썽이 일어나서 못 댕기게 됐지요……."

이태준의 첫 단편집 『달밤』에 수록되어 있는 <아무 일도 없소>에 나오는 대화이다. 애당초 1931년에 <불도 나지 안엇소, 도적도 나지 안엇소, 아무 일도 없소>라는 표제로 발표되었는데 단편집에 수록할 때 짤막하게 바꾼 것이다. 이 단편은 두 개의 모티브를 가지고 있다. 첫째는 에로가 들어가야 잡지가 팔리니 상업성을 우선 순위에 놓아야 한다는 편집회의의 결정과 이에 따른 주인공의 갈등이고, 둘째는 에로 중심의 잡지 편집방침에 따라 유곽을 취재하는 과정에서 겪는 기막힌 현실의 발견이다

주인공 K는 M잡지사 기자로 취직한 지 2주밖에 되지 않는다. 그는 술 먹을 줄도 모르는 숫박이 청년이다. 그런데 첫 취재로 지정받은 것이 '에로 백경'의 하나인 유곽탐방이다. 그는 청년다운 기상을 가지고, '나의 붓은 칼이 되자, 저들을 위해서 칼이 되자'고 취직 당시에 결심한 바 있지만 이제 '이런 간상배의 짓을 하면서도 어디 가서 조선민중을 내세우며 떳떳이 명함 한 장을 내놓을 수가 있을까?' 하고 잡지사와 자기 자신에게 실망과 분노를 느낀다. 그러나 이러한 분노와 번민은 취직이 되었다는 것을 알고 딴사람처럼 상냥스러워진 주인마님의 언행을 접하고 사라진다. 뭣인가 조선민중을 위해서 일을 해야 한다는 소명감, 그러나 상업적 고려를 우선시하는 상황에의 구속, 그리고 여기서 생겨나는 갈등은 이 작품뿐 아니라 이태준 단편의 곳곳에서 발견된다. 아마도 그것은 작자 자신의 경험의 일부일 테지만 1920년대 한국 지식인이 공유하고 있던 특징으로 생각된다. 지식인 사이에서 특유의 소명감은 일반적 경향이었고 열악한 식민지 상황은 이러한 소명감에 성취공간을 주지 않았던 것이다.

기자들 쪽에서는 재만(在滿)동포 문제나 신간회 해소 문제를 취급해도 별 반응이 없으나 침실 박람회만은 도처에서 화제에 오른다고 말하고 있는데, 잡지 판로작전의 일환으로 얘기하지만 작품 속에서의 기능은 중층적이다. '술 권하는 사회'의 일단이기도 하기 때문이다.

취재차 병목정 유곽에 들른 K는 초행길인 그곳서 놀라는 일이 한두

가지가 아니다. 그러나 가장 놀라운 것은 어린 창부가 많다는 것이다. "K는 무엇보다, 창부들 속에 소녀가 많은 것에 놀래었다. 소녀라니까 정동녀(貞童女)를 의미함이 아니라, 몸으로써 사내를 꾀기에는 너무나 털도 벗지않은 살구처럼, 이제 십오륙짜리들이 머리채를 땋아 늘인채로 대문간에 나서서 노랫가락을 홍얼거리며 이녀석 저녀석에게 추파를 보내는 꼴은 K가 보기에는 너무나 비극이었다." 이런 소녀 하나를 따라갔다가 일 원 짜리 한 장을 놓고 그냥 도망쳐나온 K는 창부같지 않은 흰 두루마기 입은 여인을 따라사 본다. 이 두루마기 입은 여인이 바로 합방전 충청도 서산군수의 딸인 것이다.

그녀의 내력은 이 글 첫머리에 있는 대화로 드러나지만 두루마기 입고 호객행위로 나선 데는 기막힌 사정이 있다. 실직하고 있는 처지에 상처한 싸전가게 주인이 청혼을 해서 그냥 두었더니 고약한 성병만 옮겨놓고 쌀 몇 말 들여놓고는 발을 끊었다. 고소를 하라고 해서 경찰서엘 갔더니 동네가 나빠 그런지 밀매음을 했다고 구류를 시켜 일주일 만에 나와 보니 어머니는 굶어서 누워 있다. 별 수 없이 사내를 끌어들였더니 어머니가 그걸 알았던지 양쟁물을 마셔 시체가 되어 옆방에 누워 있다. 병이 있다며 돌아가라고 말한 후 들려준 '어딘지 품위있어 보이는' 두루마기 여인의 내력을 듣고 K는 자기 동기간 일처럼 울음이 터져 나오려해서 얼마 안되는 사재를 털어놓고 나온다.

이렇게 '신춘 에로 백경집'을 위해 취재를 나간 K가 발견한 것은 유곽촌에 드러나 있는 '조선민중'의 일면이다. 소녀 창부의 비극발견이요 창부가 된 군수 딸의 개인사에서 볼 수 있는 조선 궁핍화과정의 참담함이다. "그래, 이런 세상이 있어요?" 하는 두루마기 여인의 호소는 그때 당시 20대 후반에 들어서 있던 이태준의 작가로서의 호소이기도 한다.

이 작품의 마지막 대목은 단편집 『달밤』의 도처에서 발견되는 어두운 현실을 포괄하고 있는 시사많은 충격적인 지문이다.

> 그러나 세상은 얼마나 고요하랴. 얼마나 평화스러우랴. 어디선지 야경꾼의 딱딱이 소리만이 '불도 나지 않았소, 도적도 나지 않았소, 아무 일도 없소'하는 듯이 느럭느럭하게 울려 왔을 뿐이다.

이 작품의 표제는 우리에게 레마르크의 『서부전선 이상없다』를 상기시킨다. 휴전 성립에 즈음해서 주인공이 전사하지만 군대는 이런 보고를 타전하는 것이다. 그 기막힌 반어성(反語性)이 <아무 일도 없소>에도 담겨있다. 무수한 이름없는 비극이 지천으로 널려 있는데 아무 일도 없다는 듯이 야경꾼은 돌고 잡지사는 이러한 현실 참상을 '에로 백경'의 하나로 취급할 뿐이다. 아마 이해에도 조선총독부는 모든 것이 잘되어가고 있으며 해마다 나아가고 있다는 시정보고서를 발표했을 것이다. 이 모든 것을 부정하며 작가는 등장인물들과 함께 '그래, 이런 세상이 어디있어요?'하고 항의하고 있는 것이다.

<아무 일도 없소>는 이태준의 단편 가운데서 빼어난 작품도 아니고 또 『달밤』에서 두드러진 작품도 아니다. 젊은 작가의 '지사비추'(志士悲秋)의 기개만이 너무나 앞에 드러나 있다고 할 수도 있고 또 솜씨를 마음껏 발휘한 작품인 것도 아니다. 좋은 이름만 들어도 혹 나중에 활용할까 해서 적어두었다는 이 작가가 서양식 이니셜로 등장인물의 이름을 대신하고 있는 것도 이태준답지 않고 무엇인가 조급히 써내려갔다는 느낌을 주기도 한다. 작가 초기작이라는 사정도 간과할 수 없다. 그러나 이 작품에는 식민지 작가의 착실한 사회현실 파악과 민중 고통에의 동참지향이 잘 드러나 있어 이태준 작품 경향의 하나를 분명하게 보여준

다고 할 수 있다.

첫 단편집 『달밤』은 대충 3가지 유형으로 나눌 수 있을 것 같다. 첫
째가 <아무 일도 없소> 같은 사회현실 고발이고, 두번째가 <달밤>·<불
우선생>·<서글픈 이야기>와 같은 인물소묘이고, 세번째가 <천사의 분
노>·<마부와 교수> 흐름의 콩트이다. 물론 <불우선생>, <아담의 후예>
등 인물소묘도 첫째 유형과 겹치는 바 있어 이 분류법은 사뭇 자의적이
긴 하나 일단의 편의는 제공해줄 것이다. 제1유형으로는 역시 창부를
다룬 <산월이>를 비롯하여 <어떤 날 새벽>·<꽃나무는 심어놓고>·
<봄>·<실락원 이야기>·<촌띄기> 등을 열거할 수 있을 것이다. 옛 사
립학교의 봉사정신 강하고 기개있던 교사가 어처구니없게 도둑으로 변
해버린 <어떤 날 새벽>은 남성판 <아무 일도 없소>로서 식민지 현실에
대한 강한 항의가 깔려 있다. 그러나 이 계열에서 가장 성공한 작품으
로는 이농자들의 뿌리뽑힘과 완전한 신분전락을 다룬 <꽃나무는 심어놓
고>·<촌띄기>·<봄>을 들어야 할 것이다.

　　아뭏든 김의관네가 안성인가 어디로 떠나가고, 지주가 일본 사람
　의 회사로 갈린 다음부터는 제 땅마지기나 따로 가진 사람 전에는
　배겨나기가 어려웠다. 텃세가 몇 갑절이나 올라가고 논에 금비를 써
　라 하고, 그것을 대주고는 가을에 비싼 이자를 쳐서 벼는 헐값으로
　따져가고, 무슨 세납 무슨 요금 하고, 이름도 모르던 것을 다 물리어
　나중에 따지고 보면 농사지은 품값은커녕 도리어 빚을 지게 되었다.
　그들이 지는 빚은 달리 도리가 없었다. 소가 있으면 소를 팔고 집이
　있으면 집을 팔아 갚는 것밖에. 그래서 한 집 떠나고 두 집 떠나고
　하는 것이 삼년 안에 오륙호가 떠난 것이었다.

이렇게 해서 고향을 떠난 방서방네 세 식구는 서울로 가지만 결국

다리 밑 신세가 되고 걸식길에 길을 잃은 아내가 꼬임에 **빠져** 여기저기 끌려다니는 사이 이산가족이 되어버린다. 어린이는 죽고, 방서방은 뜨내기 짐꾼으로 전락하고, 아내는 필시 유곽의 창부 아니면 부엌뜨기로 팔려갔을 것이다. 30년대 농촌궁핍화의 실상이 과장없이 여실하게 서술되어 있다. <촌띄기>나 <봄>에서도 이농한 고향상실자의 곤경을 착실하고 간결하게 처리해서 단편이 허용하는 현실비판 공간을 단단히 채워놓고 있다. 끝에 가서 놀라움을 준비하는 이른바 '놀라운 종결'을 뼈대로 한 콩트들은 가볍고 풍자적인 처리로 시종하고 있지만 단편집 『달밤』에서는 그냥 여흥 구실을 하고 있을 뿐이다. 작가의 자리를 굳혀감에 따라 이태준은 이러한 콩트를 쓰지 않게 된다. 따라서 사회현실 추구와 인물에의 관심에서 나온 인물소묘에서 첫 단편집의 특징을 찾을 수 있을 것이다.

그런데 주목되는 것은 단편작가로서의 솜씨가 세련되고 원숙해짐에 따라서 현실추구 지향의 작품은 드물어져간다는 점이다. 『달밤』에서 볼 수 있던 제1의 성향이 급격히 감퇴하게 되는 것이다. 물론 30년에 발표된 <농군>, 40년에 발표된 <밤길>등과 같이 후기 작품에도 사회현실 추구 지향의 수작들이 없는 것은 아니다. 그리고 일련의 신변적 단편에서도 사회현실의 추이와 세태 변화에 대한 간결한 시사가 없는 것은 아니다. 그러나 양에 있어서나 밀도에 있어서나 사회현실 추구 지향은 현저하게 줄어들고 엷어져간다. 그리고 사회현실 처리의 필치도 훨씬 간접적이고 암시적이 되어간다. 42년에 발표된 <사냥>은 작자 자신을 연상케 하는 문인 겸 편집자가 일터와 안정을 아울러 잃은 터에 학생 때 친구가 있는 시골로 사냥을 갔다가 겪은 일을 적는 형식으로 된 수작이다. 시골서 대서업을 하는 친구에 대해서 이런 대목이 나온다.

결국 민중이란 어리석은 것이란 것, 이 어리석은 무리들에게 도의를 베푸는 손은 너무나 먼데 있는데 그렇지 않은 손들은 그들의 주위에 너무 가까이, 너무 많이 있다는 것이다. 그래 그들은 행복하기가 쉽지 못하다는 것이다. 학창을 처음 나와서는 그들을 위해 의분도 느꼈으나 자기 하나의 의분쯤은 이른바 홍로점설(紅爐點雪)에 불과하였고 그런 모리배(謀利輩)들만의 촌읍사회에 끼어 일이년 이렇게 생계를 세우는 동안, 어느틈엔지 현실에 영리해졌다는 것이요, 그 덕에 오늘에 이르런 사무실문을 닫고 이렇게 삼사일씩 나와 놀아도 집에서 조석 걱정은 않게끔 되었노라 실토하였다. 그리고 읍사람들은 너무 겉약고 촌사람들은 너무 무지몽매 하다는 것을 몇번이나 한탄하였다.

여기 전개된 민중론은 윤이라는 대서업자의 것이다. 한 의기있던 청년의 소시민화 과정이 요약된 것이라 할 수도 있다. 그런 의미에서 일단의 보편성을 띠었다고 볼 수도 있다. 그리고 어느 모로는 작가 자신의 의식 변모를 시사한다고 볼 수도 있다. 물론 작가에게는 보다 따뜻한 국면이 있다. 작가 자신을 상기시키는 작중인물인 한은 "선한 일이고 악한 일이고 시키는대로 할뿐인 죄없는 손들이었다. 더구나 꾀로 살지않고 힘으로 살기에, 도회지사람들의 발보다도 더 험해진 그 순박한 손들"이라고 시골사람들에 관해서 얘기한다. 어찌됐던 그러나 윤이 겪어온 소시민화 과정은 이태준의 작품경향이 밟아온 길이기도 하다.

이에 대해 몇 가지의 상황설명을 시도할 수 있다. <달밤> 간행을 전후해서 조선총독부의 통제정책이 강화되어가며 중일전쟁이 일어났던 37년 이후에는 더욱 가속되었다는 사실을 상기할 수 있다. 통제정책의 강화에 비례하여 현실추구의 단념이나 유보가 현저해지고 이것은 이태준

뿐 아니라 당대 작가들이 대체로 분담했던 성향이었다. 그러나 외부상황의 고려로써 사태 설명이 탕진될 수는 없다. 작가의 작품적 의분이 결국은 홍로점설에 불과하다는 문학기능의 한계성의 의식이 작품 속에서 현실추구에 거리감을 갖게 했다고도 할 수 있다. 당시 이태준의 단편이 불과 1, 2천의 독자를 가지고 있는 지면에 실렸다는 사실을 상기할 때 이러한 추측은 더욱 저버리기 어려워진다. 한말 지사이자 망명객의 아들이었던 이태준의 경우에도 식민지 해방의 가능성이 멀어져간다는 어둠의 전망이 사법서사 윤에게서처럼 의식의 변모를 촉진했던 것만은 확실하다.

백철은 『신문학사』에서 "그는 이효석과 같이 단편소설의 작가요 한국 단편소설사상에 있어서 김동인, 현진건의 뒤를 이어 누구보다도 뚜렷한 공적을 남긴 작가이다"라고 이태준에 관해서 언급하고 있다. 이것은 아마도 문학사의 정설이기도 할 것이다. 이태준과 이효석은 단편작가의 쌍벽으로 30년대 후반과 40년대 초반에 늘 함께 언급되었던 것 같다. 이들은 문체에 대한 관심이나 고유어 발견을 위한 지향에 있어서도 공통성이 많다. 그러나 현실관찰의 단단함이나 인물묘사의 박진성에 있어 이태준이 훨씬 뛰어났다고 생각된다. 이효석이 허황한 구석이 많음에 비해 이태준은 그렇지 않고 야무지다. 인물설정에 있어서 우선 그러하다. 기계적·수평적 비교란 무의미한 것이기 때문에 상론할 필요는 없지만 분명히 말할 수 있는 것은 이른바 동반자적 경향에 관한 것이다. 이효석은 젊은 시절 동반자작가로서 유진오와 쌍벽을 이룬 것으로 평가되었고 이 또한 문학사의 정설이다. 그런데 이효석의 동반자적 작품이란 것은 단단함과 조밀함을 갖지 못해서 작품으로서의 매력은 지금에 와선 행방이 묘연한 편이다. 동반자작가란 이름을 들은 성싶지 않은 이태준의 몇몇 작품, 가령 <꽃나무는 심어놓고>·<촌띄기>·<봄> 등 일련의 현실추구 작품을 동반자적 경향이라고 할 수 있다면, 이태준이 '동반자작가'로서 훨씬 단단한 성취에 이르고 있다고 말할 수 있다. 많은 세월이 흐른 오늘 그 점은 분명하게 떠오르는 것 같다.

2. 소설가 상허(尙虛)씨의 반생

소설의 재미는 말할 것도 없이 사람들이 사는 모양을 건너다보는 재미이다. 그것은 장편이든 단편이든 마찬가지다. 사람사는 모양 이외에도 소설의 재미는 많이 있지만 가장 기본되는 것은 사람살이의 모양이다. 신선미도 많이 가시고 또 취향의 변천도 작다고 할 수 없는 옛 소설에서 지난날의 삶을 건너다보는 재미는 각별하다. 이태준의 단편도 이제 50년의 세월의 더께를 지니고 있고 따라서 오륙십 년전의 삶을 상고하는 재미가 유별나다. 또 그 당시 삶에 대한 작가의 소견도 섞여 있어 작자를 만나보는 듯한 느낌을 주기조차 한다.

안국동서 전차로 갈아탔다. 안국정(安國町)이지만 아직 안국동이래야 말이 되는 것 같다. 이 동(洞)이나 리(理)를 깡그리 정화(町化)시킨 데 대해서는 적지않은 불평을 품는다. 그렇게 비지니스의 능률만 본위로 문화를 통제하는 것은 그릇된 나치스의 수임이다. 더구나 우리 성북동(城北洞)을 성북정(城北町)이라 불러보면 '이주사'라고 불러야할 어른을 '리상'이라고 남실거리는 격이다. 이러다가는 몇해 후에는 이가니 김가니 박가니 정가니 무슨 가니 모두 어수선스럽다고 시민의 성명까지도 무슨 방법으로든지 통제할런지도 모른다. 모든 것에 있어 개성을 살벌하는 문화는 고급한 문화는 아닐게다.

36년에 발표된 <장마>의 대목이다. 우리식 리(理), 동(洞)을 일본식 정 (町)으로 고쳐 부르는 것에 대한 거부감을 적고 있는 대목이다. 전체주 의 성향을 '나치스의 수입'이라고 비판하고 있는 것도 재미있지만 창씨 개명을 예감하고 저항감을 드러내고 있는 것도 재미있다. 이태준은 그 의 수필에서 소설가의 자질로 '눈치'를 들어 거론한 적이 있다. 그 자신 눈치가 빠르고(그것은 고아였던 어린 시절의 불우와도 관련될 것이다) 그것이 그의 뛰어난 인물묘사 능력과 연관되겠지만 시속(時俗)과 시국 의 향방에 대해서도 눈치가 빨랐던 것으로 보인다. 어쨌든 <장마>를 읽 으면서 우리는 36년의 서울을 아주 생생하게 실감하는 것이다.

그런가 하면 38년에 발표된 <패강랭>(浿江冷)에는 평양에서 여자들의 머리수건이 사라진 것을 섭섭해하는 대목이 나온다.

작자 자신임에 틀림없는 작중의 '현'은 평양여자들이 두른 머리수건 이 보기 좋았는데 그것이 관의 지시로 사라진 것이다. "평양은 또 한가 지 의미에서 폐허라는 서글픔을 주는 것이었다."고 적고 있는데 이 또 한 중일전쟁 이후의 통제 강화와 관련된 현상일 것이다. 고등보통학교 에서 조선어시간이 줄어들어가 강사로 밀려난 친구를 위로도 할 겸 가 본 평양행을 다룬 <패강랭>은 서리를 밟거든 그 뒤에 얼음이 올 것을 각오하라는 말인 '이상견빙지'(履霜堅氷至)란 주역의 말을 생각하고 한 기를 느끼는 장면으로 끝나는데 작중인물 '현', 아니 작가 이태준의 예 감은 그후 차가운 현실로 실현되고 만다. 이태준의 단편을 발표순으로 읽는다는 것은 일본 제국주의의 말기 증상이 한반도에서 어떻게 증폭되 어가는가를 간접경험하는 것이기도 하다.

한편 우리는 그의 단편을 재료로 해서 이태준의 삶의 역정을 재구성할 수 있다. 이 점에 있어서도 이태준과 이효석은 쌍벽이라 이를 만하다. 앞선 인용문의 출처인 <장마>만 하더라도 「소설가 상허씨의 일일」이라 할 수 있어 36년 여름의 이태준의 하루가 정취있게 전개된다. 우선 집안 내외간의 살림 모양, 결혼하게 된 내력, 서울 시내의 모습, 다방 풍경, 가정 가진 이의 연애, 사업에 성공한 친구, 문인 친구들의 모습 등을 통해서 작가가 처해 있던 30년대 후반에서의 삶이 생생하게 떠오른다. 실명이나 아호로 많은 문인들도 등장한다. 그러면서 소외된 예술가의 실상이 실감있게 떠오른다.

　　어느 잡지책에선가 보니 자네가 <달밤>이란 소설책을 냈데그려. 이 사람 내가 얘기책 좋아하는 줄 번연히 알면서 어쩌면 그거 한권 안보내 준단 말인가? 그런데 책이름을 어째서 그렇게 지었나? '추월색'이니 '강상명월'이니만치 운치가 없지않은가? 그런데 내용은 물론 연애소설이겠지?

이렇게 시작된 어릴 적 친구의 편지는 <달밤>과 고불통 물뿌리 하나 사보내 달라는 부탁으로 끝난다. 화자는 약간 불쾌감을 느끼기도 하나 고불통은 나중으로 미루고 우선 <달밤>을 한 권 친구에게 부친다. 이 작품에서는 친구간의 사이가 사실은 피상적인 것이고 두텁지 못한 것임을 시사하는 대목이 군데군데 보인다. 그 점에서 「소설가 상허씨의 일일」은 작가 이태준의 소외와 고독의 기록이기도 한다. 우리는 이 작품을 읽으면서 존재에 대한 진실은 일생 동안에서와 마찬가지로 하루 동안에도 드러날 수 있다는 서양 고전고대의 생각이 전혀 터무니없는 것이 아니라는 감개에 사로잡히게 된다. 물론 그것은 작가의 기량과 유관할 것이기도 하다.

독립된 단편으로서 성공적으로 홀로 서 있으면서 작가 자신의 삶의 역정을 잘 드러내주고 있는 작품으로 우리는 앞의 두 작품 이외에도 <고향>·<토끼이야기>·<해방 전후> 등을 추가할 수 있다. 인물묘사 위주의 <달밤>··<색씨>·<손거부> 등에서도 작가 자신임이 거의 분명한 인물이 화자로 등장하지만 <장마>·<고향> 등 일련의 작품에는 드러내놓고 작가의 개인사가 선을 보이고 있다.

31년에 발표된 것으로 보이는 <고향>은 젊은 작가의 실향의 정신이 강력하게 드러나 있으면서 현실포착이 단정하게 성취된 수작이다. 김윤건이라는 이름을 가진 청년은 세목에 있어 작가 자신과 약간의 차이를 보여주기는 한다(가령 작가가 대학 중퇴 후 귀국했음에 반하여 김윤건은 정치학부 졸업생으로 나온다). 그러나 집안의 아라사 이주를 위시해서 부모사별 등 대체로 이태준의 충실한 개인사가 드러나 있다. 일본으로부터의 귀국 과정에 나오는 경찰관들의 동태라든다. "제일 먼저 뜨이는 것이 흰 옷 입은 사람들의 그 눈먼 사람들처럼 어릿어릿하는 무기력한 꼴들이었다"와 같은 관찰은 우리에게 <만세전>의 축소판이라는 감개를 준다. 사회운동 이론가로서 쟁쟁한 박철을 찾아갔다가 "이놈아, 입만 까가지고 네 이놈, 네 후진들은 모조리 감옥으로 갔는데 너는 떠들기는 온통 떠드는 놈이 어케 오늘까지 남어 있니?"라며 뺨을 후려치는 장면에서도 우리는 실행도 실효도 없는 큰소리 공론가에 대한 염상섭의 경원을 대하는 것 같다. 일제 식민주의 권력과 친근해서 현실추수주의로 나가는 은행원과 대조를 이루면서 김윤건이 보여주는 식민지 지식인의 좌절과 두절의 궤적은 한 시대의 과정없는 반영으로서 이태준의 이색적인 작품이라 할 수 있다.

<고향>이 귀국 직후의 젊은 작가의 개인사이고 <장마>가 비교적 안

정된 작가생활을 영위하던 시기의 개인사 단면이라면 <토끼이야기>는
동아·조선의 폐간후의 암담한 시절의 개인사를 다루고 있다. 신문소설
집필이 가계에 크게 기여했던 시기에 지면을 잃게 된 작가가 생활을 위
해 토끼를 기르기로 하나 사료공급의 불여의로 그마저 포기하지 않을
수 없는 상황에 이른다. 이 작품을 통해서 우리는 이태준의 문학관이나
집필 태도에서부터 내집 마련을 하게 된 경위에 이르기까지 많은 것을
접하게 된다. 그리고 작가의 사람됨에 대해서 새삼 많은 것을 알게 된
다. "그 작은 그 귀여운, 그리고 박꽃처럼 희고 여린 동물에게다 오륙명
의 거센 인생의 생계를 계획한다는 것을 생각할 때 확실히 죄스럽고 수
치스럽기도 하였다."는 지문에서 우리는 섬세한 마음결을 보게 된다.

> 예전 사람들은 일생에 한번이나 겪을지 말지 한 사상의 난리를
> 현대인은 일생동안 얼마나 자주 겪어야 하는가. 청(淸)의 시인 이초
> (二樵)가 일신 수생사(一身數生死)라 했음은, 정히 현대의 우리를 가
> 르킴이라 하고, 현은 몇번이나 책장을 바라보며 쓴웃음을 지었다.

8·15 이후 작가가 걸어간 길을 생각할 때 각별한 감회를 불러주는
대목이다. 8·15 직후에 나온 《신천지》의 앙케트에서 이태준은 "8·
15 당일의 소감"에 답하여 "근자에 두번 울은 일이 있습니다. 《문장》
이 폐간되던 날과 해방되던 날입니다."라고 적고 있는데 8·15 전후의
자초지종은 일종의 고백적 혹은 전말서적인 《해방 전후》에 세세하게
드러나 있다. 고심한 흔적이 역력하고 분량도 무거운 편인 이 작품에서
우리에게 흥미있는 부분은 그가 결국 북을 선택하게 되는 첫 계기에 관
한 것이다. 공산당으로 변신해갔다고 힐난하는 우파 우국노인에게 작자
의 분신인 현은 "해방전엔 내 친구가 대부분이 소극적인 처세가였읍니

다. 해방후에도 의연히 처세만 하고 일하지 않는 덴 반댑니다"라고 응
수함으로써 자기의 입장을 밝힌다. 또 공산파 두둔한다는 노인의 지적
에 이렇게 답한다.

> 이번에 공산당이 무산계급혁명으로가 아니라 민족의 자본주의적
> 민주혁명으로 이내 노선을 밝혀 논 것은 무엇보다 현명했고, 그랬기
> 때문에 좌우익의 극단적 대립이 원칙상 용허되지 않아서 동포의 분
> 열과 상쟁을 최소한으로 제지할 수 있은 것은 조선민족을 위해 무엇
> 보다 다행한 일이라고 생각합니다.

북으로 간 이후 작자의 역정이 예고되어 있다고도 할 수 있는 이 대
목에서 우리는 8·15 직후 정치동향에 대해 많은 시사를 받는다. 8·15
이전의 '소극적 처세'에 대한 자책과 자괴감이 '실천'의 주요 동력이었
던 것은 많은 사람들에게 공통되는 현상이 아니었던가 생각된다. 그리
고 정치적 선택에 있어서도 현실분석이나 체제이해에 의존하기보다는
친구따라 강남간 경우가 많은 것이다.

위에 거론한 몇몇 단편에 다시 우리는 몇 편을 추가할 수 있다. 골동
품을 즐기고 추사(秋史) 글씨를 아꼈다는 이태준의 취향의 다른 일면을
보여주는 <석양>이나 낚시얘기를 다룬 <무연>과 같은 작품을 첨가해서
고려한다면 이태준 단편을 통한 이태준전의 작성은 결락없이 이루어질
수 있을 것이다.

'소설가 상허씨의 반생'을 그린 단편들은 한 작가의 사생활을 구경한
다는 재미가 있지만 그보다도 8·15 이전의 작가생활의 실상에 대한 생
생한 증언이 되어주고 있다는 점에서도 뜻깊다. 간궁한 속에서도 그가
기품을 숭상하고 그것을 구현했다는 것은 경의에 값하는 일이라고 생각

된다.

3. 인간사전

　"소설이란 인간사전이라 느껴졌다"는 뜻의 말을 이태준은 구인회 잡지인 『시와 소설』 첫머리에 적어놓고 있다. 일 년에 하나씩은 신문소설을 썼으나 단편 하나라도 자기 예술욕을 채울 수 있는 창작에 자기를 소모하고 싶었다고 <토끼이야기>에서 적고 있는 그는 단편을 예술적 자기 실현의 장으로 생각했던 것으로 보인다. 그리고 성공적인 단편에서 플롯보다도 생생한 인물묘사에서 작품은 예기(銳氣)를 얻고 있다. 그런 의미에서 다양한 인물 소묘에서 솜씨를 보여주는 그의 단편세계를 인간사전이라 불러도 무방할 것이다. 등장인물 2천 명을 헤아린다는 발자크의 「인간극」과 같은 방대한 인간사전은 아니나 그런대로 8·15 이전의 '슬픈 족속'의 인간사전으로는 구색도 갖추고 흥미있는 것이라 해야 할 것이다. 그리고 낱낱 인물이 그대로 사회상황에 대한 색인 구실을 하고 있어 당대 사회에 대한 증언적 가치도 크다. 그리고 이태준의 단편에서도 가장 성공적인 작품을 가장 많이 내고 있는 부류는 인물묘사 지향의 성격소묘라고 생각된다.

　초기의 <달밤>·<불우선생>·<색시>를 비롯해서 <우암노인>·<손거부>·<영월영감> 등이 인물적 흥미로 시종한 작품이지만 <복덕방>의 노인네들, <돌다리>의 창섭 부친, <가마귀>의 젊은 여성, <아담의 후예>의 안영감 등도 작품의 무게를 거의 떠받치고 있다시피한 인물들이다. 그런데 <돌다리>의 창섭 부친은 토지에 대한 집념이 강하고 토지에 대

한 신비주의적 숭상을 가지고 있는 전통적인 농본주의적 인물로 그려져
있고 또 의사 아들을 둔 독농가이다. 이 창섭 부친을 제외한 인물, 흥미
중심의 작품의 주인공은 거의 모두가 좌절하고 불우하다. <달밤>의 황
수건은 조금 반편이어서 학교 사환의 자리에서도 쫓겨난 인물이요, <색
시>의 주인공도 소박당해서 식모살이로 나선 당차지 못한 인물이다.
<손거부>는 이름만 거창한 일정한 직업 없는 호사가이다. 바탕은 착하
지만 저능아의 어버이로서 애로가 많은 위인이라 하지 않을 수 없다,
합방전 영월군수까지 지냈으나 만년에 금광에 미쳐 실의 속에 죽음을
맞는 <영월영감>, 남의 집 침모살이로 시종하다가 나중에 양로원 신세
가 되는 <뒷방마님>, 자손이 없어 아들 낳기가 소원이어서 둘째 소실에
게서 늘그막에 자식을 본 <우암노인>, 토지사기에 걸려 자살하고 마는
<복덕방>의 안초시, 그리고 역시 합방전 어엿한 무인이었으나 이제 가
쾌로 전락한 서참의 등등 한결같이 좌절된 삶들이다. 식민지의 메마른
이 터전에서 좌절과 불우 아닌 삶이 어디 있느냐고 작가는 말하고 있는
것 같다. 또 반편 같고 모자라는 사람들이 사실은 선의의 사람들이라고
말하는 것 같기도 하다. 작가는 시종 찬찬하면서도 공명과 선의의 시선
으로 이들을 바라보고 또 그려낸다. 그런데 조금 예외적인 경우가 <불
우 선생>이다. 작가의 눈은 예리하면서 따뜻하다. 그러면서 어떤 모호함
의 거리를 가지고 있다. 꾀죄죄한 행색이면서도 여관 구석방에 앉아 도
연명의 어부사를 읽는 노인인 '불우선생'은 "십여 년 전만 하여도 천여
석 추수를 받아먹고 살던 귀인이었다는 것과, 그 재산이 한말 풍운 속
에서 하룻밤 꿈처럼 얻은 것이라 불순한 재물인 것을 깨닫던 날부터는
물퍼내 버리듯 하였다는 것…… 또 이렇게 여관으로 다니면 동지라
할까 나같은 사람을 알아주는 사람을 만날까 함이라는 것"이라고 자기

소개를 한다. 이태준 단편에서 합방 전후해서 타의로 몰락한 노인들이 많이 나오는 반면에 이 <불우선생>은 스스로 불순한 재산을 날린 사람이다. 이말을 액면 그대로 받아들여야 할는지는 의문이다. 그러나 화자는 그대로 받아들이는 것으로 보인다. 여섯 식구나 되는 집안을 가사불고하고 낭인으로 전전하는 이 노인은 죽을 괴를 넘기고 나서 자기를 식사대접하는 화자들에게 이렇게 물어온다.

> "네…… 그런데 요즘 일중 문제가 꽤 주의를 끌지요?" 한다.
> "글쎄요, 저는 그런 방면엔 문외한이올시다"하니
> "그럴리가 있소, 저렇게 발발한 청년시기에…… 요즘 극동 풍운이 맹랑해지거든……" 하는데 불우선생은 돌연히 지난 여름 우신여관에서 보던 때와 같이 형형한 정열에 눈이 빛나기 시작하였다. 그리고 그는 나의 음식을 먹으면서도 나를 자기가 먹이는듯 무엇인지 나를 압박하는 것이 있었다.

노인은 일제시대에 흔히 있었던 '사상사'요 지사였던 것으로 보인다. 분명히 화자는 그에 대해서 어떤 공명을 보내고 있는 듯이 보이기도 한다. 그러나 전체적으로 볼 때 자기 앞가림도 못하면서 동지를 구해다닌답시고 가사불고하고 떠돌아나니는 이 낭인을 우리는 어떻게 이해해야 할 것인가? <패강랭>에 나오는 부의원이나 <고향>에 나오는 은행원에게처럼 작자는 거부의 눈길을 보내지 않고 있다. 그러나 어떤 모호성은 남는다. 그것은 독자에게 해결을 맡긴 숙제이지만 이러한 숙제의 제기는 좋고 싫음이 뚜렷이 드러나게 인물이 묘사되던 시기에 있어 상당한 객관으로의 경사인 것으로 보인다.

이태준의 단편을 읽으면서 우리는 다양한 인간소사전을 보는 재미를 맛본다. 오륙십 년의 세월이 지났지만 아직도 감칠맛 나게 읽힌다는 것은 적지 않은 미덕이요 역량이다. 초기의 몇몇 작품을 제하고서는 허황함이 없는 착실한 인물묘사요 현실 제시이다. 그리고 그가 그려 보인 자화상도 밉지 않게 실감이 간다. 남에서도 북에서도 버림받았다는 이유 때문에 경원시되기도 하는 이태준의 문학복권은 일단 이루어졌지만 문학사적 공정의 구사는 아직껏 이루어지지 않았다. 요즘 와서 타박되는 인간적 기품과 개성적 문체의 추구자였던 이태준의 단편은 버려서는 안될 귀중한 우리 문학의 유산임에 틀림없다. 그는 선비이고자 했던 마지막 문인인지도 모른다.

이태준의 단편소설

서 종 택

월북 작가 상허 이태준은 1904년 강원도 철원군 묘장면 산명리에서 부친 이문교, 모친 순홍 안씨 사이의 1남 2녀 중 장남으로 태어났다. (원적은 강원도 철원군 철원면 율리리 614)[1] 그의 아버지는 德源監理署 主事로서 하급 관료를 지냈으며, 당시에는 상당한 식자층에 속했던 사람으로서 나라를 개혁하려는 일을 도모하려 실패하여 일본으로 망명한 개화당의 일원이었으리라고도 추측[2]되는 사람으로 1909년 러시아령 블라디보스토크로 떠났다가 그해 병이 도져 8월 28일 객사한다, 1912년 어머니 마저 죽게 되어 3남매는 고아가 되었는데, 이때 상허의 나이는 9살, 누이는 12살, 여동생은 3살이었다. 이들 3남매는 고향인 용담의 친척집에 맡겨지지만 자신들의 생활의 불편함과 주위의 동정 따위에 대해 부끄러움을 느끼고 있던 그는 매우 반항적인 기질[3]을 보였고, 1915년

---

1) 正室인 漢陽趙氏의 소생인 奎憲을 포함시키면 '차남'이 된다. 민중환, 「이태준연구」(깊은 샘, 1988). 26면.
2) 이 사실은 그의 자전적 요소가 강한 작품 <고향>(<동아일보>, 1931. 4)의 주인공 김윤건에 대한 소개-"그가 나기는 강원도 철원이었으나 개화당의 한 사람이엇든 그의 아버지가 밤을 타서 망명의 길을 떠나든 때는 윤건이 겨우 네살되는 일혼 봄이엇섯다"를 통해서이다.

사립 봉명학교에 입학하였다. 1918년 이 학교를 졸업하고 무작정 원산
으로 길을 떠나는데, 그의 가출 소식을 듣고 찾아나선 외조모의 보살핌
으로 이 시기에 <詩文讀本>, <秋月色>, <獄中佳花>, <해당화>(톨스토이
의 <부활>을 초역한 것) 등을 읽고 감동을 받게 된다. 1920년 배재학당
에 응시하여 합격하였으나 등록을 못하고 배회하다가 이듬해 휘문고등
보통학교에 입학한다. 학비조달 문제로 고생하다가 교장의 배려로 교장
실 청소를 맡고 학비 면제의 혜택을 받는다. 이때 위고의 <레미제라블>,
투르게니에프의 <前夜>, 괴테의 <젊은 베르테르의 슬픔>, 톨스토이의
<부활> 등을 탐독한다. 1924년 휘문고보의 학교 비리와 횡포에 대항하
여 일어난 동맹 휴교 사건에 '주모자'로 관여하게 되어 5년제 과정 중
4학년 1학기에 학교에서 쫓겨난다. 이후 친구인 김천출신 김연만의 도
움으로 일본에 유학하게 된 그는 1925년 문단 데뷔 작품<五夢女>를 ≪
조선문단≫ 7월호에 투고하여 입선한다. (이 작품이 ≪時代日報≫ 7월
13일자에 발표된 사유는 아직 밝혀지지 않고 있다.) 이즈음의 이태준의
동경 생활은 "차표가 떨어져 학교에 못가고 비소리와 버레소리에 싸인
벌판 외딴집에 누어"4) 우울한 나날을 보내며 처음으로 체홉의 작품을
읽었노라고 회고되어있다. 그의 동경생활은 미국인 은사 빼닝호프 박사
의 후의, 신문 배달, 사상청년들과의 교유 등으로 요약되는데 그는 끝내
병고와 가난 등의 어려움을 극복하지 못하고 1927년 11월 上智大學을
중퇴하고 귀국길에 오른다. 다시 파고다공원을 서성거리며 방황하던 그
는 1929년 ≪開闢≫사에 입사하는 한편 ≪學生≫, ≪新生≫ 등의 편집

---

3) 三枝壽勝, "李泰俊作品論─長篇作品を中心そさこ, 九州大學, ≪史淵≫ 17(1980),
   34면.
4) 이태준, "안촌 체홉의 애수와 향기" ≪동아일보≫(1932. 2. 18).

에 관여하면서 어린이 잡지에 많은 수필과 소년 소설을 발표, 창작 활동을 재개한다. 1930년 이화여전 음악과를 졸업한 李順玉과 결혼, 1931년에는 ≪중외일보≫ 기자, 이 신문의 폐간과 함께 改題된 ≪조선중앙일보≫ 학예부장으로 일하게 된다. KAPF가 주도해 오던 비문학적 정치주의를 반대하고 예술성을 중시하는 경향을 보였던 '九人會'의 멤버가 되고, 梨專, 梨保, 京保 등의 학교에 출강한다. 이 시기에 상허는 어느 정도 생활의 안정을 얻고 창작 활동을 전개, 그의 대표작들을 창작해냈다. 1939년 2월부터 ≪文章≫지의 편집자로 활약하는 한편, 최태웅, 임옥인 등의 신진 작가를 문단에 배출시킨다. 일제의 탄압이 가열해지고, 이태준은 이때 황군위문 작가단, 조선문인협회 등의 단체에 관여하고 그들이 주는 조선 예술가상을 수상하는 한편, 친일적 경향의 글을 발표한다.5) 그는 <왕자호동>을 끝으로 붓을 꺾고, 고향인 철원 용담에 기거하면서 낚시로 소일하다가 광복을 맞는다.

광복 후, 지금까지의 그의 문학적 태도와는 달리 좌익 계열의 문학 단체에 적극 참여하는 한편, <解放前後>를 발표하면서 임화에 앞서 홍명희와 함께 1946년 월북하였다. 그의 월북 동기에 대해서는 비판론과 동정론이 대립하고 있어 확연히 밝혀지지 않고 있다. 백철은 한 월간지에 기고한 글에서 그의 월북 동기를 좌익계 인사인 이여성, 임화 등과 일제 말기부터 가깝게 지내다 이들과 같이 문학 건설본부의 선두에 서게 된 후 남한 과도 정부의 부패한 현실에 작가적 결벽성으로 불만을 품고 여기에 모스크바 여행 티켓의 유혹을 받았기 때문6)이라 하였다. 최태웅씨의 증언은 이태준의 월북을 "친구의 구명운동을 위해서"7)라 하

---

5) 임종국, 『친일문학론』(평화출판사, 1996) 참조.
6) 한국비평문학회, 『북한 문화 예술 40년』 2(신원문화사, 1989), 290면.

고 금산포 감옥에서 인민재판을 받고 15년의 징역을 살게 된 친구 홍진
식을 위해 장구한 시일을 두고 구명 운동을 펴기 위해 평양으로 갔다는
것이다. 그러나 이같은 동정론은 그의 월북 후의 공산주의자로서의 행
적을 확연히 옹호할 수 없는 것이었다. 이러한 비판론은 이태준이 1946
년 8월 10일부터 2개월간에 걸쳐 있었던 모스크바 방문을 하고 난 후
발표한 <우리는 소련에서 이렇게 환영받다>라는 제목의 기행문과 월북
하기전 자신이 부위원장으로 있었던 서울의 문학가 동맹에 비난의 초점
을 맞추고 있는 사실 등을 근거로 하고 있다. 특히 다음과 같은 그의
소련 기행문의 일절은 빠른 전향의 모습을 보여준 사례가 되며, 박헌영
의 비서로 일했다는 설과 남로당 외곽 단체의 중앙상임위원과 문화부장
을 역임했다는 점[8] 등과도 관련된다.

　　크레믈린 높은 지붕 위에 붉은 기는 태연히 번뜩이고 있다. 유물
사관이란 인간의 정신 관계를 전혀 몰각하는 모든 정신 문화나 전설
에 대한 덮어놓고의 선전 포고로 알아온 것은 나 자신부터 부실한
데 기인한 허무한 선입견이었다. 오늘의 쏘베트란 허다란 정의정신
가들의 이루 헤일 수 없는 희생인 양심적 정신 협력의 산물인 것이
다. 양심과 실천을 떠나 정신의 존엄성이 어디 존재할 것인가? 레닌
선생은 투옥과 추방과 지하의 일생이었다. 스타린선생도 다섯번인가
투옥을 하면서 일생을 불사신으로 싸워왔다. 사생활을 위해 半日의
안락이 없었다. 그 투쟁과 승리는 그들이 또한 전인류의 문제로써
하되 가장 틀림없었고, 가장 앞선 사상과 원칙에서였기 때문에, 저
크레믈린 상공에 나붓기는 깃발로 하여 노서아인이 아니라 세계 전
인민의 승리의 깃발이요 희망의 깃발이라 할 것이다.[9]

---

7) 같은 책, 190면.
8) 같은 책, 293면.
9) 이태준, <붉은 광장에서>, 정한숙, 『해방문단사』(고려대출판부, 1980), 47면.

위의 인용은 이태준의 현실 인식의 추상성이나 그의 "정치적 박약
아"10)로서의 괴뢰적 모습을 보여준 것이면서, 동시에 그의 작가적 양심
의 포기 상태를 잘 드러낸 것이라 할 수 있다. 이 밖에도 그의 월북 동
기에 대해 "모 여대생과의 사랑의 도피 행각이거나 혹은 일제 말기에
강원도 철원에 소개되었던 가재를 가지러 간 것"11) 등의 설이 있으나
신빙성이 없다. 같이 월북했던 박태원·정지용과는 막역한 사이로 월북
후에는 김일성 대학 교수로 있던 정율 등으로부터 옹호를 받아 문예총
의 부위원장에 기용되기도 하였다. 이후 남로당 계열인 임화, 김남천 등
과 소련 2세파에 대한 거세 작업이 끝날 무렵인 1956년 1월, 한설야는
이태준의 <고향길>에 대해 빨치산 대원을 냉혈동물시했다는 점, <먼지>
의 주인공은 해방 전의 그의 대표작 <寧越令監>이 분장한 것으로 북한
정권을 은근히 반대한 작품이라는 등의 비판을 가했다. 여기에 덧붙여
이태준은 한설야에 의해 과거 '9인회' 시절에 대해서 "부르죠아 반동 사
상의 잔재성을 지닌 작가", "일제의 앞잡이로 혁명 노선을 비판한 인
물"12)로 지탄받는다. 이 숙청 작업에는 안막이 깊숙히 관여, 한설야에
각종 비판 자료를 제공했으며, 결국 이태준은 '노동 개조' 처분을 받고
숙청되었다. 이후 1956년 말까지 함흥신문사의 교정원으로, 1957년에는
콘크리트 블럭 공장의 노동자로 전전했으나 곧 행방이 묘연해져 생사가
확인되지 않고 있다. 일설에는 1965년중 북한 심리전 참모부인 당 문화
부로 소환돼 대남심리전 원고를 집필하는 비밀 작가로 있었다는 얘기도

10) 같은 책, 50면.
11) 한국비평문학회, 앞의 책, 293면.
12) 같은 책, 295면.

있으나[13] 확인할 수 없다. 이태준에게는 1947년 그를 좇아 월북한 휘문고보 출신의 이유백이란 아들이 있었는데 아버지의 몰락으로 현재는 공장 노동자로 전전하고 있는 것으로 알려졌다.

조사에 의하면,[14] 이태준은 월북 전까지 소년물 10편, 단편 소설 48편, 꽁트 8편, 중편 소설 3편, 장편 소설 14편, 희곡 3편을 남겼다. 그의 소설집으로는 『달밤』(한성도서주식회사, 1934), 『久遠의 女像』(태양사, 1937), 『가마귀』(한성도서주식회사, 1937), 『이태준단편선』(박문출판사, 1937) 일본어판 『福德房』(日本社, 1941), 『돌다리』(박문서관, 1943), 『해방전후』(조선문학사, 1947), 『복덕방』(을유문화사, 1947)이 있다. 이 밖에 수필 문학론을 모은 『無序錄』(박문서관, 1941), 『文章講話』(박문서관, 1948), 『尙虛文學讀本』(백양사, 1946) 등이 있다.

이태준의 문학에 대해서는 주로 단편 소설에서의 문학적 성과에 긍정적인 평가가 내려져 있고, 장편 소설과 월북 이후의 행적에 대해서는 그 통속성과 작가적 양심의 문제로 비판되고 있다. 당시의 최재서는 "죽엄에 대한 그의 사색은 결국 신비에 부드치고 말고 인생에 대한 관찰은 아이로니에 그치고 사회에 대한 관심은 씨니시즘으로 인도할 뿐"이라 하고, "그러나 나는 무엇보다도 이 작가의 실수없는 수법을 믿고 또 그의 창작 정신이 인생과 사회에 대한 아이로니와 씨니시즘의 길을 발전하야 나가기를 바란다"[15]고 하였다. 백철은 이태준 소설의 인물들에 대하여 "현실과 정면에서 생활권을 주장해야 할 현실적인 인물이 아니고 이미 운명이 결정된 과거에 속하는 사람들"이라 지적하고 그 기질

---

13) 같은 책, 297면.
14) 민충환, 앞의 책.
15) 최재서, "단편작가로서의 이태준", 『문학과 지성』(인문사, 1938), 180면.

을 '센치멘탈리즘'16)으로 규정하였다. 김우종은 이태준의 인물들을 패배
적인 인간형으로, 사상적으로 역사 의식의 부재와 사상적 빈곤으로, 각
각 비판하였다.17) 이에 대해 이재선은 단편 소설의 완성자로서의 이태
준을 평가하고 주조에서의 尙古主義와 연민의 정조를 들고 반도시성과
흙에의 예찬이 주조를 이루고 있는 것으로, 다소 도식적인 평가를 내렸
다.18) 그러나 김윤식·김현은 이태준이 자신의 정치학을 개진하지 못하
고 사회의 압력을 그대로 받아드리게 된 것은 거의 대부분 그의 딜레탕
티즘 때문이라 하고 이는 개인의 안위와 골동품에 대한 호기심의 소산
이며 지조나 이념을 그 기반으로 하고 있는 선비 기질과는 필연히 다르
다고 지적하고 있다.19) 이는 이원조의 "현실에 대한 정열과 분노가 작
품의 주조를 이루고 있다"는 견해20)와 대조를 보인 것이지만, 일반적으
로 이태준의 소설에 대해서는 단편 소설들에 논의의 의미를 부여하고
있다. 이에 대해서는 이태준 자신의 단편 소설의 중요성이나 예술성을
강조한 다음과 같은 진술을 통해서도 그 사정을 헤아려 볼 수 있다.

　　　20세기에 들어서는 단편 소설은 정히 황금 시대를 이루고 있는
　　것이다. 현재 우리 문단만 하더라도 수에 있어 장편은 단편을 따르
　　지 못하고 또 질에 있어서도 장편은 단편을 따르지 못한 것이 사실
　　이다. 장편은 대개 신문 소설로서 본래의 장편과는 특수한 조건 밑
　　에서 발생하는 것이니 현재 상태로는 작가들의 직업이 아니라 작가
　　들의 예술을 대표하고 따라서 조선문학을 대표하는 자라 하여도 과

16) 백 철, "신문학 사조사", 『백철전집』(신구문화사, 1968), 435~438면.
17) 김우종, 『한국현대소설사』(선명문화사, 1968), 239~246면.
18) 이재선, 『한국현대소설사』(홍성사, 1979), 364~370면.
19) 김윤식·김현, 『한국문학사』(민음사, 1973), 190~200면.
20) 이원조, 『상허문학독본』 발문(백양사, 1946), 246면.

언이 아닐 정도이다. 더구나 조선과 같이 공간적으로나 시간적으로
나 대국적이게 취급하려면 여러 가지 난점에 봉착되는 환경에 있어
서는 일부분적이요 一端片的인 단편밖에는 최적의 문학 형식은 없다
하여도 과언이 아닐 것이다.[21)

　따라서 이태준은 단편 소설이야말로 인물 표현을 가장 경제적이게
그리고 단편적이게 하는 자이며 사건보다 인물의 발견이 중요하며 그
발견이란 어디까지나 自己類의 발견이라 하였다. 이와 같이 그는 주로
단편 소설에 주력하였으며, 200자 원고지 20~30장 정도의 꽁트(掌篇)도
다수 발표하여 짧은 형식 속의 심미적 효과에 대한 자신의 취향을 드러
내고 있다.

　이태준의 傳記的 자료를 통해 재구성하여 검토한 한 연구에 의하면
이태준 문학의 기본 모티브를 '고아 의식'이라 규정한 것이 있는데,[22)
이러한 견해는 특히 그의 소년물들에게 그 근거를 찾아볼 수 있다. 휘
문학교 교지에 발표한 습작물 <물고기 이약이>(1924)에서부터 <어린 守
門將>(1929), <눈물의 入學>(1930), <외로운 아이>(1930), <몰라쟁이 엄
마>(1931), <슬퍼하는 나무>(1932)에 이르기까지 그의 소년물의 인물들
은 모두 세계와의 화해에 이르지 못하고 있으며, 부모가 없는 외로운
소년의 가난과 굶주림과 애정의 결핍으로 인한 고독과 소외의 황량한
동심을 그려 보여주고 있다. 이는 다섯 살과 아홉 살 때에 아버지와 어
머니를 각각 잃고 친척집에 맡겨졌던 상허의 어린 시절과 쉽게 연결지
어 볼 수 있다. 소년물(동화)이 꿈과 그리움의 표백이거나 그에 대한 환
상의 세계를 그리는 것이라는 점을 감안해 보면 상허 문학의 이러한 고

---

21) 이태준, "短篇과 掌篇", 『무서록』, 93~94면.
22) 長璋吉, "李泰俊", ≪朝鮮學報≫ 92(日本, 1979).

아의식, 또는 소외 의식은 그의 소설의 세계 인식의 중요한 단서를 제
공해 준다고 일단 상정해 볼 수 있는 부분이다. 에미품을 찾아가다 다
리 난간에 떨어져 죽은 강아지, 미술가를 꿈꾸는 고아의 그림솜씨, 추석
이 되어도 먹을 것 입을 것 없이 외로워 부모 산소를 찾아가는 형제,
맡겨 자라던 집의 학대에 쫓겨 고향을 떠나는 소년, 고양이에게 물리고
화로에 빠져 죽은 새끼 까치, 아버지를 구완하기 위해 담배토막을 줍는
소년 등의 이야기는 모두 작가의 유년 시절의 체험이 변용된 것이라 할
수 있다.

　이태준의 단편 소설은 작품 자체로서의 형식적 완성도에 있어서 대
체적으로 일관된 수준을 보여주고 있으며, 한편으로 식민시대 현실을
보는 작가 의식—이른바 역사 의식이나 사회 의식에 있어서의 추상성
또한 시대에 따라 완만한 차이를 보여주고 있다. 논의의 편의를 위해
그의 단편을 초기의 것과 해방 전후의 것으로 나누어 볼 수 있을 것이다.

1. 초기 단편

　1925년 데뷔작 <五夢女>는 한 어촌 여인의 무분별하고 본능적인 정
념을 그린 것으로, 단편집에는 발표 당시의 것이 많이 개작되어 수록되
어 있다. 빈천하게 자란 오몽녀의 강인한 모습과 아버지뻘 되는 소경
남편 지참봉의 모습을 다음과 같이 묘사하고 있다.

　　　두 눈이 퀘엥하게 부른 얼굴에는 개기름이 쭈르르 흐르고 있다.
　　풋고추 만한 상투에는 먼지가 하얗게 앉고, 그래도 망건은 늘 쓰고

앉았다. 그러나 오몽녀는 그와 반대로 낫살이 차갈수록 살이 오르고
둥그스름한 얼굴은 하여멀겋고 뺨에는 늘 혈색이 배여 있었다. 미인
이라기보다 거저 투실투실하게 복성스럽게 생겼다 할까. 그러나 이
조그마한 두멧거리에선 일색인 체 꼬리를 치기에는 넉넉하였다. 이
렇게 인물은 훤언한 오몽녀건만 자라나기를 빈한하게 자랐고, 눈먼
남편을 속여오는 버릇이 늘어 남까지 속이기를 평범히 하게 되었다.
남의 것이라도 제 맘에만 들면 숨기고 훔치고 하였다. 어쩌다 손님
이 들 때나 자기가 입덧이 날 때는 돈 들이지 않고 곧잘 만난 반찬
을 장만하였다.[23]

저참봉의 노쇠와 오몽녀의 관능이 대조를 보이며 감각적으로 묘사된
이 도입부는 이미 이들이 맞이할 파국을 예고해 주고 있으며, 오몽녀의
이기적 본능적인 성격이 제시되고 있다. 오몽녀의 이러한 성격은 어부
인 금돌이 총각과 남순사와의 행각을 통해 선명히 드러나게 되는데, 이
는 모두 오몽녀의 상황에 대처하는 당돌하고 분방한 행동 양식에 기인
한다.
그러나 오몽녀의 가난이나 굶주림은 당대의 궁핍의 사회상으로서보
다는 금돌이를 만나게 되는 동기로서의 장치로 개별화되어 있으며, 지
참봉으로부터의 탈출 동기를 마련해 주는 우연적 상황이 되고 있다. 이
는 이 소설이 오몽녀라는 어촌 여인의 삶에의 본능과 애욕의 저돌성을
그려보인 것이지, 그녀로 하여금 그러한 삶을 살도록 요구하거나 강요
하고 있는 더 큰 테두리—이른바 20년대 식민 사회의 삶의 여건과는 무
관하게 진행되고 있음을 보여준 것이다. 따라서 오몽녀의 작중의 행동
양식은 이미 주어진 성격의 반영에 다름 아니며 상황에 따라 변화하는
인물로서의 그것이 아니다. 이러한 지적은 이 소설의 개성 창조의 성과

---

23) <五夢女>, 『李泰俊文學全集』 1 (瑞音出版社, 1988), 16면.

를 말한 것이라기보다는 이 소설의 사회적 성격의 결여를 지적하기 위함이다. 오몽녀의 도독질→금돌과의 정사→지참봉네의 客報 안한 죄→남순사와의 정사→남순사의 지참봉 살해→남순사의 오몽녀 협박→오몽녀의 금돌과의 야반 도주로 이어지는 사건 전개는 모두 오몽녀의 이른바 '인물 창조'의 보조 장치로 전락되어 있다. 이 작품이 보여준 오몽녀라는 여인의 인물이 유별나지만 개성적이지 못하고 그녀가 처한 상황이 독특하지만 보편적이지 못한 이유가 여기에 있다. 많은 논자들이 <五夢女>의 인물(성격) 창조의 성과를 평가하고 있는 바, 이는 그러한 인물을 주장하는 것과 제시하는 것을 구분하지 못한 사례가 될 것이다.

<故鄕>(≪東亞日報≫ 1931. 4)은 이태준의 자전적 성격이 강하게 드러난 작품으로 시대 의식이 많이 반영되어 있다. 동경 유학에서 대학 정치부를 마치고 육년만에 돌아오는 김윤건의 귀국담인 이 작품은 동경→神戶→하관→부산→경성으로 이어지는 여정의 과정으로 짜여져 있다. 작중 인물 김윤건이 동경에서 서울에 도착하기까지의 그가 만나고 보고 당했던 인물과 사건과 정황이 점층적으로 연결되면서 조선 현실의 여러 모습들이 파노라마적으로 제시된다.

> '나의 고향은 어데냐?'
> 윤건은 심사가 울적할 때마다 보던 책을 다다미 위에 집어 내던지고 그리운 곳을 톺아보곤 하였다.
> 함경북도 배기미냐, 서울이냐, 철원이냐, 그저 막연하게 조선땅이냐, 그러면 배기미나 서울이나 철원에 누가 나를 기다리고 있느냐, 아무도 없다. 배기미 같지도 않다. 서울도 철원도 아닌 것 같다.(전집 1, 113면)

위의 인용은 귀국길에 오른 작중의 김윤건의 황량한 심사가 잘 드러
난 것인 바, 이는 작가의 유년 체험에서 연유한 고아 의식이 그대로 반
영된 것이라 하겠다. 이러한 김윤건의 고독감은 "육년 전 동경 올 때보
다 책 몇 권이 더 들어 있는 것과 졸업장 하나를 더 넣은 것 외에 다른
나은 것이 없었다"(115면)고 술회하고 있는 데서 더욱 고조된다.

김윤건이 神戶 플랫포옴에서 w대학 유학생이었던 돈많은 청년을 만
나면서 이 시기의 자잘한 세태와 풍정이 제시된다. ××은행 본점에 취
직이 결정된, 타협과 허세로 살아가는 이 청년의 속물 근성에서 그는
구토를 느끼고, 이어서 일인 형사에게 조사를 받게 되는 데서 울분한
심사에 빠지고, 선실 안에서 듣게 되는 조선인 노동자들의 비참한 현실
과 마주한다.

서울에서의 조선의 현실은 득실거리는 실업자의 군상과 훼절한 지식
인, 조사와 검문이 판치는 거리 따위로 나타난다. A신문사와 신간회와
모교인 W고보를 찾아가 보았으나 취직자리는 없다. 숙박료를 물지 못
해 가방을 맡겨 놓고 거리를 방황하는 그는

> "오늘 저녁에 굶는 놈이 나뿐이냐? 아니다! 오늘 저녁에 한데서
> 밤을 샐 놈이 나뿐이냐? 아니다! 이곳엔 너무나 그런 사람이 많다.
> 나도 이 땅에 났으면 이 땅 사람이 당하는 괄세를 달게 받자!"(127
> 면)

고 다소 감상적인 입을 악문다. 이 소설의 정점은 김윤건이 박철이라는
'사회 운동 이론가'를 만나 다투고 그를 때리는 데서 시작하여 귀국길
에 만난 은행원과 합석하여 다시 이들 일행을 닥치는대로 두들겨 부시
는 데서 끝난다. 좋은 음식과 술과 기생을 놓고 벌이던 사은회가 김윤

건의 "울분"과 "가슴속에 뿌지뿌지 타들어가던 폭발탄"(130면)에 의해
수라장이 되고 만다. 그리하여 "육년만에 돌아온 고향이나 의탁할 곳이
없던 김윤건의 몸은 그날 저녁부터 관청의 신세를 지게 되었다"(130면)
고 결구를 맺고 있는 이 소설은 따라서 1920년대의 염상섭의 <萬歲前>
의 서사구조를 상기케 해 준다.

    <萬歲前>과 <故鄕>의 작중인물은 모두 다 동경 유학생으로 설정되어
있으며, 두 작품 모두 동경→神戸→부산→서울로 이어지는 여정의 코스
로 구성되어 있으며, 이들이 목도한 조선의 암울한 현실의 제시도 또한
같은 질량으로 드러나 있다. 다른 점이 있다면 <萬歲前>의 이인화가 부
유층 자제인 문과대학생이었다면 <故鄕>의 김윤건은 고아로 자란 정치
과 학생이라는 점 뿐이다. 그러나 이 두 작품은 같은 인물과 구성과 제
재에도 불구하고 커다란 차이점을 보이고 있다.

    <萬歲前>의 서사 구조는 진행되면서 강화되고 강화되면서 작중 인물
이 점진적으로 가담하게 되고, 가담하면서 자아와 세계와의 관계가 결
속되고, 비로소 식민화 현실에의 인식과 발견에 이르는 구조로 되어 있
다.24) 이는 자신의 삶과 타인의 삶이 유기적 필연적인 연관 속에 전개
되고 있음을 확인하는 사회화의 과정이며 갈등의 순기능적 기능의 하나
라 할 수 있다. <고향>에 나타난 김윤건의 현실 대응의 방식은 그러나
매우 감정적이며 우발적이다. 조선의 현실을 보는 <萬歲前>의 시선을
일본에 대한 막연한 애정이나 혐오 어느 쪽에도 가담하지 않은 채 자아
와 세계 사이에 감추어진 현실을 들추어 내고, 드러난 현실을 자신의
삶의 이념이나 가치에 깊게 배어 있는 것으로 파악하고 있다. <故鄕>의

---

24) <萬歲前>의 Initiation적 구조에 대해서는 서종택. 『한국근대소설의 구조』(시
    문학사, 1982), 76~99면 참조.

김윤건은 그러나 드러난 것과 있어야 할 것 사이의 필연적인 연관 관계보다는 좌절할 수밖에 없는 현실의 표면적 사실에 이성의 통제 없이 대응, 삶의 역동성과 총체적 의미를 비껴 나갔다. 그리하여 작중 인물 김윤건은 '울분'과 '의탁할 곳 없는 몸'으로서의 울분에 찬 식민지 청년으로 묘사되어 있다.

<고향>의 우수성은 의지가지 없는 식민지 지식인 청년의 절망과 울분을 효과적으로 그려냈다는 데 있다. 그러나 이는 작중 인물의 체험이 개별화되고 의식의 사회화가 이루어지지 않았다는 데서 또한 한계를 지닌다. 이는 작품의 내적 조건으로서의 미의식이 결여라기보다는 식민지 시대의 역사를 바라보는 현실 인식의 추상성—이른바 작가의 세계관의 비역사성에 기인하는 것이라 할 수 있다. 짧은 형식의 단편 소설에 많은 질량의 사회적 의미의 디테일한 의미 체계를 요구하기는 어렵지만 그러한 과정에 이르는 인식과 전망은 어떤 형태로든 제시되어야 하기 때문이다.

<아무일도 없소>(≪東光≫ 1931. 7 발표 당시의 제목은 <불도 나지 안엇고, 도적도 나지 안엇소, 아무일도 없소>)는 한 잡지사 기자의 눈을 통해서 본 사창가의 취재담이다. "에로가 빠저서는 안 되겠다"는 편집 회의의 결과에 따라 K기자는 취재에 나서지만 "저들을 위해서 칼이 되자"던 당초의 신념이 무너진듯 허탈해 한다. 그러나 그가 찾아간 사창가의 풍경은 "불과 지척인데 이런 세상이 있었구나!"하고 놀랠만큼 충격적인 것이었다. 나이 어린 소녀에게 일원짜리 지전 한 장을 던지고 도망쳐 나온 K는 마침내 창부 같지도 않은 흰 두루마기 입은 녀자"[25] 하나를 만난다. 이 여인의 어려운 사정—단 두 식구 어렵게 살다가 어

---

25) <아무일도 없소> 전집1, 137면.

떤 남자에게 의탁하였으나 몸만 망치고 더러운 병까지 옮겨주고 도망하여 고소를 하였으나 밀매음 죄로 도리어 유치장살이를 한 데다 어머니는 자살을 하고 말았다는—을 듣고 "저들을 위해서 나의 붓은 칼이 되리라 한 그 붓을 들고 자기는 무엇을 나섰던 길인가?"고 자책하여 사재를 털어놓고 그 집을 다시 뛰쳐나온다.

> 그러나 세상은 얼마나 고요하랴. 얼마나 평화스러우랴. 어디선지 딱때기 소리만이 '불도 나지 않았소. 도적도 나지 않았소, 아무 일도 없소' 하는 듯이 느럭느럭하게 울려 왔을 뿐이다(141면).

이 결말은 '에로'물을 취재하기 위해 나섰던 잡지사 기자가 만나게 되는 현실의 아이러니를 잘 보여준다. 매음녀의 상투적인 어두운 실상이 다소 감상적인 토운으로 서술되어 있지만 결구가 침착하게 처리되어 있다.

<不遇先生>(≪三千里≫ 1932. 4)은 이태준의 단편 가운데 인물과 사건과 시대배경이 가장 효과적으로 어우러진 수작 중의 하나라 할 수 있다. 작중 화자 '나'의 관찰자적 시점으로 소개된 한 노인의 불우한 삶의 단면이 무리없이 형상화되어 있다. 남루하지만 점잖고 위풍있는 한 노인이 여관에 들면서 이 '새로 든 손님'에게 작중 화자 '나'와 'H군'의 관심이 쏠린다. 그는 화려한 과거를 지녔지만 지금은 무위 도식하며 여관을 전전하는 宋노인이라는 영감이었다.

> 의복이 초췌해 그렇지 신수도 좀스러우나 막띈 사람은 아니었다. 그는 후주근한 모시주의에 삼년상을 그 모자로만 치르는지 먼지가 떡게로 앉고 베헌겁조차 땀에 얼룩이가 저 있었다. 툇돌 우에 벗어

놓았다가 다시 집어 퇴마루 우로 올로 놓는 신발도 그리 대단스럽지
는 못하는 누르퉁퉁한 고무신이었다.26)

초라한 행색의 이 노인은 그러나 그 외모와는 달리 밤에는 큰 소리
로 도연명의 <어부사>를 읽고, 조선의 최근 정변이며 현대 사상 문제의
여러 가지를 떠들어대기도 한다. 그는 "십여년 전만 하여도 천여석 추
수를 받아먹고 살던 귀인이었지만 그 재산이 韓末 풍운 속에서 하룻밤
꿈처럼 얻은 불순한 것인것을 깨닫던 날부터 물 퍼내리듯 하였다(152면)
는 기인적 풍모도 지녔다. 신문사의 간부도 지냈다는 노인은 친구들의
체면도 체면이지만 그들의 "아니꼬움 부리는 것이 메스꺼워"(152면) 찾
아나서지 않고, 자신을 알아주는 "동지"(152면)를 만날까 하여 돌아다닌
다고 하였다. 여관비를 내지 못해 쫓겨 다니고, 병고에 죽을 고비도 넘
기지만 여전히 당시의 극동 풍운을 논하고 다시 "炯炯한 정열에 눈이
빛나기 시작"(158면)하는 것이다.
  위의 인용은 가난하지만 아첨하지 않고 굶주리면서도 뜻을 굽히지
않는 동양적 선비나 지사적 풍모의 일단을 상징적으로 보여준 예이다.
송노인의 행적이 다소 기인의 행각으로 묘사되어 인물의 사실성을 떨어
뜨리고 있지만 격랑의 시대를 살아가는 조선인의 모습을 상징적으로 보
여주고 있다. 송노인의 구차한 행색과 정처없는 행선지에서 시대의 아
픔이 잘 드러나지만, 무엇보다도 이 작품이 우리에게 제시해 주고 있는
것은 그러한 상황에서 유래되는 절망감이 아니라 소멸되지 않고 있는
조선적 정서와 기품에 대한 신뢰이며 향수이다. 다만 그것이 송노인의
구체적인 삶의 올과 결에 촘촘히 배인 일상성에서 떠나 있다는 데서 상

26) <不遇先生> 전집1, 150~151면.

징의 기능이나 비애의 정감 속에 머물러 있게 할 뿐이다.

<달밤>(≪中央≫ 1933. 11)과 <孫巨富>(≪新東亞≫, 1935. 11)는 이태 준 소설에서의 인물의 조형성이 두드러진 경우에 해당하는 작품이다. 상황에 대처하는 인물의 행위가 유우머와 페이소스로 적절히 배합되어 독특하고 단일한 인상을 자아내게 하고 있다. 이는 무엇보다도 그의 인 물이 현실과의 투쟁이나 갈등보다는 순응과 패배의 정서속에 함몰되어 있음을 보인 것이다.

<달밤>의 황수건은 신문 배달을 하는 사람으로 좀 모자라지만 순박 한 인물로서 작중화자 '나'에 의해 관찰되어지고 있다. "남이 혼자 배달 하기 힘들어서 한 이십부 떼어주는 것을 배달하고 월급이라고 원배달에 게서 한 삼원받는 터이라, 월급 더 받고 방울 차고 다니는 원배달을 제 일 부러워하는"27) 위인인 황수건의 행위가 다소 희화적으로 그려져 있 다. 천성이 착하고 인정이 후하지만 사회 생활에 사교도 눈치도 없이 지내다 사환으로 있던 학교에서마저 쫓겨난 그는 작중화자 '나'의 후의 로 참외 장사를 시작한다. 그러나 이내 장마가 들어 밑천만 까먹고 여 름 내내 소식이 끊긴다. 그 사이 황수건은 아내가 달아나버린 수난까지 겹친다. 달포만에 나타난 황수건은 웬 포도송이를 싸들고 찾아왔으나 뒤따라온 사내에 의해 멱살을 잡혀 끌려나간다.

> 나는 수건이가 포도원에서 포도를 훔쳐온 것을 직각하였다. 쫓아 나가 매를 말리고 포도값을 물어주었다. 포도값을 물어주고 보니 수 건이는 어느틈에 사라지고 보히지 않았다.
> 나는 그 다섯 송이의 포도를 탁자우에 얹어 놓고 오래 바라보며 애껴 먹었다. 그의 은근한 순정의 열매를 먹듯 한알을 가지고도 오

---

27) <달밤>, 전집1, 235면.

래 입안에 굴려보며 먹었다(242면).

모자라지만 선량한 황수건이라는 인물의 건강한 삶의 모습을 그리고
있는 이 작품은 따뜻한 인정의 교감을 부각시켜 주고 있다. 황수건이
남기고 간 '은근한 순정의 열매'는 이태준의 인물들의 한 전형을 보여
준다. <孫巨富>의 손서방도 이와 유사한 일물로서 성북동 산동네의 무
식하고 가난하지만 선량한 사내이다. 동네의 온갖 허드렛 일을 맡아 하
고 말참견 좋아하고 터벌터벌한 손서방이 작중 화자 '나'에게 문패를
써달고 찾아노는 장면에서 그의 우직한 父性을 보게 된다. 아들의 교육
을 위해 뛰어다니는 손서방과 학교 공부를 따라가지 못하는 아들의 모
습이 대조를 이루면서, 현실 적응의 지진아인 이들의 생활의 고달픔과
삶의 아이러니가 짙게 배어 있다.

가난하고 무식하고 선량한 사람들이 시대의 흐름을 따라잡지 못하고
현실에 투항하거나 좌절하는 모습이 이태준의 단편 소설 인물의 하나의
전형이 되고 있음은 이미 지적한 바이다. 이들은 자신에게 가해진 삶의
조건을 이미 주어진 것으로 받아들이고 있으며, 그러한 조건들에 대응
하는 삶의 방식이란 따라서 매우 패배적이며 운명적이다. 상황에의 갈
등과 투쟁의 행위와 정서가 철저하게 배제되어 있다는 데서 그의 인물
들의 삶의 모습이 동정과 연민의 차원 속에 한정되게 한다. 소설 속에
서 갈등과 투쟁의 모습이란 주어진 조건에의 개선과 성취에 의의가 있
는 것이 아니라 그러한 과정 속에 드러나기 마련인 작중인물의 존재 양
상의 부각에 의미가 있는 것이다. 참담한 현실의 제시나 묘사보다는 그
러한 상황에 대응해가는 인물의 모습 속에서 우리는 참다운 사회속의
인간을 마나게 된다. 황수건의 다섯송이의 '은근한 순정의 열매'나 손서

방의 우직한 부성은 '사회'속의 인간이라기보다는 사회 속의 '인간'의 모습이다. 이것이 영속적인 의미와 가치를 지니는 것은 물론이지만 한 시대의 서사 양식이 우리에게 환기시켜 주는의미로서는 지나치게 한가 롭다. 불변하는 인간성에 대한 탐구도 중요하지만 그것들을 훼손시키는 조건들에 대한 탐색은 단순한 인간성 옹호의 차원을 넘어서는 것이다. 그것은 곧 그들의 삶을 조건지우는 사회와의 얼크러짐 속에서 가능한 것이기 때문이다. <福德房>(≪朝光≫ 1937. 3) 노인들의 우울한 사연들 역시 사회의 구조 속의 이야기보다는 죽음이 예고되어 있는 노년의 눈 에 비친 세태 풍정이라는 점에서 이태준 소설 인물의 범박성을 드러낸다.

2. 해방 전후의 단편

이태준의 해방 전후의 단편들은 그 이전의 작품들에 비해 비교적 시 대적 성격이 많이 반영된 모습을 보인다. 이태준 소설에 대해 사상성이 없고 무기력한 인물 묘사가 많다는 당시의 지적들에 대해서 자신의 예 민한 반응을 보인 바도 있었다.

　　내 취미에 맞는 인물을 붓들어 가지고 스케취나 공부하면서 제작 생활을 할 수 있는 시기를 기다려 왔다. 그래 不遇先生 황수건이 안 영감 색시 孫巨富 복덕방영감들 따위 사상적 사고라거나 현실 기구 와 관련한 구성이라거나 그런 것을 피할 수 있는 이미 운명이 결정 된 인물들을 택해 거의 시를 쓰는 즉흥 기분으로 쓴 것이다. 나의 작품에 애수는 잇고 사상이 업다는 것은 가장 쉽고 또 정확한 지도 들이다. 그러나 작가는 이런 범위 내에서만 완성할 수 있다는 것은

속단이다.28)

> 高孤의 정신만이 현대문학의 動力이 되기는 어려울 것이다. 기질
> 에 숙명적으로 忍從하려는 것은 무론 아니다. 내 자신을 좀더 응시
> 하고 좀더 해방할 시기는 온 듯하다.29)

그러나 자신의 작품에 사상성이 없고 무기력한 인물이 많다는 지적
을 받아들이면서도 그런 범위 안에서 작가의 완성도를 찾는 것은 잘못
이라는 진술속에 그의 형식주의에 대한 취향이 드러나며, 高孤의 정신
을 문학의 動力으로 인정하면서도 작가의 '기질'을 버리지 않는 태도에
서 그의 소설관의 일단을 엿볼 수 있다.

이태준의 이러한 기왕의 자신의 소설에 대한 옹호와 반성은 <浿江
冷>(≪三千里文學≫, 1938. 1)에서 작중 인물(작가)의 불편한 심기로 드
러나 있다. 이태준 소설에서의 역사와 현실이란 늘 관념과 추상의 차원
에서 처리되어 있어서 그 구체적 실상이 드러나 있지 않는데 후기의 단
편들에서는 그 관념성과 추상성이 많이 거세되고, 전기의 소설들에 비
해 시대의 압력을 의식하고 있는 인물들의 긴장된 상황의 제시가 많아
졌다.

<寧越令監>(≪文章≫ 1939. 2~3)은 초기의 <不遇先生>과 인물과 제재
가 유사한 작품으로 한 노인의 금광에 대한 강인한 집착을 그리고 있
다. 작중의 영월영감은 "키가 훤칠하고 이글이글 타는 눈방울이 늘 술
취한 사람처럼 화기된 얼굴에서 번뜩일 뿐 아니라 음성이 행길에서 듣

---

28) 이태준, "참다운 예술가 노릇 이제부터 할 결심이다." ≪朝鮮日報≫(1938. 3. 31).
29) 이태준, "「履霜堅氷至」 其他", ≪三千里文學≫(1938. 4), 175면.

드라도 찌렁찌렁 울리는 데가 있는 어룬"[30]으로 묘사되어 있다. <不遇先生>의 송노인의 활달한 기품과 비슷하다. <不遇先生>의 송노인의 행각이 다소 奇人的이고 신비화한 인물로 묘사된 데 비해 영월영감은 구체적인 일상의 삶의 욕망과 맞닿아 있는 인물이라는 점이 다르다. 한동안 경향 각지로 출입이 잦던 영월영감이 어느날 문득 찢어진 지우산과 지까다비로 조카의 집에 나타나 돈을 변통해 주기를 청한다. 작중 화자인 조카의 다음과 같은 대화는 이 소설의 인물이 전통적인 조선노인의 기품과는 다른 적극적이고 진취적인 생활인임을 보여준다.

> "넌 너의 아버질 너무 닮는구나! 전에 너의 아버지께서 고석을 좋아하셔서 늘 安峽으로 사람을 보내 구해오셨지… 그런데 난 이런 處士趣味엔 대 – 반대다."
> "왜 그러십니까?"
> "더구나 젊은이들이… 우리 동양 사람은, 그중에두 우리 조선 사람이지, 자연에들 너무 돌아와 걱정이야."
> "글세올시다."
> "자연으루 돌아와야 할건 서양사람들이지. 우린 반대야, 문명으로, 도회지루, 역사가 만들어지는 데루 자꾸 나가야 돼…"(119~120면).

돈을 가지고 나간지 1년만에 병원의 연락을 받고 달려가 보니 영월영감은 광산의 남포가 터져 부상을 입고 누워 있었다. 병상에서의 영월영감과 조카의 대화는 다음과 같은 것이었다.

> "그런데 어저씨께서 금광을 허시리라군 의웝니다"
> "어째?"

---

30) <農軍> 전집2, 147~148면.

    "막연히 그런 생각이 듭니다."
    "막연이겠지… 힘없이 무슨 일을 하나? 금같은 힘이 어딧나! 금
캐기야 조선같이 좋은 데가 어딧나? 누구나 출원하면 캐게 해 주고
보조까지 있어. 남 다 허는걸 왜 구경만 허구 앉었어?"
    "이제와 어저씬 금력을 믿으십니까?"
    "이제 와서가 아니라 벌서 여러 해 전부터다. 금력은 어디 물력뿐
이냐? 정신력도 금력이 필요한 거다." (122~123면).

    금을 금답게 쓰지 못하는 자들이 많은 사회를 개탄하고, 젊은 나이에
'처사 취미'에 빠져 있는 조카를 나무라며, 노인은 끝까지 사회를 위해
씌어질 노다지에서 꿈을 버리지 않는다. 현실적 어려움에 대한 극복의
의지와 미래에의 전망에 대한 확신에 차 있는 이와 같은 영월영감의 현
실에의 적극적 긍정적인 도전의 자세는 이전의 소설에서는 찾아볼 수
없었던 인물 유형이다. 사라져가는 조선적인 것에 대한 막연한 향수, 몰
락해가는 노인에 대한 비애감 등의 애상적인 정서가 제거되어 있다. 이
작품은 영월영감이 죽고, 화장장에서 돌아오는 버스 안에서 맞상제와
다음과 같은 대화를 주고 받은 것으로 끝나고 있다.

    "자넨 몇이지?"
    "형님보다 두살 아래 아뉴?"
    성익은 눈을 감고 잠간 멍청히 흔들리다가 중얼거리었다.
    '서른! 서른 둘! 호랭이 같은……' (131면)

    영월영감의 광산에의 집념과 그 좌절을 통해서 이들은 비로소 자신
들이 가담해야 할 일이 무엇인지, 진취적이고 적극적인 삶의 자세가 무
엇인지에 대한 깨달음과 반성의 계기를 맞는다. 다만 영월영감이 이루

고자 한 사업(신념)이 구체적으로 무엇인지, 그것이 노다지에의 꿈으로
실현될 수밖에 없는 것인가에 대한 해명이 없이 추상화된 데서 영월영
감의 죽음의 의미가 축소되어 있다.

<農軍>(≪農軍≫ 1937. 7)은 제목이 암시하고 있듯이 만주에 정착하
고자 하는 이주 농민들의 투쟁의 기록이다. 이태준의 단편 가운데 그
서사적 공간 이동이 역동적이며 작중 인물들의 대립과 갈등의 양상이
첨예하게 드러나 작중의 상황을 극적인 구성으로 얽어내고 있다. 황무
지 개간을 둘러싸고 그곳 토착민과 작중의 윤창권 일가를 중심으로 한
이주민과의 싸움이 이 소설의 골간을 이루고 있는데, 생존을 위한 만주
조선인들의 투쟁이 매우 사실적이다. 척박하고 좁은 농토에서 살 수 없
는 윤창권 일가는 만주땅 長春으로 이주, 조선 농민들의 집단촌인 '쟝자
워프'(姜家窩柵)에 정착하여 새로운 삶을 시작한다. 그곳 조선 농민들이
'이통허(伊通河)'라는 하천에서 30리나 끌어오는 농사에 필요한 수로 공
사를 벌이는 데, 일단의 중국 토착민들의 습격을 받는다. 조선 농민들은
부인들까지 손에 낫과 식칼을 들고 나와 대항하여 물리치자 창권은 이
를 목격하고 새로운 의식의 눈을 뜬다. 봄이 되어 수로 공사를 재개하
지만 중국인들이 관청에 진정, 돈에 매수된 군인들이 출동하여 공사를
완강히 저지한다. 조선 농민 대표자들이 항의하나 도리어 구속되고 농
민 대표자들을 회유한다. 그러나 회유와 총탄 공격을 무릅쓰고 공사를
강행하여 기어이 水路를 뚫는다.

소설의 도입부인 봉천행 보통급행 삼등실의 풍경에서는 수색과 검문
을 당하며 이주하는 윤창권 일가의 脫鄕의 모습이 사실적으로 제시되어
있으며, 이들이 정착하고자 하는 장쟈워프의 풍경 또한 조선인 이주민
들이 처한 상황을 상징적으로 보여준다.

창권이네가 온 데도 여기다. 창권이네도 중국옷을 입은 황채심이
가 시키는 황무지를 십오상(十五쌍, 약 3만평)을 삼백원을 내고 샀다.
그리고 이십리나 가서 밭머리에선 백양목을 사서 찍어다 부엌을 중
심으로 하고 양쪽에는 캉(걸터앉을 정도로 높은 온돌)을 만들었다.
그리고, 채심이가 시키는 대로 좁쌀을 열포대, 옥수수 가루를 다섯포
대 사고, 소금을 몇말 사고, 겨우내 때일 조, 기장, 수수 따위의 곡초
를 산뎀이처럼 두어 나까리 사서 쌓고, 공동으로 사온 배씨 값을 내
고, 봇도랑을 이퉁허(李通河)란 내에서 삼십리나 끌어오는데 쿨리(苦
力 그곳 노동자) 삯전으로 삼십원을 부담하고 그리고는 빈손으로 날
마다 봇도랑 째는 것이 일이 되었다.
깊은 겨울엔 땅속이 한길씩 언다. 얼기 전에 삼십리 大幹線은 째
어 놓아야 내년봄엔 물이 온다. 이것을 실패하면 황무지엔 잡곡이나
뿌릴 수밖에 없고, 그 면적에 잡곡이나 뿌려가지고는 그 다음 해 먹
을 수가 없다.[31]

이러한 사실적인 상황 묘사는 이태준의 초기 작품에서는 거의 찾아
볼 수 없는 것으로 작가의 기질이었던 서정성에서 산문성에로의 전환을
보여주는 사례가 되고 있다. 단편의 극적인 장면 제시를 위해 짧은 문
장과 감탄사의 연결로 절제되지 않은 감정의 작가 개입이 전혀 제거된
것은 아니지만, <農軍>에 나타난 그의 서사적 국면은 이른바 후기 작품
들에 보이는 일반적 성향을 발전적으로 보여준 것이라 하겠다. 서정성
에서 산문성으로, 평면적이고 정태적 인물 유형에서 입체적 동적 인물
유형으로, 신변적이고, 개별화된 체험 영역에서 집단적이고 민족주의적
영역에로의 전환의 기미가 그것이다. 한편, 이 작품의 발표가 가능했던
것은 일제의 간교한 계략이 개입되어 있었던 때문이라는 주장이 있는

---

31) <農軍> 전집2. 147~148면.

데, 이른바 **萬寶山事件**의 소설화에서 오는 친일적 결과를 초래했다는
주장[32]이 그것이다. 만보산사건[33]은 종래의 조선과 중국 농민간에 자주
일어났던 충돌 사건으로 일제가 만주사변을 일으키기 위한 빌미로 사용
하였다는 점에 유의한 것이다. 일제가 만보산사건을 허위 과장 보도하
여 그에 대한 보복으로 조선에서 중국인 배척 사건을 유발토록 하고,
그 영향이 다시 만주 지방으로 파급되게 하여 중국인이 만주의 조선인
을 축출토록 기도, 이틈을 타서 군사적 행동을 취할 수 있는 구실을 모
색했던 사실이 그것이다. 거기에 이태준의 이 작품이 "일제의 정치적
야욕에 부합 또는 협조한 친일적 결과를 낳았[34]다는 것이다. 이태준이
만조산사건에서 취재한 것도 사실이고,[35] 작중의 '姜家窩柵'와 실제의
'姜家窩堡'이 유사한 것도 사실이지만 이는 단순한 작품 제작의 모티브
에 불과한 문제이다. 만보산사건이 일제에 의해 만주 침략의 구실로 작
용되었다 하더라도 <농군>에서 보여준 주제는 만주 이주 조선 농민의
강인한 삶에의 의지에 초점이 모아져 있기 때문이다. 또한 이후의 이태
준의 친일 행각 역시 구체적으로 드러난 것이 없다는 점에서, 이러한
견해는 다소 표면적 사실에 집착한 단정이라 할 수 있다.

    <밤길>(≪文章≫ 1940. 5·6호>은 인천 월미도의 주안, 비오는 칠흑같
은 밤중을 배경으로 한 주인공 화서방의 절망을 다룬 것이다. 서울 수
표교 다리께서 행랑살이를 하던 황서방은 아들을 보게 되자 돈을 모
아야겠다는 생각에서 가족을 주인집에 맡겨 놓고 인천의 건축 공사판에
끼어든다. 그러나 곧 장마철을 만나 일할 날만 기다리고 있던중, 난데없

32) 민충환, 『이태준 연구』(깊은 샘, 1988), 154면.
33) 박영석, "만보산 사건연구"(아세아문화사, 1985) 참조.
34) 민충환, 앞의 책, 156면.
35) 이태준, "만주기행", 『無序錄』, 297~314면.

이 안집 주인이 나타나 따귀를 때린다. 황서방의 처가 달아나고, 두 계집아이와 백일 지난 아이를 내버려두고 주인집 은수저와 보퉁이를 들고 달아났다는 것이다. 큰 계집아이에게 업혀온 젖먹이는 이미 병이 깊었다. 홍서방은 죽어가는 아이를 안고 빗속 어두운 밤길로 나온다. 공사장 동료인 권서방이 삽을 들고 뒤따르고, 그들은 산비탈 물구덩이에 아이를 묻는다. "하늘은 그저 먹장이요 빗소리 속에 개구리와 맹꽁이 소리만 요란"하다. 궁핍한 하층민의 절망적인 상황이 황서방과 그의 죽어가는 아이로 형상화되어 있다. 이 작품은 황서방 일가의 비극적 정황이 얼마나 당대의 그것으로 환치되어 있는지에 의문이 제기될 수 있다. 신문사의 폐간으로 말미암아 일자리를 잃고 생계를 위해 토끼를 기르면서 겪게 되는한 지식인(작가)의 생활의 비애를 그린 <토끼 이야기>(≪文章≫ 1941. 2)는 식민지 지식인이 걷게 되는 또 다른 <밤길>의 하나라 할 수 있지만 이들이 현실에 대응하는 태도에 있어서는 이미 주어진 상황에의 절망과 투항의 모습으로 나타난다.

그러나 월북 당년의 <解放前後>(≪文學≫ 1946. 8)는 지금까지의 자신의 문학을 아프게 반성하는 식민지의 소설가를 등장시켜 작가적 변신을 예고해 주고 있다. 자전적 소설인 이 중편에서 작중의 소설가 '현'은 일제의 폭력 앞에서 살아남기 위해 굴욕으로 살아온 과거를 아프게 되돌아보고 있다. 신변 소설을 주로 쓰고, 계급보다는 민족의 비애에 더 솔직했으며, 계급에 편향했던 좌익에 반대했으며, 일제의 조선 문학 정책에 반기를 들기에는 너무나 미약했으며, 살아남기 위해 체관의 세계로 밖에는 열릴 길이 없었다는 주인공의 술회는 바로 작가 자신의 해방 이전의 작품에 대한 자아 비판인 셈이었다. 그리하여 그는 홍명희 등과 월북, "새 생활 새 관습, 새 문화의 새 세계인" 소련 기행에 나서는 것이다.

이상에서 우리는 이태준 단편 소설의 중요한 성과로 간주되는 몇 작품을 살펴보았다. 논의의 편의를 위해 초기 단편과 해방 전후의 것으로 나누어 보았지만 <五夢女>에서 <토끼이야기>에 이르기까지의 그의 작품을 일관하는 것은 소설에서의 언어, 혹은 그것들의 집적물인 언어의 형식미에 대한 집착이라 할 수 있다. 그는 이야기하려는 것보다 이야기하는 방법에 대하여 보다 더 많은 '예술적' 성취도를 두고 있는 듯하다. 그의 소설이 우리에게 제시하고 있는 아름다움이란 그 이야기 자체의 짜임새에 있는 것이었지 그러한 이야기를 가능케 했던 현실 세계와의 조응을 통한 아름다움이 아니라는 점은 중요하다. 그의 소설에서의 현실 세계란 인물의 근거를 마련해 주기 위한 遠景으로서의 그것으로 의미 기능을 상실한 부차적인 것으로 밀려나 있다. 따라서 그의 소설이 환기시켜주는 아름다움이란 구체적이고 일상적인 삶의 올과 결에 맞닿아 있지 않는, 막연한 애수나 정조, 또는 분위기로서의 그것이라는 데 한계가 있다. 이는 그가 형식주의라기보다는 반역사주의였음을 말해주는 것에 다름 아니다.

해방 전후의 것에 이르면 이러한 경향은 다소 제거되고 현실적인 인물들의 일상적인 문제들이 사건의 중심을 이루기도 하는데 그 대표적인 작품이 <寧越令監>, <農軍>, <밤길>, <토끼이야기>, <解放前後> 등이다. 그의 월북을 전적으로 이들 작품들에 보이는 징후들의 결과로 볼 수는 없는 것이지만, 초기의 작품들에 비해 현실 인식의 추상성이 많이 제거되어 있다. 이러한 몇 작품을 근거로 이태준 소설에서의 역사 사회적 성격의 결여를 지적한 기왕의 견해를 다시 비판한 논의도 나와 있다. 그러나 상고주의와 딜레땅띠즘으로 매도되고 있는 이태준 소설에 대한 반증의 자료로 우리가 들 수 있는 몇 작품들에 대한 해석적 근거는 매우 소박한 것이라 할 수 있다. 한 시대의 작가가 그 시대의 언어와 현실로부터 도피할 수 없는 이상, 그의 작품은 어떤 형태로든 그 시대의 어떤 현상을 담고 있기 마련이다. 이 때의 사회성(시대성)이란 그러므로 산출하기보다는 산출되기 마련인, 모든 서사 양식의 기본적인 속성에서 기인하는 것이다. 그러므로 어떤 작가의 사회성을 이야기할 때 문제가 되는 것은 역사 사회성의 여부가 아니라 그 정도라 할 수 있다. 그리고 이 때의 역사 사회성이란 자연스럽게 드러난 현상으로서가 아니라 의도하고 조작된 장치에 의해 형상화된 과정으로서의 그것이어야 한다. 그것은 한 작품에 있어서는 우연이지만 그것들을 산출한 작가에 있어서는 필연의 결과이다. 역사사회 의식이란 그러므로 한 작가의 세계관의 소산이지 소재의 결과가 아닌 것이다. 소설에서의 역사성이나 사회성 논의는 그러므로 심정적이고 소재적인 것이 아니라 이념적이고 구조화된 작품의 역동성의 수준에서 이루어져야 할 것이다.

동경과 좌절의 미학

강 진 호

1. 머리말

　이태준은 근대 소설사에서 매우 독특한 특성을 보여준 작가의 한 사람이다. 그는 문학의 효용성이 고도로 강조되던 식민치하의 현실에서 순수문학의 기치를 내건 「구인회」의 중심작가이자 동시에 '경향문학의 퇴조 이후 나날이 그 존재가 뚜렷하게 大寫된 작가'[1]였다. 그는 문학의 사회적 효용성에 대해서 냉소적인 태도를 보이며 형식적 완결성에 남다른 집착을 보였고 많은 양의 통속·역사물을 남겼다. 그리하여 한 때 프로측으로부터 혹독한 비판을 당하기도 하지만, 일제가 사라진 해방후에는 오히려 남다른 기민함을 보여서 좌익에 적극 관여하고 작품 역시 이전과는 확연히 다른 양상을 보여주었다. 예컨대 순수문학에 남다른 집착을 보였던 작가가 해방후 급격한 변신을 보여 사회주의를 찬양하는 '문학적 사건'을 연출했던 것이다.

　이런 독특한 행적으로 말미암아 이태준은 순수 문학자로 평가되기도

---

1) 백철, 『조선신문예사조사』, 신구문화사, 1968.

하며 한편으로는 좌익 문학가로 분류되기도 하였다. 즉 기존 논의는 크게 두 가지로 나누어지는데, 하나는 이태준을 순수문학의 옹호자이자 뛰어난 문장가(文章家)로 보는 관점이다. 연구의 대부분을 차지하는 이런 시각은, 이태준을 사회 현실에 대한 관심보다는 문장의 정련(精鍊)과 기교에 치중한 작가로 규정하고 20년대 중반 이후의 프로작가들과 대비시켰으며, 그로 인해 이태준은 사회에 대한 관심보다는 기교를 앞세운 작가로 평가되기에 이르렀다. 둘째는 이태준 소설에 내재된 사회 현실에 대한 관심에 주목하여 평가하는 경우이다. 즉 1938년 이후 확연히 드러나는 현실 인식과 소설관의 변화에 주목하여 사회적 인식의 심화라는 측면에서 그의 소설을 보는 견해로, 이는 궁극적으로 해방후의 행적을 염두에 둔 것이라고 할 수 있다. 그렇지만 외견상의 특징을 기준으로 하여 그를 평가할 경우 적지 않은 문제를 노정하게 되는데, 예컨대 그를 순문학자로 볼 경우 상당수 작품에서 보이는 사회의식과 변혁적 열망을 어떻게 설명할 것인가 하는 문제에 직면하며, 리얼리스트로 규정할 경우 그의 소설이 과연 현실에 대한 구조적 인식에 바탕을 둔 것인가의 문제를 해명할 수 없게 된다.

최근의 논의에서 이태준의 사회 의식이 유독 강조되는 것도 실상은 이런 한계에서 크게 벗어난 것은 아니라고 할 수 있는데, 이는 그간 이태준에 대한 논의의 진폭(振幅)이 그리 크지 않았다는 사실을 말해주는 것이지만, 중요한 것은 월북작가들에 대한 논의가 80년대 후반의 정치적 상황과 맞물린 까닭에 임화, 이기영, 한설야, 김남천 등에게 집중되었고, 그것도 주로 사회·정치적 측면에서만 논의된 데 원인이 있다. 물론 이런 논의로 인해서 문학의 사회적 역할과 사명감이 심도 있게 고찰되고 동시에 잊혀진 작가들이 복원됨으로써 문학사가 훨씬 풍요로워진

것은 부인할 수 없는 사실이다. 그렇지만 그러한 논의가 임화 등과는
확연히 다른 특성을 보여준 이태준의 본질을 밝히는데 얼마나 유용한
것인가에 대해서는 적잖이 회의적이다.

임화, 한설야 등에게 있어서 문학이란 결코 사회 현실과 분리될 수
없는 것으로, 삶과 사회에 대한 탐구가 곧 문학적 성과를 담보하는 중
요한 요소였다. 한설야의 한 평문2)에서 단적으로 확인되듯 그들은 먼저
사회과학을 공부했고, 그 이론에 의거하여 현실을 목적의식적으로 그려
냈다. 그렇지만 이태준은 사회 대신에 문장을 고민했고 영화를 보면서
인물의 성격을 스켓치하였다. 그에게 있어서 문학이란 사회적 삶과 직
결된 것이 아니라 '만들어지는 것'이며, 임화 등이 표방한 '현실의 반
영'과는 거리가 먼 것이다. 이런 점에서 한설야 등이 도구적 합리성을
중시한 작가라면 이태준은 미적 합리성3)에 바탕을 둔 작가라고 할 수
있다. 이태준이 보인 문장에 대한 집요한 관심이나 인물 형상화에 대한
노력, 플롯의 견고성 등에서 이런 사실은 새삼 확인되거니와, 당시 그를
스타일리스트나 기교파로 분류했던 것은 여기에 원인이 있다.

이 글은 기존의 평가를 수용하면서, 이태준 문학 전반을 하나의 체계
로 설명하려는 의도를 갖고 있다. 예컨대 식민지 시대의 순문학적인 측
면과 해방후의 정치활동을 관통하는 일관된 원리가 무엇이냐 하는 점이
다. 기존 연구의 대부분은 해방전의 단편에 집중되어 순수문학자로 그

---

2) 한설야, 「고난기」, ≪조광≫(1938.10). 여기서 한설야는 '문학작품을 읽기 보
   다는 사회과학이나 문학평론을 읽기를 택한 것은 문학자로서의 머리를 좀더
   넓히고 무겁게 하고 단단히 하고 깊게 하기 위함'이라는 말로 사회과학 공
   부의 중요성을 피력한다.
3) 도구적 합리성이나 미적 합리성은 모두 합리주의를 기반으로 한다는 점에서
   동일하지만, 전자가 계몽주의적 성격을 지닌다면, 후자는 미적 완결성과 자
   율성을 강조한다는 점에서 구별된다.

를 평가하여 왔는데, 과연 그러한 평가가 온당한 것인지 또는 그가 지닌 어떠한 요소가 해방후의 급격한 변신을 가능케 한 것인지, 아울러 그것이 기왕의 평가대로 한갓 '훼절'이나 '문학적 사건'에 불과한 것인지 하는 의문에서 이 글은 시작된다.

이러한 질문에 답하기 위해서 여기서는 낭만적 동경이라는 개념을 사용하기로 한다. 예컨대 식민지 시대 이태준 소설에서 보이는 민족주의적 성향과 현실비판적 모습이 현재의 삶을 가로막는 존재로서의 일제(日帝)에 대한 단순한 부정과 결부된다는 점, 환언하자면 '소망하는 세계'에 대한 동경이 역으로 현실에 대한 비판과 부정으로 나타난다는 점에서 소설의 중심축을 낭만적 동경으로 보고자 하는 것이다. 기존 논의에서는 그를 민족주의자로 설명하기도 했지만, 식민치하의 현실을 비판하거나 부정한다고 해서 그것이 바로 민족주의적이라고 할 수는 없으며, 더구나 민족주의가 본질적으로 국민 주권주의를 바탕으로 하는 것4) 이라면, 막연한 동경과 지식인의 울분을 피력하는 수준에 그치는 그의 소설이 결코 민족주의적인 것은 아니다. 그리고 작품상의 비판이 감각적 차원에 머물고 구조적인 것으로 나가지 못했다는 사실 역시 간과할 수 없다. 따라서 이태준에게 있어서 기존 상태를 초월해야 한다는 필요성과 현재의 사회 속에서 발견할 수 없는 가치체계를 탐구해야 한다는 필요성은 사회주의나 민족주의라는 특정 이념에 의거한 것이라기보다는 주관주의에 기반을 둔 추상적 관념에 불과하다는 점에서 다분히 낭만적인 것이다.

흔히 낭만주의5)를 사조적 개념으로 이해하지만, 그것은 하나의 세계

---

4) 송건호, 강만길편, 『한국민족주의론I』, 창작과비평사, 1982.
5) 이 글이 이태준을 낭만주의자로 규정하는 것은 아니며, 단지 그를 규율한 문

관이자 미학원리이다. 낭만주의는 어느 시대나 나타나는 것으로, 철학적
으로는 객관세계에 대해 인식주의의 우위성이라는 전제 위에서 인간 정
신의 자율성을 주장하고 자아의 무한한 고양을 희구하는 독일 관념론의
주관주의적 태도를 기반으로 한다. 또 정치적으로는 불란서 대혁명 후
독일을 비롯한 후진국 민족주의 운동과도 연결되어 있고, 한편으로는
근대의 급격한 산업화 및 도시화로 야기되는 자본주의 체제의 문제점들
에 대해 날카롭게 반발하면서 기계적인 것에 대해 유기체적인 자연과
생명을 갈구하는 시대 상황을 반영한 것이기도 하다. 요컨대 낭만주의
는 고전주의에 반발한 18세기말 19세기초의 문예사조에 국한되는 것이
아니라 어느 시대에나 나타날 수 있는 하나의 세계관이자 미학원리로,
주관주의와 부단한 동경(憧憬)을 그 속성으로 한다. 이런 견지에서 데뷔
작 <오몽녀> 이래 이태준 소설에 일관되게 드러나는 주관적 동경과 문
명화된 세계에 대한 비판, 과거에 대한 향수 등은 낭만주의에 근사(近
似)한 것이다.

이 글은 이러한 맥락에서 해방전의 이태준 소설을 설명하고, 그것이
해방후 급변하는 현실에 조응하면서 어떻게 변모했는가를 살펴보고자
한다. 결론부터 말하자면 해방후의 첫 작품 <해방전후>를 쓸 때까지는
식민지 이래의 낭만적 동경과 비판적 시각이 그대로 유지되지만, 월북
후 소련을 다녀온 뒤에는 민족의 문제가 아닌 계급의 문제로 관심 영역
이 전환되고 이후의 소설은 이런 변화된 인식을 담게 된다. 이를테면,

학관의 한 축으로 낭만적 특성을 강조한 것이다. 따라서 낭만성은 서구적
의미의 낭만주의를 뜻하기 보다는 '주관주의와 부단한 동경'을 내적 특질로
하는 한정된 의미로 사용된다. 낭만주의에 대해서는 다음의 글을 참조했다.
『낭만주의』(L.R Furst, 이상옥역, 서울대 출판부), 『문예사조』(김용직외, 문학
과 지성사), 『독일 낭만주의 연구』(장남준, 나남).

식민지 시대 이래 동경했던 세계의 구체적인 상(像)으로 '소련'을 대치하고 그것이 작가의 이념과 형상화 방식에 일대 전환을 초래케 하는 것이다. 이태준이 30년대에 프로문학에 강하게 반발했던 「구인회」를 중심으로 활동하다가 월북을 하고 마침내는 열정적인 사회주의자로 변신하게 된 이면에는 이러한 논리적 정합성이 예비되어 있었던 것이다.

2. 주관적 동경과 속악한 현실

이태준이 문단에 첫발을 내디딘 1925년 전후는 3.1운동을 계기로 고조된 민족운동이 사회 전분야로 확산되면서 소작쟁의와 노동쟁의가 빈발하여 현실에 대한 관심이 급격히 고조되던 시기였다. 그리하여 문학운동 단체인 KAPF가 결성되고, 그들의 이념에 공감하는 유진오, 박화성, 이효석, 채만식 등의 동반자 그룹이 형성되기도 하였다. 이태준 역시 당대 현실에 전혀 무관심했던 것은 아니어서 본격적 활동이 이루어진 30년대 이후의 작품에는 현실에 대한 분노와 비판이 작품의 중요한 특성을 이룬다. <고향> <실락원 이야기>에는 식민지 청년의 분노와 좌절이 그려지고, <꽃나무는 심어 놓고> <봄>에서는 당대 이주 농민들의 애환이, <불우선생> <복덕방> 등에서는 불우한 노인들의 소박한 꿈과 좌절이 그려진다. 그리하여 30년대 후반기에는 만주 이주 농민의 문제를 토착인과 일인(日人)의 구조적 관계 속에서 형상화한, 프로문학 못지 않은 <농군(農軍)>과 같은 성과작을 낳기도 했던 것이다. 그렇지만 이들 작품에 나타나는 작가의 비판이 객관 현실에 대한 구조적 인식에서 비롯된 것이 아니라 단편적인 체험이나 간접 경험6)에 바탕을 둔 점, 그리고 이면에는 강한 동경이 내재된 점에서 리얼리즘 소설과는 일정하게 구별된다.

데뷔작 <오몽녀>는 이러한 이태준의 본원적 특질을 가식없이 보여주는 작품으로, 여기서 작가는 문단의 주류적 분위기와는 무관한 자신의 욕망을 내보여 이후 소설의 근본 특성의 하나를 암시한다. 요컨대 사회나 시대의 문제는 전혀 거론하지 않으며, 단지 한 인물의 욕망 충족 과정만이 집요하게 추적한다.

'오몽녀'는 가난하게 자랐고 남 속이기를 평범하게 하는 인물로, 남편(지참봉) 몰래 돈을 훔치거나 맛난 음식을 독식하는 탐욕스러운 여인이다. 또 나이 많은 남편에게 본능적 욕구를 충족하지 못하여 어부인 금돌과 정을 통하고, 이후 권력으로 유혹하는 남순사와도 관계를 맺는다. 그런데 남순사는 오몽녀를 첩으로 들이려는 욕심에서 지참봉을 독살하고, 재산과 권력을 앞세워 오몽녀를 협박한다. 그렇지만 그런 압력에 굴하지 않는 오몽녀는 젊고 건강한 금돌을 택하여 '해삼위(블라디보스톡)'로 도망한다.

이처럼 오몽녀는 마치 <감자>(김동인)의 '복녀'와 흡사한 모습을 보이는데, 복녀가 윤리성과 인간성의 문제에서 인간성을 강조하려는 기능적 인물로 설정되었다면, 오몽녀는 처음부터 그러한 윤리적인 문제와는 무관한 인물로 설정된 차이점을 갖고 있[7]다. 여기서 우리는 욕망을 억압하는 외부 현실에 반발하고 내면적 욕구에 순응하는, 말하자면 현실의 문제보다는 주체의 욕망을 중시하는 이태준의 고유한 모습을 접하게

---

6) 이태준은 <농군>이 만주 기행시 조선 출신 이주농민들로부터 들은 "전설"을 소재로 한 것임을 수필집 『無序錄』에서 밝히고 있다.
7) 송하춘, 『1920년대 한국소설연구』, 고대민족문화연구소, 1985, p.230.

된다. 그에게 있어서 외부 현실이란 단지 주체의 욕망을 가로막는 장애
에 지나지 않으며, 가치판단의 준거는 현실이 아니라 주체의 이상(理想)
이다. 실상 이태준 문학은 이런 자아의 무한한 실현과 그것을 가로막는
외부 요인에 대한 반발을 그린 것이라 해도 과언이 아닌데, 주목할 점
은 이것이 강한 주관주의에 기반을 두고 있다는 점이다.

혼히 낭만주의의 내적 특성의 하나로 거론되는 주관주의는 주관에
관계되지 않는 객관적 진리를 부정하는 것으로, 주관을 근본 원리로 하
여 가치의 주관성을 옹호하는 것으로 풀이할 수 있다. 그리하여 내면의
경험, 내면적 세계를 진실이라고 생각하며, '나'(주관)를 억압하는 일체
의 외부상황에 반발하고 비판한다. 이때 그 억압적 요소가 주체의 열정
을 억압하는 이성적 형식일 때 낭만주의는 자유분방한 무형식을 주장하
고, 인간 본연의 생명력을 침식하는 사악한 문명일 때는 자연친화로 연
결된다. 이태준의 초기 소설에서 발견되는 현실에 대한 감정적 분노는
모두 이러한 사실의 연장에 놓여 있다.

홀애비 '황영감'이 자식과 행복한 미래를 꿈꾸지만 허무하게 무너진
다는 <행복>이나, 동경에서 돌아온 청년의 소박한 꿈(즉 '한적하고 궁
벽한 산촌에서 순박한 아이들을 가르치며 살고 싶다')을 실현하려는 의
지를 보여주는 <실락원 이야기>, 꿈과 같은 설레임의 대상이던 결혼 생
활이 실제로는 전혀 그렇지 못하다는 사실을 깨닫고 마침내 집을 뛰쳐
나오는 여주인공을 그린 <코스모스 이야기> 등이 그러한 예라 할 수
있다. 여기서 인물의 행위를 규율하는 준거는 내면의 진실이고, 그것을
억압하는 외부 현실은 한갓 장애 요인에 불과하다. 그리하여 작품은 외
형상 현실 비판의 형태를 취하지만 구조적 인식으로 나가지 못하고, 일
면적인 폭로나 감정적인 반발을 드러내는데 그치는 것이다.

<고향>(1931)은 작가의 이런 특성을 보다 극명하게 드러낸 작품이라 할 수 있는데, 여기서 작가는 고학으로 어렵게 학업을 마친 '김윤건'을 통해서 귀국후 겪게 되는 일련의 좌절을 보여준다.

염상섭의 <만세전>을 방불케하는 이 작품에서, 작가는 우선 고향과도 같은 조선이 일제의 식민통치에 의해 짓밟히고 있지만, 대부분의 지식인들은 그러한 상황을 목격하고도 퇴폐적인 삶을 살아 가고 있음을 비판한다. 특히 일자리를 구하는 과정에서 목격하게 된 종로와 파고다 공원에 득실거리는 가난한 사람들의 모습과 그런 현실을 외면한 채 자신들의 실리만을 꾀하는 지식인들의 반민중적 모습이 대비되면서 작가의 비판은 더욱 고조된다. 이런 점에서 이 작품은 이태준 작품으로는 상당히 예외적인 면모를 보이지만, 그것이 구체적인 매개 없이 이루어져 단지 감정적인 분노를 드러내는 수준에 머물고 있다는 점에서 한계를 지적할 수 있다. 즉 현실 비판의 가늠자가 작가의 관념 속에 내재된 '존재해야 할 세계'에 근거하고 있는 까닭에 '조선'은 구체적인 삶의 터전이라기보다 단순한 동경과 향수의 대상으로만 제시되는 것이다. <만세전>이 주인공의 여로(旅路)를 통해서 당대 현실을 파노라마식으로 제시하고, 그것을 통해서 현실에 대한 울분을 드러내는 형국이라면, <고향>은 동경과 향수의 대상이었던 조선이 막상 귀국하고 보니 속악한 현실로 변해 있다는, 이상과 현실의 괴리에서 흥분하고 부정하는 식이다.

　'나의 고향은 어데냐?'
　윤건은 심사가 울적할 때마다 보던 책을 다다미 위에 집어 내던지고 그리운 곳을 톺아 보곤 하였다. 함경북도 배기미냐, 서울이냐, 철원이냐, 그저 막연하게 조선땅이냐, 그러면 배기미나 서울이나 철원에 누가 나를 기다리고 있느냐, 아무도 없다. 배기미 같지도 않다.

서울도, 철원도 아닌 것 같다. 그러나 그는 이 말 끝에 "조선땅이 아
니다"라는 말은 해 본 적이 없었다.[8]

이처럼 김윤건에게 있어서 조선은 꿈과 동경의 대상으로, 구체적 현
실이라기보다는 기억 속에 각인된 관념적 공간에 불과하다. 따라서 그
가 조선에 돌아온 후 참담한 현실에 분노하고 흥분하는 것은 이러한 맥
락에서 보자면 당연한 것이다. 그에게 있어서 조선은 적어도 이상향에
가까운 곳이기 때문이다.

이와같이 이태준 소설에서 보이는 현실 비판은 '존재하는 현실'에
대한 부정과 또 다른 세계에의 지향이라는 낭만성과 긴밀히 결부되어
있어 식민치하의 현실이 막연한 부정의 대상으로밖에는 인식되지 않으
며, 구체적인 탐구의 대상으로 설정되지는 못하고 있다. 따라서 작중 인
물들이 일제의 식민정책에 의해서 변질되는 현실에 격분하고 부정하는
모습을 보임에도 불구하고 구체적인 전망의 제시로는 나가지 못하는 것
이다. 이 시기 발표된 <기생 산월이> <어떤날 새벽> <은희부처> <불도
나지 안엇소> 등의 작품 역시 사회적으로 불행한 인물을 소재로 하지만
대부분 감상성과 주관적 동경을 피력하는 수준에 머무는 것은 이런 맥
락이다.

그런데 이런 주관주의적 경향은 작가가 현실의 실체를 인식하고 체
험하는 과정에서 점차 변모하는 양상을 보이는데, 예컨대 참담한 현실
이 내면적 진실의 추구를 더 이상 허용하지 않게 되자 과거를 향하거나
반문명의 형태를 취하는 것이다. <패강냉(浿江冷)>과 <돌다리>는 이런
지향을 보여주는 대표적인 작품이라 할 수 있거니와, 여기서 이태준은

---

8) 이태준, <故鄉>, ≪동아일보≫, 1931.4.21(1회).

문명화된 현실에 대한 강한 반감을 내보이며, 그것을 과거에 대한 동경이나 토지에 대한 애착으로 제시한다.

<패강냉>에서 작가는 10년만에 내려온 평양에서 경찰서와 빌딩이 늘어가고 재래의 아름다운 풍속이 사라진 모습을 목격하고 마치 폐허와 같다는 느낌을 받는다.

> 오면서 자동차에서 시가도 가끔 내다보았다. 전에 본 기억이 없는 새 삘딩들이 꽤 많이 늘어섰다. 그중에 한가지 인상이 깊은 것은 어느 큰거리 한뿌닥이에 벽돌공장도 아닐테오 감옥도 아닐터인데 시뻘건 벽돌만으로, 무슨 큰 분묘(墳墓)와 같이된 건축이 웅크리고 있는 것이다. 현은 운전수에게 물어보니, 경찰서라고 했다.
> 또 한가지 이상하다 생각한 것은, 그림자도 찾을 수 없는, 여자들의 머리수건이다. (중략) 현은 단순하면서도 흰 호접과 같이 살아보혓고, 장미처럼 자연스런 무게로 한송이 얹힌 당기는, 그들의 악센트 명랑한 사투리와 「피양내인」들만이 가질 수 있는 독특한 아름다움이였다. 그런 아름다움을 제고장에와서도 구경하지 못하는 것은, 평양은 또한가지 의미에서 폐허라는 서글픔을 주는 것이였다.[9]

여기서 문명 비판은 그것을 앞세운 일제에 대한 비판으로 연결되는 예리함을 보이는데, 특히 일본의 '조선어말살정책'으로 조선어와 한문을 가르치다 시간강사로 전락한 '박'을 만나고는 이런 서글픈 감정은 더욱 심화된다. 그리하여 술자리에서 '김'이 '현'에게 방향전환을 하여 팔리는 글을 쓰라고 하자 '현'은 흥분하여 친구들에게 행패를 부리는 것이다.

이러한 내용의 단편으로 <고향>과 동일한 구도와 발상을 보여주지만,

---

9) 이태준, <浿江冷>, 『이태준전집』(2권), 깊은샘, 1988, pp.210-211.

주목할 점은 <고향>에서 보였던 주관적 동경이 반문명과 과거에 대한 향수로 이어진다는 점이다.

다락에는 제일강산(第一江山)이라, 부벽루(浮碧樓)라, 빛 낡은 편액들이 걸려 있을 뿐, 새 한 마리 앉아 있지 않았다. 고요한 그 속을 들어서기가 그림이나 찢는 것같어 현은 축대 아래로만 어정거리며 다락을 우러러본다.

질퍽하게 굵은 기둥들, 힘 내닫는대로 밀어던진 첨자와 촛가지의 깎음새들, 이조(李朝)의 문물다운 우직한 순정이 군데군데서 구수하게 풍겨나온다. (중략) 끝없는 대동벌에 점점히 놓인 구릉들과 함께 자못 유구한 맛이 난다.[10]

이렇듯 작가의 동경은 근대 도시에서 이방인처럼 남아 있는 옛 것을 향하고 있다. 거기서 그는 시속(時俗)과는 거리가 먼 전아함과 고답미를 발견하고, 그것을 폐허화된 현실과 대비하는 것이다.

이 과정에서 작가는 다분히 유가적인 태도를 보여주는데, 그가 이렇듯 유가적 특성을 보이는 것은 일련의 수필[11]과 자전적 성장소설 <사상의 월야>에서도 확인되듯이, 성장과정에서 한말 유학자였던 부친의 영향을 강하게 받았고, 그로 인해 유교적 이념을 내면화한 데서 원인을 찾을 수 있다. 이태준이 작품 곳곳에서 아버지에 대한 존경심을 표하거나 소설 속의 인물이 지사적 면모를 드러내는 것은 이런 사실과 관계되며, '부벽루'에 대한 찬탄 역시 같은 것이다. 그렇지만 이러한 지향성은 일시적인 것일 뿐 그의 내면을 규율하는 세계관으로까지는 고양되지 못

---

10) 이태준, <패강냉>, 앞의 책, p.209.
11) 수필집 『무서록』에 수록된, <고완> <고완품과 생활> <난초> 등이 대표적인 예가 된다.

하고 있다. 말하자면 현실에서 더 이상 내면적 진실을 추구할 수 없게 되자, 과거로 방향을 선회하여 정적이고 전아한 공간에 일시적으로 자아를 은폐시킬 뿐 지속성을 지니지 못하는데, 이는 다음의 <해방전후>에서 드러나듯, 상황이 바뀌자 곧 바로 부정되는 형국이기 때문이다.

한편 <돌다리>에서는 이런 동경이 농토에 대한 친화로 드러난다. 병원을 확장하기 위해서 농토를 팔겠다는 창선과 그것을 반대하는 아버지의 일화를 '돌다리 보수공사'를 빌어 표현한 이 작품에서, 무엇보다 두드러지는 것은 토지에 대한 아버지의 강한 애착과 그것을 묵묵히 수긍하는 창선의 태도이다. 토지를 팔아서 병원을 증축하겠다는 창선의 계획은 현실적으로 타당하고 합리적이건만, 땅에 대해서는 '이해를 초월한 종교적 신념'을 가진 아버지의 뜻은 그와는 정반대이다. '땅이란 일시 이해를 따져 사구 팔구'하는 것이 아닌 '천지만물의 근거'라는 것이다. 목제 다리가 놓여 있음에도 불구하고 굳이 떠내려간 돌다리를 보수하는 심리 역시 동일하다. 돌다리에는 어린 시절의 추억이 얽혀 있고, 할아버지가 그 다리를 건너서 자연으로 돌아갔으며, 어머니도 그 다리를 건너서 시집을 왔다. 말하자면 무심히 지나칠 물건이 아니라 '인정'을 베풀어야 할 대상이다. 그리하여 아버지는 주변의 비웃음에도 불구하고 돌다리를 복구하는 것이다. 이렇듯 이태준은 문명화된 현실에 반하는 인물을 통해서 반문명적 지향과 농토에 대한 본능적 친화성을 표현한다. 그의 작품이 도시, 농촌, 농민, 지식인, 노인 등 다양한 소재를 다루고 있음에도 불구하고 프로소설과는 다른 독특한 분위기와 성격을 갖는 것은 이런 특성이 작품의 근간을 이루기 때문이다.

이와같이 해방전 이태준 소설에는 부단한 동경과 주관적 자의식이 근본에서 관철되고 있음을 알 수 있다. 그로 인해 사물을 냉정하게 응시하기보다는 주관적인 사상이나 감정, 기분을 중시하고 시적 아름다움을 창조하는 다분히 서정적인 특성을 갖는 것이다. 또 소설의 분위기가 전반적으로 비애와 우수의 정조를 지닌 것도 여기에서 비롯되는 것으로, 주인공이 현실을 수긍하지 않고 부정하기 때문에 삶은 애잔한 슬픔을 갖는 것이다. 그렇지만 그것은 민족주의라든가 유가적 이념이 뒷받침된 것이 아닌 까닭에 동경의 대상이 부단히 변화되어 해방이라는 또 다른 상황이 전개되자 대상을 바꾸는 기민함을 보이는데, 자전소설 <해방전후>에는 과거가 단지 비애와 동정의 대상으로 변하고, 새로운 것으로 '공산당'을 수용하는 것이다. 이런 의미에서 이태준을 민족주의나 선비의식을 기반으로 한 인물이라고는 볼 수 없으며, 단지 주체의 내밀한 욕망을 부단히 추구하는 낭만적 인물이라 할 수 있다.

3. 해방과 자기 부정의 도정

이태준이 해방 소식을 접한 것은 해방전·후의 내면풍경을 서술한 자전소설 <해방전후>를 통해볼 때 해방된 다음날이다. 그는 친구의 전보를 받고 상경하는 도중에 차속에서 해방소식을 전해 듣고 '코허리가 찌르르'한 감격을 받았다고 한다. 그후 이태준은 바로 상경하여 '조선문학건설본부'에 임화, 김남천과 더불어 요직(부위원장)을 차지하고 과거의 '소극적인 처세'에서 벗어나 '의연히' '일'해야할 공간으로 해방기를 맞이한다. 그리하여 1946년 2월에는 남로당의 하부조직인 '민주주의 민족전선'의 문화부장, ≪현대일보≫의 주간 등을 역임하며, '부르조아 민주주의 혁명론'으로 요약되는 남로당 노선의 열렬한 옹호자로 변하여 마침내 남한의 체제와는 다른 길을 선택하는 것이다. 이러한 일련의 행위에서 해방전과는 다른 엄청난 간극을 목격할 수 있는데, 즉 프로문학에 반기를 든 「구인회」를 주도했던 인물이며, 문학의 자율성에 남다른 집착을 보였던 이태준이 이처럼 계급 노선을 편들고 문학을 선전의 도구로 인식하는 태도 변화를 보여주었기 때문이다. 당시 그의 행적을 '문학적 사건'이라 규정했던 것도 실상은 이런 단절을 이해할 수 없었기 때문이다. 그렇지만 이런 외견상의 변화에도 불구하고 이태준은 이 시기까지도 해방전과 동일한 사유구조와 문학관을 지니고 있었는데, 이런 맥락에서 보자면 이태준은 변화는 본인의 말대로 일종의 처세술의 변화에 지나지 않는 것이라고 할 수 있다.

해방후의 심경과 행적을 서술한 <해방전후>에서 이런 사실은 구체적으로 확인되거니와, 작품에는 크게 두 개의 이야기가 서술되어 있다. 하나는 해방전의 행적을 회고하는 부분이며, 다른 하나는 해방후의 심경과 '조선문학건설본부'에 관여하게 된 경위를 서술한 부분이다. 이러한 두 개의 이야기를 통해서 식민 현실에 대한 자신의 태도와 해방후의 변화 과정을 파악할 수 있는데, 여기서 특히 주목되는 점은 주인공 '현'이 좌익에 가담하는 계기, 즉 박헌영의 8월 테제에 기초한 '부르조아 민주주의 혁명론'을 수용하는 계기가 당위적 차원에서 이루어진다는 점이며, 동시에 거기에는 식민지 시대 이래의 낭만적 동경이 그대로 투영되고 있다는 점이다. 첫번째 사실은 <해방전후>의 다음과 같은 구절에서 확인할 수 있다.

현은 그들의 태도와 주장에 알고보니 한군데도 이의(異議)를 품을 데가 없었다. 「장래 성립할 우리정부의 문화, 예술영역의 통일적 연락과 각부문의 질서화를 위하야」였고 「조선문화의 해방, 조선문화의

건설,문화전선의 통일」 이것이 전진구호(前進口號)였던 것이다. 좌우
를 막론하고 민족이 나아갈 노선에서 행동통일부터 원측을 삼어야
할 것을 현은 무엇보다 긴급으로 생각한 것이오, 좌익작가들이 이것
을 교란할가보아 걱정한 것이며, 미리부터 일종의 증오를 품었던 것
인데 사실인즉 알어볼수록 그것은 현자신의 긔우(杞憂)였다. 아직
이 이상 구체안이 있을 수도 없는 때이나 이들로서 계급혁명의 선수
를 걸지 않는 것만은 이들로 주저나 자중이 아니라, 상당한 자기
비판과 국제노선과 조선민족의 관계를 심사숙고한 연후가 아니고는
이처럼 일견 단순해 보히는 태도나 원측만엔 만족할 리가 없을 것이
었다. 현은 다행한 일이라 생각하고 즐기여 그 선언에 서명을 가치
하였다.12)

이글은 '조선문학건설본부'에 적극 가담하게 된 심경을 서술하고 있
는 부분으로, 이태준이 조직에 가입하는 직접적인 동기가 '민족적 대단
결'이라는 당위적 차원에 기초를 두고 있음을 보여준다. 계급적 편견에
사로잡혀 있으리라 짐작했던 좌익이 그와는 달리 민족의 행동 통일을
주장한다는 점에서 공감하고 마침내 '서명을 가치하'는 것이다. 그런데
여기서 문제되는 것은 이태준의 생각이 바뀐 것이 아니라 '그들'(즉 프
로작가들)의 태도가 '상당한 자기비판'을 통해서 변모했다고 인식한다
는 점이다. 즉 자신의 입장은 식민지 시대와 동일한데 프로문학을 주장
했던 사람들이 과거의 편견을 버리고 정당한 노선을 걷고 있다는 것이
다.

이러한 오해에서 이태준이 좌익에 가담하고 있음은 흥미로운 일인데,
그는 좌파의 논리를 민족대통합의 견지에서 자신의 생각과 별반 차이가
없다고 오인하여 그들의 행동에 적극 동조하는 것이다. 따라서 자신이

---

12) 이태준, <해방전후>, ≪문학≫(창간호), 1946, pp.22-23.

좌익에 몸담고 있음에도 불구하고 스스로는 좌나 우가 아닌 민족적인 것으로 믿게 되며, 해방전과도 하등의 차이를 느끼지 못하는 것이다. 단지 '소극적'에서 '적극적'으로 처세의 방식이 변했을 뿐인 것이다.

그렇지만 이것은 당시의 상황을 조금만 주의깊게 살핀다면 얼마나 자의적인가를 알 수 있다. 이태준이 민족대단결의 원칙으로 오인한 조선공산당의 8월테제는 '반제 반봉건'으로 요약되었던 당시의 정세관을 바탕으로 하여 '부르조아 민주주의혁명'을 지향한 것으로 사회주의 혁명으로 나가기 위한 과도적 혁명론이었다[13]. 따라서 그것은 제계급·계층 간의 단순한 연합이 아니라 노동계급의 당파성을 지도원리로 하는 '통일전선'인 바, 이태준이 이해하고 있는 제계급·계층의 '협동단결'과는 본질을 달리하는 것이다. 그렇지만 대외적인 구호로는 민족의 단결을 주장했다는 점에서 당위적 세계관에 기초한 이태준에게는 무조건적인 환영의 대상이 되었던 것이다. 따라서 이태준에게는 '통일전선'의 핵심 원리인 민중성이나 노동자계급의 지도성 문제는 당연히 관심의 대상조차 되지 않으며, 좌익에 관여하는 것도 민족자주국가를 세워야 한다는 당위적 신념의 투영에 지나지 않게 되는 것이다. 그에게 있어서 조선공산당의 혁명노선은 계급혁명이 아니라 민족적 대동단결이었던 것이다.

<해방전후>는 이러한 사실을 곳곳에서 보여준다. 적색데모를 반대하는 논리가 민족적 단결을 저해하기 때문이라고 보는 점이나 '자본주의적 민주혁명'으로 당시 상황을 이해한 점, 그리고 '인민공화국만세'를 적은 현수막을 걸지 못하게 강력히 만류하는 장면 등이 그 예라 할 수

---

13) 해방후의 정치 상황에 대해서는 다음 글들을 참고할 수 있다. 『한국현대사』 (강만길, 창비사, 1984), 『해방후한국변혁운동사』(민중운동사연구회, 녹진, 1990), 『한국현대민족운동연구』(서중석, 역사비평사,1991).

있다. 이와같이 이 시기의 이태준은 좌익의 논리보다는 오히려 진보적 우익의 입장에 근접하는 사고를 보여주며, 좌파의 통일전선을 수용하는 계기도 그것에 대한 오인에서 비롯되고 있다.

이러한 사고의 변화로 말미암아 그는 과거 한 때 호감을 보였던 유가적인 것을 헌신짝처럼 버리고, 대신 '공산당'을 동경의 대상으로 수용하게 되는 것이다.

과거 '현'(작가)은 일제의 회유와 압력으로 친일(親日)을 하지 않을 수 없었던 상황에서 이조의 후예인 김직원 영감의 당당한 풍모와 지조에 적지않은 감화를 받았었다. 그는 한가한 시간이면 김직원과 더불어 옛 싯귀를 음미하거나 편액(扁額)을 감상하면서 마음의 안정을 찾았던 것이다. 그러던 어느날 뜻하지 않게 해방이 되고, 더 이상 '일제'의 눈치를 보지 않고 자신의 삶을 설계할 수 있는 기회를 맞이한다. 말하자면 본원적 욕망을 가로막았던 일제라는 현실적 장애가 사라지고 이제 자신의 의지대로 세상을 설계할 수 있게 된 셈이다.

이렇듯 상황이 급변하자 현은 자신의 과거를 완강히 부정하는 모습을 보이는데, 이를테면 과거의 삶은 일제로 인하여 위축된 것이었고, 사회운동에 관여하지 않은 것은 독립운동을 하는 우리 민족의 힘이 원체 미약했기 때문이라는 것이다. 그렇지만 시대가 바뀐 현재 더 이상 옛 것을 고수할 것이 아니라 현실에 적극 참여해야 하며, 그것은 공산당을 중심으로 뭉치는 것이라고 한다. 김직원은 '현'의 이런 논리를 공산당에게 이용당하는 것이라고 반박하지만, 현은 오히려 그를 '세계사의 대사조 속에 한 조각의 티끌'같은 존재로 동정할 뿐이다.

이처럼 새롭게 변신한 이태준에게 있어서 자신이 동경해 마지 않았던 옛날은 한갓 신기루에 지나지 않으며, 새로운 이상형에 대한 동경심

만이 그를 부추기는 것이다. 그렇지만 이 시기까지 그는 사회주의자는
아니었다. 그것은 그의 논리체계내에는 아직도 민중이 대상에 지나지
않으며, 그들을 계도하고 이끌 지도자는 여전히 지식인으로 설정되어
있기 때문이다. 만약 그가 사회주의를 제대로 이해했다면, 민중이 역사
의 주체이고 그들의 입장에서 사회 현실을 바라보아야 했을 것이다. 그
렇지만 이러한 변화는 소련 기행 이후에나 이루어진다.

4. 소련체험과 신념의 소설화

<해방전후>와 <농토> 사이에 『소련기행』이 놓여 있음은 이런 맥락에
서 주목할만 한 일이다. 이태준이 1917년 혁명후 새롭게 전개되고 있는
사회주의 현실을 목격하고 세계관과 지향점에 일대 전환을 보이는데,
그 계기가 이 여행을 통해서 마련되기 때문이다. 따라서 기행집 『소련
기행』에는 <해방전후>에서 보이던 작가의 갈등과 사회주의에 대한 의
구심이 사라지고 대신 새로운 사회를 향한 신념과 열정이 강하게 투사
되어 있다. 이런 의미에서 『소련기행은』은 <해방전후>와 중편 <농토>를
잇는 교량적 역할을 하는 작품이다.

이태준이 월북후 곧바로 '방소문화사절단'의 일원이 되어 소련기행
을 떠나는 배후에는 기석복(奇石福)을 위시한 소련계 2세의 지지가 작
용하고 있음은 이미 알려진 사실이다. 기석복은 당시 노동신문의 주필
을 맡고 있던 인물로 이태준의 문학을 높이 평가하고 그를 적극적으로
후원하는데 1952,3년도의 남로당계의 숙청에서 이태준이 제외된 것은
이들과 맥이 닿아 있었기 때문이다. 이들의 후원으로 이태준은 월북과

동시에 이찬, 이기영, 허정숙, 노동자·농민 대표와 더불어 '방소문화사
절단'의 일원으로 2개월간(8월 10일-10월 17일) 소련을 방문하는데, 이
여행을 통해서 이태준은 사회주의자로 변신하는 것이다.

① 나는 참으로 황홀한 수개월이였다. 인간의 낡고 악한 모든 것은 사
라졌고 새사람들의 새생활, 새관습, 새문화의 새세계였다. 그리고도
소련은 날로 새로운 것에로, 마치 영원한 안정체, 바다로 향해흐르는
대하처럼 끊임없이 나아가고 있었다.14)

② 나무가 꽃을 피우고 열매를 맺듯, 즐거운 창조적 노동에서 되는 일
은 어떤 노동자의 일도 예술이며, 모-든 사람은 일종의 예술가가 않
되면 않된다 하였다. 함마 소리, 선반 갈리는 소리, 範型 떠내는, 육
중한 打壓機 내려치는 소리, 모두가 그 주위에서 일하는 사람들의
즐거운 기분과 경쾌한 율동적인 행동 때문에 일종 거대한 음악적 환
경같었다.15)

③ 쏘베트 문학에서는 일관해 사회주의적 레알리즘인데 그 원천은 고
르키-에 있노라했으며 주제의 적극성문제에 밎였을 때, 문예신문편집
국장은, 그것은 그다지 큰 문제가 아닐 것이라 했다. 아모리 주제가
크기로 예술성이 없으면 문학작품일 수 없고, 아모리 예술성에 노력
했어도 그 시대가 요구하는 문제를 반영하지 못했다면 무가치한 것
이 아니야 하고 웃었다.16)

①은 소련기행의 감회를 말하고 있는 부분이고, ②는 공장을 견학하
면서 느낀 심정을 서술하고 있는 부분이며, ③은 쏘비에트 작가동맹을

---

14) 이태준, 『소련기행』, 백양당, 1947, p.2.
15) 앞의 책, p.182.
16) 앞의 책, p.236.

방문하여 듣게 된 일화를 기록한 대목이다. 이미 여러 논자들에 의해
주목된 바 있는『소련기행』은, ①처럼 전편이 소련에 대한 호의적인 설
명과 예찬으로 되어 있다. 말하자면 식민지 시대 이래 갈망했던 이상세
계가 소련에서 구체적으로 존재함을 발견하고 흥분된 감정을 토로하고
있는 것이 바로『소련기행』인 것이다.

   이러한 모습은 소련의 본질적인 모습을 접하고 느낀 심정이라기보다
는 그들의 선전을 무비판적으로 수용한 측면이 강하지만, 주목되는 것
은 ②와 ③에서 볼 수 있듯, 노동과 문학에 대한 인식론상의 전환을 보
인다는 점이다. '창조적 노동에서 되는 일은 어떤 노동자의 일도 예술'
이라는 자각은 노동자들의 창조적 활동 자체가 예술이라는 것으로 그들
을 하나의 대상으로만 인식했던 해방전의 모습과는 선명하게 대조된다.
다시말하면 사회주의의 본질이 노동의 신성함에 기초하고 있다는 점,
노동이 이루어지는 구체적 현장이 예술의 토대가 된다는 점 등에 대한
소박한 이해를 보여주는 것이다. 이제 그에게 있어서 문제시되는 것은
지식인이 아니라 노동을 통해서 자기를 실현하는 건강한 민중인 것이
다. 이런 맥락에서『소련기행』곳곳에 보이는 노동자들에 대한 긍정적
이고 호의적인 서술은 단순한 췌사가 아니라 작가의 세계관상의 변화를
보여주는 뚜렷한 증거이며, 동시에 민중연대성에 대한 소박한 이해의
표현인 셈이다. 환언하자면 예술은 민중의 삶을 대상으로 한다는 점과
그들의 이해, 욕구, 정서, 심리를 표현해야 한다는 민중적 입장을 소박
하게나마 이해하는 것이다.

   이러한 인식상의 변화가 사회주의 미학관의 기본 전제를 수용하는
방향으로 나가는 것은 자연스러운 일이라 하겠는데, 노동하는 생활 자
체가 바로 예술이 된다는 것과 '시대가 요구하는 문제를 반영하지 못했

다면 무가치한' 문학이라는 깨달음이 그것이다. 이리하여 그는 이 시기 이후 문학이 사회·정치 현실과는 무관한 자율적인 것이라는 해방전과는 근본적으로 구별되는 문학관을 갖게 된다. 즉 해방전에는 작가의 미적 이상을 표현하는 것이 문학이라는 표현론적 문학관을 갖고 있었다면, 이 시기에는 그와는 달리 객관현실의 본질적 국면을 반영하는 것이 문학이라는 반영론적 문학관을 갖는 것이다. 그가 창작방법론인 사회주의 리얼리즘을 통해서 '주제의 적극성 문제'와 '현실의 반영'이라는 새로운 사실을 접했다고 고백하고 있음은 이런 맥락이라 하겠다.

그런데 류보선이 날카롭게 간파하고 있듯이[17] 이러한 변모가 내적 필연성을 결하고 있다는 점에서 그 한계를 지적할 수 있다. 즉 이태준은 소련의 현실을 접하고 그 나라의 긍정적인 면모를 적극 수용하지만 그것을 받아들이는 내적 동기가 명확하지 않다는 점에서 사회주의에로의 경도가 무매개적인 것이다. 말하자면 그에게 있어서의 사회주의는 구체적 현실이라기보다는 모든 제도적·인간적 모순이 사라진 관념의 투사물로만, 말을 바꾸자면 해방전 소설에서 일관되게 유지되었던 낭만적 동경이 혁명후의 소련으로 대치되는 형국이다. 『소련기행』의 어느 부분에서도 소련의 구체적 현실, 즉 당시 스탈린 체제의 교조성이 심화되어 혁명후 새로운 모순이 가시화되던 현실에 대한 인식은 찾아 볼 수 없으며, 자본주의 사회에 대한 비판 역시 발견할 수 없다. 왜 사회주의가 되어야 하며, 그것은 자본주의의 어떠한 모순을 지양한 것인가에 대해서는 관심을 두지 않는 것이다. 소련은 다만 '날로 새로운 것에로, 마치 영원한 안정체, 바다로 향해 흐르는 대하'와 같은 동경의 대상일 뿐이

---

17) 류보선, 「역사의 발견과 그 문학사적 의미」, 『한국의 전후문학』, 태학사, 1991.

다. 따라서 그의 변모는 주체의 능동적 인식과 실천에 의한 자발적인 것이라기보다는 기행을 통한 외적 계기가 강하게 작용한 것이라는, 그리고 그것은 식민지 이래의 낭만적 동경이 대치되는 형국이라는 점에서 추상화된 신념의 수준을 벗어나지 못하는 것이다.

<농토>에서 이점은 구체적으로 확인되거니와, 이것은 이태준이 사회주의자로 변신한 후 쓴 첫작품이며 동시에 월북후의 대표작이다.

양반집 머슴이었던 '억쇠'가 해방후 변화된 현실 속에서 역사의 주체로 성장하는 과정을 서술하고 있는 이 작품에서, 작가는 하층민들의 생활상에 주목하여, 당시 북한 사회의 핵심적 사안이었던 토지개혁 문제를 사실적으로 형상화하고 있다. 해방전의 <꽃나무는 심어놓고> <산월이> 등의 작품에서도 하층민의 생활상이 묘사되고 있지만 단편적인 삽화 이상의 의미를 벗어나지 못했다면, 이 작품에서는 그들이 사회·역사의 주체로 부각되고, 주인공의 성격도 지주와 소작인을 매개하는 그리고 상승 계층을 대표하는 전형인물로 제시되고 있다. 따라서 억쇠는 역사적으로 실재화되어 있는 지배·예속의 구조가 어떻게 역전되고 있는가를 보여주는,[18] 그리하여 북한의 사회주의 혁명과정을 사실적으로 포착한 형상으로서의 문학사적 의미를 획득하는 것이다.

주인공 억쇠와 그의 아버지 천돌이는 대대로 노예적 상태를 벗어나지 못한 인물이다. 그들에게는 주인(지주)에 대한 복종과 '이를 갈자! 미워하자!'라는 증오심만 충일할뿐, 인간적 삶이라고는 전혀 존재하지 않는다. 주인 아씨의 출산을 위해서는 죽어가는 아내마저 피접(避接)시

---

18) 이러한 점은 김승환의 논문에서도 언급된 바 있다. 김승환의 「부르조아민주주의혁명적 세계관으로부터 사회주의리얼리즘에로의 소설적전화와 토지문제로 현현된 주인과 노예의 변증법적 역전과정」(이우용편, 해방공간의 문학 연구II, 태학사, 1990) 참조.

켜야 하는 천돌의 비극적 일화에서 이점은 극명하게 표출되거니와, 봉건적 주종관계 속에서 천민의 삶이란 한갓 미물에 지나지 않는 것이었다. 이러한 수모 속에서 성장한 억쇠에게 '노동자, 농민의 세상'을 약속하는 사회주의는 당연히 꿈과도 같은 유혹일 수밖에 없다. 상황이 급변하자 억쇠는 이전의 소극적인 태도에서 벗어나 새로운 국가건설에 매진하는 적극적인 인물로 변모하여 토지개혁을 주도하고, 마침내는 새세상·새조선을 끌어갈 주체로 변신하는 것이다.

이러한 내용을 서술하면서 작가는 당시 농촌 현실과 혁명후의 건설과정을 사실적으로 묘사하고 있다. 토지 개혁과정에서 땅을 빼앗기지 않기 위해 월남하는 지주들의 몰락상, 농민들의 소소유자적 이기심, 미·소에 대한 민중들의 반감과 호의 등이 사실적으로 형상화되며, 특히 억쇠는 봉건적 질곡을 극복하고 새로운 국가 건설에 매진하는, 피착취계급의 열망과 의지를 담지한 적극적 인물유형으로 해방후 북한 사회의 실제적인 모습을 반영하고 있다. <농토>가 문제적인 것은 이러한 특수 상황, 즉 상승하는 계급과 하강하는 계급의 이해가 첨예하게 대립되는 시기에, 소작인 억쇠의 형상을 통해 상승하는 계급의 세계관을 구현하고 있다는 점이다. 당시 북한은 소련의 후원에 힘입어 토지개혁과 친일분자 처벌을 통해 식민지 이래의 제반 모순을 바로잡고 사회주의 제도의 정착에 박차를 가하는데, 이 과정에서 많은 수의 민족반역자와 지주들이 처형되거나 숙청되지만 대다수 민중들은 그것을 환영하고 적극 호응했던 사실을 상기한다면, <농토>는 당대 현실의 한 단면을 예리하게 포착하고 있는 셈이다.

이러한 문제성에 힘입은 <농토>는 해방전과 대비하자면 다음과 같은 점에서 뚜렷한 차이를 보여준다. 먼저 민중의 시각이 채택되고 있는 점.

앞에서 살펴보았듯이 해방전의 대부분의 소설은 지식인을 주인공으로
하고 있으며 그들의 이상주의적 시각에 의해서 사회 현실이 묘사되었다
면, 여기서는 그와는 달리 민중의 시각에서 사회현실이 인식, 묘사되고
있다. 예컨대 억쇠는 단순히 소작인이 아니라 대대로 억압받고 착취당
하던 민중의 대리인이며 동시에 그들의 열망과 힘을 체현한 전형인물
로, 작가는 이러한 민중의 시각을 빌어서 사회를 바라보고 그들의 열망
을 형상화하고 있는 것이다. 둘째로 사회의 본질적 국면을 간취하고 있
는 점. 이것은 『소련기행』에서 확인된 바 있는 노동에 대한 인식과 상
통하는 것으로, 노동하는 인간에 대한 긍정적인 묘사와 그들의 입장에
서 사회현실을 바라보는 민중적 시각과 조응된다. 다시말하면 사회에서
가장 고통받는 계급의 입장이 바로 사회발전의 객관적 성격을 체현하
며, 그들의 해방을 통해 전 인류가 해방될 수 있다는 당파성(黨派性)의
개념에 근접하는 인식을 보이는 것이다. <농토>에서 이태준의 정치감각
이 한층 돋보이는 것은 이들과의 이데올로기적 결부를 통해서 발전의
합법칙성과 방향을 포착해내고 전망의 구현까지를 도모하고 있기 때문
이다. 말하자면 <농토>는 개별 사건이나 인물의 단편적인 나열에서 벗
어나지 못했던 해방전과는 달리, 상승하는 계급의 시각이 현실 파악의
원근법으로 작용해 억쇠를 중심으로 한 제반 사회적 관계와 동력을 드
러내는데 유기적으로 기여하고 있다. 이런 점에서 이 작품은 이태준의
문학관의 변모를 입증하며 아울러 사회주의 리얼리즘의 중요한 성과로
평가될 수 있는 것이다.

   그렇지만 이러한 성과에도 불구하고 <농토>는 작가의 세계관이 구체
적인 매개와 실천을 통한 변화가 아니라 관념적으로 '이상적 세계'인
사회주의를 추종한 것인 까닭에 작품 역시 이러한 특성을 드러내고 있

다는 점이다. 즉 주인공인 '억쇠'의 성격이 마치 작가의 그것처럼 현실적인 매개 없이 변화·발전하며, 매개적 인물로 설정된 '성필'이나 '사회주의 청년'의 행동 역시, 소설 속에서는 극히 미미하게 서술되고 있음에도 불구하고, 농민들의 행위와 방향성을 제시하는 압도적 역할을 수행하는 강한 계몽성을 드러내는 것이다. 현실에 대한 불만에 가득차 있던 억쇠의 성격이 해방을 맞으면서 갑자기 긍정적인 인물로 탈바꿈하여 토지개혁을 주도하고 농민을 이끄는 지도자로 나서는데, 이 과정에서 억쇠는 토지개혁의 필연성을 자각하고 스스로 변모·발전하는 것이 아니라 '성필'을 비롯한 전위(前衛)분자와 당의 지령에 의해 추동되는 형상을 취한다. 즉 그는 지령에 의해 움직이는 무의지적 인물로 작품의 주인공이라기보다는 오히려 보조적 역할에 머문다. 따라서 억쇠는 내적 계기를 갖추지 못한 채 관념화되는 특징을 보이며 단지 작가의 개입과 전위의 계몽적 설교를 통해서만 역사발전법칙을 자각하는 기능적 인물 범주를 벗어나지 못하는 것이다.

이것은 작가의 사회주의에 대한 이해가 주관적 신념과 열정의 수준을 크게 벗어나지 못하고 있음을 새삼 확인시켜 주는 것으로, 소련과 미국의 대비에서도 이런 사실은 드러난다. 소련은 우호적이고 미국은 타도해야 할 제국주의라는 인식은 그것의 타당성 여부를 차치하고라도 작가의 인식이 관념의 차원에서 크게 벗어나지 못하고 있음을 말해준다. 그에게 있어서 소련은 무조건적인 긍정의 대상이며, 미국은 그 정확한 실상도 알지 못한 채 부정의 대상으로만 비치는 것이다.

이것은 당시 북한사회가 혁명에 대한 낙관적 신념과 열기로 충만되어 있었다는 점과 그것이 '무갈등(無葛藤) 이론'으로 표출되었다는 사실로 설명되기도 하지만, 필자의 견해로는 작가의 변모가 무매개적이라는데 보다 근본적인 원인이 있다고 생각된다. 즉 이 시기 이태준에게 있어서 문제되었던 것은 사회주의를 향한 배타적 신념이었고 그것을 가로막는 현실적 장애는 이성적 탐구와 비판의 대상이라기보다는 단순한 부정의 대상에 지나지 않았던 것이다. 따라서 이 작품이 리얼리즘 소설로서 일정한 성과를 획득하고 있음에도 불구하고 작가의 세계관이 이처럼 주관적 열정에 압도되어 주인공의 성격이 관념적으로 조종되는 추상화 경향을 보이는 것이다. 그 결과 억쇠의 형상은 민중의 열망과 지향을 담지하고 있음에도 불구하고 현실성을 획득하지 못한 채 관념화되는 특성을 갖는 것이다.

이후 이태준은 전쟁기를 경과하면서 10여편의 중·단편을 쓰는데, 대부분의 작품에서도 이러한 열정은 유지된다. 미군에 대한 원수를 백배천배로 갚자는 결의를 서술한 <백배천배로>, 겁 많은 병사가 용기 있는 전사로 변화되는 과정을 그린 <누가 굴복하는가 보자>, 미군들의 잔학상을 폭로한 <미대사관>, 야전병원 간호장 김옥실의 고귀한 인간애를 그린 <고귀한 사람들>, 나이어린 소년단원들의 투쟁상을 통해 미군의 잔학상 폭로한 <네거리에 선 전사들>, 빨치산 대원인 김칠복이 고향에 잠입하여 처자식의 참상마저 외면한 채 냉정히 임무를 수행하고 귀대하는 과정을 그린 <고향길>, 해방후 문맹퇴치 과정을 사실적으로 형상화한 <호랑이 할머니> 등은 모두 이런 맥락의 작품이다. 이 작품들은 대부분 이원(二元)대립적 구성과 주인물의 긍정적 성격화, 이념의 무매개적 개입 등에서 <농토>와 동일한 서사원리를 갖고 있다.

이런 맥락에서 보자면, <농토> 이후의 작품에서도 해방전의 미적 전유방식이 그대로 유지되고 있음을 알 수 있다. 즉 현존하지는 않으나 소망하는 혹은 필요로 하는 어떤 것을 부단히 동경하며, 그것을 창조하

기 위하여 현존하는 것을 변형하는 식민지 이래의 낭만적 동경이 근본
에서 관철되고 있는 것이다. 다만 해방전의 소설에서는 '이상 세계'에
대한 상(像)이 막연했다면, 소련체험 후에는 그것이 사회주의로 구체화
된 차이를 보이며, 전쟁기에는 이상을 가로막는 존재가 '지주'에서 '미
국'으로 변화되고 있을 뿐이다.

5. 맺음말

이후 이태준은 북한의 체제정비 과정에서 과거 <구인회>활동의 반동
성과 전쟁기 소설의 친미적 성향(?)이 문제되어 소련파와 더불어 숙청되
고, 함경도의 어느 인쇄소에서 문선공이 되어 불우한 말년을 보낸 것으
로 전해진다. 남다른 심미안과 열정을 지녔던 문학인이 남의 글을 사식
하는 문선공이 된 역사적 비운을 안은 채 영원히 기억의 피안으로 사라
진 셈이다.

결국 이태준의 소설은 부단한 동경과 좌절을 그린 것이라 해도 과언
이 아니다. 식민지 시대에는 프로측에도 그렇다고 민족주의측에 가입하
지 않았던 순수 문학자가 해방후 누구보다도 먼저 정치에 뛰어들었고
마침내 월북으로 이어지는 급격한 변신을 보이거니와, 그 이면에는 '낭
만적 동경'이 강하게 내재되어 있었던 것이다. 그러한 동경이 시대 변
화에 조응하여 때로는 자아의 무한한 팽창을 드러내거나 40년대 암흑기
에는 전아한 고전의 세계로 자신을 숨기다가, 해방이라는 급격한 고양
기에 직면하여 '소련'으로 대상을 바꾸는 기민함을 보이는 것이다. 기
존 문학사에서 그의 소설이 '지조나 이념을 기반으로 하고 있는 선비기

질과는 판연히 다'른 단지 '딜레탕티즘'[19]에 불과하다는 견해를 피력했던 것도 실상은 이런 특성을 염두에 둔 것이라고 할 수 있다. 그리고 그의 소설에서 보이는 사회 현실에 대한 비판도 이런 부정과 동경의 심리가 '존재하는 현실'에 대한 단편적인 분노와 비판으로 드러난 것이며, 이는 소설 속의 비판이 결코 구조적인 차원으로까지는 나가지 못한 데서 확인되는 사실이기도 하다. 이런 견지에서 이태준은 이기영, 한설야 등의 프로작가와는 본질적으로 구별되며, 오히려 박태원이나 현덕 등과 근사한 작가라고 할 수 있다. 이태준의 행방이 소설사에서 문제되는 것은 아직까지도 그 이유가 명확히 해명되지 않은, 이 작가들의 월북 동기를 여러 가지로 시사한다는 점 때문이다.

---

19) 김현, 김윤식, 『한국문학사』, 민음사, 1973, p.199.

이태준 단편소설의 인식적 특성
— 이상적 세계와 감상적 인간주의의 현실성

이 선 미

1.

우리 현대문학이 가닥을 잡기 시작하던 1930년대 초 몇몇 문인들은 모여서 '구인회'라는 문학단체를 만든다. 그러나 이 문학단체는 10여년 전에 있었던 이념적, 운동적 문학단체인 '카프'와는 상당히 달랐다. 구인회는 이름 그대로 9명의 문인이 모여 자신이 쓰고 싶은 글을 써서 같이 발표하고 토론해보려는 의도로 생긴 친목단체 수준이었다. 이들은 단지 20년대 중반부터 문단의 한 주문처럼 되어버린 이념중심의 문학론에서 벗어나 좀더 자유롭게 개성적인 글쓰기를 하고 싶어하던 사람들이었으며, 이태준은 이들 가운데 중심적인 인물이었다.

이태준은 구인회를 통해 활동하면서 아름다운 문장과 완결된 구성으로 소설을 완성하고자 했으며, 이런 그의 문학관은 작품 곳곳에서 드러난다. 그래서 그는 당대의 아름다운 문장가로 유명하며, 문장론의 기본을 이루는 『문장강화』라는 책으로 더 알려져 있을 정도이다.

  그리고 그가 쓴 소설도 구성의 탄탄함이나 문장의 압축성이 생명이 되는 단편들에서 주로 평가를 받고 있으며, 서사를 이끌어갈 힘이 필요한 장편에서는 감상소설이나 통속소설로 평가절하되고 있다. 이것은 달리 생각하면 그의 소설들이 서사적 전개보다도 문장과 구성을 더 중요시하는 그의 문학관을 반영하고 있다는 것을 입증하는 것이기도 하다.

  그러나 그의 소설들에서 문장의 아름다움이 두드러진다고 하여 그 문장들이 전하는 서사가 당대의 삶의 문제들을 전혀 담고 있지 않은 것은 아니다. 예컨대 그가 구인회를 시작하기 전 초기소설들은 대부분 사회비판적인 주제의식이 강하며, 구성이나 문장 보다는 주제에 관심을 기울여 전지적 서술자의 해설이 작가의 의도를 전달하는 경우가 많다. 그리고 이런 이유들 때문에 이태준 소설에 대한 기존의 연구들은 식민지시대부터 최근에 이르기까지 상반된 입장의 연구가 나오고 있다고 생각된다.1)

  문장의 아름다움에 주목했던만큼 그의 소설들에서 드러나는 인식적 특성은 전개되는 이야기에 드러나는 삶에 대한 이해가 문장의 특성과 결합되어 독특한 인식을 드러내게 된다고 생각된다. 따라서 이글에서는 문장의 특성에 배어있는 인식적 특성을 살피는데 주력하려 한다. 그리고 이러한 인식적 특성이 작가의 성향이나 현실관에도 불구하고 갖게 되는 현실적 의미를 살펴보려한다. 이런 연구는 이태준이 해방후 시도했던 변화의 소설 내적 계기도 해명하는 틀이 될 수 있다고 생각된다.

  이를 위해서는 이태준의 단편소설들을 전체적으로 살펴보는 것이 필요하겠지만, 서정성이 짙은 작품의 특성이 단지 문장의 문제가 아니라

---

1) 졸고, 「단편소설에 나타난 현실인식」, 『이태준 문학연구』, 상허문학회, 깊은 샘, 1993, 129-132쪽 참고.

인식의 특성에서 연유한다고 생각되기 때문에 그러한 특성이 잘 드러나는 몇개의 작품들을 대표적으로 다루려고 한다. 이에 해당하는 작품은 <달밤>(1933.11), <꽃나무는 심어놓고>(1933.3), <복덕방>(1937), <패강냉>(1938), <영월영감>(1939), <농군>(1939), <밤길>(1940) 등이다. 그리고 맨처음에 <꽃나무는 심어놓고>보다 시기적으로 뒤에 해당하는 <달밤>을 먼저 놓은 것은 두 작품의 성격을 설명하고, 이태준 소설의 특성을 설명하는데 <달밤>이 이야기를 풀어가는 시작이 될 수 있다고 생각되기 때문이다.

2.

이태준의 소설들은 창작 초기부터 인간의 물질적인 욕망과 속물성, 그리고 이것과 대비되는 인간의 순수한 심성과 따뜻한 인간애를 중심으로 이야기를 꾸려간다. 특히 초기 소설들은 그의 소설 가운데 사회성이 두드러진다고 할만큼 사회적인 주제의식이 뚜렷하다[2]. <달밤>을 얘기하기 전에 먼저 초기 작품들부터 살펴보자.

이 소설들은 대부분 근대적인 문물이 들어오면서 어긋나기 시작하는 현실을 바로 잡아야한다는 계몽적인 이야기들이 주를 이룬다. 그리고 이러한 주제는 현실이 빚어내는 삶의 아이러니를 통해 드러나는 경우가 많다. 즉 잘못되어가는 현실을 비판하는 직접적인 서술보다도 아이러니를 사용하여 그런 현실을 빚어내는 삶의 우연성과 운명적 힘을 그림으

---

2) 유종호, 「인간사전을 보는 재미」, 이선영 편, 『1930년대 민족 문학의 인식』, 1990, 한길사

로써 삶에 대한 우수를 자아내려는 경향이 강하다. 반면에 인물의 현실 비판성이 강한 작품의 경우는 인물의 주관성이 너무 강하게 드러나서 현실을 감상화하는 경향이 있다. 다시 말하면 아이러니적 방법을 사용하여 서술자가 이야기되는 현실에 대해 객관적 거리를 유지하기도 하지만, 그 화자가 너무 주관적인 성격이라서 오히려 이런 화자가 이야기에 개입하여 사건을 설명하는 경우가 있는가 하면, 인물과 서술자가 상황을 객관화시키지 못하여 그 상황에 빠져들어 감상이 과도하게 드러나는 경우도 있다. <행복> <그림자> <기생산월이> <아무일도 없소> 등이 전자에 해당한다면, <결혼의 악마성> <고향> <코스모스 이야기> 등은 후자에 해당한다.

그렇지만 이런 점을 고려한다 하더라도 이 소설들에서 드러나는 현실의 내용은 여전히 문제적이다. 여기서 비판적으로 제시되는 새로운 사회의 모습은 자본의 논리로 새롭게 재편되는 현실과 그것이 가져온 인간심성의 타락과, 그 현실에서 살기 위해 품었던 욕망의 좌절과정이 연민 속에 그려지고 있다. 어쨌든 변화된 현실의 타락성과 속물성을 문제삼고 있다. 이것은 이태준의 소설들을 이해하는데 중요한 점이다. 왜냐하면 초기소설들에서 새롭게 변화하는 현실의 모습은 이런 측면으로만 한정되어 있으며, 이태준 소설들에서 비판적으로 그려지는 현실의 형상은 여기서 크게 벗어나지 않기 때문이다. 비록 형상화에 있어서는 미숙하지만 이러한 주제의식은 이태준의 소설들이 걸어가는 길을 어느 정도 규정하고 있다는 점에서 흥미로운 것이라 생각된다.

이태준이 『달밤』이라는 창작집을 내고 <구인회>를 시작할 무렵부터 그의 소설들은 초기의 미숙성을 점차 벗어나 기법적으로 세련되어지고 주제도 훨씬 명확히 드러나 그 자신의 소설세계를 좀 더 분명하게 그려

보여주게 된다. 특히 <달밤>은 이런 특성이 잘 드러나는 소설이다.

　<달밤>은 도시적 인물인 화자가 서울 변두리에서 '시골스러운 것', '천진한 것'에서 느끼는 감상을 모자라는 인물을 통해 드러내는데, 이 과정에서 모자라는 인물이 개성적으로 성격화된다. 이 소설의 주인공 황수건은 성북동이라는 서울 변두리, 시골 같은 동네에 사는 신문배달부인데, 그의 평생 소원은 원배달부가 되는 것이다. 그리고 그는 신문사를 차리면 되지 않느냐는 화자의 질문에 그건 생각해보지 않았다고 말하는 천진하고 바보스러운 성격의 인물이다. 그런데 그는 그의 바보스런 성격으로 인하여 보조배달부가 되려는 그의 희망은 커녕 하는 일마다 실패를 하는 낙오된 인물로 그려지며, 이 인물의 실패를 보면서 안타까워하는 화자의 심정이 작품의 주된 이야기이다. 이같은 황수건의 성격은 실제로는 그리 주목할 만한 점이 없을 수도 있다. 그런데 화자인 '나'에 의해 서술되면서 그의 성격은 아름답게 그려진다.

　황수건은 모자라고 가난하다. 그러나 그의 가난은 사회적 관계[3]로 인한 것이 아니다. 즉 그가 처한 사회적 조건에 의해 그의 의지와 상관없이 그와 같은 조건에 있는 많은 사람들이 공유하는 그런 것이라고 할 수 없다. 그는 모자라는 인물이어서 가난하다. 모자라는 인물이어서 직업을 가질 때마다 잘못을 저질러 해고되는 것이다. 그리고 모자라서 자신의 처지를 정확히 반성하지 못한다는 것이 그의 처지를 더욱 비참하게 하고 이것이 그의 비극이다. 그는 천성적으로 타고난 모자람으로 가난하게 사는 것이어서 그의 가난은 행복한 미래를 전망할 수 있는 아무

---

[3] 여기서 사회적 관계란 인물이 살아가는 사회의 인간과 인간이 맺고있는 관계를 의미한다. 경제적 용어를 빌리면, 생산관계라고도 할 수 있지만, 여기서는 좀더 탄력적으로 의미를 사용하려한다. 경제적인 것을 포함하여 그것이 규정하는 문화적, 사회적 관계의 성격을 의미하기 위해 사용하려 한다

런 조건도 가지고 있지 않다. 그는 그저 가난하게 살 뿐이며, 작가는 그의 가난에 동정하면서도 그의 가난을 규정하는 그의 천진한 성격이 유지되기를 바란다. 그러나 무조건 그의 천진성이 유지되기를 바라는 것은 아니다. 그런 천진하고 순박한 성격도 고귀한 것으로 대우받으면서 살 수 있는 사회, 즉 모자란다고 하여 결함으로 인식되지 않는 사회를 꿈꾼다. 이런 희망에는 사람에 대한 존경심이나, 조화롭고 순박한 심정에 대한 인간애가 드러난다고 할 수 있다.

> 그는 아무것도 아닌 것을 가지고 열심스럽게 이야기하는 것이 좋았고, 그와는 아무리 오래 지껄이어도 힘이 들지 않고, 또 아무리 오래 지껄이고 나도 웃음밖에는 남는 것이 없어 기분이 거뜬해지는 것도 좋았다. 그래서 나는 무슨 일을 하는 중만 아니면 한참씩 그의 말을 받아주었다.4)

> 나는 가까운 친구를 먼 곳에 보낸 것처럼, 아니 친구가 큰 사업에나 실패하는 것은 보는 것처럼 못 만나는 섭섭뿐이 아니라 마음이 아프기도 하였다. 그 당자와 함께 세상의 야박함이 원망스럽기도 하였다.5)

인용문을 통해서 알수 있듯이 황수건의 의도나 내면은 거의 드러나지 않으며, 작품에 주로 드러나는 심리는 화자인 '내'가 황수건에 대해서 느끼는 것이다. 그리고 앞서도 말했듯이 이 화자의 심리에는 인간에 대한 '따뜻함'이 분위기로서 전달되고 있어 황수건의 성격이 고귀하고 아름답게 그려진다.

---

4) 이태준, <달밤>, 『이태준전집1』, 깊은샘, 1988, 116쪽
5) 이태준 위의 책, 118쪽

다시말하면 독자가 황수건이 지닌 성격의 고귀함을 느끼게 되는 것
은 화자가 전달하는 이 분위기를 통해서라고 할 수 있다. 그리고 화자
의 정서는 감상적 동정이다. 즉 화자는 황수건이 처한 사회적 조건을
객관화시켜서 그의 가난을 탐색하려는 지적인 태도는 전혀 보여주지 않
지만, 황수건처럼 모자란 듯이 평가되는 사람도 인간답게 살 수 있는
세상을 희망하고 그런 삶이 좌절될 수밖에 없는 현실을 슬퍼한다. 그리
고 이런 희망과 슬픔이 이태준 소설의 성격을 규정하는 중요한 점이라
고 생각된다. <달밤>에서 드러나는 감상적인 화자의 성격 때문에 작품
은 전체적으로 감상적이게 되는 면이 있지만, 화자가 희망하는 사회의
모습에는 인간에 대한 '따뜻한 사랑'이 담겨 있어서 그의 전 소설들과
연관시켜 볼 때 간과할 수 없는 주제를 읽어낼 수 있을 것이다.

이처럼 <달밤>에서 그려지는 주인공의 성격이 사회적 관계에서 드러
나지는 못하지만, 작품에서 화자가 꿈꾸는 세계에는 평화롭고 순박한
삶이 드러나 있으며, 그것에서 배어나는 인간에 대한 사랑이 다소 추상
적이더라도 이태준 소설 전체에 있어 의미있는 것이라면, <꽃나무는 심
어놓고>도 이런 점들과 연결되는 작품이라고 생각된다. 게다가 이 작품
에는 이태준이 중요시하는 것이 보다 구체적으로 드러난다.

이 작품의 주인공 방서방네는 가난한 소작농인데, 고향에서 살 수 없
어서 서울로 이사가는 길로 작품은 시작된다. 그들은 원래 조선인 지주
에게 땅을 얻어서 소작을 하고 있었다. 그런데 언젠가 일본회사에 땅이
넘어가 더 많은 소작료를 내게 된 것이다. 이렇듯 이들이 살아온 내력
에는 당시 조선 농민의 몰락상이 드러나 있다.

아뭏든 김의관네가 안성인가 어디로 떠나가고, 지주가 일본 사람

의 회사로 갈린 다음부터는 제 땅마지기나 따로 가진 사람 전에는
배겨나기가 어려웠다. 텃세가 몇 갑절이나 올라가고 논에는 금비를
써라 하고, 그것을 대주고는 가을에 비싼 이자를 쳐서 벼는 헐값으
로 따져가고, 무슨 세납 무슨 요금하고, 이름도 모르던 것을 다 물리
어 나중에 따지고 보면 농사지은 품 값은 커녕 도리어 빚을 지게 되
었다. 그들이 지는 빚은 달리 도리가 없었다. 소가 있으면 소를 팔고
집이 있으면 집을 팔아 갚는 것밖에. 그래서 한 집 떠나고 두 집 떠
나고 하는 것이 삼년 안에 오륙 호가 떠난 것이었다.6)

　그러나 그나마 좀더 나은 삶을 바라며 서울로 이주한 방서방네는 잠
자리도 구하지 못해서 다리 밑에서 자는 지경에 이른다. 마침내 아내는
유곽으로 팔려가고, 아이는 굶어 죽고, 방서방은 인력거꾼이 된 모습으
로 작품은 끝이 난다.

　이런 상황의 절박함과 방서방의 삶은 <달밤>과 비교되는 부분이다.
<달밤>의 황수건은 천성적으로 모자라기 때문에 가난하게 살았지만, 방
서방은 아내의 목소리를 통해서도 알 수 있듯이 "술 한잔 허투루 먹는
법이 없고 담배도 일하는 날이나 일꾼들을 주려고만 살 줄 알았던" 성
실한 농민이었다. 그러나 일본의 식민지 농정으로 인해서 피폐한 농촌
은 이 작품의 주인공 방서방에게도 비켜갈 수 없는 현실로 그려지고 있
다. 즉 이 작품은 가난의 실상과 그러한 상황의 부당함이 드러난다는
점에서 <달밤>과는 질을 달리하는 '가난'이 문제적인 상황으로 등장하
고 있다. 즉 방서방네의 가난은 사회적 관계에서 연유된 것임이 드러난
다.

　이렇게 본다면, 방서방네가 서울로 이주하는 것은 이런 관계를 더욱

---

6) 이태준, 위의 책, 105쪽

분명하게 드러내는 사건이 될 수 있을 것이다. 방서방네는 서울에 와서 다리 밑에서 연기를 낸다고 순경에게 감시를 받으며, 결국, 돈 때문에 인간을 사고 파는 노파에 의해 방서방의 아내는 팔리는 신세가 된다. 이것은 그들을 억압하는 것이 어떤 운명적인 외부적 힘이 아니라, 잘못 되어 가고 있는 사람살이의 관계방식에서 연유된 것임을 알 수 있게 하 는 대목이다.

그런데 이런 사건들 속에서 방서방은 도시의 문명이 지니고 있는 사 악성과 이기성에 반감을 가지면서 고향을 이상적인 세계로 설정하고 있 다. 여기서 동경하는 고향의 이미지는 실제 그들이 떠나온 피폐한 농촌 이 아니라, 그들이 꿈꾸는 세계를 이 '고향'의 이미지 속에 상징화한 상상의 고향이라 할 수 있다. 게다가 이 '고향'의 이미지를 통해서 이 들이 상상하는 세계는 인간과 인간이 맺어 온 사회관계를 보다 이상적 으로 변화시키는 것으로 그려져 있지 않다. 단지 그들이 땅에 대해 갖 는 집착과 애정, 자연과 합일되는 세계에 대한 희망, 이런 것들로 그들 이 원하는 것이 표현되어 있어 이태준의 소설인식의 특성과 관련하여 문제적인 부분이다.

> 방서방네도 허턱 타관으로 떠나기는 처음부터 싫었다. 동리를 사 랑하는 마음, 자연을 사랑하는 것이나 이웃을 사랑하는 것이나 모두 사쿠라를 심어주는 그네들보다는 몇 배 더 간절한 속에서 우러나는 것이었다. 사쿠라 나무를 심었을 때도 혹시 죽는 나무나 있을까 하 여 조석으로 들여다보면서 애를 쓴 사람들이요. 그것들이 가지에 윤 이 나고 싹이 트는 것을 볼 때는 그는 자연 속에 묻혀 사는 그들로 서도 그때처럼 자연의 신비, 봄의 희열을 느껴 본 적은 일찍 없었던 것이다.7)

이 인용문은 피폐한 고향을 등지고 서울로 이주한 이농민이 복원하고 싶어하는 '고향'의 모습이며, 간직하고 싶어하는 '살아있는 느낌'이다. 극한적인 상황에 몰린 방서방은 사람의 행복, 즉 자신의 행복은 어떤 것인가를 묻는 철학적 태도를 보이며, 거기서 떠오른 것은 사악하고 이기적인 도시적 현실과 대비되는 농민들의 자연을 사랑하는 심성이 보존될 수 있는 세계에 대한 동경으로 이어진다. 그렇기 때문에 고향을 통해 기억되는 과거의 경험은 과거에 대한 그리움으로 그치는 것이 아니라, 방서방이 꿈꾸는 세계의 모습인 것이다. 그리고 그것은 자연과 합일되는 가운데 인간의 순수한 심성이 유지될 수 있다는 다분히 이상적이고 비현실적인 생각이 내재되어 있다는 점에서 낭만적인 것과도 통한다고 할 수 있다. 그리고 이런 점들은 인간의 순수성이 보장되는 사회에 대한 감상적 원망(願望)이 드러난다는 면에서 <달밤>의 인식과도 통하는 측면이라 할 수 있다.8)

3.

이기적이고 속물화된 현실, 그 현실을 부정하기 위해 제시하는 낭만적인 세계의 모습이 지닌 막연하고 추상적인 성격이 <복덕방>이나 <패

---

7) 이태준, 앞의 책, 105-106쪽.
8) 이런 것들이 기반이 되어 이태준 소설들에서는 자본주의적 관계나 봉건적인 관계양상을 거의 발견할 수 없는 것이라 생각된다. 또 해방 후 소설들에서 드러나는 사회주의의 모습도 인간의 자연적인 순수성이 완성되는 천진무구한 모습으로 드러난 것으로 보아 이런 시각으로 사회주의를 받아들이게 된 것이라 생각된다.

강냉>에 이르면 좀더 구체화된다. 부정하는 현실의 모습이나 자본주의의 속물성이 인물들이 처한 구체적 현실이나 갈등관계로 드러난다. 게다가 문화나 풍속에 대한 인물들의 생각이 갈등의 계기가 되고 있는데, 이 점은 이태준 소설의 특성을 파악하는데 중요한 요소가 되기도 한다.

<복덕방>에는 세 노인이 등장한다. 그들은 모두 제각기 과거에 현재보다 나은 삶을 살았다. 복덕방 주인인 서참의와 복덕방 신세를 지면서도 서참의에게 미안해하지 않는 안초시와 가끔씩 놀러오는 박희완 영감이 그들이다.

이 작품은 안초시가 추석을 몇일 앞둔 어느 날 복덕방에서 돈 벌 궁리를 하고 있는 것으로 시작된다. 복덕방의 주인인 서참의는 합방전에는 참의로 다니다가 합방이 된 후에는 별 수가 없을 것 같아 복덕방을 차린 늙은이다. 그는 한번쯤 뒤돌아보고 싶은 과거를 가지고 있으며, 세 인물들 중에서는 유일하게 그 과거의 실체가 드러나 있는 인물이다. 서참의는 한말 무관으로 "산천이 물러갈 것 처럼 호령을 하던"시절을 그리워하면서 감상에 젖기도 하지만 학교에 갔다 들어오는 아들과 쌀값을 치르는 아내를 보고는 이내 "살아야지 별 수 있나"하고 자신의 현실로 돌아가 성실하게 살아가는 현실적인 인물이다.

박희완 영감은 두 노인 사이에서 그들을 중재하고 사건을 발생시키는 역할에만 한정되어 있어 상대적으로 제공되는 정보가 적은 인물이다. 그는 '업'을 가져보려고 '속수국어독본'이 손때에 절고 베고 자서 머린때까지 새까맣게 절도록 항상 끼고 다니면서 공부를 하지만 대서업 허가는 전혀 딸 것 같지 않은 상태에 있다. 현실적으로 가능해 보이지 않지만 무엇인가를 해볼려는 박희완 영감의 꿈이 때에 절은 책을 통해 드러나고 있다. 어쨌든 그는 서참의처럼 직업을 가지고 있지 않지만, 그

런 직업을 가지려고 한다는 점에서 허황되거나 속물적으로 드러나지는
않는다.

　서참의는 복덕방이라는 생활의 터전을 지니고 있고, 가끔 과거를 그
리워하며 감상에 젖기도 하지만 바로 현실의 자기자리로 돌아가는 현실
적 인물이며, 박희완 영감은 그저 직업을 가져보려고 노력을 기울이는
반면, 안초시는 어떻게든 요행을 타서 한 몫 잡아보려고 하는 점에서
현실적이지도 않고 성실하지도 않은 인물이다. 이런 점에서 이 두 노인
모두와 대별되며, 이 노인들 가운데 과거에 대한 향수도 현실에 대한
욕망도 가장 강한 인물이다. 그래서 그런지 안초시는 돈의 비정한 논리
가 관철되는 새로운 사회의 질서에 가장 예민한 인물로 그려져 있다.
즉 안초시는 새로이 형성되는 사회가 돈의 논리를 따라 움직이는 것을
간파하고 있으며, 삶에 대한 욕망이 강한 만큼 그 돈의 논리를 따라가
려고 머리를 짜고 있다.

　그는 새로운 가치가 된 문화주택이나 자동차, 비행기들의 혜택을 누
리고 싶어한다. 그의 욕망이 돈의 논리와 관련된 자본주의 문명사회에
대한 것이라는 점에서 그는 속물적이다. 그는 현대무용을 하는 그의 딸
을 남에게 자랑거리로 여기며, 그 문화에 대한 어떤 반성도 없이 이
'현대적인 것'에 적응하고 싶어한다. 그러나 서참의를 비롯한 안초시의
동료들은 발레를 이해하지 못하여, 그것을 보고 벗고서 창피하지도 않
느냐고 힐난하며 이 '새로운 것'에 정서적으로 강하게 반발한다. 이런
면에서 서참의가 낡은 것의 모습을 대변하고 있다면, 안경화는 새로운
것을 의미하며, 안초시는 실제로는 낡은 것이면서 새로운 것을 꿈꾸다
패배하는 낡은 것의 비극적인 운명을 상징한다고 할 수 있다.

　몇년 전부터 되는 일이 없는 안초시는 딸에게 마저도 대접받지 못하

게 되면서 자존심은 상하고 세상에 대해 심사는 더 뒤틀리기만 하여 "젠장"이라는 말이나 "흥"하는 코웃음이 습관이 되었다. 그렇지만 그는 아직 서참의의 복덕방직을 우습게 보며 화투장을 띠며 세상이 자신을 구해줄 운수를 믿고 살아간다. 그러나 그것은 비정하고 냉엄한 현실에 비해 너무 어리숙한 것이어서 억지스러움을 숨길수 없다. 이런 억지스러움은 안초시의 밖으로만 쥐어지는 손가락을 통해서 잘 드러난다. 그리고 이 장면은 안초시의 허황된 성격과 요행에만 희망을 걸 수밖에 없는 막다른 상황이 잘 드러나는 대목이다. 그러나 그렇게도 믿었던 안초시의 말년의 운세는 '악한 꿈'으로 끝나고 그가 별르며 기다리던 다음 해 추석 어느 날 안초시는 서참의의 복덕방에서 시체로 발견된다. 비정한 돈의 논리에 의해 새롭게 변해가는 현실에서 요행을 잡아보려고 화투장 운세에까지 여생을 걸었던 안초시는 비참한 최후를 맞는다.

그런데 이 작품에서 안초시의 비극성의 배후에는 낡은 것과 새로운 것의 대립과 갈등관계가 놓여 있어 보다 현실에 천착해 들어가는 주제의식을 읽어낼 수 있다.

서참의와 안초시, 그리고 안초시의 딸 안경화는 문화풍속을 놓고 갈등관계에 처한다. 이 셋의 갈등이 노골적으로 드러나는 것은 안경화의 발레공연을 구경하는 장면에서이다. 가장 속물적으로 변해가는 안초시는 새로운 힘으로 등장하는 새로운 문물의 혜택을 부러워하며 무조건 지지하는 태도를 보인다. 반면, 아직 유교문화에 젖어있는 다른 노인들은 안경화의 발레를 쌍스러운 것으로 욕한다. 여기서 안초시와 서참의는 새로운 문화풍속을 놓고 대립하고 있는데, 그 새로운 문화의 주체는 안경화라는 점에서 실제로는 낡은 것을 상징하는 서참의와 새로운 것을 상징하는 안경화와의 대립이라 할 수 있다.

　더구나 이 갈등은 단순히 낡은 것과 새로운 것의 갈등으로 그치지 않고, 소설이 전개되면서 그 각각에 가치를 부여하여 삶의 문제로 진전되고 있다. 여기서 낡은 것은 봉건적인 인습이기보다는 쇄락해가는 풍속의 아름다움이나 인륜적 도리로 드러나며, 새로운 것에 해당하는 안경화는 이기적이고 속물적인 심성으로 드러나며, 심지어는 부녀간의 도리도 저버리는 부도덕한 모습으로 조명된다. 즉 낡은 것과 새로운 것은 가치있는 것을 둘러싸고 대립관계에 있게 되는 것이다.

　특히 이 작품에서 사라져 가는 우리 문화풍속의 아름다움을 강조하려는 주제는 자연과 더불어 묘사된 인간심리의 서정적 묘사로 인하여 더욱 강조되고 있다.

　　　하눌은 철리같이 티였는데 조각구름들이 여기저기 널리었다. 어떤 구름은 깨끗이 바래말린 옥양목처럼 흰빛이 눈이 부시다. 안초시는 이내 자기의 때묻은 적삼생각이 났다. 소매를 나려다보는 그의 얼굴은 날래 들리지 않는다. 거기는 한조박의 녹두반자나 한잔의 약주로서 어쩌지 못할, 더 슬픔과 더 고적함이 품겨있는것 같았다.
　　　혹 혹 소매끝을 불어보고 손끝으로 투겨보기도 하다가 목침을 세우고 눕고 마렀다.9)

　　　추석 가까운 날씨는 해마다의 그때와 같이 맑았다. 하눌은 철리같이 티였는데 조각구름들이 여기저기 널리었다. 어떤 구름은 깨끗이 바래 말린 옥양목처럼 흰빛이 눈이 부시다. 안초시는 이번에도 자기의 때묻은 적삼 생각이 났다. 그러나 이번에는 소매 끝을 불거나 떨지는 않았다. 고요히 흘러나리는 눈물을 그 더러운 소매로 닦었을 뿐이다.10)

---

9) 이태준 위의 책, 37쪽
10) 이태준, 위의 책, 47쪽

앞의 인용문은 작품의 처음부분이며, 뒤의 것은 일년이 지난 추석전 어느 날 안초시가 자살하기 직전의 것이다. 이 두개의 인용문에서는 자연묘사에 안초시의 심정이나 상황이 적실하게 반영되어 있다. 앞부분에서 안초시는 적삼을 불고 떨고 한다. 그리고는 누워서 땅을 사면 얼마의 이익이 남을까를 계산한다. 여기에는 안초시의 돈을 벌어 보란듯이 살지도 모른다는 한가닥 희망과 자존심이 꿈틀거리고 있다. 뒤의 인용문은 삶에 걸었던 모든 희망이 사라진 안초시의 절망적 인식이 안초시의 행동을 통해 드러나고 있으며, 낡은 것의 운명과 연결되어 안초시의 눈물은 공감을 불러일으킨다.

그리고 자연묘사를 통해 안초시의 비참한 운명을 은유적으로 형상화하는 것은 물질문명과 대비되는 낡은 것의 순수성과 연결되어 주제를 한층 강화하는 면이 있다. 즉 티없이 맑은 가을 하늘과 안초시의 운명을 연결시켜 속악한 현실과 비교되는 낡은 것의 순수함과 가치, 아름다움을 이미지를 통해 처리한다. 이로써 낡은 것을 아름답고 긍정적인 가치로, 새로운 것을 속된 것으로 설정하여 작품의 주제를 더욱 선명하게 부각시키게 된다.

<패강냉>에서도 자연묘사는 낡은 것의 순수함을 드러내는 데 중요한 역할을 한다. 작품 첫머리의 자연묘사와 그 자연에서 느끼는 주인공의 심리에 대한 서정적인 묘사는 낡은 것의 운명을 예감하는 분위기를 형성하여 작품의 주제를 암시하는 효과를 내고있다.

> 다락에는 제일강산이라, 부벽루라, 빛낡은 편액들이 걸려 있을 뿐, 새 한마리 앉아 있지 않았다. 고요한 그속을 드러서기가 그림이나 찢는것 같이 현은 축대 아래로만 어정거리며 다락을 우러러본다. 질

펙하게 굵은 기둥들, 힘 내닷는 대로 밀어던진 첨차와 촛가지의 깍음새들, 이조의 문물다운 우직한 순정이 군대군대서 구수하게 풍겨 나온다.

……생 략……

현은 피이던 담배를 내여던지고 저고리 단초를 여미였다. 단풍은 이제부터 익기 시작하나 날씨는 어느덧 손이 시리다.

「조선 자연은 왜 이다지 슬퍼 보일까?」

현은 부여에 가서 낙화암이며 백마강의 호젓함을 바라보던 생각이 난다.11)

<패강냉>의 첫머리이다. 주인공 현은 감수성이 예민한 작가이다. 그는 평양의 자연경관이 군국주의의 침탈에 의해 훼손되어 가는 것을 면밀히 관찰하면서 조선의 순수함을 추억하고 그 운명에 슬픔을 느낀다. 즉 사라져가는 것들에 대한 아픔은 곧바로 새로이 형성되는 파시즘의 질서를 의식하는 것으로 연결되어 파시즘의 억압적인 측면이 문화적 감성으로 예리하게 포착된다. 특히 이 소설은 현이라는 작가의 시선을 초점으로 하여 서술되고 있어서 작가인 현의 정서가 작품의 정서로 드러나 문화침탈에 대한 감각이 예민하게 드러난다.

현은 학교에서 자리를 잃어가는 조선어 교사인 친구를 위로하기 위해 평양에 왔다. 현은 우수에 젖어 평양의 자연경관과 평양시내를 둘러본 뒤 아름다운 평양이 일본의 침탈로 폐허로 변해가는 것을 보고, 조선문화, 조선 땅이 버려지고 있다는 생각을 하고, 비감에 젖어 술집에서 박과 김을 만난다. 여기서 현은 십여년전에 와서 사귀었던 기생 영월이를 만나는데, 평양의 정취를 가득 담고있던 그 기생도 어느덧 유성기 소리에 맞춰 '딴스'를 추는 상황이 되었다. 그녀가 '딴스'를 추는 것은

---

11) 이태준, 위의 책, 209쪽

돈을 벌어야 살수 있기 때문이다. 돈이 힘이고 돈의 논리를 따라 사람 살이도 변한 것이다. 게다가 평양여인들의 머리수건도 돈이 많이든다는 이유로 없앴다고 한다. 문화적인 것들이 자본의 논리에 의해 훼손되는 현상이 현에게는 조선이 없어진 것같은 절망감을 준다. 또 조선어를 가르치고 조선어로 글을 쓰는 박이나 현이 존재를 위협받는 현실에서 돈 잘버는 김은 현에게 팔리는 글을 쓰라고 한다. 현은 참지 못하고 사이다 컵을 김에게 던지고 자리를 박차고 강가에 나와 서리를 밟거든 그 뒤에 얼음이 올 것을 각오하라는 말을 되뇌이며 비애를 느낀다.

이 작품에서도 중요하게 드러나는 삶의 가치는 일본의 침탈에 의해 훼손되어 가고 있다. 우선 위에서도 인용했듯이 평양의 자연경관은 '이조의 문물다운 우직한 순정'을 지니고 있어 애틋하다. 그리고 평양여인들의 머리수건은 평양의 문화와 그 아름다움을 대변하는 것이어서 현에게는 간직하고 싶은 것이다.

현은 평양여인들의 머리수건이 늘 보기 좋았다. 현은 단순하면서도 흰 호접과 같이 살아 보였고, 장미처럼 자연스런 무게로 한송이 얽힌 댕기는, 그들의 악센트, 명랑한 사투리와 함께 '피양내인'들만이 가질 수 있는 독특한 아름다움이었다. 그런 아름다움을 제 고장에 와서도 구경하지 못하는 것은, 평양은 또 한 가지 의미에서 폐허(廢墟)라는 서글픔을 주는 것이었다.[12]

그러나 이 작품은 이런 감상적인 한 작가의 추억과 회한으로 끝나지 않고 이성적인 자의식으로 연결되어 있어, 이 작품의 주제는 한층 고양된다. 현에게 허물어지고 군국주의의 통치를 위한 빌딩들로 바뀌는 조

12) 이태준, 위의 책, 211쪽

선 산하의 옛 모습과 조선적인 풍속의 아름다움은 지켜야 할 가치로 의
식된다. 서양사람들의 '딴스' 때문에 사라져가는 기생의 소리 몇 마디,
그녀의 흰저고리와 옥색치마가 가치있는 것이다. 이는 조선의 고유성을
상징하는 문화와 풍속이며, 봉건적이고 인습적인 것과는 거리가 멀다.
그래서 서양문화는 속물적이고 말초적인 것으로서 조선문화와 대비되
며, 조선적인 문화풍속은 순수함을 지닌 아름다운 것으로 가치있게 묘
사되고 있다. 예컨대 평양여인들의 머리수건은 현에게 중요한 가치였으
나, 이제는 사라지고 없는 것 중의 하나이다. 이런 문화의식은 곧바로
그것을 지키는 예술가인 현 스스로에 대한 자의식으로 연결되어 조선
지식인으로서의 존재도 지킬 수 없을 것이라는 위기감이 되며, 여기서
민족의식의 싹을 볼 수 있다.

이 시기는 1938년 경으로 일본의 문화침탈이 노골적으로 진행되던 때
이다. 이런 시기에 속물적이지 않고 고아한 것을 아름다운 것, 지켜야
할 것으로 여기던 현의 생각은 스스로를 조선적인 문화풍속의 아름다움
을 지키고 가꾸는 자로 자각하고 있다는 점에서 민족적 자존심으로 읽
을 수 있을 것이다. 즉 현의 현실감은 조선적인 것과 자신의 입장을 동
일시하는 과정에서 느낀 감각적인 수준의 절박함에서 연유한 것이지만,
이 동일시는 이 시기의 상황이 주는 의미망 속에서 민족의 흥망성쇄를
곧 자신의 일로 받아들이는 민족의식이 된 것이다. 이제 작가인 현 자
신의 존재 의미는 조선의 존재와 같아지는 것이다. 이러한 동일시와 민
족의식의 주제화는 이태준 소설들의 통시적인 변화과정에서는 중요한
점이며, 월북후의 소설 전체와 관련시켜 해명해야할 부분으로 생각된다.

그렇지만 이 작품에서도 여전히 새로운 것의 실체는 사회적 관계 속
에 드러나고 있지는 못하다. 작가 현이 문제상황으로 느끼는 것은 자신

이 자연이나 사물과 겪는 갈등관계에 불과하며, 그것은 <꽃나무는 심어 놓고>에서 드러나는 사회에 대한 인식적 특성과 그리 다르지 않다고 생각된다. 따라서 현이 체험하는 갈등은 개인적인 차원의 것이며, 그 갈등의 해결방법은 김에게 사이다 컵을 던지는 즉발적인 행동을 통해 감정적인 수준으로 그치고 만다.

그럼에도 불구하고 이 작품이 변화의 갈림길에 놓이게 되는 부분이 하나 있다. 그것은 현이 십여 년 전에 사귀었던 기생 영월이의 현실관이다. 영월이는 평양의 옛모습을 가장 많이 갖고 있는 인물이다. 현은 영월이를 보고 애틋함을 금할 길이 없다. 그런데 그런 영월이도 이제는 돈을 벌기 위해 손님의 비위를 맞추며 '딴스'를 춘다. 기생에게 세상은 그다지 만만하지 않다. 젊음이 밑천인 기생이 늙어서 자신의 힘으로 살 수 있으려면 젊을 때 돈을 벌어야 하고 그러기 위해서는 무엇이든 손님이 원하는 것은 할 수 있어야 한다는 것이 그의 논리이다. 김에게는 사이다 컵을 통째로 던져버리는 현도 영월이에게는 아무말도 하지 못한다. 현실은 돈의 논리가 관철되고 있으며, 현도 이것을 인정할 수밖에 없다. 그리고 살기 위해서는 그 논리에 어느정도 적응하여 힘을 가져야 한다는 것이 현의 태도 속에 드러난다. 이런 논리는 바로 이후의 작품인 <영월영감>에서 보다 뚜렷한 형태로 드러난다.

4.

조선적인 것에 대한 감각적 인식과 예술가의 자존심이 낳은 위기감이 <패강냉>의 현실인식의 전부라 하더라도 파시즘의 탄압이 노골화되는 1938년 조선의 현실에서 이 정도의 서사의 긴장감은 중요한 미학적 성과라 할 수 있을 것이다. 그리고 이런 문화의식과 감성적 자각이 이태준의 소설에 대한 평가를 어렵게 하는 요인이라 할 수 있을 것이다. <달밤>에서부터 꾸준히 진전되어 온 이같은 미적 인식의 과정은 <영월영감>에 오면 문명론에 대한 색다른 인식 전환과 현실태도의 변화를 가져와 좀 다른 모습이 드러난다.

변하는 현실에 대한 열정에 사로잡혀 있는 영월영감은 금광을 하기 위해 조카에게 돈을 빌리고, 그 돈으로 기약없는 금찾기에 나선다. 그러나 금은 찾지 못하고, 병만 얻어 다시 조카를 병원에서 만나는데 조카인 성익은 그의 문명론과 신념에 대항할 자신의 변론을 잃고 죽어가는 아저씨를 위해서 금을 사다 보여주면서 작품은 끝이 난다.

꾸준히 반문명적이고 반도시적인 주제로 민족적 현실에까지 접근한 이태준의 소설들은 <영월영감>에서 문명에 대한 적극수용론을 펼쳐보이고 있으며, 심지어 조카 성익의 태도는 이런 아저씨의 생각에 자신을 반성하는 자세를 보이고 있다.

> 「자연으루 돌아와야 할 건 서양사람들이지. 우린 반대야. 문명으루, 도회지루, 역사가 만들어지는데루 자꾸 나가야 돼……」
> 이렇게 영월영감은 목소리가 더 우렁차지며 얼굴이 더 붉어지며 가을비에 이끼 끼는 성익의 집 마당을 부산하게 나섰다.[13]

이전 작품들에서는 부정적으로만 드러나던 물질문명은 영월영감에게는 역사가 만들어지는 중심으로 이해되고 있다. 그리고 그것을 음미하는 성익의 태도 역시 어느정도 그 논리의 현실성을 긍정하는 것이며,

---

13) 이태준, 앞의 책, 73쪽.

이것은 자연과 인간의 합일만이 유일한 행복으로 여기던 생각과는 다른
면을 의미한다.

　그러나 영월영감의 문명지향론이 합리적 대안에서 마련되었다고 보
기는 어렵다. 그리고 이런 점은 이태준 소설의 인식적 특성이 본질적으
로는 변화되지 않았다는 증거이기도 하다. 즉 영월영감은 상대적으로
동양인이 너무 자연에만 몰두한다고 본 것이다. 자연과 문명의 조화를
추구해야 하며 동양사람은 문명으로 나가야 한다는 것이지만, 문명이
지닌 현실적 의미를 이성의 힘으로 인식하고 있지는 않다. 그래서 영월
영감을 통해 드러나는 문명의 모습은 투기성이 강한 금광으로 설정되어
있다. 영월영감은 문명이나 역사가 만들어진다는 것은 알았지만 인간의
이성적 힘이 아닌 물질이나 돈의 힘으로 움직인다는 이해에 근거하고
있다는 것을 알 수 있다.

　물질의 힘이 작용하지 않은 순수의 모습에서 가치를 찾던 이태준의
소설들은 돈의 힘을 중심으로 변화하는 현실에 적극적으로 대응하려 한
다. 그것은 자연과 문명의 조화이다. 그러나 조화는 두 가지를 변증법적
으로 통일한 것이 아니라, 자연에 너무 몰두하니까 문명으로 가야한다
는 중용의 논리이다. 이런 논리는 삶에 대한 적극적인 태도는 보여줄
수 있지만 본질적으로 현실을 극복하고 미래를 그려낼 수 없다는 점에
서 한계가 있다. 이런 점에서 영월영감의 태도는 현실을 파고드는 힘은
있으나, 어디로 파고들어야 하는지에 대한 방향감각은 없는 행동주의자
의 모습을 드러낸다.

　<영월영감>에서 볼 수 있는 변화들은 인식상의 특성을 변화시키지는
못하지만, <농군> 등을 통해 현실에 대한 적극적 태도를 지닌 주인공의
등장으로 이어진다. 이같은 변화는 한편으로는 <영월영감>이 지닌 자연

과 문명의 조화론에서 보여준 현실대응 방식의 변화가 가져온 결과이
며, 또 한편으로는 앞서 <패강냉>에서 얻게 된 현의 자의식 속에 들어
있는 민족의식의 발전양상이라 할 수 있을 것이다. 따라서 <패강냉>의
현실인식과 <영월영감>에서 본 문명지향성과 현실적 힘에 대한 긍정적
인 반응은 이후 작품들의 성격에 작용하게 된다고 할 수 있다.

  <농군>에 등장하는 창권이네도 고향이 살기 어려워 만주로 떠나는
이농민이다. 이들은 어렵게 만주를 찾아가지만 그곳 주민들과 이해가
엇갈려 논에 물을 대기 위해 죽음을 불사하는 싸움을 하며, 마침내 도
랑에 물을 댄다는 이야기이다. 이 작품은 이태준 소설들의 어눌하고 천
진스러운 농민들과는 달리 삶의 문제에 적극적으로 대처하는 농민들이
등장한다는 점에서 이태준 소설들 중에서 눈에 띄는 소설이며, 이런 점
들 때문에 많은 사람들에게 평가의 어려움을 안겨주는 작품이다.

  이전 소설들과 비교하여 또 하나 달라진 것이 있다면 낯설고 두려워
하는 정서적 이질감이 현실인식의 직접적인 계기가 되고 있다는 점이
다. 창권이네는 정들었던 강아지도 떼놓고 만주로 떠난다. 이 강아지에
대한 그리움을 통해 생겨나는 정서는 이들이 고향과의 동일시를 경험하
는 중요한 감정의 원류이다. 따라서 만주로 가는 기차에서 잠이 들다
깨어난 창권이네는 기차 안의 낯선 기운과 고향에 두고온 강아지에 대
한 그리움을 강하게 대비시키면서 자신들의 현실을 실감한다. 강아지를
생각하는 이들의 정서는 <꽃나무는 심어놓고> 등 몇 편의 이농민 소설
들에서 보이는 '두고 온 고향'의 이미지 속에 들어있는 이상적 세계에
대한 원망(願望)과 그에 대한 정서적 동질감에 연결될 수 있을 것이다.
<꽃나무는 심어놓고>의 방서방과 마찬가지로 창권이에게도 고향은 그
것이 상징하는 것들과 어우러져 그가 꿈꾸는 이상적 세계의 한 부분이

된다.

이 작품에서 인물들이 느끼는 정서적 이질감은 국경에서 취조하는 형사를 만나는 대목에서 고조되는데, 이를 통해 인물들은 자신들의 상황과 현실적 위기감을 깨닫게 된다. 그리고 이 위기감은 적극적 태도의 계기를 이룬다. 그래서 이들의 삶은 정서적 이질감과 동질감의 차이에서 자연과 합일되는 낭만적 세계를 꿈꾸는 것으로 끝나지 않고, 현실에 적극적으로 대처하여 현실에서 그런 전망을 만들어보려는 자세를 보여주게 된다. 힘없고 주눅든 모습의 창권이가 농사 지을 땅을 두고 피홀리며 싸우는 것은 이런 현실감이 뒷받침되어 있기 때문이다.

그렇지만 서사적 갈등 상황에서 적극적이고 집단적으로 대결하는 창권이네들의 삶의 이면에 설정된 관계의 성격은 이전 소설들과 그다지 달라지지 않았다고 할 수 있다. 그들이 싸우게 된 원인은 땅에 무엇을 심을 것인가에 대한 집착과 고집이다. 이런 것이 그들의 생존과 연결된 듯이 보이기도 하지만 사실 이것은 종교와도 같은 벼 한톨에 대한 집념에서 기인한 것이라 할 수 있다. 창권이네는 논농사를 짓기 위해 물을 얻으려는 것이다. 그것은 사회관계[14]에서 연유하는 갈등이 아니라, 단지 논농사를 짓지 못하게 하는 중국사람들의 고집스러움과 쌀을 수확하지 않는 그들의 생활습관 때문에 생겨난 것이다.

이것은 자신의 노동의 결과를 사회적인 관계로 인하여 부당하게 빼

---

14) 이 때의 사회관계는 지·소작관계, 즉 봉건적인 생산관계를 의미한다. 즉 논농사를 짓는 농민들은 대부분의 땅이 좋건 나쁘건 간에 땅과 갈등관계를 겪는 것이 아니다. 그 갈등은 땅을 갖고 있는 사람과 땅을 경작하는 사람간의 관계에서 일어난다. 그렇기 때문에 땅을 매개로 인간과 인간의 갈등이 생겨나고, 이 갈등의 당사자인 농민들은 이 관계를 극복하는 방법으로 새로운 인간관계에 근거한 사회를 꿈꾼다. 이런 점에서 볼 때 이태준의 소설들은 좀 다르다고 할 수 있다.

앗겨야 하며, 그것을 지키기 위해 싸워야 하는 대다수 조선농민의 현실
과는 질적으로 다르다. 이들은 벼와 벼를 경작할 수 있는 조건을 얻기
위해 싸움을 하는 것이다. 즉 이런 싸움의 형태는 자연과 인간과의 관
계로 현실의 어긋남을 드러내고 그러한 관계의 회복에서 인간의 이상적
삶을 꿈꾸던 이전 소설들의 인식적 특성과 동일선상에 있다고 생각된
다. 즉 <농군>에서 그려지고 있는 농군들의 땅에 대한 집착과 애정이
이들 싸움의 동력이 되고 있으며, 이들이 이루고 싶어하는 사회의 성격
은 인간과 자연이 화합하는 관계로 그려져 있다는 것이다. 이런 면에서
<농군>의 인식은 이런 인식적 경향에서 그리 벗어나지 않고 있다.

인간과 자연의 행복한 화합 등을 통해 인간의 이상적 삶을 그리고
있는 인식적 특성은 <밤길>에 이르면 인간을 억압하는 존재에 대한 좀
더 구체적인 접근이 드러난다.

주인공 황서방은 삼십간이 넘는 대궐같은 집의 공사를 맡고 있는 일
용노동자이다. 그는 아들을 낳고는 돈을 벌리라 결심하고 서울에 처자
식을 남겨두고 인천 공사장까지 일하러 왔다. 그러나 아내는 아이들을
놓고 달아나고 그가 부친 편지를 보고 주인집에서 아이들을 데리고 던
져주고 간다. 그러나 아들은 죽어가고 공사장의 새집에서 아이를 죽일
수 없어 황서방은 비내리는 밤에 아이를 물구덩이에 묻고 절규하는 이
야기이다. 그런데 이 모든 상황에서 황서방은 인간이하로 취급받으며,
서술자는 이런 상황의 부당함을 의식하면서 서술하고 있다.

> 정거장에는 두 딸년이 오르르 떨고 바깥을 내다보다가 애비를 보
> 자 으아 소리를 내고 울었다. 젖먹이는 울음소리도 없다. 옆에서 다
> 른 사람들이 무심히 들여다 보았다가는 엥이! 하고 안 볼 것을 보았
> 다는 듯이 얼굴을 돌린다. 황서방은 가슴이 섬찍하는 것을 참고 받

아 안았다. 빈 포대기처럼 무게가 없다. 비린내만 혹 끼친다. 나리님
은 어느새 차표를 샀는지, 마지막 선심을 쓴다기보다 들고가기가 귀
찮다는 듯이, 예따 이년아, 하고 젖은 지우산을 큰 계집애한테 던져
주고는 시원스럽게 차 타러 들어가 버리고 만다.
　　황서방은 아이들을 끌고, 안고, 저 있던 데로 돌아올 수밖에 없
다.15)

　　월미도쪽이 더 새깜해지더니 바람까지 치며 빗발이 굵어진다. 황
서방은 다리를 치켜 걸었다. 앓는 애를 바짝 품안에 붙이고 나리님
이 주고간 지우산을 받고 나섰다.허턱 병원을 찾았다. 의사가 왕진갔
다고 받지 않고 소아과가 아니라고 받지 않고 하여 네번째에 찾아간
병원에서 겨우 진찰을 받았다. 의사는 애 아비를 보더니 말은 간호
부에게만 무어라 지껴리고는 안으로 들어가 버린다.
　　「안되겠읍죠?」
　　「아는구려.」
　　하고 간호부는 그냥 안고 나가라고 한다.16)

　황서방은 자신보다 높은 신분에 있는 것같은 사람들인 나리님이나
의사에게 같은 인간으로서 대접받지 못한다. 게다가 지나가는 사람들조
차도 죽어가는 아이를 보고 못 볼 것을 봤다는 듯이 대한다. 황서방이
자신의 현실과 관련되어 있는 사람들과 맺고있는 관계는 그 사회의 비
정함을 드러낸다. 그리고 황서방과 같은 사람들이 소외되는 사회임이
드러나고 있다. 이것은 황서방이 자신이 당한 불행을 모두 아내의 탓으
로 돌리는 것에서 알 수 있듯이 황서방의 인식으로는 드러나고 있지 않
지만, 이야기를 이끌어가는 서술자의 목소리를 통해 '나리님'의 선심

---

15) 이태준, <밤길>,『이태준 전집3』, 깊은샘, 1988, 35쪽
16) 이태준, 위의 책, 35-36쪽

쓰는 태도나, 의사의 황서방에 대한 태도들에 드러나고 있다. 이런 서술
로 인해 독자들은 황서방이 아내를 원망하듯이 아내를 탓하는데 동조하
기도 하지만, 이런 상황의 원인이 아내에게 돌려질 수는 없다는 인식도
얻을 수 있을 것이다.17)

　서술태도의 변화는 작품에서 드러나는 정서의 성격에도 차이를 가져
다 준다. 초기 이태준 소설에서 느껴지던 비애의 정서는 서정적인 묘사
속에서 아름다움과 통하는 순수한 정서를 전달하여 낭만적인 효과를 거
둔데 반해, <밤길>의 서정적 묘사나 이미지에서 생겨나는 정서는 긴장
을 팽팽히 유지하면서 현실을 끔찍하게 하는데 도움이 되는 기능을 한
다고 할 수 있다. 또한 황서방이 처한 비참한 삶이 드러나는 과정에서
이 인물의 사회관계가 서술자의 태도 속에 드러남으로써 인물의 분노가
단지 감정적인 폭발로 그려지는데 그치지 않고 사회적인 근거를 가지게
되는 점도 주목할 부분이다. 즉 인물의 부당한 현실이 삶의 우연성이나
운명적인 것으로 처리되어 현실에 대한 허망함을 일깨우는 낭만적 정서
와 비교해볼 때, <밤길>의 비애는 다른 정서와 분위기를 유발한다.

　<밤길>의 서술상황과 인물관계 등을 통해 이런 것들을 해석해낼 수
있다면, <밤길>은 이전 소설들과는 달리 자본주의적 질서가 삶의 곳곳
에 침윤되어 있는 현실의 모습을 사회적인 관계 속에서 드러내는데 가
까와지고 있는 작품이라고 할 수 있을 것이다.

　이런 점들은 이태준 소설에 있어 중요한 점이라 할 수 있다. <농군>
의 집단적 현실대응 방식과 인물의 성격변화, 그리고 <밤길>의 서술상

---

17) 이 점은 <꽃나무는 심어놓고>의 방서방이 아내를 원망하고 세상을 탓하는
　　장면과 비교해 볼 수 있을 것이다. 같은 내용이면서도 이야기의 주제가 서
　　술자의 차이에 따라 달라지고 있다고 할 수 있다.

황과 주제의 변모 등은 이태준 소설이 해방후 사회주의적 전망에 경도
되는데 있어서 소설 내적으로 중요한 계기가 된다고 할 수 있다.

5.

작품에 대한 비평방법은 작품 수만큼이나 다양하다 할 수 있다. 작가
를 중심으로 해서도, 작품을 중심으로 해서도, 어떤 비평방법도 정설이
라든가 객관적이라고 아무도 보장하지 못한다. 문학의 역사가 오랠수록
문학작품에대한 비평방법의 역사도 그만큼 오랜 자기시간을 지녀왔기
때문에 많은 방법들이 스스로의 한계를 폭로하고 다른 것들에 의해 수
정 보완되거나, 삭제되고 있다. 따라서 지금까지 필자가 행한 비평이나
작품 해석도 그런 그물망안에 고스란히 놓여져 있다. 그러나 중요한 것
은 작품을 평하고 있는 방법이 얼마나 진실되게 작품과 작가와 그 시대
를 알고자 노력했는가이며, 그런 흔적이 방법 속에 남아있는가의 문제
가 아닌가 싶다.

이 글은 이태준 소설의 총체적 해석을 목적으로 한 것은 아니다. 이
미 말했듯이 그것 역시 어찌보면 가장 주관적인 판단일 수도 있기 때문
이다. 이 글은 이태준의 단편소설들에 드러난 인식적 특성을 당대적 삶
이 어떻게 조명되고 미래가 전망되고 있는가의 문제의식 만을 중심으로
살펴본 것이다. 그리고 이러한 문제의식은 이 소설들의 변화를 계기로
이태준의 소설 전체의 특성을 좀 더 합리적으로 설명하려는 앞으로의
과제를 위한 시작이 될 것이다.

이태준의 초기 소설들은 사회비판적인 주제의식이 강하다. 그러나 창

작의 미숙성으로 관념적인 서술자의 개입이 심해 작품이 주관화되거나 고대소설의 전지적 서술자의 모습이 드러나서 이태준 소설의 전체적인 성격과는 다른 효과를 내게 된다. 이런 주관적 경향들은 『달밤』 창작집을 내던 시기를 전후로 하여 지양되며, 시점이나 서술자의 목소리, 묘사와 서술 등이 적절하게 사용되어 형상화에 있어 성숙한 면모를 보여주게 된다. 그래서 이전 시기의 소설들은 창작의 미숙성으로 인해 이태준 소설의 성격을 논하는 자리에서 준비단계로만 설정하고, <꽃나무는 심어놓고>가 씌어진 시기를 전후로 하여 특징을 살펴보았다.

그런데 이태준의 단편소설들은 전반적으로 이상적 세계의 형상과 현실을 견주어 삶을 드러내는 특성이 있다. 그리고 이 이상적 세계의 모습은 현실인식의 변화를 설명하는 매개가 된다고 할 수 있을 것이다.

초기소설에 해당하는 <달밤>과 <꽃나무는 심어놓고>에서는 속악한 물질문명이 판치는 세상을 부정하기 위해 모자라는 인물에게서 드러나는 순수함과 그들의 삶도 존중되는 휴머니즘적인 이상상이 드러나거나, 자연과 합일되는 경지에서 인간의 행복한 삶을 꿈꾼다. 이런 것들은 순수한 심성이 내재되어 있지만, 이상적이고 비현실적이라는 점에서 낭만적이라 할 수 있는데, 특히 작품의 주인공이나 서술자가 꿈꾸는 세계의 모습이 자연에 동화되는 인간의 모습으로 그려지고 있는 것은 이태준의 소설을 고찰하는데 문제적인 부분이다.

작품에 드러난 세계의 형상을 통해 작가의 사상이나 현실인식을 파악할 수 있다고 할 때, 이런 세계상은 이태준이 동경하는 이상적 세계의 원형이라 할 수 있으며, 이를 통해 그의 소설들이 변화하는 과정을 그의 현실관과 연관시켜 파악할 수 있다고 보았다. 이태준은 사람살이의 최선의 상태를 자연과 인간의 조화로운 관계에서 파악하고 있지 인간과 인간이 맺는 관계의 성격, 예컨대 제도나 계급관계 등의 문제로 파악하지 않는다. 그래서 근대를 반대하는 것도 근대라는 사회적 관계가 속물적이어서 인간의 자연적인 순수성을 훼손하고 있기 때문이며, 임화가 극찬한 <농군>의 서사적 긴장과 비장미도 봉건적인 생산관계가 인간의 삶을 억압하는 상황 속에 설정된 것이 아니라, 농민들의 땅에 대한 집착과 조선민중의 벼 한올에 대한 애착에서 생겨난 것이다. 이런 자연적이고 인정(人情)적인 정서로 결합된 관계가 인간의 삶을 행복하게 할 수 있는 이상적인 것으로 설정되어 있다. 그리고 이런 자연친화적 경향은 문체나 묘사에서도 드러나는데, 서정적인 분위기 속에 묘사된 자연과 인간의 아름다운 관계가 작품의 분위기를 압도하는 것도 이런 것에서 연유한다고 할 수 있다.

이렇듯 이태준의 소설들에서 현실은 자연과 인간의 관계망 속에서 포착되어 드러난다. 이런 인식적 특성은 그의 딜레탕티즘과 상고주의의 근원으로 이해되어 온 것이 주된 평가였지만, 이 글에서는 이 소설들의 이러한 특성이 미적인 아름다움을 통해 현실을 아름답고 순수하게 만들어보려는 작가의 의도 속에서 행복한 인간의 삶을 향한 염원으로 해석될 수 있다는 생각을 전개시켜 보았다. 그리고 일련의 창작과정에서 작가가 현실과 부단히 교섭했던 흔적도 발견할 수 있었으며, 그러한 과정의 한 매듭을 <밤길>에서 확인할 수 있을 것이다.

<밤길>은 사회적 관계 속에 억압당하는 인물과 그것을 감지한 서술자의 목소리를 통해 작품의 분위기를 '분노'로 이끌어내고 있으며, 이런 점은 아마도 이태준 소설의 변화의 한 증거가 될 수도 있을 것이다. 그러나 이런 것들을 근거로 이태준 소설에 드러난 인식의 변화를 가늠하는 것은 성급한 판단일 수 있다고 생각된다. 그의 소설들에 보이는

현실은 변화하고 있지만 그것은 조심스러운 것이어서, 인식상의 전환으로 평가하기에는 인간과 자연이 맺어 나가는 삶의 방식에 대한 그의 소설적 전망이 아직은 그의 소설들을 너무 강하게 움켜쥐고 있다고 여겨지기 때문이다. 그리고 모든 작품들이 그러하듯이 현실의 변화가 또 커다란 변수가 될 것이기에 아직은 변화를 점치기는 어렵다고 보인다. 그러나 이런 것들은 그의 소설들이 변화해 나가는 소설 내적 계기가 되기에는 충분한 여지를 남겨준다는 것이 이 글의 생각이며, 결론이라 할 수 있을 것이다.

神話的 宇宙空間으로의 旅路
— 이태준의 〈夕陽〉에 나타난 공간의미 —

유 인 순

1. 서 언

　　과거는 존재하지 않는 것, 흘러간 세월은 그것의 공허 속으로 모
든 사물과 사건, 기쁨과 슬픔을 삼켜버린다. 남아 있는 것은 기껏해
야 기억 속에 어슴프레 떠오르는 그 무엇, 바로 모든 일들이 일어난
배경에 있는 이 지상의 공간 뿐이다. 사람들이 웃고 울고 태어났다
가 사라져간 그런 공간 말이다.[1]

　자신의 어린시절을 회상하는 자서전에서 재 러시아 한인 작가 아나
톨리 킴은 우리의 퇴색했거나 완전히 소실된 기억들(사물과 사건, 기쁨
과 슬픔……)을 어렴풋이나마 이어주는 것은 한 때 거처했었던 지상의
공간이었음을 고백한다. 그는 또한 자신이 태어난 광활한 땅 카자흐스
탄의 작열하는 태양과 산위를 천천히 맴도는 독수리들을 기억해내며 한

---

1) 아나톨리 킴(1993), 자전에세이 「내 마음의 두번째 풍경화—카자흐스탄을 떠
　나 캄차카로 가는 길」, ≪전망≫, 1993. 6월호, p.145.

사람의 마음은 그가 어린 시절에 본 그 나라의 경치에 의해 형성됨을, 사람의 마음은 경치를 닮는다는 것을 힘주어 강조한다.[2] 여기에서의 경치란 한 사람을 둘러싼, 그 사람이 자신의 위치를 인식하는 공간에 다름 아닌 것이다.

기억을 생생하게 하는 것은 시간이 아니라, 공간에 의해서, 공간 가운데에서라고 바슐라르 또한 언급한 바 있지만[3] 이는 모두 공간의 의미가 개인적인 인식과정 가운데 시간의 의미를 넘어 우세하다는 것을, 어떤 의미에서는 시간경험보다도 더욱 일반적인 경험요소가 된다는 것을 보여주는 것들이다.

이와 같은 의미에서 공간에 대한 남다른 인식과 반응을 보여준 작가가 있다. 그가 곧 상허 이태준이다. 그는 30년대 구인회 중심회원이었으며 30년대 말 ≪문장≫을 주관하면서 조선어와 민족 정신을 수호하려한 작가[4]였다. 그가 해방공간에서 그리고 6.25 이후에 우리측의 기호에 어긋나는 모습을 보여준 것이 사실이기는 하지만 그 또한 자신이 처한 공간에서 자신의 역할에 충실했다고 볼 수밖에는 없다.

> 그는(이태준-필자주) 소위 「위대한 예술가」는 아니다. 그러나 그는 「선량한 예술가」다. 그는 미묘하고 예민한 피부로 감각하는 사람이다. 참벌처럼 미와 꿈을 주워 모으는 사람이다. 나즉하고 고요한 노래를 넣어주는 사람이다.[5]

2) 아타톨리 킴(1993), 자전에세이 「카자흐스탄의 황색 구릉」, ≪전망≫, 1993. 5월호, p.146.
3) 가스통 바슐라르(1990), 곽광수 역, 『공간의 시학』, 민음사, p.122.
4) 장영우(1991), 李泰俊 小說 硏究, 동국대학교 박사학위논문(미간행), p.1
5) 김환태(1988), 『김환태전집』, 문학사상사 자료조사실, pp.41-2

그는 김환태가 지적했듯이 「위대한 예술가」가 아니라 「선량한 예술
가」였을 뿐인지도 모른다. 그러나 그가 위대한 예술가가 아니라고 해서
마구잡이로 그를 비난할 자격이 누구에게나 있는 것은 아니다. 적어도
그가 우리말 우리 것에 애착을 가지고 있었고 순수문학을 향한 정념을
버리지 않고 있었다는 것만으로도 그의 작품은 충분히 관심의 대상이
된다. 하물며 그가 고통이 2중 3중으로 억누르는 불확실한 시대의 아픔
은 증언하는 서정적 소설을 질감있게 승화시킨 독보적 작가6)이며 근대
적 단편소설의 한 완성자7)였음에랴.

이태준이 월북하기 전까지의 작품은 꽁트 8편 단편 48편, 중편 3편,
장편 14편 외에도 희곡과 소년물, 소설론 등 다양한 분야에 걸쳐 있다.
본고에서 텍스트로 다루려고 하는 <夕陽>은 이태준이 만 38세 되던 해
인 1942년 2월 ≪국민문학≫을 통해 발표되었으며 이 작품은 1943년에
발간된 작품집 『돌다리』에 부분 수정8)되어 실린다.

이미 1939년 일제에 의해 강압적인 창씨 개명의 조처가 내려졌던 것
으로 보아 <夕陽>이 발표되던 해인 1942년 이태준은 식민지치하의 지식
인으로서 매우 곤혹스러운 생활을 했을 것으로 보인다. 1941년에 단편
과 장편 각각 한 작품 씩을 쓴 것에 미루어 42년에는 두 개의 장편을
연재하고 있었고 4편의 단편(<사냥>, <無緣>, <夕陽>, <王子好童>)을 발
표한 것으로 보아 이는 왕성한 작품 창작력의 열기로 이루어졌다기 보

---

6) 신동욱(1988), 「이태준 작품의 문학적 의미」, 『한국해금문학전집 2권』, 삼성
   출판사, p.412.
7) 이재선(1979), 『한국현대소설사』, 홍성사, p.364.
8) 이태준의 그의 발표당시의 작품을 달리 수정하여 단행본으로 내놓은 것이
   38편에 이르며 이는 그의 소설작품 전체에 대해 약 7할에 해당(장영우, op.
   cit., p.19)된다고 한다. 이와 같은 이태준의 원작의 수정은 그의 완벽주의를
   그대로 나타내는 것이라고 하겠다.

다는 친일적인 글을 쓰지 않을 수 없고 친일적인 행위를 하지 않을 수 없었던 자신에 대한 부끄러움과 서른 아홉에 접어든 중년의 고독을 잊기 위한 自虐的 自己 消盡의 길은 아니었을까9).

<夕陽>은 서울→경주→서울→경주→서울→해운대로의 이동공간의 모습을 보여준 이른 바 여로형 소설이다. 동시에 이들 공간의 이동에 따라 주인공 매헌이 복잡하고도 번잡한 생활에 기인한 피곤한 도회인으로부터 점차 신화적이고 종교적이며 관조적 우주적인 세계인식의 인물로까지 점차 상승하는 성장소설로서의 면모까지도 보여준다. 특히 <夕陽>이 우리에게 감동을 주는 것은, 지천명에 가까와서도 젊음이 내뿜는 천진과 아름다움에 가슴 설레고, 이룰 수 없는 욕망으로 부끄러워하며 이별 앞에 철저하게 가슴 아파하는 매헌의 고독과 견딤의 과정도 그러하지만 그러나 작품 전반에 넓게 번져 있는 슬픔의 엷은 그림자를 통해 무언가 작가의 감추어진 내밀한 메시지가 조심스럽게 우리 가슴을 두드리는 어떤 '울림'에 있다고 본다. 이와 같은 울림은 이태준 소설의 뛰어난 성숙10)으로, 동시에 표면으로 나타난 그의 회고취미는 작가의 독특한 전략11)으로 지적된다. 이태준 소설에 지속적으로 남는 울림, 섬세한 촉수가 아니면 포착하기 어려운 그 '울림'의 정체를 찾기 위해, 서울 경주 해운대를 넘나드는 매헌과 그 매헌을 둘러싼 공간과의 관계를 추적해 보려고 한다. 왜냐하면 인간이 공간을 인식하는 것은 인간자신

9) 이태준은 1940년 ≪문장≫ 20집에 "지원병 훈련소의 일일"을 썼고, 皇軍慰問作家團, 朝鮮文人協會 등의 단체활동에 관여하며 이들로 하여 1942년 일제가 주는 제2회 朝鮮藝術賞을 받기도 했다.
   민충환(1980), 『李泰俊研究』, 깊은샘, p.34.
10) 이남호(1990), 「시대에 대한 미학적 간접화법 -이태준론」, 『문학의 僞足』, 민음사, p.384.
11) ibid, p.380.

의 생명을 인식하는 것이고12) 동시에 공간의 성격을 더듬다 보면 인간
은 공간과 提喩的으로 같은 성질을 나누고 있음을 확인할 수 있는 까닭
이다.13)

　이제 이태준 중반기의 작품 <夕陽>의 공간을 분석하여 공간과 그 공
간에 수용된 행위주의 성격들을 더듬고 전체 공간의미의 변이 과정들을
더듬어 보기로 한다.

2. 공간의 의미

　<夕陽>은 여로형 소설이다. 여행은 미지의 공간으로 들어가는 단적인
기회이다.14) <夕陽>의 공간은 크게 서울/경주/해운대로 분절된다. 이들
은 주인공 매헌15)의 표면적 행위 <여행하다>의 바탕을 둔다. 그리고 이
들은 다시 출발/도착으로 세분화되면서 그 안에 만남/이별로 대체된다.
　<석양>의 대략적인 줄거리를 공간이동에 따라 정리하면 다음과 같다.

　<서울1> 삼복 더위중 작가 매헌은 번루(煩累)를 떠나 단순한 생활과 고
　　　　독에 환원하기 위해, 긴장에서 풀려나기 위해 경주행을 감행한다.
　<경주1> 고완품점에서 만났던 처녀를 오릉의 소나무 위에서 만나 그녀
　　　　의 조언으로 오릉을 구경하고 강가에서 얘기를 나눈다. 여관에서

---

12) Ricardo Gullon(1975), "On Space in the Novel", Critical Inquiry 1975,
　　Autumm, Vol.2, p.17.
13) Kennth Burke(1969), A Grammar of Motives, (revised ed;Berkeley and Los
　　Angeles:University of California Press), p.6.
14) 아까야마 다까노리(1981), 최광렬 역, 『공간학에의 초대』, 전파과학사, p.34.
15) '梅軒'은 이태준의 아버지 李文敎의 號이기도 하다. 민충환, ibid., p.34.

일박, 다음날 불국사에 같이 가서 하루를 즐기고 처녀가 떠난 뒤 불국사에서 사흘을 묵는다.

<서울2> 편지를 통해 처녀의 이름이 타옥임을 알게되고 타옥에 대한 그 리움을 키운다. 타옥이 골라준 신라토기를 정좌하여 바라보는 버 릇이 생긴다.

<경주2> 봄, 경주에 찾아온 매헌은 타옥을 만나는 순간 욕망이 정화됨을 느낀다. 오릉, 불국사를 거쳐 다음 날 타옥과 석굴암에 오른다. 자 연미를 능가하는 인조미--황홀경에 사로 잡히며 타옥과 관음상을 일치시킨다.

<서울3> 매헌은 일야 애무하던 이조백자의 필가(筆架) 하나를 타옥에게 보내고 타옥과의 순결한 서신교제를 해온다. 책사와의 약속된 원 고를 위해 애를 쓰다가 기진하여 해운대행 결행한다.

<해운대> 타옥과 바닷가를 거닐고, 저녁에 피로에 지쳐 잠들었던 매헌은 깨어나 탕에 가서 몸을 덥히고 밤 깊도록 집필, 타옥이 몸으로 덥 혀둔 타옥의 자리에서 잠들고 타옥은 매헌의 방에서 잠든다. 다음 날 약혼자를 만나러 떠난다는 타옥의 편지를 보고 매헌은 섭섭해 한다. 매헌은 바닷가를 방황하며 석양을 본다. 곧 황혼이 진다.

한 편 이 작품에서 시간의식은 지극히 희박하나 매헌의 여행에 따른 시간을 보면 경주로의 1차여행시 삼복더위중의 여름, 경주 2차 여행시 는 다음해 봄, 그리고 해운대로의 여행은 그 다음해 초겨울이 된다. 그 러니까 작품 전체에 흐르는 시간은 햇수로 3년에 이른다. 먼저 텍스트 에 나타난 <서울>을 본다.

1) 일상의 공간 〈서울〉

작가이면서도 일상인인 매헌이기에 매헌의 여행은 서울을 중심으로 출발하고 다시 돌아오는 행위의 반복을 보인다. 그러나 세 번째 여행지

인 해운대에서의 매헌은 바닷가를 방황하는 열린 구성으로 끝난다. 첫
번째의 여행은 현실에의 탈각을 의미하는 탈출16)의 의미가 강하나 여행
이 거듭되면서 자아형성적 측면이 강화된다. 먼저 매헌의 서울에서의
삶의 모습을 보기로 한다.

<서울1>에서 삼복 더위중 매헌의 구체적인 생활은 보이지 않지만 그
의 성격과 여행을 떠나는 목적을 살펴보기로 한다.

> 성미가 워낙 아무나 더불어 쉽게 투합되지 않았다. 아무리 허물
> 없는 친구라도 그는 혼자만치 편치 못했다. 여럿이 왁자하며 천리를
> 가기보다 홀로 백리를 가는 것이 더 멀리 가는 맛이 있었다.

> 어디 못가본 데를 새로 구경간다는 것보다 한때나마 번루(煩累)을
> 떠나본다는, 최소한도의 단순을 생활해본다는, 또는 고독에 환원해본
> 다는, ……(중략)…… 그는 정신을 차리고 보기보다 정신을 늦추고
> 쉬고 싶었다. 그는 그만치 벌서 갖가지로 피로했는지도 모른다.

인용문에서 매헌은 사람들과 어울리기보다는 혼자 있기를 좋아하는,
이른바 고독을 즐기는 성격으로 보인다. 그리고 서울생활에 대한 자세
함은 언급되지 않았으나 그에게 번잡하여 고독을 즐길 틈조차 없으며
긴장의 연속 속에 남에게 드러내놓고 호소할 수 없는 누적된 번민들이
그를 지치게 하고 있는 것으로 보인다. 누적된 번민으로부터, 복잡한 생
활로부터, 긴장으로부터의 해방을 원하고 고독에 환원하고 싶다는 목적
에서 여행은 한 마디로 고통스런 현실로부터의 철저한 탈출과 자기 성
찰, 탐색을 위한 것으로 보인다. <서울1>에서 서울의 공간적 모습은 서

---

16) 이재선(1993), 「성장소설과 길의 시학」, 《문학사상》, 1993. 7월호, p.37

술되지 않는다. 그러나 그 서울에서 살아가는 매헌의 지친 생활과 강한
탈출욕구로 보아 서울이라는 공간에서의 삶이 얼마나 많은 긴장과 번뇌
를 요구하고 사람을 지치게 하는 것인가를 미루어 짐작하게 한다.

<서울2>는 삼복 중의 경주여행에서 돌아와 가을, 겨울을 거친 다음
해 봄, 다시 경주로 출발하기 전까지이다. <경주1>에서 매헌에게 신선한
충격과 감동을 주었던 처녀—타옥으로부터의 편지는 피곤과 번뇌에
시달리던 매헌에게 잃었던 청춘을 되찾게 하며 동시에 청춘의 고뇌까지
도 맛보게하는 靈藥이 된다. 타옥은 편지에서, 경주는 가을이 좋으니 매
헌이 이번 가을에 경주를 찾는다면 불국사에 가서 며칠 묵으며 '동무해
드릴 수'가 있으리라고 했다. 이에 비해 매헌은 타옥을 한 사람의 여성
으로 욕망한다. 매헌에게 그리운 것은 경주가 아니라 타옥이다.

> '내가 타옥을 사랑하는 거나 아닐까?'
> 매헌은, 아마 지금의 자기의 호흡은 타옥과 육대사(六對四)쯤이나
> 될 것이라고 스스로 비웃고 어슬렁어슬렁 집으로 돌아와 탁자 위에
> 놓은, 그 타옥이 "뵌 대로 놓구 봄 더 정물이죠"하던 신라토기를
> 장시간을 정좌하여 바라보곤 하였다.

타옥에 대한 매헌의 연모는 자신의 호흡이 타옥과 직접적으로 결합
되어 있다고 생각한다. 그러나 육대사(六對四)라는 그 호흡에 있어 아직
은 매헌쪽의 것이 더 많다는 데서 느끼는 어떤 민망함과 자괴감(어쩌면
억울함일지도 모르는)을 느끼는 정도의, 아직은 이기적인 단계에 있을
뿐이다. 그렇기에 타옥이 골라준 신라토기를 장시간 정좌하여 바라보아
도 매헌의 가슴에는 사념(邪念)이 무성하고 타옥은 일개 요녀(妖女)로

매헌을 사로잡고 있을 뿐이다. 그러나 경주를 여행하고, 타옥을 만나고
온뒤 <서울2>에서의 매헌은 더 이상 타자로부터 고립되어 고독을 즐기
는 자가 아니라 타자와의 결합을 욕망하는 화해의 자리로 옮겨졌으며
이는 모두 <경주1>이 지닌 신화적 공간에 접했음에 기인한다.

한편 매헌이 편지를 통해서야 알게 된 이름 타옥(陀玉)은 앞으로 전
개될 공간 속에서 그녀의 역할을 나타내는 상징적인 의미를 갖는다. 불
타(佛陀), 아미타(阿彌陀), 미타(彌陀)에서 보이는 바와 같이 타옥의 이름
은 불교적인 분위기가 짙으며 이는 <경주2>의 석굴암에서 매헌이 관음
보살상과 타옥을 동일시하고, <해운대>에서 청춘이 만발한 타옥을 연꽃
에 비유하는데서 더 분명해진다. 관음보살은 중생을 구하기 위해 33가
지 모습으로 현현하며 왼손에 연꽃을 들어 불성을 나타내는 까닭이다.[17]

<서울3>에서 매헌은 '이조백자와 같은 여자' 타옥에게 자신이 '일야
애무하던 이조백자의 필가(筆架) 하나를 보낸다. 타옥은 더이상 애욕의
대상이 아니라 자신에게 구원의 숭고한 여성이며 '고요히 위로와 안식
을 주며 싫어지는 날이 없는 영원한 그릇'이 된다. '일야 애무하던 그
릇'을 타옥에게 보냄은 자신의 가장 소중한 것을, 이는 곧 매헌 자신을
온전히 타옥에게 보냄을 의미한다. 그렇기에 타옥에 대한 매헌의 사랑
은 <서울2>의 이기적이고 애욕적인 사랑으로부터 <서울3>에 이르면 이
타적이고 정신적인 사랑의 단계에 올라서게 된다. 이제 매헌은 위로와

---

17) 한편 타옥(陀玉)의 명명이 알레고리에 의한 것이며 그중에서도 타옥이 경
주태생의 처녀라는 점에서, 숭고한 여성의 이미지를 가졌다는 점에서, 마
지막 장에서 약혼자를 찾아 떠났으므로 陀玉 = 他玉으로 「석양」에서의 타
옥은 차라리 他玉을 의미한다고 보는 주장이 있다(김현숙, 이태준 소설의
기호론적 연구, 이화여대 박사학위논문, 1990, pp. 135-6 요약) 그러나 필자
는 타옥을 신화적이고 종교적 의미에서의 '陀玉'으로 본다.

안식을 위해 굳이 백자를 일야 애무하지 않아도 된다. 그의 가슴속에
타옥이 있는한 백자가 곧 타옥이고, 타옥이 곧 매헌 자신임을 확인한
까닭이다.

따라서 매헌은 고립과 불협화로부터 그리고 번뇌로부터 벗어나 온전
히 자신의 천직인 작품 창작에 몰두한다. 그러나 예술은 하나의 전쟁이
고[18] 마음을 에어내는 듯한 고투이기에 오랫동안 창작에 몰두하던 매헌
은 건강을 해쳐 그의 집필실을 해운대 온천으로 옮기지 않으면 안된다.
이는 해운대 온천이 갖은 '힘'을 나누어 받으려는 것이다. 이때 매헌은
비록 육신은 허약해도 미의 탐구를 위해 자신의 생명을 제물로 바치려
는 순교자의 모습으로까지도 보이는 것이다.

2) 신화의 공간 〈경주〉

서울-경주로 향하는 매헌에게 시간에 대한 관념은 거의 없다. 위도
로 보아 북쪽에서 남쪽 방향으로 열차를 타고 달리면서 삼복지경이기에
어디에서도 철다툼 같은 것을 느끼지 않는다. 경주에 닿아서도 경주에
산재한 문화재에 대해 목록 일람표 정도로 언급하고 있을 뿐이다. 박물
관에 소장되어 있는 봉덕사 종에 대해서도 묘사라기 보다는 설명으로
일관된 느낌이다. 매헌의 경주 여행은 두 번에 걸친다. 처음 여행은 삼
복중이었고 어디까지나 서울을 탈출하여 긴장에서 이완된 생활, 복잡에
서 단순한 생활, 번뇌의 떨구어넘을 기대하는 정도였다. 그러나 기대하
지 않았던, 천진스러움을 그대로 지닌 타옥을 만나 오릉을 구경하고 불
국사까지 동행하며 타옥에 대한 깊고도 짙은 인상을 심게 된다. 두 번

---

18) 토마스 만(1972), 박종서 역, 「베니스에서의 죽음」, 『세계문학전집38』, 정음
   사, p.345.

째 경주행은 다음 해 봄 타옥에 대한 그리움으로 내달리듯 떠나며 타옥과 석굴암을 동행하고, 불국사 호텔에서 사흘을 보낸다. 같은 경주 여행이라해도 그 범위가 확장되며 이후 다음해 초겨울 해운대까지 치면 이동공간의 도형은 抛物線형으로, 求心에서 遠心으로의 확장을 보여준다.

<경주1>로의 첫 여행은 어디까지나 복잡한 현실로부터의 탈출과 고독의 환원에 있었음은 앞에서 이미 언급했다. 경주까지의 여로동안 매헌의 심정은 덤덤하다.

그러나 <경주1>의 첫날 매헌이 박물관에 들렀다가 고완품점에 들린 다음부터 매헌의 가슴은 흥분하기 시작한다. 고완품점에서 매헌을 놀라게 한 것은 한 그릇의 시원한 우물물을 떠다준 처녀를 만나면서부터다. 도회지풍의 세련된 미모와 언사를 구사하는 처녀에게 매헌은 매혹된다. 이상하고 재미있는 고완품을 요구하는 매헌에게, 처녀는 다음과 같이 대답한다.

"이상허구 재밌게 되구…… 평범하더라두 오래 둬두 애착이 변하지 않는 걸 고르시는게 좋지 않어요?"

매헌은 '오래 둬두 애착이 변하지 않는 걸' 고르라는 말에서 평범이 비범임을 깨닫고 그것이 곧 처녀 자신의 얼굴을 가리키기도 함이듯 느낀다.

한 그릇의 시원한 물을 떠다주고 평범의 진리를 깨우쳐준 처녀는 여기서 신화적인 인물로의 전이를 시도한다. '미목이 청수한', '맑으면서도 가느스름한 눈매와 두 볼진 볼록한 턱이 고요하고 듬직한 인상'의 처녀가 오릉을 둘러싼 담장 옆 '꽤 높은 소나무 중턱'에 올라가 있다가 오릉의 담장 안을 기웃거리는 매헌에게 올라오기를 권한다. 이에 따라 매헌이 소나무의 수직적인 상승방향을 따라 올라가는 것은 신성한 영역을 향한 운동의 표상[19]이 된다. 이에 매헌과 처녀는 신화적 공간의인물인 혁거세와 알영의 자리로 옮겨간다(달리 말하면 매헌과 처녀는 혁거세와 알영의 현대적 패로디로 보이는 것이다).

오릉(五陵)은 신라 시조 박 혁거세의 무덤이다. 박 혁거세는 그의 출생과 죽음에서 모두 신이로움을 보인다.[20] 특히 혁거세가 하늘로 올라간 7일만에 유체가 흩어져 땅에 떨어지는데, 이는 영웅의 죽음의 신이로움을 보이는 것이다.[21] 이 신이로움은(5체로 떨어져 내린 혁거세의 유체) 그 영웅을 한때 수용했던 지상에 풍요를 더해주는 의식으로 보인다.

한편 혁거세의 아내가 된 알영의 경우도 그녀의 출생과 죽음에 신이로운 요소를 갖는다.[22] 계룡의 갈비에서 나온 새의 부리를 한 여자, 하늘에 오른 남편의 유체가 다섯 토막으로 떨어져 내릴 때 함께 따라 죽

---

19) Esther Jacobson-Leon(1976),"Place and Passage in the Chiness Art : Visual Imagee and Poetc Analogues, Critical Inquiry 1976, Winter, Vol.3, No.2, p.353.
20) 三國遺事 卷一 新羅始祖 赫居世王 편에 의하면 혁거세는 백마가 품고 있었던 알에서 태어난 童子였다.이 동자가 커서 신라 시조가 되었다.한 편 혁거세는 나라를 다스린지 62년 만에 하늘로 올라가더니 그 후 7일만에 遺體가 흩어져 땅에 떨어지며 왕후도 따라 돌아갔다고 한다.國人이 合葬하고자 하매 큰 배암이 쫓아와 방해하므로 五體를 각각 장사지내어 五陵이라고 하고 또한 蛇陵이라고도 했다.
　　일연(1972), 이병도 역, 『삼국유사』, 광조출판사, pp.194-6. 요약
21) 김열규(1978), 『한국민속과 문학연구』, 일조각, p.60.
22) 삼국유사에 의하면 혁거세가 알에서 태어나 모두 천자가 하늘에서 내려왔다고 치하하며 마땅히 덕 있는 女君을 찾아서 짝지어주어야 한다고 할때 사량리 閼英井 가에 溪龍이 나타나 왼편 갈비에서 童女 하나를 탄생하니 자태와 얼굴은 유난히 고왔으나 입술이 닭의 부리와 같았다.月城 北川에 가서 목욕시키니 그 부리가 빠졌다.혁거세와 알영이 각기 13세에 이르자 이들을 왕과 왕후로 삼았다. 일연, op.cit., p.196.

은 신라의 始祖母가 바로 알영인 것이다.

매헌이 경주에서 만난 처녀는 그 미목이 수려한 도회지풍의 분위기도 매혹적이지만 매헌의 말에 대한 대꾸에서도 범할 수 없는 예지와 교양을 갖추고 있다. 게다가 처음 고완품점에서 매헌에게 한 사발의 시원한 우물물을 떠다주는 데서 신라의 시조모 알영의 모습이 반영된다(알영은 알영정에서 사람들에게 발견되었다는 점에서 우물과 밀접한 관계를 갖는다). 위도상 북쪽인 서울에서 경주(상방 → 하방)로 내려온 매헌 또한 그러한 처녀의 조언으로 나무에 올라 오릉을 전망하며 처녀와 더불어 오릉이 보여주는 "니힐함"에 공명할 때, 천상에서 내려온 卵子 소생 혁거세의 자리로 상승하는 것이다.

몇 길이나 될 높은 소나무 위에서 내려다 보는 오릉은 시간과 공간, 상승과 하강, 소리와 침묵, 유한과 무한, 존재와 무(無), 움직임과 정지가 교묘히 엉킨 감각의 세계를 초월한 신화적 공간이다. 오릉은 지상에 펼쳐져 있고 이를 매헌과 처녀는 높은 수직공간에 기대어 내려다 보고 있다. 곧 직선과 둥금(원)의 자연스런 대비이다. 직선은 더 길어지거나 더 짧아지기 위한 운동성을 보여준다. 그러나 원은 단번에 태어나고 그러자마자 완성되어 있다.[23] 상승을 지향하는 운동성의 수직의 높이에서 아래로 향한 내려다봄, 오릉이 보여주는 둥금의 완성과 그 자연스러움이 투사하는 원초성의 흔적[24], 한 때 존재했었고 지금 다만 신화로만 존재할 뿐 실재는 흙으로 돌아간 둥금 속의 시조신을 생각하면 처녀가 말한 "퍽 니힐하지 않아요?"는 분석을 거부하는 완벽하게 엉킨 의미소가 되고 만다.

---

23) 가스통 바슐라르, op. cit., p.403.
24) Ibid., p.401.

볼수록 그윽함에 사무치게 한다. 능이라기엔 너무나 소박한 그냥 흙의 모음이다. 무덤이라기엔 선에 너무나 애착이 간다. 무지개가 솟듯 땅에서 일어나 땅으로 가 잠긴 선들이면서 무궁한 공간으로 흘러간 맛이다. 매미가 소리가 오되 고요하다. 고요히 바라보면 울어야할지, 탄식해야 할지 그냥 나중엔 멍-해지고 만다. 처녀의 말대로 니힐을 형용사로 쓰는 수밖에 없을 것이다.

오릉의 소나무 위에서 내려온 다음, 부리 잘리기 전의 알영의 모습은 처녀에게 지속적으로 나타난다. 혼자 무섭지 않으냐고 묻는 매헌에게 "무서운 맛이 아주 없음 무슨 맛이게요"라고 한다. 매헌이, 처녀가 나무 위에서 읽고 있던 책이 바로 자신의 저서임을 알게 되고 그 내용에 대해 문답할 때, 상대를 전혀 괘념하지 않고 처녀는 자신의 느낌을 이야기 한다. 아직은 성숙한 인간의 세계로 진입하지 못한 모습이다. 이와 같은 모습은 솔밭이 끝나는 강변에서 다시 한 번 더 나타난다.

그리고 또 차츰, 이게 정말 현실인가? 자기 눈씨의 의혹이 생기었다. 그, 소녀는 결코 아닌, 더구나 교양으로는 어느 어른의 경지보다도 높은 그 처녀가 그리 멀리 가지도 않아 있는 웅덩이 앞에서 기탄없이 옷을 활활 떨어버리는 것이다. 반짝이는 모새 위에서 푸른 먼 산을 배경으로 한순간 상큼 서보는 나체, 그 신비한 곡선들의 오릉 속에서 뛰어나온 요정(妖精)이 아니고 무엇이랴! 탐방탐방…… 물은 빗긴 햇빛에 금쪽으로 뛰었다. 처녀는 그 속에 흐뭇이 잠긴다.

물속으로 뛰어들어 더위를 식히는 처녀에게서 매헌은 천치와 천재를 동시에 느낀다. 처녀의 말과 행위에서 어른과 아이를, 인간과 요정, 꿈과 현실을 동시에 느끼게 된다. 이들은 모두 건국신화 알영의 잔영을 보여주는 것이다. 계룡의 갈비에서 나온 새의 부리를 가진 여아. 월성 북천에 가서 몸을 씻기니 부리가 떨어져나가 그 자태와 얼굴이 유난히 아름다와 혁거세 왕의 왕후가 되었다는 알영의 신화가 그대로 처녀에게 덮씌어 보이는 것이다.

물속에서 나온 처녀는 '옆에 사람이 있되 혼자이고 싶은 때는 곧 기탄없이 혼자 될수 있는 자연스러운 태도'로 매헌에게 감동을 준다. 매헌이 처녀에게 자신이 바로 처녀가 읽던 책의 저자 임을 밝히고 처녀와의 대화를 통해 다시 한번 더 처녀가 지닌 천진에 감동하며 자신도 모르게 처녀의 천진이 자신에게 전이되었음을 확인함은 다음 인용문에서 보인다.

> 처녀는 뒤로 물러앉으며 발을 물에서 들어내었다. 새파란 잔디 위에서 물을 떨치기나 하는 것처럼 꼼지락거리는 열 발가락, 매헌은 와락 고와졌다. 그의 정신보다는 모든게 앳되어 보였다. 매헌은 두 손에 어린아이의 볼기에와 같은 단순한 감촉욕이 후끈 달았다. 얼른 처녀의 두 발을 붙들었다. 어느 틈에 한 손은 손수건을 꺼내었다. 물을 발가락 새마다 닦고 모새를 턴 구두 속에 제짝씩 발을 넣어주고 단추를 똑똑 잠가주었다. 어떻게 손이 자연스러웠는지 나중에 오히려 놀라웠다. 처녀는 역시 아무렇지도 않은 태도였다.

처녀는 오릉과 그 옆을 흐르는 강물(北川)이 지닌 신비한 힘의 쏘임을 받아 신라 시조모인 어린 알영의 삶을 살고 있는 것이다. 매헌 또한 오릉과 처녀가 지닌 힘에 의해 자신도 모르게 혁거세의 마음과 눈으로 처녀를 바라보고 거두는 것이다. 그러나 이때 처녀의 꼼지락거리는 발가락은 단순히 시조모 어린 알영의 발가락만을 연상시키는 것은 아니다. 매헌은 처녀의 꼼지락거리는 열 발가락을 그의 손안에 넣었고 <경

주2>의 석굴암에서 처녀는 부처의 무릎 위에 놓여진 새끼 손가락을 탐한다. 이는 곧 매헌이 처녀를 통해 시조모 알영에 연결되고 처녀의 마음이 부처의 새끼손가락에 이어짐으로 해서 매헌의 내면공간은 신라건국의 역사시대로부터 무량겁의 부처의 세계에 이르기까지 무한 확장되는 것이다.

<경주1>의 둘째 날 처녀와 함계 불국사로 향하는 매헌은 처녀에게서 천진한 어린 알영 보다는 향그러운 젊음의 관능을 읽는다(전날 처녀는 강물에 몸을 담금으로서, 어린 알영이 북천에 몸을 씻은 뒤 입의 부리가 떨어져 나간 것과 같은 일종의 통과제의를 거친 바 있다). 매헌은 '가을 실과처럼 윤택해진 처녀의 입과 잇속', '오라기 오라기 살아나는 것같은 살랑대는 처녀의 머리칼'을 본다. 달리는 차에 따라 나타나는 처녀 얼굴의 그늘은 外物의 비침이라기 보다는 오히려 매헌의 욕망의 비침이며 이에 따라 '처녀의 얼굴이 밝았다 어두어졌다' 하는 듯이 보이는 것이다.

불국사에서 매헌은 백운교, 청운교를 올라 자하문 안으로 들어서고 다보탑과 석가탑에 감탄한다. 처녀와 더불어 범영루(泛影樓)에 걸터 앉아 한 나절을 구름을 기다리며 유유히 흐르는 구름에 동화된다. 호텔 식당에서 멀리 영지가 바라보이는 전망좋은 자리의 등의자에 깊숙이 앉아 아사달과 아사녀의 얘기를 하다가 두 사람은 쿨--쿨 잠이 든다. 아사달과 아사녀는 백제의 流民, 아사달은 신라 불국사의 석가탑을 만들기 위해 징발되었다. 남편 아사달을 서라벌까지 찾아와 기다리던 아사녀는 기다림에 지쳐 영지에 투신했다. 아사녀의 죽음을 알게된 아사달 또한 영지에 투신했다. 잠에서 깨어난 처녀가 "아, 아--무 꿈도 없이 잤네요!", "주검이 그런 걸까요?"라고 물었을 때 그들의 잠은 어떤 욕망도, 그

로 인한 고통도 없이 다만 불국사와 다보탑, 석가탑 그리고 영지가 간직하고 있는 신화공간에 완전히 동화되어 버린 것[25])임을 보여준다. 죽음같은 잠에서 깨어나면서 매헌과 처녀는 신라 건국초기의 호기롭던 혁거세와 알영의 영역에서 아사달과 아사녀의 영역으로 전입된다. 두 사람은 꿈 없는 잠, 죽음과 같은 잠, 식물성의 잠 그러나 각기 달리 깨어나는 잠을 통해 현실에서 신화공간으로 옮겨간 것이다. 아사달과 아사녀가 신라에 유린된 백제의 유민이고 따라서 함께 할 수 없듯이, 매헌과 처녀도 제한된 범위에서의 만남만이 전제되며 매헌은 처녀의 이름조차 모른 채 처녀를 떠나 보낸다. 매헌은 이를 석양은 좋으나 황혼의 탓으로 돌린다.

<경주1>에서 매헌의 경주 고적 답사를 위한 공간이동은 수평과 수직을 반복한다. 오릉에서의 소나무 위로 올라가기, 솔밭이 있는 강가를 따라 걷다가 웅덩이 속으로 들어가 발을 담그기 들은 천상과 지하로의 연장된 수직공간이 되며 소나무 위에서의 니힐함에 대한 경험은 옷을 벗고 물속으로 들어가는 처녀를 통해 천진함을 전이받게 된다. 그리고 이들 천상과 지하로의 수직공간은 모두 天生 卵子 혁거세와 알영정에서

----

25) 인간의 공간에 대한 완전한 동화가 잠으로 나타나는 다음 글을 보자.

……그 바위 철쭉꽃을 본 순간 졸음이 쏟아졌던 것이다. 몸이 나른해서가 아니라 정신이 일시에 안온해져 긴장이 풀리며 스스르 최면상태가 되었던 것. 하하. 감동이 졸음이라니! 가끔 선경(仙境)에서 아주 게을러터진 노옹이 느슨한 의상을 걸치고 비스듬히 바위에 앉아 있거나 누워 있는 풍경속에서 내가 있었다. 선경에서는 인간이 평온해져서 아메바처럼 신경이 죄다 풀리고 그렇게 자연화되는 것. 그것이 바로 자연에 대한 감동인지도 모른다. 내가 원하는 식물성의 잠도 바로 그렇게 아닐까.

전상국(1993), 「유정의 사랑」, ≪소설과 사상≫, 1993. 여름호. p.166.

발견된 부리달린 女兒 알영의 신화공간으로 진입된다.

불국사에서도 매헌은 처녀를 따라 청운교, 백운교와 범영루를 오르고 내리는 수직이동과 불국사 경내를 돌아다니며 호텔 식당에서는 멀리 영지를 바라보고 아사달과 아사녀의 이야기를 하는 동안 두 사람은 아사달, 아사녀의 전설공간으로 진입한다. 곧 저녁이 오자 아사녀인 처녀는 불국사를 떠나고 남겨진 아사달 매헌은 불국사의 호텔에서 사흘을 줄곧 영지쪽을 무료히 바라보다가 석양을 맞이하는 것이다. 곧 경주는 경주의 고적을 사랑하는 사람들에게 현실속에 재현되는 신화공간이 된다.

<경주2>로의 출발은 봄을 맞아 타옥에 대한 그리움을 참지 못한 욕망에 기인한다. <경주1>에서 타옥은 알영의 이미지로, 아사녀의 이미지로 매헌에게 충격과 감동을 주었었다. 그러나 <서울2>에서 타옥은 편지를 통해 매헌의 '동무'되기를 원하지만 매헌의 가슴속의 타옥은 요녀(妖女)가 되어 매헌을 욕망에 시달리게 했다. 그러나 <경주2>에서 만나는 첫날 타옥은 매헌의 가슴속 妖女를 몰아내고 다시금 천진 그대로의 모습으로 매헌의 邪念까지 씻어내준다.

<경주2>에서의 첫날 매헌은 다시금 타옥과 오릉의 소나무에도 오르고, 불국사 호텔에 숙소를 정한 뒤, 타옥과 밤을 맞는다.

> 호텔에 왔을 때는 이미 영지가 짙은 황혼에 묻혀버린 뒤다. 남폿불 밑에서 저녁을 먹고 남폿불 밑에서 옛 전설을 음미하고 문학을 이야기하고, 미술을 이야기 하고, 나라 나라들의 흥망을 이야기하고 때로는 깊어가는 밤 자체에 귀를 기울여 이 밤의 달은 지금 지구의 어드메쯤을 희멀건히 비치고 있을까를 의논하고, 아무래도 매헌 편이 곤하여 먼저 드렁드렁 코를 골았다.

남폿불 밑에서 매헌과 타옥의 이야기는 전설과 문학과 미술과 나라들의 흥망성쇠와 같은 정욕이 제거된 식물성의 담백한 이야기들이다. 타옥이 지닌 천진함이 매헌으로 하여금 邪念을 몰아내고 전설과 예술의 세계로 젖어들게 한 것이다. 이들 전설과 예술 속에 스며들어 있는 보이지 않는 시조신과 조상들의 의지가 나라 '나라의 흥망에 대해 얘기하게 됨으로써 과거를 반추하고 다시 어두운 지구를 어디에선가 비추고 있을 달에 대해 의논하는 부분에서 시대의 증언자로서의 작가인 매헌, 동지사 대학 영문과를 중퇴한 지식인 타옥에게서 발화되지 않은 현실인식의 번득임이 보인다. 과거시대의 반성은 곧 현실인식과 미래에 대한 탐색으로 연관되는 것이다. 작가 이태준은 독자들로 하여금 표기된 글자대로가 아니라 행간을 읽기를 조심스레 요구한다. 매헌이 타옥과의 대화중 먼저 코를 고는 것은 이제 타옥이 더이상 정욕의 대상이 아님을 확인하는 것이다.

<경주2>에서의 둘째 날 타옥과 석굴암에 오른 매헌은 종교와 철학을 체득하지 않으면 이룰 수 없는, 인간의 욕망과 고뇌의 승화가 이룩한 황홀경의 예술을 본다. 아름다운 자연, 무한한 자연미 앞에서 쿨쿨 잠들었었던 매헌은 美의 압도에 정신을 차리지 못한다. 이 또한 작가의 발화되지 않은 그와 같이 찬란한 문화유산을 남긴 선조에 대한 존경과 자부심이 완벽하게 용해되어 독자에게 제시된 것이다. 동행한 타옥은 불타의 무릎 위에 놓여진 바른편 손의 새끼 손가락을 탐한다. 부처가 지닌 어느 한부분에 대한 동경은 곧 부처의 세계에 대한 동경인 것이다. 여기서 타옥이 이미 부처의 세계에 입문했음을 보인다.[26]

---

26) 매헌이 처음 타옥을 만났을 때 그녀에 대한 인물형상화는 법화경에서 무

불타상 바로 뒤에 섰는 십일면관음(十一面觀音), 아무리 고운 여자라도 정말 숭고한 미란, 종교를, 또는 철학을 체득하지 않고는 발휘하지 못하는 구나! 깨달았다. 매헌은 타옥을 불렀다. 십일면관음 앞에 가지런히 세웠다. 십일면관음의 도독한 손등을 쓰다듬고 그 손으로 역시 도독한 타옥의 손을 쓰다듬었다. 지천명(知天命)이 내일모레인 자기의 그 집요한 사된 정욕을 만나는 일순에 돈망경(頓忘境)에 빠뜨려놓은 타옥도 역시 자기에겐 숭고한 여성이었다.

매헌이 타옥을 십일면관음 앞에 가지런히 세움은 타옥이 이미 십일면관음의 자리로 상승되었음을 보인다. 관음보살은 이 세상에서 수천만억의 인간들이 아무리 괴로움을 당하고 있더라도 그들이 관음보살의 이름을 부르면 그들을 괴로움으로부터 해방시켜주며, 또 그들이 관음보살의 이름을 가슴에 간직하고만 있어도 그들은 구원을 받는다고[27] 한다. 마찬가지로 타옥 역시 매헌을 邪念과 情欲에서 구하는 '숭고한 영원의 여성'인 것이다. 동시에 타옥은 이조백자와 같이 권태를 모르는 '위로와 안식을 주는' 여성의 자리로 상승된다.

진의보살이 관음보살을 시송으로 읊조리는 다음 부분과 상당히 가깝다.

清淨한 눈을 지닌 분이시여, 자비의 눈을 지닌 분이시여, 理智와 지혜의 눈이 뚜렷한 분이시여, 불쌍히 여기는 눈을 지니신 분이시여, 더러움 없는 눈을 지니신 분이시여, 아름다운 얼굴과 아름다운 눈을 지닌 좋은 분이시여……

조명기 편역(1976), 『法華經新抄』, 삼성문화재단, p.273.
27) ibid., p.264.

3) 확장되는 우주공간 〈해운대〉

<해운대>로의 매헌의 자리 옮김은 초겨울에 이루어진다. 번잡한 서울, 집필로 인한 육신의 쇠약해짐에서 해운대 온천이 지닌 '힘'을 얻기 위한, 일을 위한 목적에서 정해진 여행이기에 매헌은 타옥에게 원고를 끝내는 날 알릴터이니 그때 오라고 연락을 한다. 그러나 타옥은 다음 기별을 기다리지 않고 먼저 나타난다. 이제 타옥은 다시금 관음보살의 자리로 올라가 있다. 통상적으로 관음보살은 왼 손에 연꽃을 들어 佛性을 나타낸다.

> 타옥은 만발(滿發)이었다. 그의 문의 돋힌 연두저고리는 그의 얼굴을 연당에 솟는 한 송이 연꽃으로 보여주었다.

연꽃과 관음보살, 연당에 솟은 한 송이 연꽃으로 만발한 타옥이 바로 관음보살의 화신인 것이다. 매헌에게 타옥은 분명 '신통력을 갖추고 지혜의 방편을 널리 닦아, 이 세상 十方 어디에나 모습을 나타내어 어느 國土에서나 빠짐없이 보여지는'[28] 보살(인간)의 형상으로 찾아온 구원의 존재자였다. 이와 같이 종교적이고 우주적인 타옥의 성격은 해운대 바닷가에서 다시 반복된다.

파도치는 바닷가에서 매헌은 타옥을 따라 사장위를 뛰어본다. '이 해변에서 여러 번째지만 처음으로 뛰어'보는 매헌에게 타옥은 황량한 세상을 이끌어주는 보살에 다름 아니다. 타옥은 파도소리를 들으면 타고르의 명상을 떠올리고 파도는 일기의 변화와 지형과 모래와 물의 청탁에 따라 그 소리가 다를 것이라고 말한다. 그리고 타옥은 세상의 육지

---

28) ibid., p.272.

변두리를 죄다 다녀서 어디의 파도소리가 그중 좋을 것인가를 알고 싶어한다. 이때 타옥은 우주적인 존재가 되는 것이다. 비록 타옥은 해운대 바닷가를 거닐고 있지만 타옥은 세상의 육지 변두리를 죄다 답사하는 공간적으로 무한히 확장된 꿈을 갖고 있고 이와 같은 타옥의 꿈은 은연 중에 매헌에게 전이된다. 타옥은 파도 소리가 유구함을 말하여 우주의 무한대한 공간을 시간과 결합시킨다. 타옥은 곧 우주 그 자체가 되어 매헌에게 접근한다.

<해운대> 온천장에서의 밤, 옆방에서 미닫이를 사이에 하고 잠들었던 타옥은 잠에서 깨어나 새로 두 시까지 집필을 하던 매헌의 작업을 중지시킨다. 매헌의 건강을 염려해서이다. 타옥은 자신의 체온으로 덮힌 옆방의 잠자리를 매헌에게 권하고 그녀는 매헌의 차가운 잠자리로 들어간다.

> 매헌은 더 묻지 않았다. 따스하게 녹은 자리를 주는 타옥의 마음에 그윽히 입 맞추고 그 온천보다는 향기롭기까지한 타옥의 체온 속에 푸근히 묻혀버렸다.

여기서 따스하게 녹은 타옥의 잠자리는 더러움이 없고 기분이 좋은 蓮葉의 胎內가 되며 타옥과 매헌은 한 여자와 남자가 아니라 勝利者와 實子[29]가 된다. 곧 더러움 없는 극락세계를 매헌은 타옥을 통해서, 타옥의 체온이 남아 있는 잠자리 속에서 체험하게 되는 것이다.

다음 날 아침, 매헌은 타옥이 그간 약혼했으며 그 약혼자를 맞기 위해 떠난다는 편지를 읽고 어쩔 수 없는 고독과 슬픔에 종일 방황한다. 저녁녘 바람이 날카로와진 바닷가를 매헌은 방황한다. 매헌에게 파도소리는 어제와 다름 없고 '타옥의 말대로 파도소리는 유구스러웠다' 곧 매

---

29) ibid., p.274.

헌에게 타옥이 떠나갔어도 타옥이 매헌에게 불러넣어준 파도소리의 유
구함은 타옥이 꿈꾸던 우주적인 인식이 매헌에게 그대로 전이되었음을
보이는 것이다.

지금까지 매헌의 여로에 따른 공간이동과 매헌의 세계인식을 도식화
하면 다음과 같다.

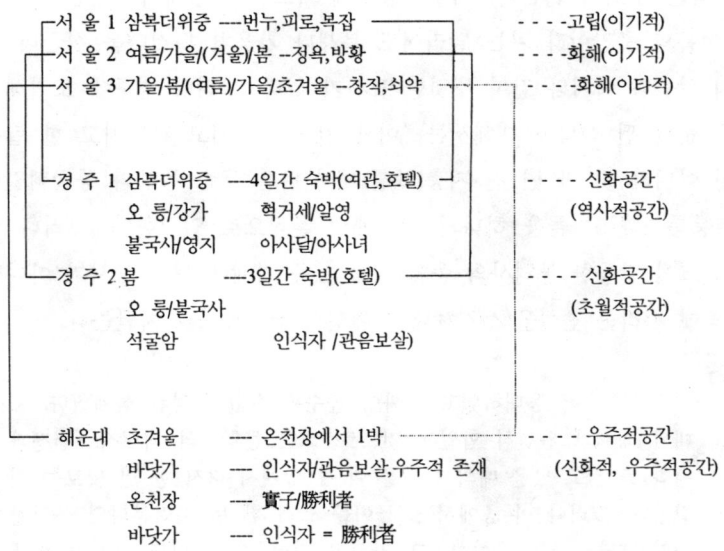

그림에서 보듯 매헌의 행위는 포물선적인 확대를 향해간다. 매헌의
여로는 아직 완결되지는 않았다. 그러나 그는 공간의 이동에 따라 공간
이 지닌 성격을 제유적으로 나우어 받아 그의 정신적 깊이와 폭이 넓혀
졌음을 보인다. 소극적이고 고립적인 피곤한 생활인으로부터 매헌은 신

화적 인물 혁거세와 아사달의 삶을 살고 관음보살의 인도를 받는 실자 (또는 인식자), 나아가 우주적 공간에서 이를 유구함으로 포용하는 승리자로서의 모습까지도 갖추게 되는 것이다.

4) 공간인식 및 서술의 특징

<夕陽>에 나타난 공간파악은 細美畵的인 섬세함이라든가 그에 따른 꼼꼼함은 보이지 않는다. 서울─경주에 이르는 여정에서도 '남북이 그냥 여름의 중간이라 차는 달리어도 봄새나 가을처럼 철다툼 한군데 보이지 않는다'에서와 같이 뚜렷한 묘사가 없다. 그러나 경주에 도착해서 처음 눈에 띈 석탑에 대해서는 '이모 저모 부서지고 갈라지고 한 탑은 돌이 아니라 몇 만 년 전 지층(地層)에서 나온 무슨 동물의 등골뼈같이 누르퉁퉁하다'고 돌을 하나의 생명체의 흔적으로 인식한다. 그러나 매헌이 크게 감동한 봉덕사의 종의 묘사는 종 자체에 대한 묘사가 아니라 그 종에 서리운 전설을 생각해내는 매헌의 심리묘사로 치닫는다.

> 물러설수록 웅대하였고 가까이 볼수록 수없이 엉킨 섬세였다. 웅대와 섬세가 완전히 합일된 것으로, 그는 문학상의 최대작 『전쟁과 평화』를 읽고 났을 때의 감격을 이 종 앞에서 다시 한 번 맛보는 것 같았다. 그러나 이 종에서는, 공이를 끌러 한 번 때려본다면 웅장한 소리보다는 슬픈 음향이, 그 자신이 지닌 전설보다도 오히려 슬픈 음향이 우러나올 것 같았다.

매헌이 가장 애착을 느끼는, '니힐'하다고 밖에 형용을 못하는 오릉과, 역시 오릉과 일맥 상통하는 유구한, 니힐이 떠도는 영지에 대한 파악을 살펴보기로 한다.

소나무들이 좌우로 물러서며 아늑한 공지가 트이는데 봉분이라기
보다 기름기름한 잔디의 산이 부드러운 모필로 그은 듯한 곡선으로
허공을 향해 붕긋붕긋 올려 솟는 것이다. 신라의 시조 박혁거세를
비롯해서 다섯 능이 한자리에 모여 있음이었다.　바라볼수록 그야말
로 초현실적인 기이한 풍경이다.

　　딴은 오릉과 일맥 상통하는 유구한, 니힐이 떠돈다. 가만히 살펴
보면 작은 구릉들이 있고, 숲들이 있고, 꼬불꼬불 길이 달아나고, 꼬
불꼬불 냇물이 흘러가고, 산모퉁이마다 작은 마을 들이 있고, 논과
밭들이 있고, 그리고 그 위에 구름이 뜨고 다시 그 구름의 그림자가
마을 위에 혹은 냇물 위에 던져져 있고…… 무심히 보면 그냥 푸르
스름한 땅과 뿌--연 대기(大氣)뿐, 아무것도 없노라 하여도 고만일 것
이었다.

매헌은 세부의 모습들을 하나씩 둘씩 차례로 정묘하게 여기 저기 손
을 대어 그리지 않는다. 한국의 산천 어디에서나 볼 수있는 묘지의 모
습이고 시골 마을의 모습이다. 굳이 오릉이며 영지의 묘사라고 말할 필
요를 느끼지 않는다. 다만 대상 전체에 대한 一瞥후 직관에 의해 일필
휘지적인 運筆[30]의 방법으로 그려나간다. 다시 말하면 그의 공간 인식
은 직관에 의지한다. 그럼에도 매헌의, 아니 상허의 공간인식에는 짙은
애정과 향수가, 그리고 슬픔이 끈끈이 묻어있다. 겉으로 드러난 섬세한
파악에 보다는 작가인 상허 마음 속의 어떤 강한 욕구를 잘 포장하여
우리들에게 '소리없는 이야기'를 들려주려고 하는 전략은 아닐까.

동지사 영문과 중퇴의 처녀, 원피스 차림의 타옥과 양복차림의 중년
작가를 오릉의 수평공간에서 수직 상승 방향의 소나무 위로 올려 놓는
것, 오릉을 감싸고 도는 강물에 타옥으로 하여금 낯선 남자 앞에서 옷

---

30) 가스통 바슐라르, op.cit., p.311.

을 활활 벗고 탐방거리며 물속에 뛰어들게 하는 것, 불국사 호텔 식당
의 등의자에서 두 남녀가 영지를 바라보다가 죽음같은 잠에 빠지게 하
는 것, 이들 모두는 작가가 독자에게 전달하려는 어떤 의지를 나타내기
위한 전략이라고밖에는 볼수 없는 것이다. 오릉--시조왕 혁거세가 나라
의 풍요를 위해 하늘에 올랐다가 그 유체가 五體로 흩어져 떨어진 것을
묻은 무덤이다. 오릉 옆을 흐르는 강물, 어린 알영을 목욕시키니 그의
허물인 부리가 떨어져 나가 마침내 시조왕의 왕비가 된 전설의 강이다.
그리고 영지-백제 유민인 아사달이 신라군에 징발되어 굴욕을 느끼면
서도 백제인의 긍지를 지키기 위해 돌탑을 깎았고, 그 탑이 못에 비치
기를 기다리다 지친 아사녀가 투신한 못, 아내의 투신에 슬퍼하여 남편
또한 투신한 비극적 전설의 못이다. 망국민의 비애를 담은 전설의 영지
를 보고 매헌과 타옥이 잠에 빠짐은 바로 망국민의 비애에 공감하여 영
지에 투신함과 같은 것이다. 이와 같은 작가의 전략은 <경주2>에서 두
번째 만난 매헌과 타옥이 전설을 음미하고 예술을 얘기하고 나라들의
흥망성쇠를 얘기하고 또한 깊어가는 어두운 밤 그 밤의 달이 지구의 어
디를 비추고 있을까를 의논하는데서 더 뚜렷이 드러난다.

　　그렇다면 작품의 곳곳에서 반복되는 늙음과 젊음의 대비, 지천명에
이르러서도 집요한 사념을 젊고 아름다운 처녀에게 느끼고 이를 억제하
려는, 그리고 떠나간 처녀를 생각하며 李義山의 「夕陽詩」를 반추하는
것은 이들 신화속에 나타난 건국시절의 흥성함과 망국민의 비애가 두드
러지는 것을 감추기 위한 하나의 위장전술임이 명백한 것이다. 표면적
으로 읽히는 이 작품은 초로의 작가가 젊은 여성에게 바치는 짝사랑에
다름 아니다. 그러나 이 작품은 읽을수록 내면에서 지속적으로 울려오
는 어떤 울림을 느끼게 한다. 그들이 곧 암시된 신화적 인물들의 차용

이고 漢詩의 차용이다. 그리고 작가는 이들을 변형 반복해서 조촐한 무
늬를 만들어간다. 작가의 서술상의 특징이기도 한 이들 반복적인 무늬-
진술을 찾아보기로 한다.

먼저 지천명이 가까운 매헌의 육체적 늙음에 대한 구체적인 예증들
이다. <경주1>의 오릉을 감돌아 흐르는 강가에서, 처녀는 글에서 상상한
작가보다 실제가 못하다는 소리를 한다. 그때, 매헌은 어느 날의 기억--
젊은 날의 사진속의 얼굴과 거울 속에 비친 현재의 얼굴을 비교하고 젊
은 날의 사진을 찢고 싶었던-을 회상한다. 그리고 경주의 첫날 밤 여
관에서 혼자 밤을 보낼 때, 수 삼년 전부터 한 번 자리에 누우면 일어
나기 싫은 것이 실은 노화현상임을 인정하고 섭섭해한다. 다음 날 불국
사 호텔 식당 의자에서 잠들었다가 깨어났을 때, 아직도 자고 있는 젊
은 처녀의 호흡과 자신의 것을 맞추어 보면서 또한 자신의 나이를 의식
한다. <해운대>의 바닷가에서는 파도소리의 유구함을 느끼는 타옥과 달
리 추위로 외투깃을 올리며 체력의 열세를 느끼고, 그날 밤 온천장에서
타옥의 얘기를 듣다가 그대로 잠이 들어버린다. 모두 젊고 건강한 타
옥에 대조적인 매헌의 육체적인 늙음에 대해 반복 확인하는 진술이다.
이들은 모두 작품에서, 타옥에 대한 매헌의 짝사랑으로 새겨진다.

두번 째로 매헌의 나이에 관계된 정서적인 반응, 이 작품의 주조음을
이루기 위해 인용된, 李義山의 「夕陽詩」 또한 반복된다. <경주1>에서 불
국사를 떠나는 귀여운 길동무 처녀의 부채에 만년필로 써준 '夕陽無限
好/只是近黃昏', '석양은 무한 좋으나 다만 황혼이 가까와온다는 한탄'
이라는 풀이, 처녀를 정거장까지 바래다주며 매헌이 느끼는'석양은 긴
것이 아니었다. 둘이는 이내 일어섰으나 내려오는 길은 이미 황혼이었
다'에서, 그리고 이 작품의 대단원에서 다시 한번 반복된다.

> 석양은 해변에서도 아름다웠다. 그러나 각각으로 변하였다. 너무
> 나 속히 황혼이 되어버리는 것이었다.

이들 이의산의 「夕陽詩」는 작품 전체를 통해 변형 반복됨으로 해서
마치 이 작품의 주선율인양 독자들의 착각을 돕는다
세번째로 <경주1>과 <경주2>에서 타옥과 오릉의 소나무 위로 오름이
반복되고, 불국사에서도 같은 상황이 반복된다.

> 절이라기엔 너무나 목가적(牧歌的)인 서정이 무르녹았다. 청운교,
> 백운교 흐르는 듯한 돌층계에는 곧 무희(舞姬)라도 나타나 춤추며
> 내려올 듯하다.

> 이들은 이날로 불국사로 왔다. 청운교, 백운교의 긴 층계는 한결
> 같이, 곧 무희라도 나타나 춤추며 내려올 것만 같은 서정이었다.

<夕陽> 全篇에 흐르는 이와 같은 반복되는 진술은 옛것에 대한 그리
고 젊음에 대한 향수로 부각된다. 그러나 이들 모두는 작가 내면의 강
한 절규를 잘 포장하여 안으로 스며들게하는 역할을 하는 위장된 무늬
일 뿐이다. 이 <석양>이 게재된 잡지『국민문학』이 최재서에 의해『인
문평론』후속으로 발간된 것이고, 1940년 이후 모든 잡지에는 日本文을
혼용한 다는 조건하에서만 잡지간행이 가능했다는 점[31]을 감안한다면
이즈음의 작가의 번뇌가 어디에 기인한 것인가를 짐작할 수 있는 것이
다. 모국어를 떠난 작가는 물을 떠난 고기와 같다고 한다. '國語常用'이
라 하여 한국어를 말살하고 한국문화를 말살하려는 당시의 제도 아래

---

31) 하동호(1980),『한국근대문학의 서지 연구』, 깊은 샘, p.37

서, 작가의 선택은 두 가지 밖에는 없다. 붓을 꺾거나, 시대에 부응하는 작품을 쓰거나 하는 것이다. 상허는 자신의 분신인 매헌을 통해 번누와 긴장의 원인을 말하지 않는다. 그는 경주라는 역사적 공간을 찾아가 자신의 잊었던 뿌리들을 생각하게 한다. 그는 우리에게 소리없는 이야기를 들려주는 것이다. 상허가 1943년 「王子 호동」을 끝으로 낙향해 버렸다는 사실만으로도 <석양>의 내면에서 울려오는 지속적인 울림이 무엇을 가리키는 것인가는 명백한 것이다. 구원의 여성을 떠나보내고 해운대 바닷가를 방황하는 매헌의 막막함이 바로 당대를 살아가던 지식인들의 막막함이었을 것이다. 그래도 파도소리는 유구함을 깨닫는 순간 역사는 단절된 것이 아니라 영원하다는 열림의 세계를 매헌은 우리에게 보여준다.

3. 결 언

상허 이태준은 1930년대 순수문학을 지향하던 대표적인 작가이고 구인회의 중심회원이었다. 30년대 말 순수문학지 『문장』을 통해 우리 문학의 수준을 한층 높여준 그이기도 했다. 본고에서는 이태준의 1942년 작품, <석양>을 통해 그 표면에 나타난 중년 작가와 젊은 처녀와의 이루어질 수 없는 사랑에 대한 안타까움 보다는 작품의 내면에 나타난 작가의 또 다른 감추어진 목소리를 찾아보려고 했다. 작가의 내밀한 울림--목소리를 찾기 위해서는 작가의 표면적인 진술에 보다는 주인공을 포함하고 있는 공간의 의미들을 통해 주인공의 바뀌어가는 세계인식에 주목해보았다.

    매헌의 여로에 따른 이동공간은 서울--경주--서울--경주--서울--해운대
로, 해운대 바닷가에서 여로의 고리는 열린 상태로 끝난다. 그러나 이들
은 포물선적인 공간이동으로 구심에서 원심을 향해 점차 넓혀가는 모습
을 보이며 이에 따라 공간의 성격을 제유적으로 나누어 받은 매헌은 고
립→화해, 이기적 사랑→이타적 사랑, 미망→깨달음으로, 그리고 고립되
고 폐쇄적 상황에서 역사적이고 신화적인 공간을 거쳐 우주적이고 개방
된 공간에 이르고 있음을 보인다.
    <夕陽>에 나타난 중년 작가의 젊은 여성에 대한 사념과 정욕 그리고
좌절은 표면적인 이야기이다. 그러나 작가의 은밀한 목소리는, 일제의
강화된 創氏改名과 고통스런 시대를 살아가는 당시대인에게 소리없는
이야기를 들려준다. 그는 주인공인 매헌이 이동하는 공간에 따라 그 공
간이 지닌 건국신화의 건강함, 망국민의 비애, 그럼에도 유구한 파도소
리를 통해 우주 속의 존재로 자신을 인식해야 한다는 신념을 독자에게
들려주고 있는 것이다.

이태준 소설의 반어적 특성 연구

신 희 교

1. 서 론

문학의 매재(媒材)가 언어에 있음을 신조로 삼았던 소설가로, 정지용의 위치에 비견되기도 하는 이태준은 여러 연구자들에 의해 거듭 연구되어져 오고 있다. 그러나 이태준의 소설에서 일반적으로 발견되는, 형식상의 가장 큰 특징인 반어에 대해서는 전면적으로 연구되어져 있지 않다. 본고는 이와 관련 이태준 소설에서의 반어적 특성을 반어의 다양한 유형에 입각하여 연구하고자 하였다.

이태준 소설에서의 반어는 사실 작품의 형식적 측면에서만 언급되고 말 성질의 것은 아니다. 그 반어는 오히려 이태준의 정신구조를 특징짓는 명명이기도 한 것이다. 반어는 헤겔이나 키에르케고오르같은 철학자가 언급할 정도로 철학적 수준의 개념이기도 하다.[1] 그러므로 반어는, 세계관이 철학적으로 표현되듯 일종 세계관적인 것이다. 이태준 소설의

---

1) A.R.Thomson, The Dry Mock-A Study of Irony in Drama, Univ. of Califonia Press, 1948, 252~254쪽 참조.

반어가 세계관적이라 함은, 세계관의 일반적이고도 보편적인 표현인 유
물론 및 관념론과 무관하지 않음을 말한다. 이 점에서 이태준 소설의
반어는 논의의 과정을 통하여 좀더 구체적인 성격을 띠게 될 것이다.

이태준은 작품외적 현실을 반어적으로 인식하였고 이러한 인식과함
께 그 작품을 반어적 구조에 따라 창작하였다. 여기서 반어적 구조에
따른 창작이라 함은, 반어가 이태준 소설의 창작방법임을 말하는 것이
기도 하다.

반어는 비교적 단순한 언술의 차원에서부터 철학의 차원에 이르기까
지 매우 폭이 넓은 개념이다. 그런데 문학과 관련해서는 이 반어가 적
어도 한 편의 작품 전체를 해명하는 개념이어야 한다. 작품 내의 몇 개
문장을 놓고 반어 유무를 따지는 것은 별 의미가 없는 것이다. 이태준
소설의 반어는 다양하게 나타난다. 일반적 반어, 극적 반어, 운명의 반
어, 낭만적 반어 등 여러 반어의 유형이 다양하고 다채롭게 나타난다.
이 반어들의 개념은 본론에서 작품이라는 실체를 통하여 드러나고, 검
증될 것이다.

2. 본 론

1) 반세속주의와 세속주의

1-1. 이태준은 세상을 바라보되 발전적인 변화의 관점에서 바라보지
는 않았다. 어느 편인가 하면 그는 오히려 세상의 발전을 역으로 읽어
나가는 방식을 택했다고 할 수 있다. 다시 말해 그는 발전된 세상의, 과
거에만 집요하게 집착하였다고 할 수 있다. 그가 발전된 세상의, 과거에

집착한다는 것은 먼저 다음과 같은 의미를 띠고 있다. 첫째 일제에 의해 주도되고 있는 식민지형 근대화에 대한 부정이라는 것. 둘째 일종의 민족문화수호의식의 성격을 띠고 있는 바 이 의식은 내셔널리즘적이라는 것. 그의 소설 곳곳에서 드러나는 낡은 사물에 대한 애호는, 국권상실의 시기에 있어 이처럼 긍정적 의미를 함유한 것이었다.

그러나 발전된 세상의 과거에 집착한다는 것은 말 그대로 '과거'에 대한 향수는 될 수 있을지언정 '현재'의 생활에 대한 애정도 '미래'의 사회에 대한 전망도 아니라는 점에서 그것은 동적인 인식이 아니라 정적인 인식 또는 정태적인 인식에 지나지 않는 것이다. 그는 완결된, 그 자체로 완벽한 과거의 세계 안에서만 숨을 쉴 수 있었던 것이다. 그의 '호고벽(好古癖)'이란 바로 이와 같은 의미를 띠기도 한 것이었다. 그는 세상에서 오는 피로감을 견디지 못하여 먼 산마루의 구름을 바라보기도 하였는데,[2] 이 먼 산마루의 구름 또한 그 자체로 피안의, 완벽한 세계였던 것임은 말할 나위가 없다.

이태준의 인식이 정적인 또는 정태적인 인식에 지나지 않는다는 것은 그의 세상바라보기가 단순한 것이었음을 말하는 것이다. 그는 세상을 바라보되 일종의 대립으로 바라보았다. 그러나 그는 이 대립을 과거, 현재, 미래라는 시간의 계기적 흐름 위에서는 바라보지 못하였다. 그러므로 그의 소설에는 이러저러한 대립은 있으되 그러한 대립이 무엇으로부터 비롯되었으며 그 대립은 또한 어떻게 지양되어 나갔는가에 대한 형상화가 충분하게 나타나 있지 않다.

그럼에도 이태준 소설에서의 대립의 양상은, 비록 형상화가 되어 있지는 않지만 이와 같은 시간의 계기적 흐름 위에서 살펴볼 수 없는 것

---

2) <토끼이야기>, 『이태준 전집 2권』, 깊은샘, 1988, 118쪽.

은 아니다. 이 점에서 이태준 소설에서의 대립의 양상은 비록 단순하기는 하나, 결코 단순할 수만은 없는 문제를 안고 있다고 할 것이다. 먼저 그의 소설 중에서 대립의 양태로 들어 볼 만한 것으로 개인과 사회의 대립 및 물질과 정신의 대립을 들 수 있지 않을까 한다.

1-2. 이태준의 소설에서 개인과 사회의 대립을 형상화하고 있는 작품으로 <고향>을 들어 볼 만하다. 이 작품은 지리적 고향만이 아니라 정신의 고향을 갖지 못한 한 지식인의, 사회인들에 대한 불만을 형상화해 놓고 있다. 이 작품에서 주인공의 사회인에 대한 불만은 대학졸업 후 여의치 않은 취직 때문일 수도 있겠지만, 근본적으로는 그 자신이 고아로 성장하였다는 것과 고학생이었다는 것 등에 기인하는 것이다.

이 작품에서 주인공인 김윤건은 떠돌이 고아로 성장하였으며 또한 고학을 하면서 고보를 졸업하고 역시 고학을 하면서 일본에 있는 대학을 졸업한 것으로 나타나 있다. 그는 동경이라는 객지에서 "고적과 슬픔"[3]을 맛보면서도, 조선으로의 빛나는 귀환을 위해 손바닥이 "나무 껍질같이(전집 3권, 9쪽)" 굳어질 정도로 일을 하였고 마침내 대학 정치학부를 우수한 성적으로 졸업할 수 있었다. 말하자면 그는 입지전적인 인물이며 이렇다 할 재산은 없지만 일종의 자수성가형의 인물이기도 한 것이다.

그의 대학졸업은, 경제적인 후원자 없이, 고아가 오직 그 자신의 힘으로만 이루어 낸 귀한 결실이었다. 사회로 입문하기 이전에 나타난 김윤건의 이러한 성장과정은, 그로 하여금 일종의 비사회적인 성격을 형성케 하였던 것으로 보인다. 이 경우 세상살이에 대해서는 오직 자신의 판단과 경험만이 유일한 자산이 될 수밖에 없다. 세상살이에 대해서 그

---

3) <고향>, 『이태준 전집 3권』, 깊은샘, 1988, 8쪽.

는 그 누구의 충고에도 귀를 기울이지 않는, 무엇이나 혼자 처리해 버리고마는 일종의 독불장군으로 성장하게 되었다고도 할 수 있는 것이다.

그런데 그의 이와 같은 비사회적인 성격과 함께, 성장과정을 통하여 나타나고 있는 또 하나의 성격은 부정과 악에 대해 유달리 민감한, 이른바 결벽증과 같은 성격의 형성이다. 그의 결벽증은 고아라는 사실에서 기인하는 것이기도 하다. 고아에게는 부모의 행동을 모방하면서 성장할 기회가 주어지지 않는다. 그러므로 고아는 어른이 되었다고 할지라도, 어른다운 성숙한 가치관을 보여주기보다는 이미 고아 때에 고착되어 버린 어린아이와 같은 미숙한 심성을 가지고 살아나가기가 쉽다. 김윤건의 결벽증은 말하자면 고아 때에 고착되어 버린 어린아이들의 심성, 다시 말해 순진무구한 심성으로부터 비롯된 것이라고 할 수 있을 것이다. 그의 순진무구한 심성은 그가 가끔 "어린 서당동무들과 조개껍질을 줍고 놀던 '배기미'의 해변(8쪽)"을 꿈에서 보았다고 하는 데서도 잘 드러난다. 그가 성장하면서 세상의 악에 대해 그저 무심히 보아 넘길 수가 없었던 것은 이러한 심성에 기인한 것이었다. W고보 시절, 그가 "동맹휴학(16쪽)"에 참가하였다는 것은 이와 같은 순진무구한 심성 또는 결벽증의 발로로 해석된다. 그가 대개 이러한 성격의 소유자라는 것은, 다음과 같은 작품의 경개를 통해서도 잘 알 수 있다.

기다리는 사람도, 돌아갈 곳도 없는 그였지만 학업을 성공리에 마친 그의, 조선으로의 귀국길은 기대에 부푼 것이었다. 그러나 그는 역시 귀국길에 오른, 낯익은 한 조선인 청년을 만나게 되는데 그 청년은 김윤건처럼 고생은커녕, 넉넉한 학비를 썼고 취직 또한 한 유력자의 힘을 빌려 모 은행으로 결정이 난 상태였다. 여기서 식당차 칸에 합석하였던 김윤건은 이 청년에 대하여 "아니꼬운 생각대로 한다면 삐루병을 들어 그 친구 상판(11쪽)"을 갈길 만큼의 불만을 품게 되었던 것이다. 이러한 불만은 그 청년이 다른 사람들의 도움을 입으면서 살아왔고 김윤건과 같이 고생스러운 자립적인 삶을 살지 않았기 때문이었다. 이러한 김윤건에게서 폭넓은 사회의식을 기대한다는 것은 애초부터 무리일 수 밖에 없다. 조선으로 돌아 온 후 그는 모교라든가 신문사 등을 찾아다니지만 별다른 환영을 받지 못한다. 그들은 그의 기대와는 달리, 그의 정의로운 고학에 대해 아무런 대가도 반응도 보여주지 않았던 것이다. 방세를 내지 못해 여관에서 쫓겨난 그가 굶주린 배를 안고 찾아간 사회운동 이론가인 박철 또한 그와 이론이 상합하지 않기는 마찬가지였다. 길거리에서 조우한, 유력자의 힘을 빌렸다는 그 은행원을 다시 만나 큰 음식점으로 가지만 이번에는 그곳에서 사은회를 열고 있던 사람들의 자리를 엉망으로 만들어 버리게 된다. 사은회 석상에 있던 사람들은 그에게 그 어떤 해악도 끼친 것은 아니었지만, 그들 졸업생들의 사회진출이 학교의 권위와 선생들의 협조 끝에 이루어진, 순수하지 못한 것이었다는 것이 그를 다시 분노로 들끓어 오르게 하였던 것이다. 6년 만에 귀환한 조선이었지만 의탁할 곳이 없었던 그는 결국 경찰서 유치장의 신세를 지게 되고 말았다고 했다.

<고향>의 주인공은 고아로서 어린 시절에 고착되어 버린 심성을 가지고서 사회를 바라보고 판단하였다. 그러했기 때문에 결벽증을 가진 그는 자기처럼 정의롭고도 순수한 삶을 살지 못하고 있는 사람들로 득시글거리는 조선 사회에 대해서 불만을 감출 수가 없었던 것이다. 그 자신은 참으로 힘겹게 세상을 살아 왔는데, 그가 만난 사람들은 세상을 너무나 악하게 살아가고, 이것이 그를 견딜 수 없게 만들었던 것이다.

다시 말해 그 자신은 전혀 타락을 하지 않았는데 이러저러하게 관계를 맺고 살아가는 사회인들은 너무나 타락한 인물들이라고 생각했던 것이다. 자신은 타락을 하지 않았다고 생각하는 그에게서 사회와의 동화란 기대할 수 없는 것이다. 여기서 그가 만나는 사람들마다 보인 반응은 마치 '어린아이'가 투정질을 하듯 그렇게 감정적인 것이었다.

식민지 민중들의 삶에 대한 그의 인식 또한 다분히 감정적인 것이었다. 그가 목격하고 접한 식민지 민중 가운데, 예컨대 파고다공원의 군상에 대한 소감이 이를 잘 말해준다. 파고다공원 안에는 사주, 관상장이 중노인들이 한 실업자의 신수를 보아주고 있었는데 김윤건은 이를 두고 "그네들이 측은하기도 하지만 한편으로 한없이 밉기도 하였다."고 하였다. 그리고 그는 그들에 대해 "살아서 무엇하니 하고 침을 뱉고 발길로 차버리고 싶으면서도 그들을 끌어안고 울고 싶은 것이 누를 수 없는 그 때의 감격(19쪽)"이었다고 했다. 김윤건은 민중들의 삶에 대해 이처럼 변덕스러운 감정을 감추지 못하고 있는 것이다. 김윤건의 식민지 민중들에 대한 태도는 과학적이거나 논리적인 인식에 입각해 있지 않은, 그저 단순한 감정일 뿐이다. 그는 비록 대학의 정치학부를 나온 지식인이오 식민지 백성 중에서도 엘리트이기는 하나, 그 행동양식은 어린아이처럼 미숙하기 그지없다. 그의 눈이 식민지의 현상만을 바라볼 뿐, 그 현상의 실체를 꿰뚫어 보거나 그러한 현상의 원인 추적에 소홀한 것은 말할 것도 없다.

그의 성격이 비사회적임은 앞서 말한 바와 같다. 그리고 그의 성격이 결벽증적인 것임도 앞서 말한 바와 같다. 이는 <고향>에서 김윤건이 조선으로 귀국했지만, 우정을 나눌 친구 하나 없었다는 데서도 잘 드러난다. 사람들은 친구를 통하여 자기의 생각을 확장시킬 기회를 갖는 법인데 이 작품에서는 김윤건과 가까운 그러한 친구를 쉽게 찾아볼 수 없는 것이다. 이는 그의 생활에 있어서의 폐쇄성을 말해주는 것이다. 그는 사회인들과 폭넓은 교류를 해오지 않았다. 그러므로 그는 사회인들과의 유대감을 결코 가질 수 없었던 것이다.

그가 비난하고 있는 사회인들이 비록 속물이기는 하지만, 그 역시 그들과 어울려 살아갈 수 밖에 없는 것이다. 그 역시 사회의 한 구성원이자 별 도리 없는 식민지 백성의 일원이기 때문이다. 여기서 김윤건의 불만이 해소될 방도란 단 하나 밖에 없는데, 그것은 조선 전체가 김윤건과 같은 성격의 인물들로 가득차는 수밖에 없는 것이다. 그러나 그것은 어린아이처럼 투정을 부린다고 해서 될 일은 아니다. 그러므로 김윤건은 사회의 구성원들, 특히 그의 인식의 척도에 따른 세속적인 인물들과 계속적으로 대립해 나갈 수밖에 없는 것이다. 되풀이하지만 그에게는 식민지 백성의 일원이라는 자각, 조선 민족의 일원이라는 자각이 결여되어 있다. 그러므로 그에게서 어린아이와 같이 미숙하기 짝이 없는 변덕스러운 감정이 발견될 뿐 어른과 같이 성숙한, 사회적인 넓이와 깊이를 가진 논리적인 인식은 발견되지 않는 것이다. <고향>은 그 서두에서 보듯, 이태준의 전기적 사실을 바탕으로 하고 있다. 이 점에서 <고향>은 자전적 성격의 성장소설이라 할 수 있다. 여기서 <고향>에서의 개인과 사회의 대립은 이러한 성장소설이라는 특성으로부터 비롯되고 있음을 알 수 있다.

1-3. 이태준의 소설에서 가장 흔하게 발견되는 반어는 역시 물질과 정신의 대립이다. 물질과 정신의 대립은 <영월영감>, <돌다리> 등의 작품에서 잘 찾아진다. 이 중에서 먼저 <영월영감>을 통하여 물질과 정신의 대립을 살펴 보기로 한다. 이 작품은 물질주의적인 부정적 인물을,

정신주의적인 긍정적 인물의 관점에서 바라 본 이야기이다.

먼저 부정적 인물을 보도록 하자. 영월영감은, 젊은 시절에는 영월군수를 역임한, 훤칠한 키의 위엄있는 사람이었다. 이 영월영감이 "심경에 큰 변화를 일으킨 듯(전집 2권, 71쪽)" 논밭을 팔아 떠돌아 다닌 지 십오륙 년만에 나타난 것이었다. 영월영감은 옛 풍모는 여전했지만 그 얼굴에 세월의 흔적은 감추지 못했다. 그는 조카인 성익으로부터 골동품을 판 돈 칠백원을 변통해 받은 후 다시 떠나버렸다. 이때 떠나면서 그가 남긴 말은 "문명으루, 도회지루, 역사가 만들어지는 데루 자꾸 나가야(73쪽)"한다는 것이었다. 일년 후 세브란스병원에서 전갈이 왔는데 영월영감은 부상을 입은 것이었다. 침상에 누워 있는 그는 금광에서 다쳤다는 것이다. 영월영감의 금에 대한 집착은 너무나도 집요하였기 때문에, 성익은 영월영감이 있었던 광산에서 주워 온 그럴듯한 광석을 그에게 보여 주었고 좋은 바닥이 나왔다고 거짓말을 하였다. 그러나 영월영감은 패혈증으로 인해 병이 악화되고 말았다. 성익은 노인의 임종을 목전에 두고, 그의 광산에서 나온 것인양 시중에서 사 온 작은 금덩어리를 그에게 보여 주었는데, 그는 흥분에 휩싸인 채 마침내 숨을 거두고 말았다.

<영월영감>은 여기서 보듯 역사의 발전을, 그 반대로 되돌리려는 작품이기도 하다. 낡은 시대를 청산하고 새로운 시대를 맞이하기 위해, 나이에 구애됨이 없이 과감히 역사의 현장으로 뛰어 든 영월영감에 대해 작가는 올바른 인식을 보여주지 못하고 있는 것이다. 이 작품이 역사의 안목을 담보하였더라면 영월영감을 사멸하는 존재로 처리하지 않았을 것이다. 그러나 관점에 따라서는 영월영감을 통해 역사 발전의 흔적을 아주 찾을 수 없는 것은 아니다. 그것은 양반이 새로운 시대에 적응한

다는 것은 그 자체가 비극일 수밖에 없다는 것, 양반은 이제 다만 낡은 시대의 격랑 속으로 도태될 수밖에 없다는 것, 이 점에서 새로운 시대의 주역은 결코 양반일 수 없다는 것을 보여 준 작품으로도 해석될 수 있기 때문이다. 그러나 이 작품을 이와 같은 관점으로 해석하는 것 역시 무리일 수 밖에 없는데 이는, 영월영감이 "논을 팔고 밭을 팔고 가대와 종중(宗中)의 위토(位土)까지(71-72쪽)" 잡히게 된 동기가 다만 "심경에 큰 변화를 일으킨" 것으로만 나타나 있기 때문이다. 말하자면 영월영감의 신분적 변화가 생산양식의 변화라는 관점에서 서술되고 있지 못한 것이다. 영월영감의 신분적 변화의 동기를 이처럼 단순히 심경의 변화에서 찾은 만큼이나, 이 작품은 물질(物質)에 대한 인식을 부정적으로 파악하고 있는 것이다. 이러한 물질에의 부정적 인식은 이 작품에서 정신(情神)에 대한 긍정적 인식과 한 쌍을 이루고 있다.

이제 긍정적으로 처리된 인물을 통하여 위와 같은 점을 확인해 보도록 한다. 성익은 나이가 서른 둘인 장년이다. 그는 무리를 해서라도 "고완품"을 모아오고 있다. 영월영감이 돈이 필요하다고 했을 때 그는 고려 찻종 하나와 단계석 벼루 하나를 팔았다고 했다. 그러한 고완품은 그의 애장품이기도 하였다. 성익의 고완품에 대한 애착은 마당의 화단에 "고석"을 세울만큼 광장한 것이었다. 그 고석은 충남의 어느 섬에서 온 해석이었다고 했다. 사실 성익의 고완품 수집벽은 그의 아버지를 닮은 것이었다. 성익은 말하자면 영월영감의 지적처럼 "처사취미(73쪽)"를 지닌 인물이었다. 성익은 영월영감에 의해 그러한 처사취미라든가, 자연 회귀벽을 비판받지 않을 수 없었다.

이 작품에서 성익은 긍정적 인물로 나타나 있다. 이는 작가의 시점이 성익의 시점과 밀착되어 있기 때문이다. 이 점에서 그의 처사취미나 자연회귀벽은 흔히 자연과의 대결보다는 그 조화를 추구한다는, 이른바 동양적 자연관으로 더욱 합리화될지도 모른다.

그러나 동양인, 특히 조선인이 이러한 자연관을 가졌다는 것은 편견에 지나지 않는 것이다. 왜냐하면 조선의 민중들에게 있어 자연은, 정치적으로 불리한 지경에 처한 사람들의 도피처였다기보다는 오히려 씨 뿌리고 땀 흘리는 삶의 현장이었기 때문이다. 그러므로 처사취미 또는 자연회귀로서의 동양적 자연관은 계급적 편견에서 나온 자연관일 수밖에 없는 것이다. 이 점에서 성익이 긍정적 인물로 그려졌다고는 하나, 그것은 그가 일종의 관념론자일 경우에 한해서만 그러한 것이다.

이상에서 보듯 <영월영감>은 근대성이 아니라 오히려 전근대성을 긍정하였다. 그런데 전근대성은, 식민지적 상황에서는 내셔널리즘적인 측면이 있기 때문에 긍정적일 수 밖에 없는 것이다. 그러나 전근대성이, 처사취미에 불과한 것이라면 다시 부정되지 않을 수 없다. 왜냐하면 처사취미란 식민지 민중의 삶의 현장과는 전혀 동떨어진 일종의 관념적 유희이기 때문이다. <영월영감>에서의 전근대성은, 이처럼 긍정적이면서도 동시에 부정적인 측면을 지니고 있는 것이다.

그렇다면 이 작품과 관련이 있는 근대성 또한, 두 가지 측면을 가진 것으로 볼 수는 없을까 한다. 즉 그 근대성은, 첫째 일본으로의 자본집중을 심화시킨다는 점에서 식민지적 상황을 더욱 고착화시킨다는 것이다. 이는 근대성이 지닌 부정적인 측면이다. 그러나 그 근대성을 계급폐지라는 사회주의적 관점으로 해석할 때, 그러한 근대성은 자본주의의 말기적 증상이라 일컬어지는 파시즘에 대한 비판으로 성립될 수도 있는 것이다. 그러나 <영월영감>은 이러한 근대성에 관한 한 추상적으로 서술되고 있음을 알 수 있었다. <영월영감>을 물질(금)과 정신(처사취미)

의 반어적 대립으로 보았지만 그 대립소들은 이처럼 각각 다시 두 측면으로 대립되고 있음을 알 수 있다.

1-4. 이와 같은 <영월영감>과 동궤에 놓이는 작품이 <돌다리>이다. <돌다리>에는 <영월영감>의 성익에 해당하는 아버지와, 영월영감에 해당하는 창섭이라는 아들이 나온다. 이무영의 <귀소>와 간텍스트성의 관계에 있고 이태준 자신의 <농군>과도 간텍스트성의 관계에 있는 이 작품은, 아버지의 이해(利害)를 초월한, 땅에 대한 종교적 신념이 아들의 병원 확장욕과 잘 대조되어 나타나고 있다.

참고로 이 작품의 경개를 간략하게 살펴두기로 한다. 창섭은, 누이동생이 의사의 오진으로 허무하게 죽자 의사가 되기로 했다. 이제 그는 실력있고 권위있는 의사로서 병원을 확장하기 위한 자금을 마련하기 위해 고향으로 내려왔다. 그는 아버지에게, 시골에 있는 땅을 팔아 병원을 확장하면 훨씬 큰 이익이 남는다는 것, 돈만 있으면 서울 주위에서도 좋은 땅을 살 수 있다는 것 등을 말하였다. 그러나 창섭의 아버지는, 땅이란 것은 일시의 이해를 따져 사고 팔고 할 수 없다는 것, 땅이 있어야 집도 있고 나라도 있다는 것, "땅이란 천지 만물의 근거(전집 2권, 145쪽)"라는 것 등을 들어 아들의 제안을 거절해 버렸다. 창섭의 아버지는 땅에 대해서 만큼은 "이해를 초월한 일종 종교적 신념(146쪽)"을 가지고 있었던 것이다. 창섭은 부자간의 세계가 격리되는 "일종 결별의 심사(147쪽)"를 체험하면서 아버지가 고쳐 놓은 돌다리를 건너 상경하고 말았다고 했다.

전지적 작가 시점의 이 작품에서 아들인 창섭은 부정적 인물로 그려진 반면, 창섭의 아버지는 긍정적 인물로 그려져 있다. 그것은 땅에 대한 관점이 상이한 데서 나온 것이다. 이 작품이 제시하고자 하는 땅에

대한 상이한 관점은 이미 <영월영감>에서 논의된 전근대성 및 근대성
의 문제와 무관한 것이 아니다.

이 문제와 관련하여 <돌다리>에서 검토될 만한 것으로는 창섭의 아
버지가 선대로부터 물려 받은 토지를 어떻게 경작해 왔고, 또한 장차
그 토지를 어떻게 처리 할 것인가에 대한 것이다. "근검(勤儉)"하기로
소문 난 창섭의 아버지는, 조부 때부터 유전되어 오는 논밭을 더 늘리
지는 못하였으나 알뜰하게 가꾸어 나갔다고 했다. 그는 "남을 주면 땅
을 버린다고 여간 근실한 자국이 아니면 소작을 주지" 않았다. 그리고
그는 "소를 두 필이나 매고 일군을 세 명씩이나 두고 적지 않은 전답을
전부 자농(自農)으로 버티어(142쪽)" 왔다. 이 점에서 창섭의 아버지는
일시적으로는 지주의 신분을 가졌던 것으로 보인다. 그러나 그는 지주
라기보다는 오히려 자작농에 훨씬 가깝다고 할 것이다. 그는 문서만 쥐
고 앉은 "지주허구 작인 틈에서 땅들만(146쪽)" 골병이 들 것이라고 생
각한다. 창섭의 아버지가 가진 생각은, 땅은 그것을 자기의 생명처럼 보
호하는 이의 것이어야 한다는 것이며 경자유전이어야 한다는 것이다.
먼 훗날에 그는 그 땅을 팔되, 돈보다는 사람을 보고 팔겠다고 하였다.
그는 그 땅을 진정으로 필요로 하는 농부들에게 주겠다고 하였다. 그리
고 일시불로 그 땅을 살 수 없는 그들이 "그 땅 소출을 팔아 연년이
(147쪽)" 갚아 나가게 할 심산이라고 했다. 창섭의 아버지는 자기의 사
망 후, 창섭이가 그들로부터 그렇게 땅 값을 받아 나갈 것이라고 했다.

창섭의 아버지는 한때는 지주이다가도 한때는 자작농인 그러한 계층
의 사람이다. 그 역시 농민들이 가지고 있는 소소유자적 본능을 가지고
있다. 그러나 그는 지주와 소작인의 관계를, 땅을 훼손시킨다고 보아 부
정하고 싶어 한다. 그리고 그 땅은 농사짓는 사람들의 것, 즉 경자유전

이어야 한다고 생각한다.

그러나 농토에 대한 소유권을 그의 아들로부터 농민들에게로 점차적으로 이전시키겠다는 그의 생각은 땅을 신성시함에도 불구하고, 땅이 상속의 대상임과 또한 매매의 대상임을 부인하지 않는 것이다. 이 점에서 그의 땅에 대한 사고방식은 진보적이기도 하지만 동시에 보수적인 것이다. 즉 지주와 소작인이라는 봉건적 생산 관계에 대해서는 진보적이지만, 땅이 만인 공통의 것이라는 관점에 대해서는 보수적인 것이다. 이러한 점에서 <돌다리>에 나타난 물질(돈)과 정신(땅에 대한 종교적 신념)은 현상적 대립으로만 해석되지는 않는다고 하겠다.

이러한 물질과 정신의 대립은 <영월영감>이나 <돌다리>에서만이 아니라 <결혼>이나 <서글픈 이야기> 등에서도 나타나는데 이는 이태준 소설의 한 반어적 특성이 되고 있다.

이상에서 보듯 <고향>, <영월영감>, <돌다리>는 각각 개인과 사회, 물질과 정신의 대립을 형상화해 놓고 있다. 그리고 그 각각의 대립은 시간상 과거와 현재의 대립이라는 의미를 띤다. 여기서 과거라 함은 이미 각 작품에서도 드러났듯 유년 시절에의 고착, 처사 취미, 땅에 대한 집착과 같은 것이다. 그런데 각 작품에서는 그러한 유년시절에의 고착 관념이 식민지의 풍경과, 처사 취미가 황금에 대한 열망과, 땅에 대한 종교적 집착이 ‘자본’의 탐욕과 대조되고 있는 것이다. 이러한 대조는 다시 크게 보아 반세속주의(反世俗主義)와 세속주의의 대립이라고 할 수 있을 것이다. 이는 전근대성과 근대성의 대립의, 다른 표현이기도 한 것이다.

2) 밤길의 인생 ①

2-1. 이태준 소설에서 한 편의 작품 전체를 포괄하는 반어로 구조적 반어가 있다. 그런데 이 구조적 반어는 다시 극적 반어와, 순진성의 반어로 나누어 볼 수 있을 듯하다. 이태준의 소설에서 극적 반어는 <행복>과 <아무일도 없소> 등의 작품이 잘 보여주고 있다.

먼저 <행복>을 보기로 한다. 이 작품은 활동사진을 대하는 듯한 느낌을 주는 작품이다. 그리고 신파조의 어조로 변사가 말을 하는 듯한 느낌도 안겨주는 작품이다. 그러므로 위의 <고향>이나 <영월영감>, <돌다리> 등과 비교해 볼 때 서사적인 무게가 일층 가벼운 작품이라 할 것이다. 이 작품의 반어적 특성 파악을 위해 경개를 사건의 전개에 따라 살펴두기로 한다.

① 몹시 추운 초겨울 어느날 아침, 대구역 파출소 옆에서 군밤장사를 하는 늙은이가 하나 있었다. 그의 행색은 매우 초라하였다. 그는 "죽지 못해 살아가는 불행한 신세(전집 2권, 174쪽)"였다. 그의 아내는 오륙년 전에 죽었고 아들이 하나 있으나 절도질이다, 강도질이다, 징역이다해서 주거가 일정치 않았다. 그런데 이번에는 그의 아들이 체포되지 않았고, 종적을 감추고 말았다. 부모된 심정에 그는, 그저 아들이 잘 살아갔으면 했다.

② 따라서 추운 날씨에도 불구하고 그가 군밤을 파는 것은 "남과 같이 살아가기 위한 장사"가 아니라 그저 말없이 "죽으려는 준비요, 죽기 위한 벌이(175쪽)"에 지나지 않는 것이었다. 밤을 굽기 위해 불을 피우고 있는 그에게, 주인집 부엌어멈의 딸이 편지를 가지고 왔다. 까막눈인 황영감은 밤을 사러 온 "젊은 신사"에게 편지를 읽어 달라고 했다. 십 원짜리 돈표도 나온 그 편지의 내용인즉, 아들이 북간도로 가서 장가도

들고 가게도 벌였다는 것, 아버지를 데려가기 위해 서울에 와 있으니 편지 받는 즉시 서울역으로 오라는 것 등이었다.

③ 서울행 특급열차를 타고 가면서 황노인은 먼저 간 마누라와 육십 평생의 행랑살이를 생각하는 등 이런저런 회상에 잠겼다. 그러나 아들을 만나 서울구경을 한 후, 그를 따라 북간도로 가면 며느리와 따뜻한 방과 더운 밥과 안아볼 손자도 있으리라는 기대감에 잔뜩 부풀어 있었다. 황영감이 기차를 탄 시간은 "밥을 잊고 옷을 잊고 담배까지 잊어버리도록 그렇게 행복스러운 일곱 시간(178-179쪽)"일 수밖에 없었다.

④ 기차에서 내린 후 황영감은 달려오는 아들, 만석이와 막 감격적인 상봉을 하려하였다. 이때 두 사람의 상봉을 가로막는 사람이 있었다. 황영감에게 그 사람은 편지를 읽어 주고 돈까지 찾아 준 그 "친절한 신사"였으나, 만석의 눈에는 "독사같이 무서운 낮익은 형사(179쪽)"임에 틀림이 없었다. 만석이는 결국 체포되고 말았던 것이다. 황영감은 악몽을 꾼 듯하였다. 만석이의 그림자는 간 곳이 없었다.

이 작품의 제목은 '행복'이지만 그 제목과는 달리, 실제 작품의 내용은 부자간의 강제적 이별이라는 불행임을 알 수 있다. 군밤장사 늙은이와 전과자인 그의 아들의 행복한 만남이 있으리라고 독자들은 기대한다. 그러나 결말은 의외의 반전으로 인하여 충격적인 반어로 성립되고 있는 것이다. 행복에의 기대가 불행이라는 실망으로 끝나면서 늙은이는 커다란 충격을 받게 된다. 아들이 다시 체포되고 말았을 때 황영감은 "무서운 꿈을" 꾼 듯하였던 것이다. 애초 이 작품의 발단에서 표명되었던 황영감의 "불행한 신세"가 더욱 악화되었음은 말할 것도 없다. 황영감 만큼이나 커다란 충격을 받은 독자들은 반전이 이루어지는 곳에서 공포감과 연민을 갖게 될 것이다.

이 작품에서 그렇게 비극을 몰고 온 장본인은 형사임에는 분명하지만, 더 궁극적인 원인은 가난이라 할 수 있다. 즉 가난이 반어의 에이론에 해당하는 셈이다. 그러나 이 작품은 그러한 가난이 계층적으로 확산되어 있지 않다. 다만 한 개인의 가난과 한 개인의 범법에만 초점이 맞추어져 있는 것이다. 이 작품은 따라서 사회적인 넓이와 깊이가 매우 좁은 작품이라 하겠다.

<행복>은 극적 반어 중에서도 비극적 반어에 해당하는 작품이다. 이와 같은 비극적 반어의 유형에 속하는 작품으로는 이외에 <산월이> 등이 있다. 한편 비극적 반어와 대립되는 반어의 유형에 희극적 반어가 있는데 <아무 일도 없소>를 통하여 희극적 반어의 면모를 살펴보도록 한다. 이 작품의 경개를 사건의 전개에 따라 살펴두기로 한다.

① M잡지사의 기자인 K는 에로물 취재를 위해 유곽거리로 나섰다. 입사 때에는 조선 민중을 위하겠다는 각오도 해보았지만, 그것도 생활난 앞에서는 아무 것도 아니었고 이제는 선정적인 에로물 발굴에 대한 기세가 대단하였다.

② 그는 유곽거리의 창부들이 너무나 어린 것에 놀랐다. 그의 취재 대상은 그러나 이들이 아니라 창부 같지 않은 흰 두루마기를 입은 여인이었다. 그는 특종을 잡았다고 생각했다. 여인은 유곽촌을 벗어나 퇴락한 오막살이로 그를 안내했다.

③ 그는 벽에 걸려 있는 사진을 보았다. 그것은 범상치 않은 중년 노인의 사진이었다. 여인의 말에 의하면 그것은 그녀의 아버지였다. 그녀의 아버지는 만세 이후 북경으로 망명하였는데 오랫동안 무소식이라 했다. 이후 모녀 생존을 위해 있는 집을 팔았고, 그녀는 유리공장을 다녔다고 했다. 근자에는 싸전집 남자의 농간으로 몸을 망쳤는데 오히려

그의 무고로 투옥되고 말았다고 했다. 유치장에서 나온 후 굶주린 노모 를 먹여 살리기 위해 남자를 유인했지만 이를 목격한 노모가 자살, 그 시체가 지금 옆 방에 있다는 것이었다.

④ K는 여인의 사연을 듣고 부끄러움을 느꼈다. 붓이 칼이 되어야 한 다고 믿었던 그가 에로물이나 취재하고자 했던 것은 스스로 생각하기에 도 "고약한 놈"4)의 짓거리였던 것이다. 그는 황급히 그 집을 나오고 말 았다. 그러나 세상은 참으로 고요하고 평화스러웠다. 어디선가 야경꾼의 딱딱이 소리만이 "불도 나지 않았소, 도적도 나지 않았소, 아무 일도 없 소(전집 1권, 132쪽)"하는듯이 느릿느릿하게 울려 왔을 뿐이었다.

이 작품의 원제(原題)는 '불도 나지 않았소, 도적도 나지 않았소, 아무 일도 없소'이다. 그러나 작품의 내용은 그와 달리 커다란 일이 일어났음 을 보여주고 있다. 작품의 원제 또는 '아무 일도 없소'라는 제목은 작품 의 내용과 반어적인 관계에 있다. 작품의 내용과 관련, 이 글의 주인공 인 신입기자는 사회정의를 위해 붓을 칼처럼 휘두르리라고 마음 먹어보 지만, 생활전선 앞에서는 그러한 각오가 도로에 불과한 것임을 깨닫는 다. 그래서 도덕적인 양심을 버리고 창녀촌에 뛰어들었던 것이다. 그러 나 그의 마비되어버린 양심은 억울한 일을 당한 창녀 아닌 창녀로 인해 일깨워지게 되는 것이다.

이 작품은 앞서의 <행복>과는 달리 결말의 부분에서 희극적인 장면 을 연출하고 있다. 즉 한 독립운동가의 집안은 철저히 파멸되고 말았지 만 세상은 섬쩟할 정도로 무정하다는 것을 보여주고 있는 것이다. 이 작품에서 한 여인의 입을 통해 집약적으로 서술된 독립운동가의 집안 은, 합방 전 아버지는 양반이었으나 독립운동으로 인한 망명, 남아 있는

---

4) <아무 일도 없소>, 이태준 전집 1권, 깊은샘, 1988, 132쪽.

가족들의 고생으로 인한 집 팔기, 딸의 공장 노동자로의 전락 또는 창녀로의 전락, 독립운동가 아내의 자살 등에서 보듯 철저히 몰락되고 말았음을 보여준다. 여기서 이 작품의 결말은 그러한 독립운동가 집안의 비극과는 아랑곳없는 세상의 모습을 희극적으로 보여주고 있는 것이다.

이 작품은 그러나 독립운동가의 딸이 그러한 비극을 경험하게 된 것이 궁극적으로는 일제의 독립운동 탄압에 있음에도 불구하고 이의 원인 추적에는 소홀하다. 그리고 비극을 겪고 있는 여주인공이 즉자적 민중으로 그려져 있는 것이 한계로 남는다.

2-2. 위에서 극적 반어의 유형으로 비극적 반어와 희극적 반어를 살펴보았지만 이와 같은 극적 반어의 유형에 들 만한 것으로 순진성의 반어가 있다. 순진성의 반어는 그 주체가 흔히 어린아이 또는 바보인 경우에 발생한다. 이와 같은 순진성의 반어에 해당하는 작품으로 <달밤>과 <손거부> 등을 들 수 있다. 여기서는 <달밤>의 검토를 통하여 이러한 순진성의 반어적 특성을 살펴보기로 한다.

이 작품은 시골인 성북동으로 이사를 온 "나"라는 인물이 반편이를 만난 이야기이다. 이름이 황수건인 그는, "나"에게 있어서는 "시골이란 느낌을 풍겨" 주는 사람이었다. 그는 또한 우둔하면서도 천진스러운 눈을 가지고 있는 "자기 동리를 처음 들어서는 손에게 가장 순박한 시골의 정취를 돋워 주는(전집 1권, 113쪽)" 인물이었다. 그는 생김새가 이상한 인물이었다. 머리는 빡빡 깎은 데다가 "골"은 보통 이상으로 컸다. 게다가 장구 대가리였다. 그리고 손과 팔목은 머리와는 반비례로 작고 가느다란 인물이었다. "나"는 황수건과 이야기를 하는 것이 좋았다. 오랫동안 잡담해도 웃음 밖에는 남는 것이 없어 마음이 편하기 때문이었다. 황수건은 지금은 그만 둔 삼산학교의 급사로 있을 때, 도학무국에서 나온 시학관을 앉혀놓고는 뜻이 통하지 않는 일본말로 중언부언한 일도 있었다. 이 일이 빌미가 되어 그는 급사직을 그만두게 되었던 것이다. 그랬는데 그는 새로 온 급사보다 힘이 세어야 한다면서 교문 앞에 돌을 굴려 놓고는, 그가 어떻게 하는지 두고 보기로 했다는 것이다. 황수건은 그러나 그 급사가 돌을 "억지로 굴려다 버렸는지, 번쩍 들어다 버렸는지(120쪽)" 보지 못하고 말았다고 했다. 신문의 보조배달부로부터 떨어진 황수건이 불쌍하여 "나"는 참외장사용 밑천 3원을 주었는데, 그는 장마통에 다 까먹고 말았던 것이다. 게다가 황수건의 아내는, 함께 살고 있는 형수의 등쌀에 견디다 못해 달아나고 말았다. 어느날 황수건은 포도송이를 가지고 찾아왔지만 그것은 훔친 것이었고 "나"는 그 대신 값을 물어주었다. 그 포도는 "은근한 순정의 열매(122쪽)"였던 것이다. 어제는 밝은 달빛이 짚을 간 듯하였는데 "나"는 황수건이 포도원 근처에서 노래를 부르며 길을 내려오고 있는 것을 보았다. "나"는 나무 그늘에 몸을 감추고 바라보았다. 황수건은 "길은 보지도 않고 달만 쳐다보며(122쪽)" 일본어 노래를 첫 줄만 되풀이하면서, 전에는 본 적이 없는 담배까지 피우면서 지나갔던 것이다.

이 작품은 기형적인 생김새를 가진 인물을 등장시켜 순진성의 반어를 빚어내고 있다. 눈이 크고 머리가 크되 손과 팔이 가는 황수건은 이 작품에서는 서술되어 있지 않지만, 소의 형상을 한 인물이다. 별명이 "노랑수건"인 그는 소처럼, 우둔하고 천진스러운 인물이라고 했다. 그런데 그는 (소처럼) 부지런하지는 않은 인물이다. 소가 되새김질을 하듯 그는 이미 했던 말을 자꾸 반복하는 버릇을 가졌다. 여러가지 점에서 황수건은 상당 부분 '누렁 소'를 닮은 인물인 것이다.

소를 닮은 황수건은 말하자면 바보인 것이다. 이러한 바보가 빚어내는 반어는 순진성의 반어일 수밖에 없다. 황수건은 되지도 않은 말, 경우에 합당하지 않은 말을 하는데 이러한 인물은, 자기 자신을 반성할 줄 모르는 이성이 결핍된 인물이라고 할 수밖에 없다.

그런데 "나"는 황수건에게서 "시골의 정취"를 느꼈다고 했다. 이는 황수건이 정상인이 아니라 자연에 가까운 인물이었기 때문이다. 주인공을 비롯한 주위의 정상적인 인물들과 황수건 사이에는 지적으로 차이가 나므로 지적인 반어도 발생한다. 그리고 황수건은 자신의 언행에 대해 반성적인 이성이 결여되어 있으므로 주위의 정상적인 인물들에게 상황의 반어도 발생시키고 있다. 이 상황의 반어는 황수건과 독자 사이에서도 발생하고 있는 것이다.

황수건이라는 인물의 설정은 <달밤>이라는 작품의 제작을 위해서는 매우 효과적으로 기여한다. 황수건이라는 인물은 독자들에게 재미를 선사하는 것이다. 그러나 <달밤>은 그러한 재미 이상의 것을 교시(敎示)해 주지는 않는다. 이 작품은 한 편의, 바보에 관한 이야기인 것이다.

3) 밤길의 인생 ②

반어는 반어가와, 반어가에 의해 연출되는 반어적 정황이 있다. 반어가는 반어적 정황을 조성하면서 내심 그것을 즐긴다. 반어적 정황 속에 있는 것들은 반어가에 의해 그 운명이 결정되게 된다. 반어가인 작가에 의해 작품내적인 것들, 특히 인물들의 운명이 결정된다. 작중인물들은 자신의 운명이 어떻게 될 것인가에 대해 알지 못한 채 앞으로 나아갈 뿐이다. 작가는 이 점에서 잔인한 신(神)이고 작중인물은 운명의 희생자가 된다. 이와 같은 운명의 반어를 잘 보여주는 작품에

<밤길>이 있다. 작품의 경개를 살펴두기로 한다.

　월미도 끝, 수상(水上)에는 용궁각인지 수궁각인지 하는 삼십 간이 넘는 큰 집이 열나흘 째 내리는 장마비에 의해 공사가 중단된 채 있었다. 장마 통에 공사가 중단된 이 집에는 모군(募軍)인 황서방과 권서방이 날 들기만 기다리며 집을 지키고 있었다. 황서방은 서울에서 행랑살이 하는 아내와 자식을 남겨 두고 왔다. 그는 주인집에다가는 밑천이 마련되면 군밤장사라도 해보겠다 하고 처자식을 맡기다싶이 남겨 둔 채 인천으로 온 것이었다. 내려 온 지 이틀만에 용궁각의 모군꾼 자리를 구했고 한 열흘 동안은 버는 족족 자기 입에 털어 넣기가 바빴다. 그러나 행랑살이하는 처자를 생각하여 정신을 차리고 조금씩 돈을 모은다는 것이 덜컥 장마비를 만났고 얼마 안되는 돈을 마저 다 쓰고 말았던 것이다. 그랬는데 서울에 있는 주인이 나타나 황서방의 따귀를 때렸다. 사연인즉 황서방의 처가 아홉 살, 여섯 살 짜리 두 계집애와 갓 백일을 지난 아들을 남겨 두고 달아났다는 것이었다. 주인내외는 무엇보다 갓난애를 거두느라 고역을 치루었다고 했다. 아이는 엄마의 젖을 먹지 못해 설사를 하였고 자칫하면 죽을지도 모르는 일이었다. 그러다가 마침 황서방의 편지를 받아보고 내려왔다는 것이었다. 주인은 "큰 계집애한테 젖먹이를 업히고, 작은 계집애한테는 보퉁이를 들리고, 비오는 건 아무 것도(전집 3권, 34쪽)" 아니었다. 주인은 쓰고 온 지우산을 남겨놓고 가버렸다. 갓난애는 위독하였다. 황서방은 풍우를 무릅쓰고 병원을 찾았고 네번째인가의 병원에서 오늘밤을 못 넘기겠다는 진단을 받았다. 용궁각으로 돌아와서 갓난애의 입에다가 호떡을 넣어 보나 모두 게워버렸다. "빗소리에 실낱같은 숨소리는 있는지 없는지 분별할 도리가(36쪽)" 없었다. 황서방은 권서방의 권유를 받아들여 새 집에서 아기를 죽게할 수는

없는지라 우중의 밤에 갓난애를 안고 길을 나섰다. 권서방이 삽을 들고 뒤를 따랐다. 풍우 속에 황서방의 지우산은 자꾸만 뒤집혔다. 죽음이 임박한 아이의 얼굴을 보기 위해 권서방이 성냥을 그었다. 아이의 "얼굴은 죽은 것이나 마찬가지다. 빗물 흐르는, 비비틀린 목줄에서는 아직도 발랑거리는 것이(38쪽)" 보였다. 지우산은 뒤집혔고 하늘은 그저 먹장이었다. 주안 쪽으로 한참 걷던 두 사람은 도랑물을 건넜고 산비탈을 팠는데 구덩이에는 물이 차오르곤 했다. 아이는 아직도 숨이 붙은 듯 입으로 흘러 들어간 빗물을 게웠다. "비는 한결" 같았고 세번째 들여다볼 적에는 아이가 틀림없이 죽은 것 같았다. 구덩이 바닥에 물을 쳐내고 아이를 묻었다. 달아난 아내를 원망하던 황서방은 그만 길 가운데 주저앉아 버렸다. "하늘은 그저 먹장이요, 빗소리 속에 개구리와 맹꽁이 소리뿐(41쪽)"이었다.

이 작품에서 황서방의 비극적 운명을 재촉하는 것으로는 우선 사회적 냉대와 무관심을 들 수 있다. 이러한 사회적 냉대와 무관심은 대개 경제적인 빈부에서 비롯되고 있는 듯하다. 그러한 경제적인 빈부를 작품에 입각해 살펴보기로 한다.

먼저 황서방이 품을 팔고 있는 곳은, 월미도 끝의 수상에 지어놓은 "용궁각인가 수궁각인가" 하는 "삼십 간이 넘는 큰 집"이다. 이 큰 집의 주인은 황서방들에게 우중에 집 관리를 잘못한다고 핀잔이었다. 그리고 서울에서 내려온 집주인은 "파나마에 금테안경을 쓴, 시뿌옇게 살진 양복쟁이(33쪽)"이다. 황서방은 그로부터 폭행을 당한 것이었다. 한편 아이가 아팠을 때 황서방은 병원을 찾아 다니게 된다. 황서방은 "허턱 병원"을 찾았지만 "의사가 왕진갔다고 받지 않고 소아과가 아니라고 받지 않고 하여 네번째 찾아간 병원에서 겨우 진찰을" 받을 수 있었던 것이다.

그런데 그 병원에서 마저 "의사는 애 아비를 보더니 말은 간호부에게만 무어라 지꺼리고는 안으로 들어가(36쪽)" 버렸던 것이다.

황서방과 사회적 환경 사이에 보이지 않는 장벽이 있음을 알게 된다. 그런데 황서방을 위요한 사회적 환경은 그렇다 하더라도, 황서방의 분노는 출분한 아내에게로 쏟아지고 만다. 그는 아이를 묻은 후, 아이의 원수를 아내로만 생각한 듯, 그녀의 "젖퉁일 썩뚝 짤러다(40쪽)", 아이와 함께 묻어줄까도 생각해 보는 것이다. 이 작품에서 가난에 대한 황서방의 인식은 사회적인 넓이과 깊이로 확산되어 있지 않은 것으로 보인다.

그렇다면 이 작품에서 알라존인 황서방을 공격하고 있는 에이론의 정체는 무엇인가? 그것은 가난 또는 가난을 몰고 오는 사회적 환경이라 할 수 있지만 작품적 사실은 이를 충분히 다루지 못하고 있다. 작품이라는 실체에 입각해 볼 때 알라존인 황서방을 비참하게 하고 있는 것은 사회적 배경보다는 오히려 자연적 배경이라 할 수 있다. 장마가 아니었더라면 황서방은 품팔이를 계속할 수 있었을 것이고 그의 경제적 상황 또한 큰 문제가 없었을 것이다. 실제로 장마를 전후로 한 황서방의 형편은 행운과 불행의 반전으로 되어 있다. 황서방은 장마가 시작되기 전 "한 보름 동안은 재미나게(32쪽)" 벌었고 이것저것 맛난 것도 사먹을 수 있었던 것이다. 그러나 장마비가 시작된 후 그는 남은 돈을 다 쓸 수밖에 없었고 "날이 들면 일할 셈치고" 주인으로부터 "선고까로 하루 사십 전씩을 얻어 연명을 하는(32쪽)" 처지로 전락하고 말았던 것이다. 게다가 우중에, 서울의 집주인은 황서방의 아내가 출분했다는 흉한 소식과 함께, 어린 자식들을 잔뜩 끌고 나타났던 것이다. 이 작품에서 장마비는 따라서, 품팔이이기는 하나 황서방의 재미난 돈벌이를 반전시키는 기능을 하고 있다. 이후 계속되는 장마비 또한 황서방의 어린 자식의

목숨을 서서히 소멸시켜가는 기능을 하고 있는 것이다. 이 작품에서 황
서방의 비극적 운명은, 이처럼 사회적 배경의 측면보다는 장마비라는
자연적 배경의 측면에서 더 크게 조성되고 있다고 할 것이다. 그런데
이와 같은 장마비는 작중인물에게는, 일종의 형이상학적인 존재의 일방
적인 횡포(놀이)이기도 한 것이다. 이 점에서 반어가인 작가가 반어의
희생자인 작중인물을 "비"라는 매개장치를 통해 비극적 운명으로 몰아
가는, <밤길>은 운명의 반어가 그 반어적 특성일 수밖에 없다고 하겠다.
이 작품이 전지적 작가 시점인 것 또한 이와 같은 운명의 반어를 입증
해 주는 것이라고 할 것이다.

4) 상고주의자의 몽상

앞서 <돌다리>를 살펴 보았지만 <돌다리>는 애초 ≪국민문학≫에 발
표된 작품이었다. 이 ≪국민문학≫에 수록된 또 하나의 작품으로 「석
양」이 있다. 이 작품은 인생의 석양에서 황혼으로 넘어가는 길목에 서
있는 매헌이라는 소설가가 삶에 대하여 마지막 희망이나 낭만을 가져보
았다는 이야기이다. 이 작품은 특히 낭만적 반어의 구조로 되어 있음이
주목된다.

이 작품의 주인공은 이순을 바라보는 "매헌(梅軒)"[5]이라는 소설가이
다. 그는 고독하며 항상 정신적인 피로감에 젖어 있다. 이 작품의 배경
은 신라의 고도인 경주와, 해운대의 석양으로 설정되어 있다. 주인공의
나이만큼이나, 작품의 배경은 일상생활권으로부터 후퇴하여 있다. 이는
경주 등이, 주인공이 원래 머물던 서울로부터 멀리 떨어진 여행지라는
점, 석양이라는 시간이 하루의 일과를 마무리하는 시간이라는 점에서

---

5) <석양>, ≪국민문학≫, 인문사, 1942.2, 78쪽.

그러하다. 고독하고 피로했던 그는 마음을 달랠 겸해서 경주를 찾았지만 그 도시로부터 "퇴락"한 느낌 밖에는 가지지 못했다고 했다. 그리고 봉덕사 종으로부터도 "슬픈 음향(80쪽)"을 듣는 듯했다고 했다. 이러한 도시와 고적으로부터 오는 퇴락한 느낌과 슬픔은 주인공의 짙은 허무감과 관계 있다.

경주에 도착한 지 이틀째 되던 날 그는 고완품점의 처녀와 함께 불국사로 가서 영지를 바라보았는데 그는 그 영지에서 허무감을 느꼈다고 했다. 그 처녀는 주인공에게 부채를 펴고 무엇을 써 달라고 했고 그때 그가 써 준 것은 "석양무한호 지시근황혼(夕陽無限好 只是近黃昏)(94쪽)"이란 이의산(李義山)의 석양시 한 편이었다. 매헌은 자기 자신의 석양을 느끼고 이 글이 생각났기 때문이라고 했다. 이후, 그는 사흘간을 홀로 영지를 바라보며 석양을 맞곤 하였다. 여기서 주인공이 지닌 이와 같은 니힐리즘은 그 시대로부터 비롯되고 있는 것이라 할 것이다. 이 작품에서 주인공의 이러한 허무감은, 무엇보다 낭만적 반어인 작품의 표면구조에 의해서도 잘 드러나는데 이와 같은 점 등을 살펴보기로 한다.

이 작품은 무엇보다 꾸며진 한 편의 이야기이다. 이를 이 작품과 관련하여 살펴보면 첫째, 주인공이 경주를 찾은 때는 "삼복지경(78쪽)"이라고 했다. 봄이라든가 가을과 같은 계절이 있음에도 유독 몹시 더운 여름을 택하여 경주를 찾았다고 하는 것은 이 작품의 허구성에 대한 하나의 시사가 됨직하다. 둘째, 주인공은 경주에 도착하여 고완품점에 들렀다가 오릉이라는 곳을 찾았는데 그 곳에서 고완품점의 처녀가 "꽤 높은 소나무 중턱(82쪽)"에 앉아 그를 부르고 있었다고 했다. 그리고 그 후의 동반 노정 중 강변에 이르러 웅덩이 앞에서 그녀가 석양을 배경으로 갑자기 옷을 벗고 아름다운 나체가 되었다고 했다. 작중인물들의 이와 같은 우연한 만남이나 초현실적인 장면은 이 작품의 허구성을 다시한번 강조하는 것이다. 이는 후술되겠지만, 여주인공의 설정이 특이한 점을 미루어 보아서도 알 수 있는 것이다. 셋째, 원고를 쓰기 위해 해운대 온천에 머무르고 있던 주인공이 그 곳에서 여주인공을 만난 후, 함께 밤을 보냈다는 장면이다. 초저녁의 졸음 끝에 잠이 오지 않아 주인공은 원고를 쓰고 있었는데 새벽 두 시 경인지라 여주인공이 그의 방으로 건너와 그의 건강을 걱정해 주었고 그녀의 잠자리를 내주면서 가서자라고 했다는 것, 주인공은 고마움을 느끼면서 그녀의 방에서 잤는데 늦잠을 잔 후 머리맡에 종이가 집혔는 바 그것은 곧 그녀의 편지였다는 것, 내용인즉 그녀가 최근에 약혼을 했다는 것과 아침 배에 약혼자가 동경으로부터 오기 때문에 부산으로 마중을 나갈 수 밖에 없다는 것, 결국 그녀는 떠나버리고 말았다는 것이 그것이다. 여기서 주인공의 마음은 매우 쓸쓸했고 석양 또한 "너무나 속히 황혼이(103쪽)" 되어 버렸다고 했다. <석양>의 이와 같은 결말은 꿈과, 그 꿈으로부터의 깨어짐이라는 낭만적 반어를 잘 보여주고 있다. 이러한 낭만적 반어는 주인공의 환멸감을 드러내기 위한 형식적인 수법이다.

한편 이러한 낭만적 반어는 이 작가의, 현실에 대한 환멸감이 어느 정도인가 하는 것을 가늠케 해주는 것이기도 하다. 작품에 설정된 그 인물들의 만남은 말하자면 모두가 작가의 몽상(夢想)에 불과한 것이었음을 말해주고 있는 것이다. 이러한 몽상은 일종 일상생활로부터의 도피라는 점에서, 남가일몽식(南柯一夢式)의 소극적 낭만주의에 불과한 것이기도 하다. 여기서 소극적 낭만주의는 <석양>의 일종 창작방법이 되고 있는 것이다.

한편 이 작품의 드러난 구조와 그 일부가 관계있는 것이지만 이 작품의 숨은 구조를 알아보기로 한다. 이 작품에서 주목되어야 할 것은, 여주인공을 통해 주인공의 호고벽을 강조하고자 했다는 것이다. 주인공은 경주 도착과 함께 고완품점에 들렀고 그 곳에서 세련된 도회풍의 처녀를 만났다고 했다. 여기서 주인공은 "도회사람에겐 도회적인 것만으로도 고향사람처럼(80쪽)" 반가웠다고 했다. 이는 이 작품의 성격을 규정짓는 숨은 의미를 지니고 있다. 즉 고완품점 안에 도회풍의 여자가 있다는 식의 장면설정에서 근대도시문명을 민족전통문화와 대조시키려는 의도를 읽을 수 있는 것이다.

여기서 주인공이 만난 처녀는, 주인공의 호고벽을 위한 중요한 인물로 기능을 하게 된다. 다시 말하면 여주인공은 단순히 주인공의 애정을 충족시켜 주는 그러한 인물은 아니라는 것이다. 이는 주인공의 고백 즉, 그녀와 떨어져 있을 때는 "사랑"을 느꼈지만 그녀의 앞에 서면 그것이 곧 "사념(96쪽)"이었음을 알았다고 하는 것에서도 암시된다. 이 작품에서 주인공이 바라보는 그녀는 때로는 십일면관음(의 손)이, 때로는 이조백자가, 때로는 한송이 연꽃이 되기도 한다. 특히 주인공에게 그녀는 "바쁜 때는 없는 듯 보이지 않으나 고요한 때는 바로 옆에서 기다리고" 있는, "고요히 위로와 안식을 주며 싫어지는 날이 없는 영원의(98쪽)" 이조백자로 생각되고 있다. 이 작품에 나타나 있는 "타옥(陀玉)(95쪽)"이란 여성은 주인공인 매헌의 분신이라고 해도 과언이 아니다. 즉 타옥이란 여성은 매헌의 호고벽을 강조해주는 일종의 고전적인 장식물로 기능하고 있는 것이다. 이 작품이 일견 노인과 처녀의 통속적인 연애를 그리고 있는 것처럼 보이지만 그것은 표면구조에서만 그러할 뿐이고 내적 구조 또는 내적 의미는 이처럼 민족전통문화에 대한 강조인 것이다. 이

점에서 <석양>은 민족문화의 말살이 획책되던 시대에 민족전통문화에
대한 깊은 애정을 보여준, 시기적으로 볼 때 매우 주목되는 작품이라고
할 수 있다.

이 작품은 이렇게 볼 때, 주인공을 관찰하는 또 다른 주인공이 설정
된 식(式)으로 이해될 수 있다. 즉 이 작품은 호고벽이 있는 자아가 허
무감을 느끼는 또 다른 자아에 의해 관찰되고 있는 작품이라고 할 수
있는 것이다. 이는 이 작품이 결코 통속적인 연애소설이 아니라는 것을
말해주는 중요한 근거가 된다.

이상 <석양>의 양면구조를 통하여 나타난 특징을 정리해 보면 다음
과 같다. 첫째, 주인공의 니힐리즘은 시대 때문이라는 것, 둘째, 허구적
성격이 유달리 강하다는 것. 이는 특히 결말의 낭만적 반어를 통해서도
잘 알 수 있다는 것, 셋째, 주인공을 관찰하는 또 다른 주인공이라는 식
의 설정을 하였다는 것. 이는 허무감을 지닌 자아의, 호고벽을 지닌 자
아에 대한 열망으로 나타나 있다는 것. 그리고 이 점에서 타옥이라는
인물은 크게 중요하지 않은, 그저 매헌의 장식물에 지나지 않는다는 것.
우연성이 있기는 하지만 이 작품이 통속적이지 않은 것은 인물의 설정
이 이와 같이 특이하기 때문이라는 것, 넷째, 이 작품의 내적 구조와 의
미는 민족전통문화에 대한 애정이라는 것 등이다. 이 작품의 결말은 이
러한 애정마저 시대적 상황으로 인하여 사라지고 말았음을 보여주고 있
다.

낭만적 반어를 통한 환멸감과 민족전통문화 애호정신의 이중구조로
된 <석양>은 당시의 분위기를 매우 잘 나타내 주는 수작(秀作)으로 평
가된다. 이태준은 특히 민족문화말살의 시대를 당하여 그와 같은 민족
문화수호의 정신을 보여주었다. 그러나 그러한 정신은 이미 앞에서 논

의된 전근대성의 이가적(二價的) 측면으로서 긍정적인 의미 외에, 부정
적인 의미를 동시에 함유하고 있음은 말할 것도 없다. 이 점이 <석양>
의 한계로 남는다.

3. 結 論

이상 이태준 소설에 나타난 반어적 특성에 대해 살펴 보았다. 논의
결과 이태준 소설의 반어는 매우 다양하게 나타나고 있음을 확인할 수
있었다. 그것은 형이상학적인 일반적 반어와, 극적 반어, 그리고 운명의
반어와 낭만적 반어 등이었다. 극적 반어는 또한 비극적 반어와 희극적
반어 및 순진성의 반어로 나누어 볼 수 있었다.

이와 같은 반어들은 먼저 일반적 반어의 경우 <고향>, <영월영감>,
「돌다리」 등에서 확인될 수 있었다. <고향>은 일종의 자전적 성격의 성
장소설이다. 소설의 주인공이 원만한 사회성을 형성하기까지의 성장 과
정을 보여주는, 일반적 성장소설의 관점에서 볼 때 <고향>의 주인공은
그러한 사회성의 정도에는 이르지 못한 것으로 보인다. <고향>의 주인
공은 지식인 엘리트이기는 하나, 자기의 감정조차 잘 조절하지 못하는
미숙한 어린아이로 형상화되어 있음을 확인할 수 있다. 이 작품이 일본
으로부터 부산을 거쳐 서울에 이르는 식민지의 풍경을 보여주고 있음에
도 불구하고 그러한 풍경이 인식의 깊이를 동반하지 못하고 있는 것은
주인공의 형상 자체가 미숙하기 때문이었다. <고향>에서 개인과 사회의
대립이라는 반어적 특성은 결국 이 작품 특유의 성장소설적 특성 때문
이라 할 수 있다.

  개인과 사회의 대립과는 달리 <영월영감>, <돌다리>는 물질과 정신
의 대립을 보여주고 있다. 물질과 정신의 대립은 이러한 작품 외에도
찾아진다. 그러나 이 두 작품 만큼 그 대립을 잘 보여주는 작품은 없다
고 할 것이다. 이들 소설에서 물질과 정신의 대립은 쉽게 파악되어질
성질의 것이다. 그러나 본고에서는 그 대립을 근대성과 전근대성의 대
립이라는 관점에서 접근해 보았다. 그리고 그 대립소의 이가적 의미도
설정해 보았다. 논의 결과 이들 두 작품은 전근대성의 관점에서 내셔널
리즘이라는 긍정적 의미와 관념론적이라는 부정적 의미를 함유하고 있
음을 알았다. 이들 작품에서의 물질과 정신의 대립은 그러므로 단순한
대립이기보다는 좀더 복합적인 성격을 띤 대립으로 판단되었다. 그러나
이는 분석의 결과가 그러하다는 것이지 작품 그 자체가 그러한 것은 아
니었다.

  극적 반어로 파악된 <행복>과 <아무 일도 없소>는 앞의 세 작품에
비해서 서사성이 뒤떨어진다. 전자는 영화적 특성이, 후자는 희곡적 특
성이 서사성을 약화시켰다고 할 것이다. 그럼에도 이 두 작품은 각각
비극적 반어와 희극적 반어의 특성을 잘 보여주고 있다. 한편 순진성의
반어로 파악된 <달밤>은 바보를 등장시켜 한 편의 작품을 꾸며본 것이
었다. 현상은 바보인 듯하지만 본질은 현자인 인물들이 우리문학의 전
통을 구축해 왔다. 그러나 <달밤>의 황수건은 그냥 바보일 뿐 현자는
아니다. 이 점이 <달밤>의 한계로 지적된다.

  <밤길>에는 주인공에 대한 사회적인 무관심과 냉대가 나타나 있다.
그러나 아내에 대한 불만같은, 주인공의 닫힌 불만은 사회적인 넓이와
깊이로 확산되어 있지 않은 것으로 보였다. 즉 열린 불만은 아닌 것으
로 보였다. 이 점에서 <밤길>은 반어가인 작가가 반어의 희생자인 작중

인물을 "비"라는 매개장치를 통해 비극적 운명으로 몰아가는, 운명의 반어가 특징적인 작품으로 파악되었다. 이 작품이 전지적 작가 시점인 것 또한 이와 같은 운명의 반어를 입증해 주는 것이었다.

낭만적 반어를 통한 환멸감과 민족전통문화 애호정신의 이중구조로 된 <석양>은 일제말기의 분위기를 매우 잘 나타내 주는 수작(秀作)으로 평가된다. 이태준은 특히 민족문화말살의 시대를 당해 그와 같은 민족 문화수호의 정신을 보여주었다. 그러나 그러한 정신은 전근대성의 이가 적(二價的) 측면으로서 긍정적인 의미 외에, 부정적인 의미를 동시에 함 유하고 있음을 지적하였다. 이 점이 <석양>의 한계로 남았다.

이상 이태준 소설 중 <고향>, <영월영감>, <돌다리>, <달밤>, <밤길>, <석양> 및 <행복>, <아무일도 없소> 등을 통하여 이태준 소설의 반어 적 특성을 파악해 보았다. 이들 소설에서의 반어는 사실로서의 작품적 수준에서 볼 때 대체로 정적인 또는 정태적인 인식구조를 면치 못하고 있는 것으로 보여졌다.

그러므로 이태준 소설의 특성이 되고 있는 반어는, 이태준이 현실을 바라보는 안목과 동시에 작품의 구조를 제공해 주었지만 현실에 대한 총체적 안목을 배양하는 데에는 한계로 작용했다고 보여진다. 중요한 것은 반어가 아니라, 그 반어적 사실을 과거와 현재와 미래 시간의 계 기적 관점에서 파악하는 것이 아닐까 한다.

이태준의 『농토』 연구

김 재 영

1. 머릿말

이태준의 <농토>는 우리 현대사의 가장 중요한 사건이랄 수 있는 해방을 전후하여 황해도 가재울이라는 한 농촌사회에서 일어나는 변화를 그리고 있다. 그 변화는 주로 억쇠라는 한 농민의 삶을 중심으로 그려지는데, 이 소설에서 농민들이 겪는 변화의 마지막에는 토지개혁이 있다. 익히 알고 있듯이 해방 직후인 46년에 북한에서 시행된 이 토지개혁은 이후 북한사회의 기틀을 잡는 가장 근본적인 변혁이었다고 할 수 있다. 그리고 그것은 당대의 가장 현실적인 문제에 대한 북한사회 나름의 해결책이었다. 그러므로 이 작품이 그런 당대의 가장 중요한 역사적 현실과 맞대면하고 있다는 사실은 우리의 관심을 끌기에 충분하다.

하지만 이 작품이 토지개혁 과정 자체를 전면적으로 그리고 있는 것은 아니다. 이 소설은 전체가 열일곱의 작은 장들로 이루어져 있는데, 그 중 열두 장이 식민지 시대를 겪는 농민의 모습을 그리는 데 할애되고 있다. 해방 후가 다루어지는 후반부의 다섯 장에서도 토지개혁의 과정이 그려지지는 않으며 토지개혁의 시작에서 작품은 끝난다. 그러므로 토지개혁이라는 역사과정 자체가 이 작품의 관심은 아니라고 할 수 있다. 이 소설에서 우리는 식민지시대 이래의 농촌현실이 토지개혁에로 이끌어지는 과정, 또 그러한 과정에서 나타나는 농민들의 변화를 볼 수 있다.

이 과정에서 봉건적 잔재나 질곡으로부터의 탈피라는 당대 현실의 가장 본질적인 문제가 형상화되고 있다는 점에 주목했을 때는 이 작품의 리얼리즘적 성취가 높이 평가되기도 했지만¹⁾, 그 탈피의 과정에서 농민의 적극적인 자발성의 계기가 포착되지 못한 점은 문제로서 제기되기도 했다.²⁾ 하지만 이들 연구는 주로 해방 직후 소설의 당대 현실 반영이라는 측면에만 초점을 맞추고 있어 이태준의 작가적 특성이라는 문제는 거의 다루고 있지 못하다.

그런데 『농토』는 이태준의 월북 후 첫 작품으로, 그 이전의 소설들과는 전혀 다른 경향을 보여주고 있다는 점 때문에, 그가 해방기 현실에

---

1) 한형구는 "1930년대 중반의 시기에 몰역사성을 본질로 하여 달성된 <고향>의 리얼리즘이 해방공간에 이르러 일거에 역사성을 담보함으로써 달성된 형국이 이 <농토>"이며, 이러한 성격의 작품이 당대 리얼리즘 문학을 대표한다고 하고 있다. 김재용은 "이 작품에 형상화된 갈등의 설정은 북한현실의 주된 모순을 그대로 반영하고 있어 전형화에 이르고 있다"고 파악하고, 그러한 점은 작가가 올바른 세계관을 획득함으로써 가능했다고 말하고 있다.
한형구, 「해방공간의 농민문학」, ≪한국학보≫, 1988 가을. 『해방공간의 문학 연구 Ⅱ』(태학사, 1990)에 재수록.
김재용, 「북한의 토지개혁과 그 소설적 형상화」, ≪실천문학≫, 1990 봄.
2) 이런 점을 지적한 초기 연구로는 다음을 들 수 있다.
김승환, 「토지문제를 매개로 한 주인과 노예의 변증법적 역전과정과 역사적 전망-이태준의 『농토』 분석」, ≪분단시대≫ 4, 학민사, 1988.
임진영, 「해방직후 민주건설기의 북한문학」, 『해방전후사의 인식 Ⅴ』, 한길사, 1989.

서 감행해야 했던 정치적 변신이 어떤 성질을 띠는가를 생각해 보는 데 있어서도 중요한 의미를 갖는다고 할 수 있다. 그러므로 이태준의 식민지 시대 작품과 관련시켜 『농토』 또한 이해해 보려는 시도들이 연구의 또 다른 한 축을 형성했다.3) 이들의 논의는 한 편으로는 식민지 시대 이태준의 작품세계가 기교주의라든가 상고주의, 모더니즘 등으로만 평가되었던 것을 지양하고 그 현실반영의 성격을 밝히는 동시에, 그 연장선상에서 해방 후의 변모를 탐색하고 있다.

그 중 류보선의 연구는 이태준의 세계와 문학에 대한 인식이 반봉건적 민족주의 사상이었다는 관점에서 그것이 해방 후까지 지속된다는 논지를 펴고 있다. 하지만 이 논의에서 『농토』는 그러한 인식체계에 근본적인 변화를 가져온 것으로 평가되고 있어, 식민지 시대 이태준 작품들과는 단절되어 있는 것으로 나타난다. 단지 그러한 변화가 신념과 열정의 차원에서만 이루어졌기 때문에 "객관적 현실의 총체적 형상화로 나아가기보다는 단지 토지개혁에 있어 농민이 주체가 되어야 한다는 사실을 계몽하는 수준에 멈추고 있다"4)고 그 한계를 지적하고 있을 뿐이다. 그러므로 이태준 작품세계의 특징이라고 지적하였던 반봉건적 민족주의 사상은 『농토』를 설명하는데는 전혀 도움을 주고 있지 못하다.

강진호는 해방전 소설에서 반봉건적 특성은 거의 찾아볼 수 없고, 오히려 낭만적인 특성을 보여준다는 점을 지적하며, 『농토』는 식민지 시대 이래 '갈망했던 세계'의 구체적인 상으로 '소련'을 대치함으로써 나

---

3) 이선미, 「이태준 소설 연구」, 연세대 석사, 1990
   류보선, 「역사의 발견과 그 문학사적 의미」, ≪한국현대문학연구≫ 1, 1991.4.
   강진호, 「이상과 현실의 거리-해방기 이태준 소설론」, ≪문학과 논리≫ 2, 1992.
4) 유보선, 앞 글, 251쪽.

타난 작품이라고 보고 있다. 그러므로 억쇠가 스스로 변모·발전하지 못하고 전위분자와 당의 지령에 추동되는 관념적·기능적 인물로 나타날 수밖에 없었다고 평가한다. 이 연구에서는 『농토』가 식민지시대의 작품들과 내적으로 동일한 세계파악 방식을 보여주고 있는 것으로 드러나 해방전과 해방후의 작품들이 훨씬 밀접하게 연결되어 있는 것으로 드러난다. 하지만 낭만적 동경과 선민의식이라는 두 축으로 해방 전·후 소설의 연결점을 찾음으로써, 연구자가 그 간 애써 밝히려 했던, 식민지 시대 소설이 드러내는 비판적 리얼리즘의 특성은 다시 뒷전으로 물러나고 있는 것으로 보인다.

그리고 이들의 연구는 모두 작가가 사회주의를 받아들이는 과정에서 드러내는 피상성에 초점을 맞추고, 이런 점을 작품 평가의 가장 기본적인 입지점으로 이용하고 있는 듯하다. 여기에는 두 가지 정도 생각해 봐야 할 문제가 있는 것으로 보이는데, 첫째는 사회주의적 의식 또는 사회주의적 세계관이라는 것이 대단히 포괄적이고 복합적인 문제들을 포함하고 있는데, 이들 연구에서 이런 개념들에 대한 연구자 나름의 견해가 별로 드러나지 않는다는 점이다. 또 하나는 사회주의 세계관의 획득과 작품의 리얼리즘적 성취가 너무 직접적으로 연결되고 있다는 느낌이다.

이들과는 달리 최유찬은 『농토』가 <농군>, <돌다리> 등의 중기소설과 연장선상에 놓이는 것으로 파악한다.5) 그것은 중기소설의 리얼리즘적 성취를 보다 적극적으로 평가하는 것을 의미하는데, 이 때 『농토』는 해방정국이라는 열려진 현실 속에서 그 동안 외부현실에 의해 금압되었던 정치의식을 가장 순연하게 드러낸 작품이 된다. 그러므로 이 소설은

---

5) 최유찬, 「이태준의 삶과 문학」, 『리얼리즘 이론과 실제비평』, 두리, 1992, 202쪽.

"소설적 결구가 탄탄하고 각 인물의 개성이 살아 있는 데다 작품에서 성취된 전형성과 총체적 현실감이 장편소설의 총체성에 육박"하는 "상 허의 문학이 도달한 정점"6)으로 평가된다. 하지만 그런 적극적인 평가 를 뒷받침할 만한 작품에 대한 꼼꼼한 분석이 뒤따르고 있지는 못하다. 그것은 다른 연구들도 마찬가지라고 할 수 있는데, 김승환의 논문을 제 외하고는 모두 이 작품 하나만을 꼼꼼하게 분석하는 글들이 아니었기 때문에 아직 이 작품에 대한 면밀한 해석은 이루어지지 못한 상황이라 고 할 수 있다.

　이런 선행연구들에서 볼 수 있듯이 이 작품은 일단 이태준이라는 작 가가 급격한 변모를 보여주고 있다는 점, 또 그 변화가 사회주의로의 전환으로 해석될 수 있다는 점, 그리고 그 내용에 있어서 사회주의 현 실을 달성해 나가는 도정이라고 할 수 있는 북한의 토지개혁을 다루고 있다는 점 등 때문에 우리 사회주의 문학의 발전이라는 관점에서 다루 어질 만한 요소를 갖고 있다. 그러므로 이 작품을 사회주의라는 문제와 떼어서 생각할 수는 없을 것이다. 그러나 그렇다고 해서 사회주의적 세 계관이나 사회주의 리얼리즘을 기대하면서 이 작품을 읽어 나갈 필요는 없을 것이다. 먼저 이 작품이 드러내는 세계인식을 그 자체로 면밀히 검토하는 작업이 선행되어야 할 것으로 생각되며, 그러한 작업을 기초 로 해서 작가의 변모나 작품의 현실반영에 드러나는 특성을 제대로 밝 혀 낸다면, 이 작품이 사회주의와 맺는 관계 또한 새롭게 생각해 볼 수 있을 것이다.

---

6) 윗 글, 203~204쪽.

2. 신분제적 정신습속이라는 문제

2-1

『농토』의 첫 장은 한 인간의 죽음이라는 극한상황을 그리고 있다. 하지만 우리는 작중인물들에 의해 그 죽음이 마땅히 받아야 할 대접을 못받고 있음을 본다. 그 이유는 그 죽음의 주인공이 종이기 때문이다. 작중인물들과는 달리 우리는 이 상황을 문제적으로 받아들이게 되는데, 작가가 어떠한 시각에서 이 상황의 문제성을 인식하게끔 하는가를 살펴보는 것은 아마도 이 작품의 핵심적인 문제의식에 다가가는 것으로 보인다.

이 소설은 억쇠어미인 팔월이가 앓고 있는 상황에서 시작된다. 환자는 정신을 차리지 못하는 상황인데, 억쇠아비나 억쇠는 그에 대해 속수무책이다. 약 한 첩도 못 써보고 호럼 녹인 물 두어 모금 마셔보게 하거나 손이나 주무를 수 밖에 없다. 게다가 이 날은 주인댁 삼대독자 도련님의 새아씨가 몸풀기만 기다리는 날이다. 그러기에 "억쇠아비는 죽는 사람 불상한 것이나 저 호라비 될 걱정보다도 주인댁 귀한 며누님 몸 푸시는데 행여 무슨 부정이나 끼치들릴가보아 그것부터 겁이 난다."[7] 이렇듯 주인마님의 걱정은 곧 억쇠아비의 걱정이다. 노마님은 마침 집안의 출산을 앞둔 때 병이 났다는 이유로 "배라 먹을 년", "얌체 없는 년", "방자스러운 년" 등의 욕설을 내뱉는다. 그런데 작중인물들에게는 이런 비인간적이고 비정상적인 상황은 자연스러운 것이다. 그것은

---

7) 이태준, 『농토』, 삼성출판사, 1948, 10쪽. 표기는 그대로 따르며 필요한 경우 띄어쓰기만 함. 앞으로 이 작품의 인용은 인용문 뒤에 쪽수만을 밝힘.

특히 그에 대응하는 억쇠아비의 태도에서 잘 드러난다.

> 억쇠아비는 후닥닥 일어서기부터 한다. 앉아서 대답이란 평생 해
> 본 적이 없는 버릇이다.
> 「네」
> 「문 여지 말구」
> 그러나 병인의 머리맡에 외풍 풍기는 것쯤 가려 노마님 앞에 방
> 속에서 말대꾸를 할 수는 없다.
> 「문 열면 안된대두 이 미욱스런 녀석아 내 그런 꼴 보겠다니?」
> 하마트면 내여밀번한 문고리를 섬쩍 놓으며 그제야 억쇠아비는
> 노마님의 문 열지 말라는 뜻을 알았다. 노마님의 말씀대로 역시 저
> 는 미욱한 놈이였다.(3)

> 「엥이 배라먹을 넌 같으니 ….」
> 억쇠아비는 억쇠어미가 무슨 트집으로나 앓는 것처럼 노마님의
> 꾸지람이 지당한 듯 들려 고개가 절로 숙으려진다.(4)

이 부분은 억쇠아비가 주인노마님과 대화하는 장면에서 억쇠아비의
태도가 잘 드러나는 장면을 추려 본 것이다. 여기서 대화를 뺀 서술들
은 주로 억쇠아비라는 한 인물의 행위와 생각만을 설명하고 있다. 서술
자는 비교적 담담한 태도를 취하고 있지만, 한 인간의 죽음이라는 이례
적인 상황 앞에서도 조그마한 손상도 받지 않고 유지되는 신분제적인
태도와 정신습속8)을 부조시켜 보여주는 부분이다. 이 부분에서 서술의

---

8) 이 용어는 한 인간집단의 습관적 사고방식을 지칭한다. 그것은 지각·감성·
   태도·신념·신앙 등 지적, 감성적 차원을 포괄하는 것으로, 특히 일상생활
   의 조건들에 대한 사람들의 태도를 규정하는 측면이 있다. 이 용어를 쓰면서
   역사학의 '망탈리테'란 개념을 염두에 두었다.
   김영범, 「망탈리테사: 심층사의 한 지평」(한국사회사연구회, 『사회사 연구와

초점이 되고 있는 것은 그 태도와 정신습속이 아주 오래 지속되어 온
것이며, 그렇기에 그만큼 뿌리 깊다는 것에 대한 강조이다. 하지만 이러
한 정신습속은 아내와 어미를 잃은 이들의 슬픔을 억압할 수는 있지만,
그 슬픔을 넘어서게 하는 것은 아니다.

> 속시원히 울 수가 있기는 날이 밝기나 주인댁에 드러가기보다 차
> 라리 나았다. 애비가 끽끽거리고 우름을 텃트리는 바람에 억쇠도 어
> 미 묻을 때 보던 샛별들을 처다보며 시린 손등으로 눈물을 문대기군
> 했다.(15)

팔월이를 묻고 집에도 들어가지 못한 채 가재울로 떠나가는 억쇠
와 억쇠아비의 모습이다. 그 동안 억압되었던 슬픔이 그 둘만이 남
은 자리에서 마음껏 터져 나오는 것이다. 이 장면은 현실의 모순을
비참한 상황을 통해 강렬하게 부각시켰던 식민지 시대의 작품「밤
길」을 연상시킨다. 가족을 스스로 파묻고 있는 정경, 또 그것이 밤길
과 어우러진 이미지 등이 그러하다고 할 수 있는데, 「밤길」이 분노
의 정서와 직접적으로 연결되는데 반해, 이 작품에서는 가장 자연스
러운 감정조차도 억압되어야 했던 상황의 문제성이 심각하게 부각된
다고 할 수 있다. 왜냐하면 이 작품은 죽음 자체의 비참함보다도 그
죽음 앞에서 마음껏 슬픔을 토해낼 수도 없는 살아 있는 이들의 상
황을 훨씬 강조하고 있기 때문이다. 다음 장면은 그 억압의 모습을
생생하게 보여주고 있다.

> 우름소리 내서는 안된다는 노마님의 말씀이 천만 지당한 줄 알면
> 서도 억쇠 아비는 입이 것잡을 수 없이 뒤틀렸다. 꺽꺽 두어마듸 치
> 받히는 올각질 같은 것을 억지로 삼키면서,
> 「이 새끼 잠작구 있어 괘니 ……」

사회이론』, 문학과지성사, 1991) 참조.

하고 자식부터 돌려 보았다. 억쇠는 울기는 고사하고 죽은 어미와
이런 꼴의 아비를 발길로 질르기나 할 것처럼 새파랗게 노려보는 눈
이었다.(10~11)

그런데 여기에는 그 상황을 문제적으로 바라보고 있는 또 하나의 시
선이 있다. 그것은 억쇠의 시선인데, 이 억쇠의 시선 속에서 비로소 우
리는 작중 내에 존재하는 긴장을 감지할 수 있다. 억쇠가 만들어 내는
이 긴장은 우리로 하여금 상황 극복에 대한 기대로 나아가도록 하며,
정서적 차원의 반응을 넘어서게 하는 것이기도 하다.

하지만 그 시선의 주인공이 어린아이라는 점은 그것이 곧 인물들간
의 갈등으로 실현될 만한 것이 못 됨을 나타내준다. 그러기에 그들 사
이에 현실적인 갈등은 드러나지 않는다. 죽어도 울음소리를 내지 말라
는 노마님의 분부에 따라 아내와 어미를 잃은 그들은 울음을 안으로 삼
키면서 죽은 자에 대한 어떤 예의도 갖추지 못하고 신속히 공동묘지에
매장하며, 다시 집으로 들어가지도 못한 채 가재울로 떠나가는 것이다.

그리고 억쇠가 어린아이라는 사실보다도 더욱 주목할 만한 것은 억
쇠가 분노의 시선으로 노려보는 것이 노마님이 아니라 자기 어미와 아
비라는 점이다. 이는 그 갈등이 신분제라는 제도를 둘러싼 주인과 종의
실제적 갈등을 향하고 있지 않음을 나타낸다. 그것은 밖이 아닌 안을
향한 시선으로, 그 상황의 재현 속에서 가장 첨예하게 드러나는 노예적
정신습속, 그리고 한 인간 내부에서의 자기극복을 문제시하는 시선인
것이다. 그리고 바로 그런 점에서 신분제적 상황을 그려내는 이 첫장면
은 이 작품이 쓰여진 당대의 현실과 긴밀하게 연결된다. 왜냐하면 제도
로서의 신분제라는 것은 이 작품 안에 나오는 양반댁 몰락에 대한 다음
의 반응에서도 볼 수 있듯이, 과거의 것일 뿐이기 때문이다.

> 양반도 인전 소용 없어 빚진 죄인이라니 땅 아니야 신주토막이라
> 도 팔어 갑홀건 갑허야지 장돌뱅이 권아모개라고 잡어다 볼기 칠 재
> 주는 지금 세상엔 없다는 이야기도 흥이 나서 주고 밧는 사람들도
> 있었다.(44)

하지만 그것이 제도의 문제가 아니라, 구체적인 인물 개개인의 태도
나 정신습속의 문제라면 사정은 달라진다. 그것은 식민지라는 상황 속
에서 온존되고 배양되어온 지소작 관계라는 봉건적인 토지소유관계와
긴밀히 연결되어 당대에 광범위하게 존재하고 있는 봉건적 상황의 일단
인 것이다. 그러므로 억쇠의 자기극복이야말로 한 개인의 문제가 아니
라, 봉건적 질곡의 극복이라는 당대의 가장 절실한 문제에 대한 대답이
될 수 있는 것이다. 이 작품이 이러한 문제의식에 기반하고 있음을 분
명히 할 때, 우리는 한 인물의 성장을 기본적인 축으로 하는 이 작품의
구성형식을 제대로 이해할 수 있다.

2-2

이 작품은 토지개혁이라는 해방기의 가장 절박한 문제와 대면하고
있지만, 앞의 3분의 2 가량은 식민지 시대 농민의 삶을 그려내고 있다.
그런데 그 삶의 모습은 대부분 지소작 관계와 제국주의 정치권력에 의
한 수난으로 점철되어 있다. 억쇠의 삶을 살펴보는 것은 그것을 확인하
는 것이기도 하다.

가재울로 간 억쇠는 막바로 종의 신분에서 벗어나지는 않지만, 신분
제적 관계가 아닌 당대의 가장 본질적인 사회관계인 지·소작 관계의
현실과 대면하게 된다. 그것을 극적으로 표현하는 것이 타작마당 장면

이다. 동네에서 제일 바지런하다는 점둥이네의 타작마당에서 "인제 마당질이 시작되면 촌에는 먹을 게 얼마나 지천으로 버려질가"(29)라는 억쇠의 기대는 여지없이 깨지고, 점둥이네는 열여덟 가마니를 추수하고도, 소작료, 비료대, 수세, 빚 등을 제하고 겨우 두 가마니만을 차지하게 되는 기막힌 현실이 벌어진다. 그리고 이것은 좀 나은 편이고 다른 집 사정들은 더함도 알게 된다.

이런 현실이야말로 억쇠가 소작농이 됨으로써 곧 스스로 경험하게 될 것이지만, 억쇠는 "땅이나 법률이 이렇게 꼼작 못하게 마련된 것"(37)을 고쳐야 할 탈로 생각하지 못한다. 그렇기 때문에 그는 이미 마련되어 있는 질서에 적응하는 모습을 보여준다.

> 억쇠도 그 이듬해부터는 장근이네나 점둥이네가 봄내 여름내 피땀을 흘리고 가을 마당질에 와서는 남 좋은 일만 하고 물러나는 꼴에도 그것을 처음 볼 때처럼 마음에 찔리지는 않았다. 찔리지 않을 뿐더러 나리님이나 아씨의 권리를 작인들 앞에 대신 써볼 때는 권리를 주는 주인게는 아첨이 절로 늘었고 그 권리에 복종해야 하는 작인들에게는 모르는 새 거드름이 늘어 점둥이나 장근이네 마당에 가서는,
> 「별놈의 소리 다 듣겠네! 며칠 안 됐으니 이자를 더러라? 누가 장리쌀 먹으래서 먹었어?」
> 하고 아이 어른 가릴 것 없이 곳잘 허튼 소리가 나오게 쯤 되었다.(37~38)

그런 점에서 억쇠의 인식은 일직선적으로 발전하는 것이 아니다. 그는 잘못된 현실에 대한 적응과 반발이라는 양 축을 끊임없이 왔다갔다 한다. 또 반발이라고 하더라도 그것이 항상 옳은 방향을 향하고 있는

것은 아니다. 그것은 지주에게 종처럼 대접받는 것이 싫어 그가 권생원의 땅을 버리고 동척 땅으로 소작을 옮기는 행위에서도 드러난다. 이러한 행동은 기존의 질서에 굴복하고 있는 자신의 모습에 대한 자의식에 바탕하고 있다.

> 「억쇠 너 심부름 좀 시키기 대단 힘드는구나!」
> 억쇠는 침을 꿀꺽 삼키었다. 못 보는데서는 욕이라도 하겠는데 목전에선 꼼짝 못하겠다.(62)

봉건적인 지소작 관계는 원래 경제적 계약관계만으로 이루어지는 것은 아니다. 그것은 그 자체로 광범위한 경제외적인 억압을 수반하는 거대한 체계의 일부이고, 경제적 수탈 또한 그 억압체계의 도움을 통하여 달성되는 것이다. 그렇기에 거기에는 '농노적 부역'이라고도 할 만한 것도 포함된다. 제국주의는 바로 그러한 관계를 온존하고 배양하고 있었다고 할 수 있으며, 억쇠의 자의식은 바로 그러한 관계의 특성을 감지해 내는 것이다. 그리고 그것에서 벗어나보려고 하지만, 문제는 그가 그 사회적 관계를 제대로 인식하고 있는 것이 아니며 그래서 방법 또한 모르고 있다는 점이다. 그가 주관적인 판단에 의지해 취한 방법은 지소작 관계에서 벗어나는 길이 못 된다. 동척 땅으로 소작을 옮김으로써, 그는 오히려 국가의 권력체계를 이용한 보다 강력한 경제외적 강제에 노출되게 되는 것이다. 이는 사회관계에 대한 충분한 인식을 갖고 있지 못한 그로서는 어쩔 수 없는 일이라고 할 수 있다. 하지만 이런 행위의 바탕에서 작용하고 있는 반발 의식은 자기극복의 가장 기초적인 토대가 될 수 있는 것이며, 억쇠가 소작쟁의라는 체제에 대한 적극적인 저항행위에 가담할 수 있는 근거가 되는 것이다.

그런데 8장에서 서술되는 이 소작쟁의 사건은 이 소설이 식민지 시대의 여러 사건들을 어떠한 방식으로 의미화하고 있는가를 가장 분명하게 보여주고 있는 부분이다. 소설 속의 소작쟁의는 실제로 쟁의로까지 진행된 것은 아니며, 단지 모의 단계에서 발각되는 하나의 삽화라고 할 수 있다. 그것은 성필이와 낯선 사회주의자의 주도로 이루어진다고 할 수 있는데, 이 낯선 사회주의자가 모습을 드러내는 것은 이 장면에서뿐이며, 성필 또한 그 삶의 모습이 충분히 드러나지는 않는다. 또 이 모의가 구체적으로 어떤 과정을 통해서 이루어지고 있는가도 잘 나타나지 않는다. 게다가 그 첫단계에서 발각됨으로써 더 이상 진행되지도 못한 채, 그 모의에 참가했던 모든 사람이 잡혀갔다가, 성필이와 낯선 사회주의자는 구속되고 억쇠는 29일 간 구류를 살았다는 간단한 언급으로 정리되어 버린다. 그러므로 이 작품에서 소작쟁의를 이루어 나가는 주체적인 인간의 모습은 그려지지 못하며, 오히려 수난사의 일부를 구성하는 정도의 역할밖에는 못한다고 할 수 있다.

하지만 이 소작쟁의 모의 행위는 억쇠의 인식에는 상당한 영향을 미치는 것으로 드러난다. 억쇠가 이 작품에서 이 소작쟁의 모의를 다시 상기하는 모습을 보여주는 것은 두 번이라고 할 수 있다. 한 번은 아버지의 죽음을 맞이해서이다.

억쇠의 아버지는 억쇠가 징용을 피해 도꾸지의 집에서 농업요원이란 이름으로 종처럼 일하고 있는 동안, 보국대에 끌려가 해주비행장에서 일을 하다가 병이 났고, 그 병이 나아가는 와중에 썩은 콩 볶은 것을 사먹고 죽게 된다. 아버지의 시체는 이미 태워져버렸고, 억쇠는 그 불태운 자리만을 둘러보고 돌아나오다가, 신작로에 주저앉아 극도의 분노에 몸을 떨게 된다. 바로 그 순간에 억쇠는 그 삼포 뒷등에서 만났던 사회

주의자와 성필을 떠올리게 되고, 그럼으로써 개인적인 분노를 왜놈이
망하고 세상이 뒤집히는 새 세상에 대한 염원으로 이끌게 된다.

억쇠가 또 한번 그들의 모습을 떠올리는 것은 해방이후 토지개혁을
앞두고 땅에 대한 욕심에서, 자신 또한 남들처럼 도꾸지에게 땅을 사야
하지 않을까를 고민할 때이다. 억쇠는 이 때, "일제시대 그렇게 경찰이
그악하던 때에도 목숨을 돌보지 않고 농민들을 위해 일하던" 그 사람들
을 떠올리며 인민위원회와 농민조합에 대한 신뢰를 다짐함으로써, 그
오판의 위기를 극복한다.

이렇게 본다면 이 작품에서 소작쟁의 모의 사건은 식민지 시대 소
작쟁의가 갖는 역사적 의미를 구체화하는 것보다는 바로 억쇠의 인식발
전의 경험적 토대 역할에 초점이 맞추어져 있음을 알 수 있다. 하지만
이 사건이 곧바로 억쇠로 하여금 사회관계의 본질적인 모순을 인식하여
그에 따라 행동할 수 있게 하는 것은 아니다. 단지 그것은 삶의 고비고
비에 상기하여 인식을 다듬어 나갈 수 있는 경험으로서 작용할 뿐이다.

식민지 전체가 비상전시체제로 돌입하게 되면서는 징용, 징병 등의
아주 직접적인 통치권력의 억압에 노출되게 되고, 이제 지소작관계라는
기본적인 사회관계조차도 별 문제가 안되는 상황에 도달하게 된다. 이
때 억쇠가 취하는 삶의 방식은 "신상에 별 일 없다면" 살던 집까지 뜯
어다 바치고, 농업요원이라는 이름으로 다시 종과 같은 상태로 떨어지
는, 그야말로 생존을 지속시켜 나가기에 급급한 것이다. 그 짐승과 같은
삶의 방식을 깨치게 되는 것은 분이라는 한 소녀에 대한 사랑 때문이다.

면장의 아들이며 억쇠의 새 주인인 도꾸지가 분이를 탐하다 겁탈하
려는 상황에 처해, 억쇠는 도꾸지를 때려 눕히고 도망하는 것이다. 이
사건은 소설에서 식민지 시대를 마무리짓는 가장 중심적인 사건이지만,

동기는 개인적인 차원의 사랑이고 방법은 충동적인 폭력에 불과한 보잘 것 없는 것이기도 하다. 결국 이 사건의 결말 또한 억쇠의 도망일 뿐이며, 그가 다시 가재울로 돌아올 수 있는 것은 해방이라는 외적 계기를 통해서이다. 그러므로 이 사건은 수탈권력에 대한 민중의 저항이지만 실제 역사의 본질적인 갈등을 객관적으로 드러내는 것으로 평가될 수는 없다. 하지만, 이 작품에서 이 사건만이 유일하게 지배계급에 대한 공격적인 저항이라는 것을 생각해 볼 때, 이 사건은 한 인간의 봉건적 인간관계에 대한 정신습속의 극복이라는 점에서는 하나의 중요한 전기가 될 수 있다.

이렇듯 억쇠의 인식발전은 이 작품의 여러사건들을 의미화하는 중심축으로 작용하고 있다. 이렇듯 한 개인의 성장이란 관점에서는 패배와 수난의 삶의 과정 또한 충분히 그 나름의 의미 속에서 파악될 수 있는 것이다. 하지만 그것은 한 편으로는 개인의 성장이라는 관점에서만 의미화가 가능하다는 것을 뜻할 수도 있다. 그렇기 때문에 이 작품에 형상화된 식민지 시대의 여러 사건들은 그 자체로 역사의 본질에 다가가지는 못하는 것이다. 그러므로 해방을 통해 이 수난사적인 형상화는 자연스럽게 극복되지만, 이 작품은 억쇠의 자기극복 여부에 대한 문학적 형상 없이는 제대로 마무리될 수 없다고 할 수 있다. 이제 살펴보려는 것은 바로 그 문제이다.

3. 『농토』와 사회주의의 문제

해방이 되어 가재울로 돌아 온 억쇠가 가장 먼저 경험하는 것은 억압권력의 몰락이다. 그것을 그는 "문짝이란 문짝은 모조리 나자빠저 있었고 경대, 양복장 따위가 깨강정이 된 것도 방으로 마루로 너절분히 널려 있었"(131)던 도꾸지의 집에서 확인한다. 그 권력의 공백상황에서 억쇠 뿐만 아니라 농민들에게 가장 큰 영향력을 행사하는 것은 사회주의자 성필이다.

억쇠는 그와의 대화를 통해 제 눈이 자꾸 맑아지는 것처럼 느끼고, 세상을 볼 줄 아는 눈이 트이는 듯한 감격을 느낀다. 또 그와 동류의 사람들이 진행하는 삼칠타작제에 의해 현실적인 덕도 본다. 그래서 모처럼 풍족한 가을을 맞이하고 분이와 혼인도 한다. 이 상황은 현실의 진행 방향에 대한 신뢰로 연결되지만, 또 한 편으로는 이미 얻어 놓은 행복을 잃지 않을까 하는 불안으로도 이어진다. 그 와중에 토지개혁법령이 떨어지므로, 이제 토지개혁법령의 내용이 초미의 관심사가 된다.

그래서 이 작품의 뒷부분은 토지개혁 법령과 관련하여 농민들이 의심스럽게 생각하는 점들이 억쇠부부를 통하여 정리되고, 그 의심이 해소되는 과정으로 주로 엮어져 있다. 이런 점은 이 소설이 당정책의 충실한 해설로 떨어지고 있다거나 계몽의 수준에 머물고 있다고 비판받는 근거가 된다. 왜냐하면 그 의심이 해소되는 과정은 곧 해설적인 담론에 접해 법령의 참된 의도를 깨우쳐 나가는 과정이기 때문이다.

농민들이 의심스럽게 생각하는 것은 다음의 두 가지이다. 그 중 첫째는 친일이나 악덕지주가 아닌 지주 일반의 땅을 몰수할 뿐만 아니라, 그들의 가옥까지도 몰수하는 것이 나무 가혹한 것이 아니냐는 점이며, 또 하나는 기름장수 등의 힘든 일을 통하여 겨우 땅을 장만하여 노년에 그것을 소작주어 먹고 사는 정도에 불과한 안과부댁의 땅도 몰수해야 하느냐는 의문이다.

농민들의 이런 의문은 당연하다고 할 수 있는데, 왜냐하면 토지개혁
은 사적소유를 인정하는 것이었고 토지의 사적소유에 대한 농민들의 욕
망을 충족시킨다는 점이 그 추동력이 되는 것이었기 때문이다. 그런데
분단이라는 특수성 때문에 북한의 토지개혁은 동구권 나라들에 비해서
도 유례없이 철저히 이루어질 수 있었다.[9] 그러나 그렇다고 해서 개혁
에 의해 사회주의적인 생산관계가 이루어지는 것은 아니었으며, 사적소
유에 기초한 소생산자적인 경제형태가 생성될 것이었다. 이런 개인농업
이 "자본주의와 사회주의 두 길 사이에서 동요"[10] 할 수 있는 것이었기
에, 사회주의에 대한 전망[11] 속에서 이 개혁을 이해할 수 없는 농민들
에게 '지나친 것'으로 생각될 요소는 그 자체로 안고 있었던 것이다.
또 토지개혁을 추동했던 농민들의 자기 땅에 대한 소유욕과 애착은 언
젠가는 노동의 사회화 과정과 대립할 수도 있는 것이었다. 실제로 북한
에서는 한국전쟁 때문에 농업의 사회주의화 과정이 저항 세력이 거의
없는 상태에서 순조롭게 진행되었다고 하지만, 동구나 소련에서도 사회

---

9) 북한의 토지개혁이 다른 동구권 나라들보다 훨씬 철저하게 이루어졌음은
   잘 알려져 있다. 그리고 이러한 철저한 개혁이 가능했던 데에는, 저항세력들
   을 남한이 흡수했기 때문이라는 설명도 설득력이 있는 것으로 보인다.
      김주환, 「해방 후 북한의 인민민주주의혁명과 사회주의혁명」, 『해방전후사
   의 인식 V』, 한길사, 1989, 300~301쪽 참조.
10) 윗 글, 295쪽.
11) 지금은 북한에서의 혁명과정이 '반제반봉건 인민민주주의 혁명'으로 정리
   되고 있지만, 당대에는 "자본민주주의 정권", "자산계급 민주주의 혁명 단
   계" 등으로 표현되고 있다. 이러한 용어들에서도 표현되듯이, 이 변혁은
   사회주의화와는 분명히 구분되는 내용을 갖고 있었다.
      「조선공산당 북부조선 5도연합회에서 한 당조직문제 보고」(45년 10월 13
   일)와 「'토지개혁' 사업의 총결과 금후 과업 -- 조공 조선분국 제6차 확대
   집행위원회에서 보고」(46년 4월 10일) 참조(『북한현대사』, 공동체, 1989, 자
   료편 315, 375쪽)

화된 농업노동의 실현은 토지소유자들의 극심한 저항을 받았다고 한
다.[12) 이렇게 본다면 토지개혁의 지지 자체가 사회주의적 세계관이나
의식과 곧바로 연결되는 것은 아니라고 할 수 있다. 그러므로 그 의심
을 푸는 과정도 곧바로 사회주의적 의식과 연결되지는 않는다.

  억쇠가 이런 의심을 푸는데 결정적인 역할을 하는 것은 성필의 아버
지인 최초시이다. 최초시는 개혁이 시작되기 전 이미 땅을 소작인들에
게 분배한 자기 친구의 경우를 얘기한다. 그 친구는 땅을 소작인들에게
분배함으로써 소작인들에게는 은인으로 추앙받게 되고, 물질적·정신적
으로 떠받듦을 받는 위치에 있게 되었다는 것이다. 이것은 지주·소작
관계라는 봉건적인 소유관계에서는 벗어나는 것이었지만, 정신습속이라
는 측면에서는 더욱 큰 족쇄를 의미하는 것이기도 하다. 억쇠는 이렇듯
토지개혁을 봉건적 정신습속의 극복이라는 측면에서 보게 됨으로써, 자
신의 의심을 극복할 나름의 논리를 확보한다. 또 이것은 그가 농민대회
에서 적극적으로 행동할 수 있는 논리적 기반이 된다. 그리고 여기서
봉건적 정신습속의 극복이라는 이 작품의 문제의식은 그대로 토지개혁
의 논리와 연결된다. 하지만 토지개혁의 논리를 자신의 행동 논리로 받
아들이는 행위가 그대로 억쇠의 자기극복에 대한 형상적 대답이 되지는
못한다.

  여기서 따져보아야 할 것은 그가 그러한 상태에 이르게 되는 과정의
문제라고 할 수 있다.

      일제 시대 그렇게 경찰이 그악하던 때에도 목숨을 돌보지 않고

---

12) 김명섭, 「해방 이후 북한 현대사 개괄」, 『북한 현대사 Ⅰ』, 공동체, 1989,
    49~50쪽 참조. 북한은 전쟁을 통하여 농업집단화에서 겪게 되는 저항의
    폭발성을 미연에 해소할 수 있었다고 한다.

농민들을 위해 일하던 사람들이 있었다는 것 지금은 농민조합만 아
니라 인민위원회가 그런 사람들로 조직이 된 것이니 그네들이 농민
들에게 해로운 소리를 할 리가 없다는 것 그러니까 땅을 사지 말라
는 것을 사는 것은 의리로 보더라도 잘못이라는 것 그리고 악하고
제 행복을 짓밟는 자에게는 털끝만치도 아첨은 커녕 정정당당하게
미워하고 대항할 줄 아는 것이 우선 사람이란 것 여기까지 말이 및
이어서는 억쇠는 제 이야기에 저 자신부터 감동이 되었다.(76)

이 토지개혁이 우리 조선서 전에두 없었구 이 앞으로도 또 있을
수 없는 굉장한 일입니다. 또 시시비비가 많은 일입니다. 인민위원회
에서 훌륭한 분들이 연구허구 연구해서 결정한 법령입니다. 저 댁
할머니 같은 사정이 아니 더 딱한 사정두 전조선에 있을 걸 그분들
이 몰랐을 것 같습니까? 죄다 짐작하구 연구해서 결정한 법령인 걸
우린 믿어야 합니다. 그렇다면 나는 아직 이런 사정 보는 것에 가부
를 말허진 않습니다만 다만 법령대로가 아니가는 밝히구 결정해야
법령위반두 아니고 우리가 일으킨 동정심두 동정심대루 산다는 겁니
다.(184)

앞의 인용문은 억쇠가 해방후 처음 맞은 오판의 위기를 극복하는 대
목이다. 그도 땅에 대한 욕심에서 남들이 지주에게 땅 사는 것을 보자
흔들리지 않을 수 없게 된다. 하지만 그는 그것을 극복해 내는데, 그것
은 위 인용문에서 볼 수 있듯이 자신을 위해 싸웠던 사람들에 대한 의
리나 막연한 신뢰 그리고 깊은 정서적 공감을 통해서이다. 억쇠는 개혁
을 진행하는 사람들의 과거의 행적에 대한 깊은 신뢰를 통하여 지금 그
들의 행위에 대해서도 막연한 신뢰를 형성하고 있는 것이고, 이것이 판
단의 근거가 된다.

뒤의 인용문은 억쇠가 농민대회에서 발언하는 대목이다. 그가 문제

삼는 것은 자신들의 처사가 법령에 맞는가 안 맞는가라는 문제만이다. 그는 실제로 그 법령이 어떠한 과정을 통해서 만들어졌는지, 또 그 과정이나 내용에 문제가 있는지는 생각하지 못한다.13) 중요한 것은 그 스스로 그러한 것에 문제를 제기할 수 있는 위치에 있다는 생각은 전혀 하지 못하는 것이다. 그러므로 안과부댁의 토지몰수도 당연한 것으로 생각하며, 분이와의 대화에서는 자신의 생각을 다음과 같은 비유를 통하여서 표현한다.

> 암. 인제 말이오 이를테면 여기서 배천 나가는 길을 일자로 곧은 길로 고친다 칩시다. 곧게 나가다가 아까운 논이 한두평 짤려나간다구 그래 길을 거기서 굽으르트려야 옳소? 그것과 마찬가진 거요!(200 ~201)

저마다 주체인 한 인간의 삶의 문제를 길 뚫는 것에 견주어서 생각하는 것 또한 대단히 위험한 발상이랄 수 있지만, 실제로 당대에 이런 문제가 어떻게 해결되어야 했는가를 판단하는데는 아마도 보다 충분한 검토가 필요할 것이다. 여기서 문제로 삼는 것은 억쇠가 그런 판단을 내렸다는 사실 자체가 아니라, 그 결론에 도달하는 사유의 과정이 단지 원칙과 법령에 따르는 것이 옳다는 비주체적인 과정을 통해서 이루어진다는 점이고, 이런 억쇠의 모습에서 우리는 다시 스스로 삶을 비주체화하는 과정을 볼 수 있다는 점이다.

---

13) 북한의 토지개혁은 대단히 급하게 진행되었고, 그 과정이 충분히 밝혀져 있지는 않다. 그것은 법령 자체가 충분한 민주주의적 토의를 거쳐 결정되었다고 생각하기 힘들게 한다.
사꾸라이 히로시, 「북조선 노동당의 통일정책」, 『북한현대사 Ⅰ』, 공동체, 1989, 271~272쪽 참조.

그럼에도 불구하고 작품 속에서 억쇠는 토지개혁의 가장 적극적인 대변자 역할을 하며, 또 당대에 진행되고 있는 정책을 적극적으로 지지하고 있다. 그러므로 우리는 그가 사회주의 체제를 받아들이리라고 예상할 수밖에 없다. 하지만 그것은 단지 당대 권력에 대한 막연한 신뢰를 통해서이며, 단지 제도를 받아들이는 것에 불과할 뿐 그가 사회주의적 인간이 된다는 것을 의미하지는 않는다. 그는 주체적으로 사회주의를 준비하고 있지는 못한 것이다.

그런데 그의 이런 모습은 대단히 역설적으로 한반도에 사회주의 국가가 성립되어 가는 가장 현실적인 모습을 보여주는 것일 수도 있다. 이 작품에서 억쇠의 삶이 변화되는데 있어 가장 중요한 요인으로 나타나는 해방이 거의 전적으로 외면적으로만 파악되고 있음에 대해서는 많은 논자들이 문제점으로 지적해 왔다. 하지만 해방이 주체적으로 준비되고 있었다는 주장 또한 일면적인 사실을 과장한 것에 불과하다. 실제로 억쇠와 같은 많은 농민들이 해방을 준비하고 있지 못했다는 사실은 분명하며, 이들이 근대적 개인으로 충분히 성장하지 못한 채, 자신들의 사회체제를 선택해야 했음도 인정해야 한다.

이미 선행연구자들이 지적했듯이 이태준은 사회주의를 받아들였지만, 그것은 자신이 사회주의자로 변모하는 것이었다기보다는 자신의 세계관 속에서 사회주의를 인정하고 받아들이는 차원에 불과했다. 우리는 그것을 소련기행의 감격을 통해서 확인할 수도 있지만, 『농토』의 억쇠를 통해서도 확인할 수 있다. 이것은 작가가 도달한 최후의 지점일 수 있고 그 지점이 분명히 사회주의 의식과는 거리가 있었다는 것을 보여주는 것이다. 그 거리는 작품에 균열을 가져와, 작가의 의도가 문학적 형상으로 마무리되는 것을 방해한다. 하지만 우리는 그 균열이 드러내는 현실성, 바로 그것에 주목함으로써, 이 작품이 갖는 좀 색다른 의미와 만날 수 있는 것이다. 그런 점에서 본다면 이 작품은 아직 해결되지 않은 하나의 과제와 연관되어 있다. 근대적 개인의 형성과 사회주의를 동시에 전망한다는 우리 역사의 한 시기에 제기되었던 복잡하고도 어려운 문제는, 현실사회주의의 몰락을 지켜보는 우리에게도 새롭게 제기되는 핵심적인 과제이기 때문이다.

4. 억쇠의 꿈과 이태준의 꿈

앞 장에서는 이 작품이 억쇠의 의식 성장이라는 관점에서 구성되어 있다고 파악하고, 이를 검토해 보았다. 하지만 이 작품에는 그와는 좀 차원을 달리해서 논의해야 할 또 다른 구조가 있다. 그것은 보다 현실적인 맥락과 닿아 있는 것으로, 한 인간의 꿈의 좌절과 성취라는 구조이다. 그리고 이것은 해방기 현실 속에서 변화를 보여준다고 하는 이태준의 문학세계를 검토해 보는데 핵심적인 지점이 된다. 왜냐하면 식민지 시대에 일관되게 보여준 좌절의 미학과 분명히 대립되는 지점에 이 작품은 놓여 있기 때문이다.

그러므로 이태준이 해방기 현실에서 마련한 꿈은 어떤 것인가, 또 그는 현실의 어떤 측면을 통하여 그 꿈을 성취의 구조 속에 놓게 되는가를 묻는 것은 바로 그 변화의 질을 묻는 것이 된다. 그러므로 그 꿈의 좌절과 성취의 과정을 중심으로 이 작품을 살펴보는 것이 이제부터의 과제이다.

어미를 묻고 가재울로 떠난 억쇠는 그곳의 자연과 농민들을 접함으

로써 삶에 대한 나름의 새로운 인식에 도달하고 꿈을 갖게 된다. 우리
는 그것을 3장에서 볼 수 있는데, 여기서 억쇠는 가재울에 머물면서 첫
봄을 맞이하게 된다. 그래서 파종하는 농민들의 모습을 곁에서 지켜보
며, 자신도 직접 꽃씨나마 씨를 뿌려보게 된다. 그리고 자연의 경이를
경험한다.

> 그러나 땅은 요술쟁이 같았다. 그런 바람에도 날려버리던 빈 쭉정
> 이 같던 씨알들을 벌레처럼 움직여 놓은 것이였다.
> …… 생략 ……
> 농군들은 그 투박한 손으로 이 어린 싹들을 쓰다듬기나 하는 것
> 처럼 애끼고 끔찍이 여겼다. 암탉은 어리 속에서 병아리를 품고 있
> 지만 함부로 나다니며 새싹을 잘라버리는 수탁 그 놈만 단속을 하면
> 싹트는 시굴은 오직 소근거림과 귀여움뿐 큰소리 한마디 날 리가 없
> 는 것 같았다.(23~24)

억쇠가 이 봄에 경험하는 것은 농민들의 땅에 대한 굳은 믿음과
그에 보답하는 땅의 모습이고, 이 경험 속에서 그는 인간과 자연의
친화된 모습을 본다. 게다가 그 자연은 참으로 아름다운 것이기에
그가 느끼는 친화의 감정은 배가된다.

> 물에는 송화가루가 미수가루 뜨듯했다. 가만히 반두를 대고 돌을
> 들치면 버들치와 날메리 아니면 가재 한두 마리라도 나온다. 아씨께
> 서 봄 가재는 지지면 자기 낭자에 꽂인 산호 뒷꼬지처럼 붉은 것이
> 곱거니와 국물이 달어 입맛이 난다 했다.
> 한참 돌만 들치고 물 속만 드려다 보노라면 아직 발도 시리고 허
> 리도 아프다. 앉기 좋은 바위에서 허리를 펴고 발을 말리노라니
> (시굴은 참 좋구나!)
> 생각이 절로 솟는다. 진달래는 한 물 이울어 물에도 낙화가 떠 나
> 려오는데 양지짝 산기슭에 나무끝마다에는 솟는 것이 아니라 하눌에

서 뿌리는 것처럼 빤짝이는 속잎들은 어찌보면 잔잔한 물결도 같다. 새끼 친 멧새들이 쫑쫑거리고 그 연두빛 파도를 잠겼다 떳다하며 날른다.(24~25)

그런데 억쇠의 이 새로운 경험은 인간과 땅의 관계, 인간과 자연의 관계에 대한 것일 뿐, 그 땅을 매개로 한 인간과 인간의 관계, 즉 사회적 관계에 대한 것은 들어 있지 않다. 그러기에 그것은 극히 부분적인 현실에 대한 경험일 뿐이다. 그러므로 그에 기반한 억쇠의 다음과 같은 꿈 또한 그런 점에서 낭만적인 것이다.

　　문득 죽은 엄마 생각이 난다. 엄마며 아버지며 아들이며 흙내 구수한 밥머리에 둘러 앉어 샘물을 바가지로 떠 날르며 먹는 점심은 천렵처럼 즐거운 것 같었다.
　　(나도 나대로 살어보았으면! 점둥이네나 장근이네처럼 남의 땅이라도 얻고 오막사리라도 우리집에서 내 농사를 짓고 살어보았으면!)(25)

이 꿈은 이태준이 식민지 시대에 쓴 여러 소설의 주인공들이 상실한 바로 그 세계에 대한 꿈이다. 그것은 <봄>의 노동자가 고향에 두고 온 바로 자신의 모습이며, <꽃나무는 심어놓고>의 방서방이 상실한 고향의 모습이라고 할 수 있다. 이들 작품들에서도 그 상실된 세계상에는 자연을 매개로 해서 이루어지는 인간과 인간의 관계 즉 생산관계가 배제되고 있다. 그것은 곧 그 세계가 현실태라기보다는 하나의 추상에 불과하다는 것을 의미한다. 그러므로 그 꿈의 주인공들이 현실적인 관계에서 패배하고 좌절하는 모습밖에 보여줄 수 없는 것은 당연하다고 할 수 있고, 그것이 바로 식민지 시대 이태준 작품세계를 구성하는 중요한 부분이라고 할 수 있다.

하지만 그런 꿈들이 현실세계의 냉혹함과 더러움에 대한 비판의 근거가 되듯이, 이 때 억쇠가 경험한 인간과 자연의 친화적 관계와 그에 바탕한 자립적인 삶 그리고 자신의 오붓한 가정에 대한 꿈은 억쇠가 겪게 되는 현실세계의 냉엄함과 맞서는 바탕이 된다. 특히 땅에 대한 농민의 믿음과 애착이 현실의 어려움과 맞서 나가는 힘이 될 수도 있음을 작가는 <농군>, <돌다리> 등에서 이미 보여주었었다. 그리고 그 꿈은 해방 이후 실시된 토지개혁을 추동하는 대중적 힘의 바탕이기도 한 것이다. 그러므로 이 부분에서 이루어지는 인간과 자연의 원초적 조화에 기반한 억쇠의 꿈은 이 작품의 중요한 의미맥락을 형성한다.

게다가 이런 꿈을 꾸는 바로 그 순간에 억쇠는 분이를 처음 만난다. 이 작품은 억쇠의 좌절과 소망 성취의 과정이 분이와의 사랑과 밀접하게 연결되어 진행된다. 분이는 박꽃같은 소녀로 억쇠의 소망이 응집된 현실적 형상으로 기능한다. 억쇠의 지배세력에 대한 가장 적극적인 형태의 저항이 분이와의 사랑 때문이었음은 이미 지적했다. 그런데 해방기 현실에서 억쇠의 소망 성취를 가장 상징적으로 보여주는 장면은 바로 분이와의 결혼 장면이다. 그러므로 억쇠의 소망성취 과정이라는 관점에서 이 작품을 파악할 때 그것은 이 장면에서 완결된다고도 할 수 있다.

> 장소는 동네사람들이 단오 때면 씨름도 하고 복날이면 철렵도 하는 칙바윗골에 있는 정자 같은 반송들이 물(둘?)러선 잔띠(디?)밭에 서였다. 시간은 오후 네시 동무들과 어른들이 둘러앉고 주례 성필이가 깨끗한 조선옷을 입고 상보 덮은 테블 뒤에 섰다. 테블에는 다른 것은 없고 산과 들에서 꺾어 모은 들국화를 중심으로 이슬끼 있는 청초한 꽃묶음이 하나 놓여 있다.
> …… 생 략 ……

　　신랑은 개울에서 이 닦고 머리 감고 세수하여 머리에는 그저 물끼가 있어 올라선다. 옥색 두루매기를 입었으나 발이 맨발이다. 뒤에 따르는 두 들러리들도 발목에 다님은 묶었으나 모두 맨발로 잔띠를 파 헤치고 만든 보드라운 생흙길을 밟으며 드러섰다. 숫눈처럼 푸군푸군 발이 묻히는 흙은 보기만하는 사람들에게도 싱그러운 흙의 향기를 풍기였다.

　　…… 생 략 ……

　　신부도 새로 머리를 감고 세수를 햇다. 얼굴 그대로 분도 연지도 없고 머리는 그전에 함경도나 평안도에서들 없듯 치렁치렁 땋은 머리를 당기채 올려 둘래 머리로 얹었다. 얄밉도록 부자연한 낭자머리보다 이 둘레머리는 자연스럽고 사슴이 뿔을 이듯 사랑스럽게 머리를 인 신부는 한편에 떨군 붉은 당기와 함께 멋드러진 맵시였다.(152～153)

　　성필의 제안에 의해 좀 특별한 형식으로 치뤄지는 이 혼인식 장면은 인상적이다. 맨발로 맨땅을 밟는 모습이나 자연스러움을 강조한 이들의 치장은 직접적으로, 자연과의 친화에 바탕했던 억쇠의 꿈을 상기시키며, 그 실현의 순간을 형상적으로 보여준다. 그리고 이 형상 속에서 우리는 다시 한번 작가 이태준을 느낀다. 그가 식민지 시대부터 끊임없이 동경해마지 않았던 잃어버린 세계, 바로 그 세계를 그는 해방된 현실에서 복원시키고 있는 것이다. 그렇기에 이 장면은 아주 순간적인 일치에 불과할 수도 있는 하나의 형상일 뿐, 아직 사회관계에 의해 뒷받침되는 현실의 모습이라고는 할 수 없다.

　　아마도 작가는 토지개혁의 온전한 수행을 통하여 그 꿈의 실현이 지속될 것을 기대했을 것이고, 이 작품은 그런 점에서 토지개혁이라는 역사적 현실에까지 나아갈 수밖에 없는 것이었다고 할 수 있다. 하지만 자연과 인간의 친화에 바탕한 이 꿈 또한 요즈음의 녹색운동이나 동양적 세계관에 대한 깊은 관심에서 볼 수 있듯이, 사회주의와는 좀 다른 윤리감각을 드러내는 것으로 보인다. 그리고 이 윤리감각은 사회적 관계에 대한 전망만으로는 해결할 수 없는, 인간과 사물, 인간과 자연의 관계에 대한 새로운 전망을 요구하는 것이기도 하다. 아마도 이 전망이야말로 이태준이라는 작가가 평생을 두고 찾으려 했던 것이 아닐까? 그렇기에 이런 측면은 이 작품에 또 다른 제약으로 작용하는 것이라고 할 수 있지만, 미래를 전망하는데 무시해서는 안될 또 다른 중요한 문제를 상기시켜 주는 역할을 하고 있는 것이다.

5. 맺음말

이태준의 『농토』는 억쇠라는 한 농민이 봉건적인 정신습속을 극복하여 근대적 개인으로 성장하는 과정을 형상화하려 한 작품이다. 봉건적 억압과 질곡의 삶에서 그것을 극복하려는 계기들은 충분히 포착되지만, 그 계기가 내적인 극복으로 나타나지는 못했다는 것이 밝혀졌다.

하지만 봉건적 억압과 질곡으로부터의 탈피 그리고 정신습속의 극복이라는 문제는 당대의 가장 현실적인 문제였고, 이 작품이 그 핵심적인 문제와 정면으로 대면하고 있다는 점은 그 자체로 의의를 갖는 것으로 평가할 수 있다. 게다가 이 작품이 제대로 역사적 전망을 형상화하고 있지는 못하지만 적어도 현실의 실제 진행과정 자체를 객관적으로 보여주는 것일 수도 있다는 점을 생각해 본다면, 이 작품이 서 있는 지점이 갖는 의미는 새롭게 점검될 필요도 있을 것이다.

특히 현실 사회주의의 몰락이라는 역사 과정을 겪어 내고 있는 우리에게는 과거의 역사진행을 꼼꼼하게 검토하여 재정리해야 하는 의무가 짐지워져 있는 것으로 생각된다. 그러므로 『농토』가 갖고 있는 현실성을 역사과정에 대한 새로운 평가와 결합하여 다시 생각해 보는 작업이 요청된다고 할 수 있다. 이 소론이 그러한 작업까지 해내지는 못했지만, 『농토』라는 작품의 주된 문제의식이 무엇이었던가 또 그것을 어떠한 방식으로 이 작품은 그려내고 있는가를 나름대로 정리한 것은 그러한 작업의 기초가 될 수 있지 않을까 한다.

이 작품의 검토에서 또 하나 주목하고 싶었던 것은 식민지 시대부터 일관되어 있다고 생각한 이태준의 꿈의 특성을 밝히는 것이었다. 그 꿈은 사회적 관계를 배제함으로써만 상상되는 자연과 인간의 원초적 친화에 바탕을 두고 있는 것이라 할 수 있기에, 이 작품이 아직도 그 꿈의 테두리에서 맴돌고 있는 것은 아마도 사회주의라는 새로운 사회관계에 대한 현실적 전망을 방해했을 수 있다. 하지만 요즘의 '생태학적 윤리학'이라는 말이 암시하듯 사회적 관계에 대한 전망만으로는 해결할 수 없는 인간과 사물의 관계 그리고 인간과 자연의 관계에 대한 새로운 윤리를 요구하는 많은 문제들이 우리에게 새롭게 대두하고 있다는 점을 생각한다면, 그의 꿈은 비현실적인 것이지만 우리 삶에서는 한 순간도 놓쳐서는 안될 중요한 문제를 상기시켜주는 역할을 하고 있다고는 평가할 수도 있을 것이다.

李泰俊 초기소설의 서사지평 분석 : 〈고향〉

공 종 구

1. 머리말

자연과학과 인문과학에 있어서 그 연구대상의 차이는 부차적이고 주변적이다. 그 대상에 접근해 들어가는 과정이나 방식이 양자의 본질적 차이가 아닌가 한다. 논의의 결과를 이끌어내는 과정에서 대체로 자연과학은 '수렴적 사고'를 지향하며, 인문과학은 '확산적 사고'를 지향하게 된다. 이와 같은 방법론적 특성으로 인해 자연과학은 실험과도 같은 구체적인 검증과정을 거쳐 연구대상에 대한 가설의 명확한 진위여부를 가려내려 한다. 반면 인문과학에서는 연구대상에 대한 '가설의 진위 차원'이 아니라 '가설의 적절성 차원'을 문제삼는다. 따라서 인문과학에서는 연구대상에 대한 가설의 관점이 논리적인 일관성과 객관적 타당성을 담보하고 있기만 하면 하나의 가설로서 시민권을 부여받게 된다. 동일한 인식대상을 두고서도 상호대립적인 관점까지도 공존하게 되는 것도 확산적 사고를 지향하는 인문과학의 방법론적 특성 때문이다.

'문학작품은 문학이론보다 입체적이며 풍부하다.' 이 명제의 의미는 문학이론은 그것이 해명하고자 하는 문학작품을 완전하게 설명할 수는 없다는 것이다. 그것은 양자의 본질적 특성과 그것들이 맺고 있는 관계 때문에 그러하다. 문학작품은 어느 한 관점에서만 설명이 가능한 일면적·평면적 대상은 아니다. 보는 관점에 따라서는 얼마든지 서로 다른 해석이나 설명이 가능한 다면적·입체적 대상이 바로 문학작품이다. 이와 같이 문학작품이 입체적이고 다면적인 특성을 그 본질로 하는 데 반해 문학이론은 평면적이고 일면적인 특성을 그 본질로 한다. 문학작품을 해석하고 설명할 수 있는 다양한 관점들 중 어느 한 가지 관점을 선택하여 설명한 것을 논리적으로 체계화한 것이 바로 문학이론들이기 때문이다. 경쟁적으로 추파를 보내는 여러가지의 문학이론들에 대해 문학작품이 끝내 그 속마음을 완전히 열어보이지 않는 것도 양자가 맺고 있는 숙명적 관계 때문이다.

복잡다기한 현상들을 개념을 통해 분류하고 설명하는 것이 학문 일반의 근본적 속성이다. 따라서 개념에 의존하지 않고서는 학문일반에서 행하는 여러 가지 작업들이 불가능하게 된다.

다종다기한 문학적 현상들을 그것들이 지니는 공통소를 근거로 일반화·추상화의 형태로 언어화시킨 것이 문학적 개념이다. 크게는, 리얼리즘이니 모더니즘이니 하는 거시적이고도 중층적인 개념들. 작게는, 시점이니 거리니 하는 미시적이고도 단층적인 개념들. 하는 것들이 바로 그러한 문학적 개념들이다. 그러한 문학적 개념들의 도움을 빌어 문학작품을 객관적인 근거하에 논리적으로 접근하는 다양한 방법들이 문학이론이며, 그러한 문학이론들을 실제 작품에 적용하여 구체적으로 분석·평가하는 일련의 인식행위들을 문학비평이라 이름한다. 이와 같이 문학이론이나 문학비평을 근본적으로 가능하게 만드는 요소가 문학적 개념들이기 때문에 그것들 없이는 문학작품에 대한 논리적 접근이 불가능할 수 밖에 없다. 그렇다고 해서 문학적 개념이 그것을 가지고서 설명하고자 하는 문학작품의 속성을 완전하게 말해주는 것도 아니다. 어떤 대상에 대한 일반적 추상화의 결과라는 속성으로 인해 개념은 그 대상을 포섭하는 부분이 많지만 배제하는 부분도 있기 때문이다.

인문과학과 자연과학의 방법론적 차이. 문학이론과 문학작품과의 본질적 관계. 그리고 문학적 개념과 문학작품과의 본질적 관계 등과 관련하여 본고가 문제제기적인 대상으로 다루고자 하는 작가가 尙虛 李泰俊이다.

1925년 결성되어 10여년 동안 일제 강점기 조선의 문학적 판도를 주도해나가던 카프계열의 문인들은 30년대 접어들면서 내·외적 요인들로 인해 상대적 부진과 침체를 보이게 된다. 일제 식민당국의 집요한 사상 탄압과 구성원들 사이의 이념적 차이에 의한 내부 분열 등. 복합적 요인으로 인해 카프조직은 이념적 선명성이나 조직적 결속력 등이 급속하게 무너져내리게 된다. 더우기 일본을 전신자로 한 사회주의 리얼리즘의 도입·소개는 일부 우경적 카프문인들에게 전향의 명분을 제공하면서 식민지 조선 문단의 지형도는 새로운 국면을 맞게 된다. 카프조직의 상대적 침체로 인한 문단질서 재편 과정에서 李泰俊은 '多讀多作'을 표면적인 기치로 내세운 九人會의 좌장격 구성원으로 참여하게 된다.

李泰俊을 축으로 한 구인회 구성원들은 나름대로의 활발한 창작활동을 전개해나간다. 구인회 구성원들의 의욕적인 시도는 당시 객관적 정세의 악화 속에서 주조의 공백과 혼미를 거듭하던 문단의 침체국면 타개에 기여하면서 1930년대 역사적 모더니즘 운동의 구심점으로 자리잡아 나간다.

1930년대 역사적 모더니즘 운동의 기수인 '구인회의 삼인방'으로 이상과 박태원, 그리고 李泰俊을 손꼽는 데 망설이는 사람은 거의 없을 것이다. 이들 세 사람은 그 누구보다도 전통적인 문학적 관습의 의도적 파괴와 새로운 형식실험, 언어예술로서의 문학의 본질적 깊이에 대한 의식적 자각 등. '미학적 자의식'을 본질적 표지로 하는 모더니즘의 근저에 다가 서 있기 때문이다. 이 세 사람 중에서도 특히 후한 점수를 받아야 할 작가가 李泰俊이다. 朴泰遠이나 李箱이 파격적인 형식실험에만 매몰된 채 당대의 일제 강점기 상황에 대한 '현재의식'을 드러내지 못한 것과는 달리 李泰俊은 서사적 긴장의 고리를 놓지 않고 있다는 점에서 그들과는 상대적 차별성을 보여주고 있기 때문이다.

더욱이 본고가 분석대상으로 삼고자 하는 초기소설들은 그러한 상대적 차별성을 선명하게 보여주는 작품군이 지배적이다. 악덕 일본인 지주와 일제의 식민지 농업화 정책으로 인한 농민층의 몰락과 해체과정을 형상화한 <꽃나무는 심어놓고>(1933.3). 유곽촌 탐방기사 취재에 나선 기자를 초점인물로 해서 제시되는 일제 강점기 조선 민중들의 비참한 생존조건을 형상화한 <아무일도 없소>(1931.7). 이상과 현실의 괴리로 갈등하는 지식인 청년을 초점인물로 하여 일제 강점기의 참담한 조선현실을 형상화하고 있는 <고향>(1931)을 비롯하여 <어떤 날 새벽>(1930.9), <봄>(1932.4), <실락원 이야기>(1932.7), <촌뜨기>(1934.3) 등이 그런 유형의 작품군에 속하는 작품들이다. 이 작품들은 "일제 강점기 작가로서의 李泰俊의 사회현실 파악과 민중고통에의 동참지향"[1]을 분명하게 보여주고 있다.

---

1) 유종호, "인간사전을 보는 재미 : 이태준의 단편," 이선영 편, 『1930년대 민족 문학의 인식』, (서울 : 한길사, 1990), p.296.

李泰俊은 이제까지의 통시적 문학사류에서 '문장가', '의고주의자', '역사부재·사상빈곤의 문학', '순수문학'[2] 등 범박한 의미에서의 형식주의자[3]로 규정되어 왔다. 범박한 의미에서의 형식주의자로 李泰俊의 작가적 표지를 규정하고 있는 기존의 일반적 규정들은 상당한 근거와 설득력을 지니고 있다. 그러나 그러한 일반적 규정들이 李泰俊의 전체 소설체계를 포섭하고 있다고는 할 수 없다. 특히, 초기소설에 관한 한 그러한 일반적 규정들은 '타당성의 시민권'이 위협받을 정도로 그 근거가 흔들리게 된다. 더우기 그러한 일반적인 규정들은 정치한 작품분석을 통한 결과라기보다는 李泰俊이 핵심구성원으로 활약했던 구인회의 이념적 지향이 선입되어 내려진 성급한 결론들이 아닌가 하는 의문으로부터 자유로울 수 없다는 생각도 든다.

이 사실이 본고의 논리적 동기를 제공한다. 따라서 본고는 기존의 일반적 규정들이 드러내고 있는 부분적 오류들을 구체적인 작품분석을 통해 논증하고자 하는 것을 그 목적으로 한다. 분석대상 작품을 초기소설에 한정하는 것도 본고의 그러한 목적을 위해서이다. 이러한 목적을 효과적으로 수행하기 위한 분석적 틀로 본고는 '서사지평'(narrative

2) '순수'니 '사상성이 배제된 문학'이니 하는 용어는 그 용어 자체부터 개념적 정합성을 상실한 용어이다. 작가의 이념적·사상적 산물의 이데올로기적 상부구조로서의 문학작품은 존재와 세계에 대한 작가의 태도를 드러낼 수밖에 없는 실존적 기투행위이기 때문이다. 그러나 본고는 논의의 목적을 위해 그 용어들이 관습적 차원에서 이해되고 있는 의미를 수용하고자 한다.

3) 이태준의 작가적 표지를 형식주의자로 규정하는 논의들은 주로 당대의 인상비평류의 글이나 통시적 문학사류의 글들에서 제기된 입장이다. 이태준의 작가적 표지를 형식주의자로 규정하는 입장에 반대하는 논의들이 최근의 개별 작품론이나 학위논문의 글들에서 제기되고 있다. 글의 성격상 후자의 규정들이 논의의 심도나 구체성에서 앞서 있다. 그렇다고 해서 그 입장만이 배타적인 정당성을 고집할 수는 없는 문제이다. 양자의 입장이 모두 그 대상이나 관점에 따라서 나름대로의 정당성과 설득력을 지니고 있기 때문이다.

horizon)이라는 개념을 동원하고자 한다. 초기소설들 중에서도 지식인의
소외를 통해서 일제의 강점기 상황에 대한 인식통로를 개방하고 있는
<고향>을 집중적으로 분석하고자 한다.

'소외된 인간군상들의 전시장'이라고 할 수 있을 정도로 李泰俊 초기
소설에 등장하는 인물들은 대부분 불행한 처지의 인물들이 초점인물
(focal character)로 부각된다. 의지처 하나 없이 자신의 생계마저도 스스
로 해결해야만 하는 고적한 처지의 노인네들. 성마저도 상품화의 대상
으로 도구화할 수밖에 없는 궁핍한 생존조건으로 인해 기생으로 전락하
게 되는 여인네들. 현실과 이상의 괴리로 인해 전공지식의 적절한 배출
구를 찾지 못한 채 실의와 좌절 속에서 방황하는 지식인들. 일제의 식
민지 농업정책으로 인한 농민층의 해체와 몰락으로 인해 도시빈민이나
유랑민의 처지로 전락하게 되는 농민들. 자신의 천성으로 인해 사회의
변화에 적응하지 못한 채 악화일로의 불행한 삶만을 살아가는 순박한
서민들. 이 다섯 유형의 인물들이 李泰俊 초기소설의 지배적인 초점인
물들이다. 불행한 처지에 놓인 초점인물들의 인간관계에서 파생되는 일
상사들이 李泰俊 초기소설의 초점대상으로 부각된다.

李泰俊 초기소설의 서술자는 이야기 층위에서의 초점인물과 초점대
상에 대해 적극적인 서술적 개입을 삼가한다. 불행한 처지의 인물들에
대해 기본적으로 동정적인 시각을 유지하고는 있으나 정서적 몰입에 대
해서는 지극히 절제하는 편이다. 초점인물들을 객관화해서 볼 수 있는
일정한 서술적 거리를 확보한 상태에서 항상 서두르지 않고 차분하게
서술한다. 담론차원에서의 그러한 서술전략은 초점인물들의 불행한 처
지를 선명하게 드러내는 장치로 기능한다.

2. 서사지평의 개념

문학연구에 있어서 항상 논의의 초점으로 부각되는 문제가 형식과 내용의 문제일 것이다. 형식과 내용은 실체적 존재(substantial object)인가? 실체적 존재라면 그 둘은 어떠한 관계에 있는 것인가? 어느 쪽에다 상대적 초점을 맞추어서 문학 텍스트를 규정하고 평가할 것인가? 하는 등등의 문제들은 상식적인 질문 같으면서도 만만치 않은 무게를 지닌 문제들이다. 그것은 문학 텍스트의 형식과 내용이 감각적으로 지각가능 (perceptible)한 구체적 대상이 아니라 정신적으로 인지가능(recognizable) 한 추상적 실체이기 때문이다. 이제까지의 문학 비평사는 형식과 내용 이라는 양진자를 축으로 한 왕복운동이라고 할 수 있을 정도로 문학연 구에서 형식과 내용은 본질적인 문제이다.

형식과 내용을 준거틀로 하여 문학연구는 두 층위로 구분할 수 있다. 하나는 분석적 층위(analytical level)이고 다른 하나는 평가적 층위 (evaluative level)이다. 문학 텍스트 자체의 자기 완결성이나 자기 목적성 을 중시하는 전자에서는 대상작품의 내적인 구조원리나 다양한 기법적 장치의 분석에 초점을 맞춘다. 반면 문학 텍스트 자체의 내적 논리보다 는 원심성의 확산에 초점을 맞추는 후자에서는 대상작품의 사회·역사 적 측면이 더 중시된다. 상반된 초점을 지니고 있는 양자의 관계는 상 호 배타적인 관계가 아니라 상호 보완적 관계이다. 따라서 올바른 문학 연구가 되기 위해서는 문학연구를 구성하는 두 층위가 유기적 통일성을 이루어야 한다. 어느 한 쪽에 배타적 강조를 두어 분석할 경우 문학 텍 스트의 진정한 실체를 파악하기가 어려워지기 때문이다. 분석적 층위 그 자체에만 그쳐버리는 미시적 연구나 분석적 층위에 대한 고려없이 평가적 층위만 거칠게 드러내는 소박한 반영론적 연구태도는 지양되어야 한다. 문학 텍스트는 양항 대립적이 아니라 상호존재 규정적인 형식과 내용의 변증법적 통일체이기 때문이다. '형식적 여과과정을 거친 이데올로기적 담지체'인 문학 텍스트의 본질적 속성에 유기적으로 접근하는 유효한 분석개념으로 본고에서는 서사지평이라는 개념을 사용하고자 한다.

다양한 기능단위들로 조직된 서사물은 이야기 층위(story level)와 담론층위(discourse level)라는 이원조직을 구조적 특성으로 지닌다.

이야기 층위의 지배소(dominant)는 인물(character)이다. 인물들의 행동들이 구축하는 사건들이 이야기의 핵심단위이기 때문이다.

담론층위의 지배소는 작가의 세계관이나 이미지가 투영된 서술자(narrator)이다. 서술자를 담론층위의 지배소로 설정하는 근본적인 이유는 소설의 장르적 속성때문이다. 존재와 세계에 대한 해석행위를 이야기 양식을 통해서 전달한다는 점에서 극양식과 서사양식은 동일하다. 그러나 이야기를 전달하는 구체적인 방식에 있어서 두 장르는 근본적인 차이를 지닌다. 극 장르는 등장인물들의 행동과 대화를 통해서 관객들에게 이야기를 직접적으로 보여준다. 반면, 서사장르는 직접적으로 보여주지 않는다. 인물들의 행동들이 조직하는 이야기를 서술자가 개입하여 독자들에게 간접적으로 전달하는 것이 서사장르이다. '서술자의 중개' (the mediacy of narrator)를 통한 전달의 간접성이야말로 전달의 직접성이나 단일성을 장르적 표지로 하는 서정장르나 극장르와 서사장르를 가름케 하는 변별적 표지라 할 수 있다. 이야기에 대한 서술자의 서술태도나 서술방식 등이 서사물의 분석에 중요한 의미를 지니는 것도 서사물의 그러한 장르적 속성 때문이다.

　이야기 층위의 지배소인 인물과 담론층위의 지배소인 서술자를 규정
하는 궁극적 요인은 작가의 세계관이다. 존재와 세계의 해석과정과 그
것들의 문학적 반영과정에 중심원리로 작용하는 것이 작가의 세계관이
라고 보기 때문이다. 이제까지의 논의에 기초하여 본고에서는 서사지평
의 개념을 두 가지 차원으로 규정하고자 한다. 이야기 층위에서 인물들
을 통해서 드러나는 세계관이 그 하나이다. 소설 속에서 작가가 제시하
고자 하는 역사적 전망이나 세계관이 드러나게 되는 것은 결국 인물들
을 통해서이기 때문이다. 다른 하나는 담론 층위에서 서술자의 서술태
도나 서술방식을 통해서 드러나는 작가의 세계관이다. 존재와 세계에 대
한 작가의 태도나 세계관은 서술자의 서술태도나 서술방식에 반영되기 때
문이다. 시점이나 서술방식 등이 단순히 소설의 기교적 · 형식적 차원의
문제만이 아니라 인식론적 차원의 문제인 것도 그러한 이유에서이다.

3. 인물을 축으로 한 이야기 층위 분석

　<고향>(동아일보, 1931.4.21-4.28)은 李泰俊의 자전적 요소들이 일정하
게 투사된 작품이다. 그런 점에서 이 작품의 초점인물로 등장하는 김윤
건은 李泰俊의 대용인물(surrogate)이라고 추정할 수 있다. 그러한 추정은
이 작품이 제공하는 서사정보들에 의해서 가능해진다. 창작동인으로써
많은 논자들에 의해 거론되는 고아의식의 형성과정. 고등보통학교 재학
시 동맹휴교의 주동적 역할. 동경에서의 신산스러웠던 유학생활. 귀국
후 경제적 안정을 확보하는 과정에서의 좌절과 방황. 등이 바로 그러한

추정을 가능하게 하는 서사정보들이다.

이 작품에 관한 기존의 대부분 논의들은 이러한 서사정보들을 토대로 이 작품의 현실인식 수준에 초점을 맞추는 반영론적 관점에서 그 작업이 이루어져왔다. 그러한 방향에서의 기존 논의들은 반영론적 관점의 방법론적 특성으로 인해 대상작품의 정치한 구조분석에는 아무래도 소홀할 수밖에 없게 된다. 그런데 어떠한 관점에서의 작품분석이건 '섬세한 작품읽기'를 대신할만한 덕목은 없다. 그러한 전제에서 섬세한 작품읽기를 통한 정치한 구조분석을 통해 이 작품에 관한 대부분의 기존논의들에서 드러나는 공백을 메꾸어보고자 하는 것이 이 글의 의도이다.

대부분의 작품들에서 제목은 그 작품이 드러내고자 하는 핵심 메시지를 압축적으로 드러내는 기능을 하게 되는 경우가 많다. <고향>에서의 '고향'이라는 제목 또한 그러한 일반적 경우에서 크게 벗어나지 않고 있다. 따라서 이 작품에서 '고향'이라는 제목이 그 작품의 핵심 메시지와 관련하여 내장하고 있는 의미가 무엇인가를 밝히는 일은 그 작품의 의미해명에 핵심열쇠가 된다.

<고향>에서의 '고향'이라는 제목은 이 작품의 핵심 메시지와 관련하여 두 가지 차원에서의 의미를 지니고 있다. 하나는 '자신이 태어나 성장한 공간'이라는 물리적 차원에서의 의미이며, 다른 하나는 '자신이 추구하고자 하는 이상을 실현시킬 수 있는 공간'이라는 정신적 차원에서의 의미이다. 물리적 차원에서의 고향이 과거 회귀적 공간이라면 정신적 차원에서의 고향은 미래 지향적 공간이라고 할 수 있다.

두 가지 차원의 의미를 지니고 있는 고향 가운데서 이 작품의 무게중심은 물리적 차원에서의 고향보다는 정신적 차원에서의 고향 쪽에 놓여있다. 이 점이 바로 이 작품의 문제성이기도 하다. 왜냐하면, 물리적

차원에서의 고향은 단순히 개인적·정서적 차원에 국한되는 개념인 반면 정신적 차원에서의 고향은 사회·역사적 차원으로 그 인식지평이 확장되는 개념이기 때문이다. 사회·역사적 차원으로 그 인식지평이 확장되는 과정에서 정신적인 차원에서의 고향은 일제의 강점기 현실에 대한 비판적인 인식통로를 개방하고 있다. 그 인식통로의 넓이와 깊이는 그러나 단편이라는 이 작품의 장르적 특성과 초점인물 김윤건의 감정적 대응방식으로 인해 총체성의 수준에서 본질적 깊이에까지는 이르지 못하고 있다. 구체적인 작품분석을 통해서 그 과정을 알아보도록 한다.

작가 李泰俊의 자전적 요소가 짙게 투영된 것으로 보이는 초점인물 김윤건은 두 가지 차원에서의 고향을 상실한 인물로 제시된다. 김윤건이 두 가지 차원에서의 고향을 상실하게 되는 데는 두 가지의 가치박탈 체험이 핵심동인으로 작용하고 있다. 하나는 어린 시절의 고아체험이며 다른 하나는 6년 동안의 신산스러웠던 동경유학생활과 귀국 후 동경유학체험에서 얻은 전공지식을 통해 자신의 이상을 실현시킬 수 있는 적절한 대상을 찾지 못하는 욕구불만에서 오는 좌절체험이다. 전자의 고아체험이 물리적 차원에서의 고향상실을 가져온 핵심동인이라면 후자의 좌절체험은 정신적 차원에서의 고향상실을 가져온 핵심동인이라고 할수 있다.

> 누가 「고향이 어데시요?」하고 물으면 그는 서슴치 않고 「강원도 철원이오」하고 대답하지만 강원도 철원에는 김윤건의 집은 커녕 김윤건의 이름조차 알 만한 사람이 몇 사람 없었다. 그는 나기는 강원도 철원이었으나 개화당의 한 사람이었던 그의 아버지가 밤을 타서 집에 들어와 처자를 이끌고 망명의 길을 떠나던 때는 윤건이 겨우 네 살되던 이른 봄이었다.
> 그 후 윤건은 아라사 땅인 '해수애'에 가서 이 년 동안 그곳에서

> 아버지를 잃고 다시 홀어머니를 따라 조선땅인 함경북도 '배기미(梨
> 津)'라는 곳에 와서 사 년 동안 어머니를 마저 잃고 혈혈단신으로
> 원산을 나와서 삼 년 동안, 평양으로 가서 일 년 동안, 서울서 오 년
> 동안, 동경서 육 년 동안, 이것이 김윤건이가 오늘까지 한 때씩 정들
> 이고 살아온 인연있는 고장들이었다. 그리고 보니 윤건에게는 일
> 정하게 그리운 고향이랄 것이 없었다. (자료, 7-8쪽)

상기 인용문면은 고아체험으로 인한 물리적 차원에서의 고향상실에
관한 서사정보들을 제공하고 있는 서두부분이다. 고아체험으로 인한 물
리적 차원에서의 고향상실은 문면에서와 같이 서술자의 요약적 진술의
형태로 압축처리되고 있다. 물리적 차원에서의 고향상실에 관한 서사정
보들이 요약의 형태로 압축처리된 것과는 달리 정신적 차원에서의 고향
상실은 초점인물 김윤건이 마주치는 구체적인 상황을 통해서 장면처리
된다. 이와 같은 서술양상을 보더라도 물리적 차원에서의 고향상실은
정신적 차원에서의 고향상실을 부각시키기 위한 장식적 요소 이상의 서
사비중은 차지하지 못하고 있다. 따라서 실질적인 작품분석 또한 정신
적인 차원에서의 고향상실을 중심으로 이루어질 수밖에 없다.

이와 같이 <고향>은 초점인물 김윤건이 귀국 후 6년 동안의 신산스
런 유학생활을 통해서 습득한 자신의 전공지식을 활용할 수 있는 이상
적 공간을 찾지 못하는 데서 오는 욕구불만과 그로 인한 충동적인 공격
욕구를 반사적으로 폭발시켜가는 과정을 형상화하고 있으며 그 과정이
이 작품의 이야기 층위를 추동해나가는 근본동력이라고 할 수 있다. 그
러한 구조로 이루어진 이 작품의 이야기 층위는 크게 두 가지의 독립적
인 서사단위로 구성되어 있다. 이 작품의 이야기 층위를 구성하는 두
가지의 독립적인 서사단위는 초점인물 김윤건이 좌절을 체험하는 공간

이동을 축으로 다음과 같이 이름붙일 수 있다. <u>귀국과정에서의 좌절체</u>
<u>험(S1)</u>과 귀국 후 일제 강점기 식민지 조선에서의 <u>좌절체험(S2)</u>. 두 가
지의 좌절체험 중 좌절체험의 비극성 강도는 S1에서 S2로 올수록 강해
진다. S2에서의 좌절체험이 S1의 그것에 비해 보다 광범위하며 구체적
이기 때문이다.

4. 서술자를 축으로 한 담론 층위 분석

이야기 층위의 분석을 통해서 알 수 있는 바와 같이 <고향>은 자신
의 전공지식을 활용할 수 있는 이상적 공간(정신적 차원에서의 고향)을
찾는 과정에서 참담한 분노와 비애만을 경험하는 초점인물 김윤건의 좌
절체험을 형상화하고 있는 작품이다. 김윤건의 좌절체험을 형상화하는
과정에서 이 작품은 일제 강점기의 부정적 현실에 대한 비판적인 인식
통로를 확보하고 있다.

김윤건의 좌절체험을 효과적으로 전달하기 위해서 이 작품이 동원하
고 있는 특별한 담론장치나 기법은 두드러져 보이지는 않는다. 다만, 귀
국과정과 귀국 후 정신적인 고향을 찾는 과정에서 김윤건이 경험하는
여러가지의 좌절체험들을 이항대립구조의 틀을 통해서 제시하고 있을
뿐이다. 그러한 이항대립구조의 틀은 김윤건의 좌절체험을 비판적으로
형상화하는 데 일정한 담론효과를 얻고 있다.

김윤건의 좌절체험을 제시하는 이항대립구조의 대립쌍은 <u>김윤건의</u>
<u>기대 : 기대의 좌절로 인한 분노와 비애</u>이다. 김윤건의 기대와 그 기대
의 좌절로 인한 분노와 비애의 대립쌍은 이 작품에서 선조적·점강적

구조로 제시된다. 따라서, 기대의 좌절에서 오는 김윤건의 분노와 상실감의 감정은 작품 후반부로 올수록 강렬해진다. 선조적·점강적 배열을 이루는 이항대립 구조의 틀 속에서 제시되는 김윤건의 좌절체험을 통해서 이 작품의 담론층위를 분석해보기로 한다.

이야기 층위의 분석에서 제시한 바와 같이 김윤건의 좌절체험은 공간이동을 축으로 S1과 S2라는 두 개의 서사단위로 나눌 수 있다. 두 개의 서사단위 중 담론층위에서 서술자의 서술초점이나 서술배려가 집중되는 서사단위는 S2이다. S1은 이야기 층위를 구성하는 서사단위로서 기능하고 있을 뿐 담론층위에서는 기능단위로서 별다른 작용을 하지 못하고 있다.

이 작품의 주제와 관련된 기능적 중요성에서 S1이 S2에 비해 떨어진다는 사실은 사건의 발생횟수와 그것의 서술횟수와의 차이를 이용하여 주제를 효과적으로 전달하고자 하는 작가(서술자)의 의도나 전략인 빈도(frequency)의 측면에서도 증명이 된다. "서사물에서 반복(repetition)은 의미의 거푸집들(patterns of meaning)을 엮어내는 가장 흔하면서도 가장 효과적인 방법들 중의 하나"[4]이다. 대체로 사건발생 횟수와 그것의 서술횟수가 많을수록, 그리고 사건발생 횟수보다는 그것의 서술횟수 빈도가 더 많은 사건일수록 그 사건들은 그 작품의 주제와 관련하여 더 중요하다고 할 수 있다.

S1에서 김윤건의 좌절체험을 드러내는 이항대립쌍의 발생횟수와 서술횟수보다는 S2에서의 그것들이 더 많다. 이와 같이 김윤건의 좌절체험을 드러내는 사건의 발생과 그것의 서술횟수와의 관계인 서술빈도라

---

4) Jeremy Hawthorn, A Glossary of Contemporary Literary Theory, (London : Edward Arnold, 1992), 95-96쪽

는 측면에서 보더라도 S1에서의 좌절체험은 S2에서의 그것에 비해 기능
적으로 부차적인 서사단위임을 알 수 있다.

　S1의 서사비중이 S2에 비해 기능적으로 부차적이라는 사실은 그 좌
절체험의 성격이라는 점에서도 마찬가지이다. 그리고 이 좌절체험의 성
격은 S1과 S2 두 서사단위의 기능적 중요성을 판단하는 데 있어서 서술
빈도의 기준보다 더 중요한 기준이 된다. 서술빈도의 기준이 좌절체험
을 판단하는 양적인 개념이라면 좌절체험의 성격은 질적인 개념이기 때
문이다.

　S1과 S2 두 서사단위가 제공하는 좌절체험의 성격은 초점인물 김윤
건이 좌절을 구체적으로 경험하는 공간의 성격에 대응한다. "정치한 구
조를 지닌 대부분의 소설들에서 공간은 다른 구성요소들과 마찬가지로
엄격하게 조직되어 있다. 공간은 다른 요소들에 영향력을 미치고 소설
의 효과를 강화하며 마침내는 작가(서술자)의 여러가지 의도들을 드러
내 보여준다. 어떤 소설 속에서 공간의 출현, 빈도수, 순서, 그리고 공간
이동의 이유를 점검해보면 이야기에 통일성과 운동을 보장해주기 위하
여 그런 것들이 얼마나 중요한 것인가를, 또 공간이 소설의 다른 구성
요소들과 얼마나 유기적인 관계를 맺고 있는가를 알 수 있다. 그런 점
에서 공간은 소설 속에 불필요하거나 부차적인 요소이기는 커녕 여러가
지 형태로 표현되고 다양한 의미를 지니는 것이며 심지어는 작품의 존
재이유가 되는 경우5)도 있다. 한마디로 소설에서의 공간이란 "인물의
내적 세계를 반영하는 상징이자 행위의 기점으로서 그 구조나 이동 자
체가 서사진행의 원동력이자 의미생산의 출발점"6)이라고 할 수 있다.

---

5) 김화영 편역, 『소설이란 무엇인가』, (서울 : 문학사상사, 1986), 147-158쪽.
6) 류인순, 「소설의 시간과 공간」, 한국현대소설연구회, 『현대소설론』, (서울 : 평

S1이 제공하는 좌절체험은 귀국 도중의 운송수단인 차와 배안이라는 지극히 한정된 공간 속에서 이루어지고 있다. 더우기 S1에서의 좌절체험을 드러내는 이항대립 구조의 대립쌍 또한 분명한 대응구조를 이루고 있지도 않다. 김윤건의 좌절체험을 드러내는 이항대립 구조의 대립쌍인 김윤건의 기대 : 기대의 좌절 인한 분노와 비애 중 김윤건의 기대는 생략된 채 귀국 도중의 차안에서 우연히 마주치는 상황에서 김윤건이 느끼는 막연한 실망과 분노의 감정만 드러나는 것이 S1에서의 서술양상이다.

> 그 이튿날 아침 차가 신호(神戶) 플랫포옴에서 쉬게 되었음에 윤건은 <u>벤또를 사러 나왔다가</u> 어떤 낯익은 조선청년을 만나게 되었다. 그 청년도 윤건을 얼른 알아보고 마주와서 손을 잡았다....
> 윤건은 얼른 대답이 나오지 않았다. 그 청년의 말이 몇 마디 내려가지 않아서 윤건의 비위를 건드려 놓았다. 돈만 모으면 또 동경길을 다닐 수 있다느니, 놀지들을 말아야 한다느니, 어떤 방면을 희망하느냐는 등 몹시 윤건의 귀에 거슬리는 말들이었기 때문이다. 꽤 달랑거리는 친구로구나 하고 대뜸 멸시를 느꼈으나 윤건은 곧 그것을 후회하였다. 「길동무다! 단순하게 한차를 타고 한 조선으로 간다는 것보다도 더 큰 운명에 있어서 길동무가 아니냐?」
> 윤건은 곧 안색을 고치고 그에게 대답하였다.(자료, 10-11쪽)

인용문면들은 귀국하는 과정에서의 김윤건의 좌절체험에 관한 서사정보들을 제공하고 있다. 인용문면이 제공하는 서사정보를 통해서 알 수 있는 바와 같이 S1에서의 좌절체험을 지배하는 동인은 우연성이다. 그러한 판단을 가능하게 하는 것이 밑줄친 '××하러 나왔다가'라는 등의 서술어미들이다. 그러한 서술어미에서 알 수 있는 바와 같이 S1에서

민사, 1994), 185-186쪽.

의 좌절체험에는 김윤건의 의지가 개입되어 있지를 않고 있다. 이와 같
이 귀국 도중의 차와 배안이라는 지극히 한정된 공간 속에서 이루어질
뿐만 아니라 김윤건의 의지와는 상관없는 우연성이 개입하고 있다는 점
에서 S1에서의 좌절체험은 개인적이고 폐쇄적인 성격을 띨 수밖에 없다.

> 그는 윤건에게 악수를 청하고 까불까불 산양호텔 앞으로 사라졌
> 다.
> 윤건은 화관역에서부터는 많은 조선사람을 보았다. 조선 솜바지저
> 고리를 입은 사람도 까마귀떼에 비둘기처럼 끼어 있었다. 오래간만
> 에 보는 조선옷은 더구나 석탄연기에 끄을은 노동자의 바지저고리는
> 아무리 보아도 올리는 구석이 없이 어색스러웠다.
> 「저 옷이 찬란한 문화를 가진 역사 있는 민족의 의복이라 할 수
> 있을까? 그러나 내일부터 조선땅에서 보는 저 옷은 여기서 보는 것
> 처럼 저렇게 보기 싫지는 않겠지……(자료, 12쪽)

더욱이 S1에서의 좌절체험으로 인한 실망과 분노의 감정은 문면에서
와 같이 귀국 후 자신의 포부를 실현할 수 있으리라는 막연한 기대로
인해 사물에 대한 균형감각과 감정 통제력이 유지된 상태에서 발산되고
있다. 따라서 좌절체험으로 인한 실망과 분노감정의 강도와 절실함에
있어서도 S1에서의 좌절체험은 S2에서의 그것에 비해 미약할 수밖에 없
다. 귀국 후 자신의 기대가 완전히 좌절되는 데서 오는 S2좌절체험의
실망과 분노의 감정은 사물에 대한 균형감각과 자신의 감정 통제력을
완전히 상실한 상태에서 발산되기 때문이다.

좌절체험이 이루어지는 공간과 김윤건의 의지 개입유무, 그리고 좌절
체험에서 오는 실망과 분노의 감정을 발산하는 양상 등. 여러가지 점에
서 S2에서 제시되는 좌절체험의 성격은 S1에서의 그것과는 근본적으로

달라지게 된다. 거기에는 두 가지의 요인이 작용한다. 하나는 S2에서의 좌절체험이 이루어지는 공간의 성격이 S1과는 다르다는 점이며, 다른 하나는 S2에서의 좌절체험에는 초점인물 김윤건의 의지가 개입된다는 점이다.

먼저 S2에서의 좌절체험은 그것이 비록 서울이라는 일정한 범위를 벗어나고 있지는 못하지만 빈번한 공간이동 속에서 이루어지고 있다. 공간이동의 장소들 또한 학교나 신문사 신간회 등 그 당시의 사회·문화적 맥락에서 볼 때도 상당히 중요한 제도나 기관들이다. 그리고 그러한 공간이동에는 철저히 초점인물 김윤건의 의지가 작용하고 있다. 6년 동안의 어려웠던 동경유학생활을 통해서 습득한 전공지식의 이상적 배출공간일 것이라는 나름대로의 기대를 가지고서 찾아나선 공간들이 바로 그러한 제도와 기관들이다. 그러나 그러한 기대는 철저히 좌절당하면서 김윤건은 참담한 비애와 상실감으로 인한 분노와 좌절만을 체험할 뿐이다.

　　그는 안국동 큰 한길로 올라섰다. 윤건으로서 서울을 찾을 곳이 있다면 W고등보통학교에 모교라는 인연이 있을 뿐이었다……

　　교장실로 가 본즉 대우라는 관념에서 교장다운 관대를 보이며 반가워하는 듯하였다. 그러나 윤건은 수학 성적이 제일 떨어졌던 점과 동맹휴학 때에 그 선생과 정면충돌까지 있었던 것을 잊지 않고 깨달을 수 있었다. 윤건은 그 방에서도 얼른 나와버렸다……

　　윤건은 다시 모교 W고보로 찾아갔다. 그것은 리창식이라는 동창생 중에 한 사람을 생각해 냈고, 그 사람의 현주소를 알아볼 수 있을까 함이었다… 오학년이 되던 해 봄 아랫 반들에 맹휴사건이 일어났을 때 오학년 두 반은 맹휴에 참가여부 문제로 한 반에 모여 토의해 본 일이 있었다. 그 때 리창식은 참가하자는 주장으로 그의 존재가 처음 크게 드러났다. 윤건은 그 후부터 리창식과 만날때마다 악수하고 지냈던 것이다….

「그 사람 감옥에 간 지가 언제라고…」

윤건은 조금도 놀라지 않았다. 그리고 그 선생과 손을 놓고 학교엔 들어가지도 않고 바로 나와버렸다.

「그럴 것이다. 오죽한 것들이 남아 있으랴!」

그는 얼마전 동경서 「올 같은 불경기에 조선서는 감옥 증축에 삼십여만원을 예산한다」는 기사를 읽은 생각이 났다.(자료16-18쪽)

윤건은 A신문사를 방문하였다. 사장을 찾으니 수부에서 명함을 달랜다. 명함이 없다 하니까 어데서 온 누구냐고 묻는다. 윤건은 동경서 왔는데 만나볼 일이 있다고 뻗대었다. 사장을 만나 인사한즉 사장을 찾아온 요건을 물었다. 윤건은 사무적 요건이 아니라 싱거운 꼴만 보이고 나왔다. B신문사를 찾아갔다…… 윤건은 두번째이니까 좀 나을 줄 알았던 말문이 아까보다도 막혀버렸다. 좌우전후에 둘러앉아 붓만 놀리던 사람들이 힐끗힐끗 쳐다보았다. 윤건은 또 쑥쓰러운 꼴만 보이고 나오고 말았다.

그 다음날 아침에는 신간회를 찾아갔다. 그러나 그 곳에는 명함 달라는 수부도 없이 문이 잠겨 있었다. 다시 모모 잡지사를 찾아다녔으나 '김윤건'이란 꼬십거리 성명도 못되기 때문에 한 군데서도 탐탁하게 응접해 주는 데가 없었다….

이튿날 아침 윤건은 어디서 잤는지 더부룩한 머리를 손으로 쓸면서 A신문사 수부에 다시 나타났다. 그것은 사회운동 이론가로 조선서는 제일 오랬고 제일 쟁쟁하다는 박철이라는 사람의 주소를 물으러 왔던 것이다. 혹시 감옥에나 가지 않았을까 하였으나 최근에도 신문과 잡지에서 그의 이름을 본 기억이 있기도 하거니와 A신문사 수부에서는 의외에도 친절하게 편집실에 전화를 걸어서 손쉽게 박철의 주소를 알아주었다……

윤건은 해가 저물녘에 세 번 찾아가서야 겨우 박철을 만나볼 수 있었다…. 그리고 박철과 이야기를 시작하였다. 두 사람의 말소리는 얼마 안 가서 어세가 높아 갔다. 결국은 양편의 이론이 통일되지 않

는 듯하였다. 나중에 김윤건은 그 소당 뚜껑 같은 손으로 박철의 귀
ㅅ 쌈을 올려 붙이게까지 되었다.
「이놈아, 입만 가지고 네 이놈, 네 후진들은 모조리 감옥으로 갔
는데 너는 떠들기는 온통 떠드는 놈이 어케, 오늘까지 남어 있니?」
박철은 답변 대신에 「아이쿠!」소리를 지르고 나가 넘어졌다.
윤건은 박철의 집을 표연히 나왔다.(자료, 17-20쪽)

인용문면들은 귀국 후 김윤건이 경험하는 좌절체험에 관한 서사정보
들을 제공하고 있다. 문면에서와 같이 귀국 후 상경하여 자신의 이상을
실현할 수 있을 것이라는 기대를 가지고서 김윤건이 찾아나서는 구체적
인 공간은 모교와 신문사 그리고 신간회와 잡지사 등이다. 그 당시의
사회·정치적 맥락에서 볼 때 그 공간들은 문화적 민족주의[7] 운동의
구심체 역할을 담당했던 기관들이다. 엘리트주의와 점진적인 접근방법
이라는 방법론적 한계에도 불구하고 식민지 조선의 근대적인 민족운동
과정에서 일정한 역할을 담당했던 그 기관들에 김윤건은 상당한 기대를
갖는다. 그러나 자신의 기대나 예상과는 달리 김윤건은 그 기관들에서
극심한 좌절과 분노의 감정만을 경험하게 된다. 그 기관들의 책임자들
로부터 자신의 전공지식을 인정받기는 커녕 무시를 당할 뿐만 아니라
그 기관들에서 김윤건이 직접 목도하는 것은 현실적인 상황논리에 매몰
된 속물적인 인간군상들만이 득세하는 상황들 뿐이기 때문이다. 김윤건
이 보기에 그 기관들의 책임자들은 문화적 민족주의 운동을 하는 사람
으로서 요구되는 최소한도의 민족적 자긍심이나 민족의식도 보여주지
못한다. 대신, 일제의 식민지배 체제에 순응하면서 자신의 사회·경제적

---

7) 문화적 민족주의의 개념이나 그것의 구체적 방법론에 대해서는 M 로빈슨／
김민환역, 『일제하 문화적 민족주의』, (서울 : 나남, 1990)참조

지위만을 유지하고자 하는 상황논리에만 충실할 뿐이다.

이상의 분석을 통해서 알 수 있는 바와 같이 S2에서의 좌절체험은 S1과는 달리 그 당시 사회·문화적인 맥락에서 중요한 기관이나 제도들에 대한 김윤건의 기대가 배반되는 과정을 통해서 이루어진다는 점에서 사회적인 성격을 띠고 있다. 더우기 S2에서의 좌절체험은 S1좌절체험에서 유지되었던 사물에 대한 균형감각과 감정 통제력마저 완전히 상실한 상태에서 이루어지고 있다. S2좌절체험은 S1좌절체험에서의 상당한 기대가 좌절데는 데서 오는 분노와 비애의 감정을 바탕으로 하고 있기 때문이다. 따라서 S2에서의 분노와 비애감정의 강도와 절실함은 S1의 그것에 비해 강렬할 수밖에 없다. 거듭되는 기대의 좌절로 인해 상황판단에 대한 균형감각과 감정의 통제력을 상실하는 과정에서 폭력에의 충동을 억압시켜 오던 김윤건이 결말부분에서 한 전문대학의 사은회장에 들어가 무차별적인 폭력을 행사하다 감옥에 가게 되는 비극적 상황을 맞게 되는 것도 그러한 이유에서이다. 이러한 비극적 상황에 대해서 서술자는 '이리하야, 육 년 만에 돌아온 고향이나 의탁할 곳이 없던 김윤건의 몸은 그날 저녁부터 관청의 신세를 지게 되었다.'라는, 정서적 개입이나 가치판단이 배제된 가치중립적인 서술태도로 서술한다. 그러한 서술태도는 오히려 김윤건이 처한 비극적 상황을 고조시키는 담론장치로 기능하고 있다.

또한 S2에서는 김윤건의 좌절체험을 형상화하는 과정에서 당시 일제의 식민지배체제와 그 체제에 기생하여 일신상의 안위만을 누리고자 하는 식민지 지식인들에 대한 비판적 인식도 보여주고 있다. 단편이라는 장르적 특성으로 인해 일제 식민체제와 식민지 지식인들에 대한 이 작품의 비판적 인식은 밑줄친 문면에서와 같이 단편적이고 암시적인 형태

로 제시된다. 단편적이고 암시적인 형태로 제시되는 서사정보들을 통해
서 두 가지의 사실을 유추해낼 수 있다. 하나는 자신들의 부당한 식민
지배체제를 유지하기 위해서 일제는 감옥과 같은 제도에 주로 의존했다
는 사실이다. 다른 하나는 투철한 민족의식이나 식민지배체제에 대한
저항의지를 지녔던 사람들은 거의 감옥에 갈 수밖에 없었으며 그 당시
사회운동 이론가나 지도자로 행세하던 사람들은 모두 박철과 같은 사이
비들이라는 사실이다.

담론층위의 분석에서 알 수 있는 바와 같이 이 작품은 이항대립구조
로 제시되는 김윤건의 좌절체험을 통해서 일제의 식민지배체제와 그 체
제에 기생하여 상황논리만을 추구하는 식민지 지식인들을 비판적으로
형상화하고 있다. 김윤건의 좌절체험을 비판적으로 형상화하는 이항대
립구조의 틀은 일정한 담론효과를 거두고 있다. 역사논리를 추구하고자
하는 김윤건과 상황논리에 매몰된 주변인물들을 선명한 대립항으로 설
정한 후 상황논리에 매몰된 인물들이 득세하는 상황을 제시하고 있는
이항대립구조의 틀은 당대의 속악한 현실을 선명하게 부각시키는 데 기
여를 하고 있기 때문이다. 그와 같은 담론효과에도 불구하고 김윤건의
좌절체험을 드러내는 이항대립구조의 틀은 일제의 식민지배체제와 식민
지 지식인들에 대한 비판적 인식을 총체적으로 형상화하는 데는 걸림돌
로 작용하고 있다.

이 작품에서 김윤건의 좌절체험은 자신의 이상과 현실의 괴리라는
정신적인 측면과도 관련이 있지만 그 당시 심각한 사회문제로 대두되었
던 지식인의 구직이나 실직문제와 같은 경제적인 측면과도 밀접한 관련
이 있는 문제라고 할 수 있다. 그 당시 지식인의 실직이나 구직문제는
일제 식민 당국의 차별적인 경제정책으로 인해 악화된 식민지 조선의

전반적인 경제상황과 식민통치 전략의 일환으로 시행된 차별적인 인사
고용 정책과의 구조적인 관련 속에서 발생한 현상이다. 따라서 김윤건
의 좌절체험과 같은 일제 강점기 지식인들의 실직으로 인한 경제적 소
외는 일제 식민당국의 차별적인 경제정책과 인사고용 정책이라는 거시
적 틀과의 관련 속에서 구조적으로 접근해야만 되는 문제이다.

　그러나 <고향>에서의 접근은 그러한 모습을 보여주지 못하고 있다.
이항대립구조의 틀 속에서 제시되는 김윤건의 좌절체험을 통해서 그 문
제에 접근하고 있는 <고향>에서는 그 문제를 개인의 윤리적 차원에서
접근하고 있다. 개인의 윤리적 차원에서 그 문제에 관련된 모든 가치의
범주들은 김윤건=이상적 가치체계, 자신 이외의 모든 사람들=속물적인
가치체계라는 도식적인 대립항 속에 갇히게 된다. 그러한 도식적인 대
립항은 배타적일 정도로 폐쇄적이다. 배타적일 정도의 폐쇄적인 대립항
속에서 김윤건은 자신만이 절대선이고 자신 이외의 다른 사람들은 모두
절대악으로 판단한다. 절대선과 절대악 사이에 다른 중간항들이 개입할
수 있는 여지란 철저히 차단당한다. 따라서 김윤건에게 자신 이외의 다
른 사람들이 모두 부정의 대상으로 여겨질 것은 당연한 일이다. 결말
부분에서 김윤건이 사은회장에 들어가 무차별정도의 충동적인 폭력을
행사했던 것 또한 다른 사람들에 대한 배타적일 정도의 폐쇄적인 우월
감 때문이라고도 할 수 있다. 그러한 배타적일 정도의 폐쇄적인 이분법
적 사고를 통해서는 현실과의 구체적 교섭을 통한 총체적 접근이 불가
능할 수밖에 없다.

5. 맺음말

본고는 한 가지의 중요한 문제의식을 가지고 출발했다. 그것은 이제까지 범박한 의미에서 형식주의자로 규정되어 온 李泰俊에 관한 기존의 주류적 규정들이 일반화의 오류로부터 자유롭지 못하다는 점이었다. 특히, 李泰俊에 관한 기존의 규정들은 본고가 분석대상으로 취택한 초기 소설들에 관한 한 입론의 근거조차 흔들리고 있다는 점이었다.

작품분석에서의 가장 소중한 덕목은 '섬세한 작품읽기'라는 전제에서 섬세한 작품읽기를 통한 정치한 구조분석을 통해 그러한 문제의식을 검증하고자 한 것이 본고의 목적이었다. 그러한 문제의식과 목적을 효과적으로 수행하기 위한 효과적인 분석틀로 본고는 서사지평이라는 개념을 동원하였다.

이야기 층위에서의 인물과 담론층위에서의 서술자를 매개로 드러나는 작가의 세계관이라는 범주규정을 지닌 서사지평 분석을 통해서 드러난 논의과정을 정리하면 다음과 같다.

이야기 층위와 담론층위의 분석을 통해서 이 글은 <고향>의 의미를 초점인물 김윤건의 좌절체험을 통해서 일제의 식민지배체제와 그 체제에 영합하여 상황논리에 매몰된 식민지 지식인들을 비판적으로 형상화하고 있는 작품으로 규정하였다.

이 글의 이야기 층위에서는 김윤건이 좌절을 체험하는 구체적인 공간이동을 축으로 두 개의 독립적인 서사단위로 구분하여 보았다. 하나는 귀국과정에서의 좌절체험(S1)이고 다른 하나는 귀국 후 일제 강점기 식민지 조선에서의 좌절체험(S2)이었다.

두 개의 서사단위 중 담론층위에서 서술자의 서술초점이나 서술배려
가 집중되는 서사단위는 S2라는 관점에서 이 글의 담론층위를 분석하였
다. S1이 이야기 층위를 구성하는 서사단위로서 기능하고 있을 뿐 담론
층위에서는 S2에 비해 부차적인 기능단위라는 점을 서술빈도나 좌절체
험이 이루어지는 공간의 성격분석을 통해서 논증해보았다.

<고향>의 핵심적인 서사단위로 기능하고 있는 S2에서의 좌절체험은
김윤건의 기대 : 기대의 좌절로 인한 분노와 비애의 대립쌍이라는 이항
대립구조의 틀을 통해서 제시되고 있었다. 그러한 이항대립구조의 틀은
김윤건의 좌절체험을 비판적으로 형상화하는 데 일정한 담론효과를 얻
어내고 있음을 알 수 있었다. 이항대립구조의 틀을 통해서 제시되는 김
윤건의 좌절체험을 비판적으로 형상화하는 과정에서 이 작품은 또한 그
당시 일제의 식민지배체제와 그 체제에 기생하여 출세주의적 삶을 지향
하는 식민지 지식인들에 대한 비판적 인식통로를 확보하고 있음을 알
수 있었다.

그와 같은 담론효과에도 불구하고 김윤건의 좌절체험을 드러내는 이
항대립구조의 틀은 김윤건의 감정적이고 충동적인 현실대응 태도로 인
해 일제의 식민지배체제와 식민지 지식인들에 대한 비판적 인식을 총체
적으로 형상화하는 데는 걸림돌로 작용하고 있음을 알 수 있었다. 김윤
건의 감정적이고 충동적인 현실대응 태도로 인해 자신의 좌절체험에 관
련된 모든 문제들을 자신=이상적 가치체계, 자신 이외의 모든 사람들=
속물적인 가치체계라는 윤리적 차원에서의 도식적인 대립항 속에서 파
악함으로써 <고향>에서는 그 문제들을 낳게 한 당대 시대상황과의 구
체적 교섭을 통한 총체적 접근이 이루어지지 못하고 있었다. 해석관점
에 따라서는 김윤건의 감정적이고 충동적인 현실대응태도로 인한 총체

성 미달과 전망차단을 이 작품의 한계로 지적할 수도 있다. 실제로 "김 윤건은 드러난 것과 있어야 할 것 사이의 필연적인 연관관계보다는 좌절할 수벆에 없는 현실의 표면적 사실에 이성의 통제없이 대응, 삶의 역동성과 총체적 의미를 비껴나간다"8)라거나 "작중인물들이 일제의 식민정책에 의해서 변질되는 조선의 현실에 격분하고 부정하는 모습을 보임에도 불구하고 구체적인 전망의 제시로는 나가지 못하게 된다"9)라는 평가들은 그러한 관점에서 이 작품의 한계를 겨냥하고 있는 지적들이다.

그러나 필자는 현실반영 수준을 통한 리얼리즘적 성취와 관련된 총체성이나 전망의 개념들을 장르에 대한 섬세한 구분 없이 기계적으로 대입하여 대상작품을 재단하는 태도는 온당하지 않다라고 생각한다. 길이가 길고 용량이 넓은 장편과 달리 단편에서는 반영대상에 대한 깊이와 구체성을 통한 총체적 접근이 불가능할 수밖에 없다. 그러한 장르론적 관점에서 볼 때 여러 가지 차원에서 장편과는 근본적으로 다를 수밖에 없는 단편을 장편에서 요구되는 총체성과 전망 수준에서 재단하는 것은 무리라고 생각한다. 단편에서는 오히려 총체성 그 자체보다는 한 상황의 강렬한 인상제시를 통한 반영대상의 본질(총체성)에 대한 정서적 환기력의 유무를 문제삼아야 한다고 생각한다. 따라서 한 상황의 강렬한 인상제시를 통해 반영대상의 본질에 대한 정서적 환기력을 확보하고 있기만 하다면 그것으로 단편은 장편에서 요구되는 총체성과 전망수준의 넓이와 깊이를 대체할 수 있으리라고 생각한다.

이러한 논의와 관련하여 이 작품은 6년 동안의 어려운 동경유학 생

---

8) 서종택, 「이태준의 단편소설」, 서종택／정덕준엮음, 『한국현대소설연구』(서울 : 새문사, 1990), 481쪽.
9) 강진호, 「동경과 좌절의 미학 : 이태준론」, 상허문학회 지음, 『이태준문학연구』(서울 : 깊은샘, 1993), 110쪽.

활을 통해 습득한 자신의 전공지식을 활용할 수 있는 이상적 공간을 찾
는 과정에서 거듭되는 좌절로 인해 충동적인 폭력을 행사하다 감옥신세
를 지게 되는 비극적 상황에 처한 김윤건을 통해서 일제의 식민통치에
대한 간접적인 인식통로를 개방하고 있다는 점에서 일정한 리얼리즘적
성취를 보여주고 있다고 생각한다. 김윤건이 처한 비극적 상황 그 자체
가 김윤건의 좌절체험을 낳게 한 그 당시 일제의 폭력적인 통치상황에
대한 강력한 정서적 환기력을 담보하고 있다라고 생각하기 때문이다.

   30년대 중반 이후 객관적 정세의 악화와 민족해방에 대한 전망의 상
실. 등의 주·객관적 요인이 복합적으로 작용하면서 李泰俊의 소설들은
서사적 긴장을 상실한 사소설적 경향으로의 일정한 후퇴를 보인다. 더
우기 1930년대 후반 이후 집중적으로 쓰여진 장편소설들은 통속적인 애
정소설의 범주를 벗어나지 못하고 있는 작품들이 대부분이다. 그러나
이 글의 분석대상이었던 <고향>을 비롯하여 『달밤』(1934.7)에 수록된 일
련의 초기소설들에는 당대 일제의 식민상황에 대한 인식통로가 개방된
작품들이 일정한 자리를 잡고 있는 것도 사실이다. 그런 점에서 李泰俊
의 작가적 표지를 "민족현실에 대한 섬세한 비판과 분노를 특징으로 하
는 비판적 리얼리스트"[10]로 규정하는 지적은 논리적 비약이나 무리한
결론으로는 생각되지 않는다. 물론 李泰俊의 초기소설들이 '전형적 상
황에서의 전형적 인물의 창조'라는 엥겔스의 고전적 명제에 과연 부합
하는가 하는 데는 논의의 여지를 남기고 있다. 그러나 당대 사회현실의
비판적 형상화라는 비판적 리얼리즘의 기본전제는 충족시키고 있다는
점에서 그러한 규정은 나름대로의 근거가 있다고 할 수 있다.

---

10) 강진호, 「이상과 현실의 거리 : 해방기 이태준 소설론」, ≪문학과 논리≫제2
    호, 1992, 160-167쪽.

이제까지의 논의과정을 토대로 해서 볼 때, 李泰俊을 범박한 의미에서의 형식주의자로 규정해 온 기존의 견해들은 잘못되었거나 최소한 재고되어야 한다는 것이 본고의 결론이다. 기존의 논의들이 '섬세한 작품 읽기'(close reading)를 통해서 얻어진 결론이라고 보기는 힘들기 때문이다. 따라서 李泰俊의 문학이 "패배적 인간형만을 등장시킨 역사부재, 사상빈곤의 문학"[11]이라는 규정은 적어도 초기소설을 서자취급한 상태에서 얻어진 성급한 결론이 아닌가 한다. 그러한 규정은 정치한 분석에 힘입기보다는 李泰俊이 카프의 대항문학단체로 결성된 구인회의 좌장격 문인이었다는 점. 카프계열의 작품들에 대해 일정한 비판적 거리를 두고 있는 李泰俊의 당시 문학적 단평. 등 작품 외적인 주변정보들에 의존한 단선적 단정이라고 생각한다. 李泰俊은 문학작품이 구호차원으로 도구화되는 것에 반대했지 존재와 세계에 대한 형상적 해석을 통한 구호의 잠재적 가능성에 대해서는 항상 문호를 개방하고 있었던 작가이다. 그것은 무엇보다도 작품 자체가 말하고 있기 때문이다.

11) 김우종, 『한국현대소설사』(서울 : 성문각, 1982), 243-250쪽.

Ⅱ. 이태준 자료

短篇作家로서의 李泰俊

최 재 서

　短篇作家로서의 李泰俊은 벌서 一家를 이루었다는 것이 움즉이지안
는 世評이다. 事實上 最近의 『福德房』같은 것은 그類의 作品으로서 完
成된것이였다. 李氏가 自己自身의 完成을 어느 程度까지 承認하는지는
알수없으되 그가 이미야 自己周圍에 싸어진世界를 意識하고 또 그世界
로부터 좀나거보려고 努力하고 있는 것은 숨길수없는 事實이다. 그러면
그가 오날까지에 싸어놓은 世界는 무엇이며 또 그가 나가랴고 하는 方
向은 어덴가? 그의 第二短篇集 「가마귀」에서 내가 主로 興味를 갖이고
본배는 이러한 點이다.

　李泰俊의 短篇을 한번 읽은 사람이면 그 作品의 人物들을 잊이못한
다. 人物自體로보면 하잘것없는 存在들이지만 읽고 난뒤에 언제까지나
印象에서 사라지지는안는 야릇한 魅力을 가진것이 李氏의 作品人物들이
다. 落魄한 儒者, 陋巷에 沈淪하는 退妓, 不過한 小學教員이나 或은 流
浪하는 農民, 어리석은 新聞配達夫, 生에 希望을 잃은 老人等 말하자면
人生의 그늘속에서 움즉이는 희미한 存在들이 李泰俊의 藝術世界안에선
鮮明한 人間像으로서 나타나있다.

人間像을 描出하는데 李泰俊만큼 明確한 手腕을 갖인 作家도 드물께다. 그는 人物을 그리되 수다스럽지않고 또 구태여 그 人物의 內面生活로 드러가 무슨 秘密을 끄러내랴고도 하지안는다. 스켓취的 筆致로 그 人物의 말이나 行動을 點點히 탓치하야가는 동안에 어언간 鮮明한 人間像이 낱아난다. 萬一 李氏의 人物描寫의 秘密이있다면 그것은 그들에 對한 不絶한 興味와 同情 그것뿐일 것이다.

李氏의 作品人物은 다만 鮮明할 뿐만은 아니다. 보드랍고 따뜻한 것이 또 그 魅力의 一面이다. 그것은 그들에 유―모아와 페이소스가 있기 때문이다. 하잘것없는 人物들의 平平凡凡한 生活 가운데 흐르고있는 유―모아와 페이소스, 그것을 捕捉하야놋는 作者의 明確한 手法――이것이 李泰俊의 短篇의 魅力이였다.

第二作品集에와서 이런 作家的 伎倆은 一段의 圓熟을 보힌다. 「색시」는 눈물겨운 歷史를 갖인 下女의 유―모라스하고도 서글픈 에피소―드에 있어서 「孫巨富」는 愚直하면서도 微笑로운 父性愛에 있어서 「福德房」은 沒落하야가는 舊朝鮮의 쓸쓸한 뒷모양과 그 哀愁에 있어서 앞서의 作風을 繼承하면서도 滿熟한 果實과 같은 香氣를 發散하는 作品들이다. 그러나 發展은 테크니크에만 있었든 것이 아니라 그 創作精神에도 낱아나있다. 現實世界로부터 미끄러저나가 時代에 뒤떠러진 사람의 孤獨과 哀愁를 同情과 유―모아로써 보고 그리랴는 그의 創作精神은 如前히 堅持하면서도 그러한 主題를 좀더 意識的으로 人生과 社會에 關聯시켜보랴는 意圖가 明白하다.

이런 意圖는 죽엄에 對한 思索과 人生의 對한 아이로니칼한 觀察로서 낱아났다. 『愚菴老人』과 『가마귀』는 前者를 代表하는 作品이고 『三月』과 『福德房』은 後者를 代表하는 作品이다. 七十이 가까운 愚菴老人

은 小室몸에서 뜻밖에 아들을 얻어 末年에 人間樂을 새로한번 느낀다. 그러치안으면 淡淡한 맘으로 죽엄을 기대릴 이 老人이 自己自身의 말맛다나 실수로 아들을 얻어 人生에 愛着을 갖게됨으로 죽엄이 무서워진다. 이 作品은 死의 恐怖를 分析하는 同時에 人生에 對한 아이로니칼한 觀察을 包含하였다.

『가마귀』는 죽어가는 사람의 孤獨한 心理를 그린 作品이다 自己의 文名을 思慕하야 찾아온 女子가 肺病 第三期에 드러 죽어가는 者의 孤獨을 느끼고 있다는 事實을 알자 이 靑年小說家는 더는 못해도 그의 愛人이되여 줌으로써 女子의 쓸쓸한 最後를 慰勞하야주랴고 決心하였다. 이 同情이 單純한 同情인지 或은 戀愛의 胚胎인지 그것은 가릴바가 아니다. 何如튼 산사람으로 죽어가는 사람에 바칠수 있는 至純地高한 誠心인 것만은 事實이다. 그러나 이러틋한 誠心도 人生의 아이로니칼한 리아리티에 부듸치게된다. 여자에게는 愛人이 있을뿐아니라 그 愛人은 사랑의 表示로 女子가 吐해 노은 피를 半컵이나 마섰다. 그럼에도 不拘하고 女子는 「내 피까지 먹구 나허구 그렇게 가깝게해두 그는 저대로 건강하구 저대루 사라가야할 준비를 하니까요 머리가 좋으면 이발소에 가고 신이 해지면 새구두를 마치구 날마다 대학도서관에 다니면서 학위 받을 연구만 하구있어요. 그러니 얼마나 저허군 길이 달러요? 전 머리 속에 상여 무덤 그런 생각뿐인데……」 하고 抗議한다. 죽어가는 사람의 孤獨을 무엇으로써 慰勞해 줄수있을까? 이 作品은 生命의 神秘孤獨을 또다시한번 우리앞에 던저준다.

『가마귀』는 포―의 『大鴉』에 힌트를 받은 形跡이 歷歷하다. 그러나 死와 孤獨에 對한 思索은 作者獨自의 것이다. 死의 恐怖라는 것도 結局 現實生活에서 미끄러저 가는 사람의 孤獨의 幽靈이다. 그래서 孤獨의

幽靈을 이곳 죽엄의 神秘로운 世界까지 追求한 作者는 또다시 눈을 돌려 그 幽靈을 白日下의 世界서본다. 그것은 即 『福德房』이다. 『福德房』은 沒落하야가는 舊朝鮮의 쓸쓸한 뒷모양과 그 哀愁를 한사람의 가쾌를 通하야 그린 作品이나 거기에는 또한가지 生과 死에 對한 暗示가 있다.

萬一에 安초시가 沒落하야가는 安초시대로만 있었드라면 그는 自殺은 아니하였을 것이다. 협잡軍이 던저준 生의 誘惑이 없었드라면 그는 가늘고 어두우나마 그의 生命의 길을 좀더 밟어갔을 것이다. 그에게 希望의 싹으로 보였든 것은 실상은 死의 길잽이였다. 愚菴老人이 末年得男으로 말미아마 도리혀 死의 恐怖를 느낀다는 것과 一脈相通되는데가 있다. 人生의 아이로니─에 對한 解明이다.

『三月』은 이 作者엔 稀貴한 社會問題를 取扱한 作品이다. 明春卒業期까지에 必要한 二百圓을 마련하러 시골집에 나려온 大學生 창서는 아버지가 自己의 工夫를 위하야 빗을 얻어쓴 안협집영감과 싸우는 光景을 보았고 또 집안사람들이 얼마나 큰 자랑과 希望을 가지고 그의 卒業을 期待하는지를 새삼스럽게 늣겼다. 심지어 아버지는 빗재축하는안영감에게 對하야 「제자식은 공부함네─하고 중학교하나 밴밴이 못맛치고 돈만 쓰구다니잔나. 내자식 대학교 마치는게 그눔이 역심이니 그러는게야 그놈이……」 하고 暴言까지 吐한다.

希臘劇에서 觀衆은 뻔이 알고 있는 運命을 舞臺우에 人物만이 몰으고 무진 애를쓰는 시류이슌을 아이로니─라고 하였다고한다. 그러타면 이 父子間의 시류에이슌같이 아이로니칼한 場面도 없을것이다. 그날밤 창서는 마누라와 함께 누어 기맥힌 이야기를 다드른 後에 다음같이 맘속에 중얼거린다.

「차라리 차라리…… 삼월이 오기전에 아버지와 어머니는 희망을 안으신채……」 이것은 徹底한 씨니씨즘이다. 씨니씨즘이란 학스레이의 定義에依하면 「忍耐할수없는 情勢를 變革하랴는 積極的 意思는 내지안코 다만 情勢가 이 以上 惡化할수야 있으랴는 嘲笑的 認識만을 갖이고 情勢를 있는 그대로 받어드리는 態度」라고하였다. 田地를 파라 아들을 工夫식혀도 卒業한 後에 就職을 못한다는 고약한 情勢를 作家李泰俊은 嘲笑하는 態度로써 認識하였을뿐이고 그 情勢를 變革하여 보겠다는 意思는 조금도 보히지 않었다. 씨니씨즘이다.

李泰俊의 短篇을 읽은 讀者는 언제까지나 입안에서도는 甘味를 잊지 않으면서도 밥술이 났분듯한 不滿을 갖인다. 생각하야보면 그 作品들 가운데엔 現代人이 즐겨하는 思想的 苦悶이 없고 生活的 意慾이 없고 社會的 關心이 없고 그外에도 없는것은 만타. 이런 時代的 距離를 作者 自身도 늣겼음인저 李氏는 近來에 問題와 思索을 가진 作品을 쓰려고한다. 이것은 앗가도 指摘한 바이지만 一段의 發展으로 볼수있다. 그러나 그것이 금박에 讀者의 不滿에 應할 것갓지는 않다. 죽엄에 對한 그의 思索은 結局 神秘에 부드치고말고 人生에 對한 觀察은 아이로니―에 끝치고 社會에 對한 關心은 씨니씨즘으로 引導할뿐이다.

여기서 作者에 對하야 그 世界를 깨트려보라는 勸告는 누구나 할수 있는 일이다. 그러나 「作家氣質論」을말하는 이作家로서 그런革命的曲藝가 可能하리라고 믿지안는다. 아이로니―와 씨니씨즘의 길도 역시 한길이다. 나는 무엇보다도 이 作家의 矢手없는 手法을 믿고 또 그의 創作精神이 人生과 社會에 對한 아이로니와 씨니씨즘의 길로 發展하야 나가기를 바란다.

尙虛의 作品과 그 藝術觀

金煥泰

李泰俊氏의 「달밤」은 나를 昂奮식히고 苦痛과 哀感으로 채워주었다. 그리하야 끝내는 나를 울리고야 말었다. 나의 눈물을 센티멘탈하고 값 산 눈물이라고 嘲笑할 사람이 있을는지도 몰으겠으나 나는 조곰도 나의 흘닌 눈물이 부끄럽지 않다. 나는 이 「달밤」속에서 애닲고 괴롭고 醜惡한 人生을보았다. 어찌 내가 흘린 눈물이 부끄러울 것이냐?

눈물은 決코 「創造의 否定」은 안이다. 괴롭고 안탁갑고 괴로울때 흘 닌 눈물이 얼마나 우리의 靈을 淨化하여주며 情神을 高揚식혀주느냐? 얼마나 險하고 괴로움 많은 人生에 돌아갈 새로운 勇氣를 부어주느냐?

그렇다. 眞正한 藝術은 언제나 우리를 울렷다. 그러면서도 우리를 눈 물에 沈溺하야 失望落膽하고 自暴自棄하게하지않고 새로운 希望과 勇氣 를 가지고 人生에 돌아가게 하였다.

尙虛는 어떻게 하야 우리를 울리고 우리의 눈물을 通하야 우리에게 希望의 불빛을 뵈여주었느냐?

그는 사랑과 同情을 통하야서이다. 우리에게 眞正한 人生 그것을 뵈 여주랴면 作家는 먼저 人生 그것을 누구보다도 잘 理解하고 있어야 한다. 그런데 人生 그것을 누구보다도 잘 理解하랴면 그는 누구보다도 人生을 사랑하지 않으면 아니된다. 우리는 아들을 가장 잘 理解하는 것은 어머니인줄을 안다. 그는 가장 아들을 사랑하는 것은 어머니이기 때문이다. 사랑하지 않고는 絶代로 對象을 理解할수없는 것이다.

상허는 누구보다도 인생에 대한 열렬한 사랑을 가지고있다. 그리하야 그는 괴로운 사람들과같이 괴로워하고 슬픈 사람들과 같이 울고 외로운 사람들과같이 서그푼 우슴을 우섰다. 우리를 울린것이 그의 이 깊은 同情心이다. 尙虛가 우는 것을 보고 우리도 따라울었다.

그러나 또한 尙虛는 언제까지나 울고만 있지 않었다.

그는 곧 눈물을 씻고 하눌을 처다보았다. 울때에도 그의 이마에 絶望의빛은 뵈이지 않었다. 그는 決코 人生에 落望하지 않는다. 그는 人生의 괴로움속에서도 기쁨을 차자마지 않는다. 惡착한 現實의 구렁에 빠저있으면서도 늘 눈은 하늘의 별을 바라보고 있다.

우리가 全卷을 通하야 패―소스와 함께 고요이 용소슴처 홀으고있는 휴―머를 發見할수있는 所以가 이곳에 잇다.

휴―머는 미움이 사랑으로 變함으로 過程이다. 얼우만지는 마음이다. 泰山이 울었다. 그러나 獅子도 범도 나오지 않고 쥐가 한마리 기어갓다. 우리는 그 쥐를 막대기로 칠것이냐? 돌로 때릴것이냐? 우리의 緊張한 마음이 急激한, 그러나 보드라운 카―브를 돌아 끝내 潺潺하여질때 우리는 그쥐를 얼우만저줄 것이다.

우리가 꿈과 希望속에 살때 人生은 무지개처름 아름다웟다. 그러나 그속에서 天使는 나오지 않고 헐벗고 傷處난 거지가 나왔다. 이 現實의 惡착한 얼굴을 볼때 사람들은 그의 얼골에 춤을 뱃고 外面을 한다. 그리하야 幻滅의 甚哀를 느끼고 或은 自暴自棄한다.

그러나 尙虛는 그 거지를 얼우만진다. 그에 對한 憎惡를 사랑으로 바
꾼다. 거지의 입가에 天使의 우슴을 갖고 惡人의 눈속에 神의 祝福을
본다. 이리하야 이 「달밤」속에 나오는 人物中에는 所謂 惡人은 한사람
도 없다. 모다가 맛나보고 이야기 하고싶은 사람들이다. 不過先生, S, 姜
君, 山月이, 朴, 安영감, 尹先生, 명옥이, 方書房과 그의 안해, 黃수건, 정
갓난이, 思姬夫妻, 장군이…… 尙虛는 이렇게 많은 惡意없는 知己를 우
리의게 만들어주었다 그들 中에서도 不過先生, 安영감, 황수건같은 人物
은 尙虛의 이름과함께 永遠히 이나라에서 사러지지 않을 것이다.

現實은 決코 地獄이 안이다. 그곳에는 天國의 그림자가 깃드리고있다.
그리하야 이 더러운 現實에서 天國을 찾는 것이 藝術家다. 藝術家는 明
朗하고 愉快한 現實에서 外面하고 까닭없이 괴로워하는 부질없는 人間
이라고 生覺하는 사람이 많으나 藝術家는 깃븜을쫓고 苦痛을 爲한 苦痛
을 하는 사람이 안이다. 괴로움속에서 깃븜을 찾으랴고 길떠난 冒險家
다. 뽀-드렐의 憂鬱도 또스토엡스키의 苦惱도 스트린드메리-의 煩悶
도 이暗黑하고 醜惡한 現實에서 깃븜과 平和를 차즈랴는 끈칠줄 모르는
努力에서 오는것이다.

이리하야 끝내 「뽀-드렐」은 人生의 暗黑面에서 美를 찾엇고 또쓰토
엡스키는 咀呪받은 現實에서 神을 보앗고 스토린드베리-는 苦惱와 煩
悶으로서 現世에서 一種의 諦念을 通하야 平和를 發見하였다.

尙虛도 또한 이길을 떠낫다. 그렇다. 그는 뽀-드렐이나 또스토엡스
키-나 스드린베리-와같이 深刻한 苦惱와 自己分裂의 기-ㄴ 時期를 지
나지않고 쉽사리 이醜惡한 現實에서 美와 꿈을 찾고 神의 祝福을 보았다.

이는 前者에 세사람은 처음부터 懷疑를안고 머리를숙이고 現實의 구
렁에 沈潛하였으나 尙虛는 처음부터 반듯이 이 現實에서 美와 꿈과 神

의 祝福을 찾을수잇으리라는 自信을 가지고 現實의 구렁에 빠저있으면
서도 눈물은 하늘의별을 向하여있엇기때문이다.

  이리하야 우리는 尙虛의 「달밤」속에서 밤과같은 憂鬱과 猛烈한 自己
分裂에서 오는 深刻味를 맛볼수는 없다 그러나 그곳에는 天國과 美와
平和에對한 憧憬에서오는 엷은 感傷과 現實에서 이것들을 찾을수있으리
라는 自信에서 오는 보드러운 깃븜이 용소슴치고 있음을본다.

  尙虛는 思索하는 사람은 아이다. 推理하거나 觀念의 殿堂을 쌋는사람
이않다. 우리의게 高遠한 哲理나 深大한 人生觀을 갈으키기 爲하야
嚴肅한 얼골로 演壇에올으는 사람이안다. 則그는 所謂 「偉大한 藝術
家」는안다. 그러나 그는 「善良한 藝術家」다. 그는 美妙하고 銳敏한 皮
膚로 感覺하는 사람이다. 참벌처름 美와 꿈을 주어 모으는 사람이다. 나
즉하고 고요한 노래를 너주는 사람이다.

  「偉大한 藝術家」를 哲人이라면 尙虛는 詩人이다. 「偉大한 藝術家」를
외치는 사람이라면 尙虛는 도란도란이야기하는 사람이다. 「偉大한 藝術
家」는 꿈과 平和를 잃고 마음에 傷處를받은 사람에게는 갓가히가서 慰安
을 받기에는 넘어나 嚴肅한 아버지다. 그러나 「善良한 藝術家」는 그의 微
笑만보아도 괴로움과 슲흠을 잊을수잇는 그들의 慈母다. 이리하야 尙虛의
藝術은 언제나 괴롭고 슬픈 사람의 憂愁와 苦痛을 잊게 하여줄것이다.

  藝術家에 必要한것은 사랑과 同情뿐이 안이다. 醜惡한 現實에서 天國
을보고 괴로움에서 깃븜을 찾는 것만이 않이다. 그는 天國을 그리고 깃
븜을 表現할줄을 알어야한다. 아모리 그가 高潔한 想을 抱懷하고 잇드
라도 그를 表現하는 技巧에 잇어 稚拙할때 그는 그 想을 죽이고 말것이
다. 그렇다. 상허는 그의 높고 맑은 想뿐이 안이라 이를 表現하는 놀나
운 技巧까지 갖추고잇다.

李殷相氏가 「달밤」의 序文에서 말한바와같이 尙虛의 글은 「진실로 달밤같은 글이다. 달밤같이 香氣롭다. 깨끗하다.」 尙虛의 簡潔하고 水晶같이 明朗한 글은 氏의 달밤같이 맑고 고요한 想과 얼마나 惶惚한 하-모니를 일우고 있느냐? 形式과內容의 混然한 一段! 이 形式없이 이 內容을 生覺할수 없을 것이다.

眞正한 藝術에서일수록 우리는 內容則形式 形式則內容의 늣김을 가진다.

藝術과 生活
— 李泰俊의 文章

金 東 錫

　조선문단에서 이태준씨처럼 문장에 관심이 많은 이도 드물다. 그가
편집하던 잡지의 이름을 「문장」이라 한 것이라든지 「문장 강화」라는 호
저(好著)를 내놓은 것이라든지가 모다 이것을 증명한다. 그러나 그의 소
설이 더 웅변으로 이 사실을 말하고 있다. 말을 골라 쓰기로는 지용(芝
溶)을 따를 자 없겠지만, 그는 시인이라 그것이 당연하다 하겠지만 소설
가가 말 한마디, 한줄 글에도 조탁(彫琢)을 게을리 하지 않는다는 것은
그리 쉬운 일이 아니다. 그러기에 세상에서 상허(尙虛)의 글을 문장으로
치는 바이요, 누구나 그의 글을 아름답다 한다.

　그러면 이것이 과연 소설가가 소설로서 성공한 것이라 할 수 있을까.
상허 자신이 세계문학의 최대 걸작이라 단언한 톨스토이의 「전쟁과 평
화」를 읽고 우리는 거대하고 절실한 리얼리티에 압도를 당하기는 하지
만 톨스토이의 문장이 어떻다는 의식이 생기지는 않는다. 매슈 아아놀
드가 「안나 카레니나」를 평하여 ‘우리는 이것을 일편(一片)의 생활로 보
아야 한다. …… 저자는 현실을 생기(生起)하는 고대로 보고 이야기하는
것이다. 그러므로 그의 소설은 이렇게 예술을 상실하는 대신에 리얼리

티를 얻었다'한 것은 소설의 본질을 파악한 말이라 할 수 있다. 소설의
대로는 산문정신이다. 그리고 산문정신이란 '사달이기의(辭達而己矣)'(말
은 목적을 달하면 고만이다)라는 공자의 말로써 단적으로 표현할 수 있
다. 문장은 수단에 지나지 않는다. '모로 가도 서울만 가면 된다.' 극단
으로 말한다면 이렇게도 비유할 수 있다. 문장만 가지고는 소설이라 할
수 없다. 아니, '생활'이라든가 '현실'과 유리된 소설은 꺾어다 병에 꽂
은 꽃과 같아서 그 수명이 길 수는 없다. 하물며 자랄 수 있을까 보냐.
  그렇다면 상허의 소설을 읽고 누구나 먼저 그 문장의 인상이 전면에
나타나게 되는 것은 무엇을 말하는가.

> '오늘 작가들로서 가장 반성해야 될 것은 …… 산문을 수예화(手
> 藝化)시키려는 데서 일어나는 '욕교반졸(欲巧反拙)'이 아닐가, 이것은
> 누구에게보다 내 자신에게 하는 말이다.'
>
> (『무서록(無序錄)』)

  상허는 자기의 소설을 이렇게 비판했다. 상허 자신이 문장에 치중했
기 때문에 읽는 우리에게도 문장의 의식이 앞서는 것이다. 그것은 소설
로서는 '욕교반졸'이라 아니 할 수 없다. 인물이 약동하는 생활, 이 생
활을 독자 스스로 체험하게 만드는 것이 소설이다. 「농군」이나 「돌다
리」같은 극소수의 예외적 작품을 빼놓으면 그의 단편은 거개가 시적이
오 수필적이다. 그의 장편은 신문소설인 탓이기도 하겠지만 그의 단편
에다 물을 탄 것같다―단편을 채우기에도 모자라는 그의 '생활'과 '현
실'이 어찌 그보다 크고 깊은 장편소설을 채울 수 있으랴.
  상허의 단편은 모두 사소설(私小說)이 아니면 골동품을 어루만지는
솜씨로 평범치 않은 인물을 그렸다. 무직의 문학청년이기도 하고 기자

이기도 하고 선생이기도 한 작가가 자기의 신변을 이야기하거나, 그렇
지 않으면 작가 자신이 그렇게 행동하고 싶되 약한 성격 때문에 따를
수 없는 영월감이기도 하고 「달밤」의 주인공 황수건 같은 반편이거나
「서글픈 이야기」의 강(姜)군 같은 허무주의자이기도 하다. 이러한 작품
에서 이태준씨의 양면을 추상(抽象)할 수 있다. ──살려고 꿈틀거리는
그의 모든 것을 체관(諦觀)한 그. 다시 말하면 생활자와 허무주의자의
대립이다.

　　　'자연으로 돌아가야 할건 서양사람들이지. 우린 반대야. 문명으로
　　도회지로 역사가 만들어지는 데루 자꾸 나가야 돼……'

　이렇게 작가는 영월영감의 입을 빌어 자기의 일면을 내세운다. 이러
한 일면이 「농군」이나 「돌다리」 같은 일견(一見) 상허다웁지 않은 작품
을 쓰게 하였다. 또 기자요 작가로서 이렇게도 외쳤다.

　　　'나의 붓은 칼이 되자. 저들을 위해서 칼이 되자. 나는 한 잡지사
　　의 기자가 된 것보다 한 군대의 군인으로 입영할 각오가 있어야 한
　　다.'

　　　　　　　　　　　　　　　　　　　　　　　　　　「아무 일도 없소」

　나의 무덤 우에 화환 대신 칼을 얹어 놔달라 한 하이네의 기개를 연
상케하지 않는가. 하지만 붓은 결국 칼일 수가 없다. 칼을 찬 순사부장
에게 추방을 당하는 「실락원 이야기」의 주인공 '나'는 생활전선에서 패
배한 작가 이태준씨의 자화상이다. 그래서 그는 전쟁중에 낚시질과 사
냥을 다녔다. 또는 「석양」에서와 같이 골동품을 완상(玩賞)하며 고적을

순례했다. 아니 '사실'한테 굴(屈)한 것은 상허 하나뿐이 아니다. 조선문
단 전체가 전쟁에게 압도당한 것이었다. 아니 세계를 통털어 문학은 제
일선(第一線)에서 총퇴각을 한 것이었다. 「문장」이 폐간되기 전에 영국
서는 'Criterion과 Mercury'가 없어졌다, 예술은 폭풍에 속절없이 슬어지
는 한송이 꽃이었다.

그러나 춘원(春園)처럼 일본 제국주의의 주졸(走卒)이 되지않고 강원
도 시골로 은거해 버린 상허를 우리는 축하하지 않을 수 없다. 「토끼이
야기」에서 보듯이 그의 생활은 앞길이 탁 막히었다.

> '현은 펄석 주저앉을 듯이 먼 산마루를 쳐다 보았다. 산마루엔 구
> 름만 허어옇게 떠 있었다.'

이것이 「토끼이야기」를 끝막은 문장이요, 생활전선에서 패배한 상허
자신의 심경이었음은 다시 말할나위도 없다. 「토끼이야기」가 상허의 앞
날을 약속하는 무엇이 있는 것은 그가 골동품이나 묵화(墨畵)를 바라보
듯 하던 창작 태도를 버리고 벌거벗고 생활 속에 뛰어들어 현실을 태클
하려 한데 있다. 진정한 의미의 소설가로선 상허는 「토끼이야기」에서
출발하는 것이다.

장래는 몰라도 아직까지의 작품 활동을 총결산한다면 상허는 장르로
선 소설형식을 취하였으되 그의 본질은 시인인데 있다 해도 과언이 아
니다. 「청춘무성」같은 신문소설까지 그 문장이 빚어 내는 무지개빛 찬
란한 느낌 ——시가 독자를 매료한다. 거기 나오는 인물들의 생활은 공
중 누각에 지나지 않는다.

> '실증(實證), 실증, 이것은 산문의 육체요, 정신이다.'

라고 상허는 「문장강화」에서 단안을 내리었지만 상허 자신은 그의 소설에서 '실증'에 철저하지 못했다. 소설의 실증정신이란 작가가 자아를 송두리채 털어서 생활에 투사하는 정신이다. 활을 떠난 화살같이 현실을 뚫고 들어 가는 정신이다. 그런데 상허는 생활의 와중에 뛰어들지 못하고 한거름 뒤에서 생활을 바라보았다.

> '그는 생각하였다. 단돈 삼십원으로도 다라날 수 있는 그 양복조끼에게는 세상이 얼마나 넓으랴! 싶었다.'
>
> (「사냥」)

골목에서 사러지는 '뒷방마냄'의 뒷모양을 바라 본 감상만 가지고 소설을 쓰기도 했다. 상허의 문장 회화적, 그것도 묵화인 것이 여기에 원인했을 것이다.

예술가가 취할 수 있는 태도는 결국 둘밖에 없다. '생활을 긍정하는냐? 부정하느냐? 다시 말하면 예술을 위한 예술이냐? 생활을 위한 예술이냐? 시냐? 산문이냐?

상허는 형식은 산문을 취하였으되 정신은 시인이었다. 「서글픈 이야기」나 「아담의 후예」나 「달밤」이나 다 주인공은 그 시대의 생활을 대표하는 인물이 아니다. 작가가 생활을 부정하는 데서 취재된 예술적인 인간들이다.

> '나는 그 허무주의자인 강(姜)군을 좋아하였다. 아니, 존경하였다.'

이렇게 상허는 솔직히 고백하고 다시 허무주의를 버리고 현실로 돌

아간 강군이 안경을 쓰고 금니를 박고 동서남북 표가 달린 금시계줄을
달고 아들애 준다고 세발자전거를 사든 꼴을 보고 다음과 같이 위연탄
장태식(喟然嘆長太息)을 하였다.

> '나는 몹시 불쾌하다. 차라리 강군이 전날의 그 면목으로 밥값에
> 붙잡힌 누추한 여관에서 나를 기다린다면 나는 얼마나 반가워 뛰어
> 가랴. 그러나 강군은 지금 금시계를 차고 금니를 박고 시원한 사랑
> 을 치고 맛난 음식으로 나를 기다리겠노라 한다. 허허 얼마나 서글
> 픈 일인가!'

좌익이 아니었던 상허가 부르조아의 본색을 나타낸 강군을 보고 서
글프게 느낀 것은 계급적 의식이 아니라 시인적인 이상—그것은 구극
(究極)에 니힐리즘이다—을 가지고 부르조아적인 생활을 부정한데 지나
지 않는다. 부정을 위한 부정, 동양인의 이상이 자고로 이러했다. 상허
라는 호(號) 자체가 '虛'를 추구하는 이태준씨의 예술관을 웅변으로 말
하고 있지 아니한가. 상허의 니힐리즘은 최근에 이르러는 빠흐의 음악
같이 '무한'을 바라보고 우화등선(羽化登仙)했다.

> '오릉의 아름다움은 이 처녀가 발견한 이 소나무의 중턱에서가 가
> 장 효과적인 포즈일 것 같았다. 볼수록 그윽함에 사모치게 한다. 능
> 이라기엔 너머나 소박한 그냥 흙의 모음이다. 무덤이라기엔 선에 너
> 머나 애착이 간다. 무지개가 솟듯 땅에서 일어 땅으로 가 잠긴 선들
> 이면서 무궁한 공간으로 흘러간 맛이다. 매암이 소리가 오되 고요하
> 다. 고요히 바라보면 울어야 할지, 탄식해야 할지 그냥 나중엔 멍—
> 해지고 만다.'

(「夕陽」)

이것은 소설의 일절이라기 보다 한편 시가 아닌가. 상허의 문장이 아름다운 비밀이 어데 있는지 이것으로 짐작하기에 족할 것이다. 본래 미(美)란 '시'의 세계지 '산문'의 세계가 아니다. 압박과 착취가 있는 사회란 추하기 짝이 없는 것이며 그 압박과 그 착취에 반항하는 정신은 '힘'이지(즉 양적인 것이다) 우리가 여태껏 사용하던 '미'라는 개념은 산문정신이 될 수 없다. 그러면 좌익 예술관은 종래 모든 '미'한 것을 부정하느냐? '시'란 역사적으로 볼 때 귀족사회의 산물이다. 딴테의 「신곡」이나 쉐익스피어의 「리어왕」이 귀족의 정신을 형상화한 것은 명백한 사실이며, 특히 후자의 희곡에 있어서 귀족계급의 말은 귀글(韻文)로 표현하고 시민계급의 말은 줄글(散文)로 표현했다는 것은 가볍게 볼 수 없는 사실이다. 봉건사회가 무너질 때 시도 무너져 산문이 되었다.

'부르조아지는 정권을 잡자마자 모든 봉건적 · 가장적(家長的) · 목가적(牧歌的) 제관계를 파괴해 버렸다. ……종교적 정열이라든가 무사적 감격이라든가 평민적 인정이라든가 하는 신성한 갈앙심(渴仰心)을 어름같이 차디찬 이기적 타산의 물속에 가라앉히고 말았다. 사람의 가치를 교환가치 속에 사라져 없어지게 하고 무수한 일껏 얻은 특허적 자유대신에 다만 하나인 말못할 상업의 자유를 설립했다.'
(공산당 선언)

부르조아지는 문학에 있어서도 '시'를 부정하고 '산문'을 생산했다. 춘원의 「無情」이 젊은이들을 미국으로 유학 보내고 대단원에서는 공장과 산업을 찬미하는 문장을 낳았다. 춘원은 조선 토착 부르조아지를 대변하는 작가다. 이미 춘원은 부정되었다. 좌익의 산문이 탄생할 때는 왔다. 조선의 산문이 완전히 탈피해야 될 때는 왔다.

그러나 그것이 귀족사회의 것이든 시민사회의 것이든 예술은 예술이다. 다만 그것이 '순수'한 점에 있어서 귀족사회의 예술이 시민사회의 예술보다 우월하다는 것은 의심할 여지가 없다. 빠흐, 모차르트의 음악이나 라파엘의 회화나 딴테의 문학만치 앙양된 시정신이 어떤 시민사회에 또 있었느냐. 「市民의 敍事詩」라는 소설은 불순하기 짝이 없었다. 그 표본을 우리는 춘원의 글과 사람에서 볼 수 있는 것이다. 조선문단이 인민의 심판을 받을 때가 오겠지만 순수의 상아탑을 사수한 예술가들이야말로 다행하다 하겠다. 그러나 예술은 꽃이지만 예술가는 꽃나무가 될 수는 없다. 아니, 꽃나무라 가정하자. 그 나무에 누가 물을 주느냐 하는 것이 문제가 된다. 서울에서 복작어리는 예술가들도 혁명의 폭풍 속에서는 순수할 수 없으리라. 좌냐? 우냐? 조선문화는 시방 역사적 비약을 하느냐? 뒤로 물러 서느냐? 이는 오로지 조선 문화인의 자기 결정에 달려 있다.

민족해방 혁명 단계인 오늘날 예술가들이 과연 어떠한 역할을 할지. 자유란 예술가들의 금과옥조(金科玉條)이지만 조선민족 전체의 자유를 팔아서 몇사람 인텔리의 양키적 자유를 획득하느냐. 몇사람 인텔리의 자유를 희생함으로써 조선민족 전체의 자유를 획득하느냐.

상허여 결단하라. 시와 산문 새중간에서 배회할 때가 아니다. '장래에 성립할 우리 정부의 문화예술 정책이 서고 그 기관이 탄생하여, 이 모든 임무를 수행하게 될 때까지 우선, 현단계의 문화 제영역의 통일적 연락과 각 부문 활동의 질서화를 위하여 형성된 협의기관으로서, 현하 모든 문화의 총력을 모아 신조선 건설에 이바지하고자' 하는 조선문화건설중앙협의회 조선문학 건설본부 중앙위원장인 상허가 이제 또 '순수'를 주장할 수는 없는 입장이다.

Ⅲ. 이태준 연구자료

이태준 생애 연보
이태준 작품 연보
이태준 연구 목록

이태준 생애 연보[1]

1904년(1세) 11월 4일 강원도 철원군 묘장면 산명리에서 父 장기 이씨 창하(昌夏)와 母 순흥 안씨 사이의 1남2녀 중 장남으로 출생. 본명은 규태(奎泰). 부 이창하의 정실은 한양 조씨이고 적 자로 규덕(奎德)이 있음. 호는 상허(尙虛), 상허당주인(尙虛堂主人) 父 이창하(1876~1909) : 字는 문규(文奎), 호는 매헌(梅軒). 철원공립보통학교 교원, 덕원감리서 주임을 역임한 개화파.

1909년(6세) 개화파였던 아버지를 따라 러시아 블라디보스토크로 이주 그해 8월 아버지의 죽음으로 귀국중 함북 배기미[梨聿]에 정착. 서당에 다니며 한문을 수학.

1912년(9세) 어머니의 죽음으로 외할머니를 따라 철원 용담으로 귀향. 친척집을 전전함.

1915년(12세) 안협의 오촌집에 입양. 다시 용담으로 돌아와 오촌 이용하(李龍夏)의 집에 기거함. 사립봉명학교에 입학.

---

1) 이태준 연보와 연구 목록은 『이태준 문학 연구』(상허 문학회 지음, 깊은샘, 1993)에 상세히 정리되어 있다. 본서의 목록은 상허문학회의 성과를 보완·재수록한 것임.

1918년(15세) 3월에 사립봉명학교 졸업. 철원 읍내 간이농업학교에 입학
하나 한달 후 가출. 여러 곳을 방황하다 원산에 객주집 사
환으로 정착. 외조모가 찾아와 보살핌. 이때 문학서적 탐독.
이후 중국 안동현까지 인척 아저씨를 찾아갔다가 뜻을 이
루지 못하고 경성(서울)까지 옴.

1920년(17세) 4월 배재학당 보결생 모집에 응시하여 합격하나 등록하지
못함. 낮에는 상점 점원으로 일하며 밤에는 야학에 나가 공
부함.

1921년(18세) 4월 휘문고등보통학교에 입학. 고학생으로 비교적 우수한
성적을 받음. 스승으로 가람 이병기, 같은 학예부원으로 상
급반에 정지용, 김영랑, 박종화 등이, 하급반에 박노갑이 있
었음.

1924년(21세) 휘문고등보통학교 학예부장으로 활동. 《휘문》 제2호에
동화 「물고기 이약이」등 6편을 발표. 6월 동맹휴교 주모자
로 4학년 1학기에 퇴학. 이어 휘문고보 친구인 김연만의 도
움으로 일본으로 건너감.

1925년(22세) 일본에서 단편 「오몽녀」를 《조선문단》에 투고하여 입선
(이 작품은 <시대일보>에 7월 13일 발표됨), 문단에 나옴.

1926년(23세) 4월 동경 상지대학(上智大學) 예과에 입학, 신문, 우유 배
달 등을 하며 매우 궁핍한 생활 속에 나도향 등과 교우.

1927년(24세) 11월 상지대학을 중퇴하고 귀국함. 각 신문사와 모교를 방
문, 일자리를 구하나 취업난에 허덕임.

1929년(26세) 《개벽》사에 입사. 《학생》, 《신생》 등의 편집에 관여
함. 이때 소년물과 콩트를 다수 발표.

1930년(27세) 이화여전 음악과 출신의 이순옥(李順玉)과 결혼.

1931년(28세) 중외일보 기자로 근무. 신문의 폐간으로 조선중앙일보 학
예부 기자가 됨. 장녀 소명(小明) 태어남. 경성부 서대문정
2정목 7의 3다호에 거주.

1932년(29세) 이전(梨專), 이보(梨保), 경보(京保)등의 학교에 출강함. 장
남 유백(有白) 태어남.

1933년(30세) 박태원, 이효석 등과 <구인회(九人會)>를 조직. 경성부 성
북정 248번지로 이사. 이후 월북 전까지 이곳에 거주.

1934년(31세) 차녀 소남(小楠) 태어남.

1935년(32세) 조선중앙일보를 퇴사, 창작에 몰두함.

1936년(33세) 차남 유진(有進) 태어남.

1938년(35세) 만주 지역을 여행함.

1939년(36세) 《문장》의 편집자 겸 소설 추천 심사위원으로 활동(임옥
인, 곽하신, 최태응 등이 추천됨). 이후 황군위문작가단, 조
선문인협회 등의 단체에서 활동.

1940년(37세) 3녀 소현(小賢) 태어남.

1941년(38세) 제2회 조선예술상 수상

1943년(40세) 강원도 철원 안협으로 낙향. 해방 전까지 이곳에서 칩거함.

1945년(42세) 문화건설중앙협의회, 문학가동맹, 남조선민전 등의 조직에
참여, 문학가동맹 부위원장, 민전 문화부장을 맡음. 현대일
보 주간에 취임.

1946년(43세) 7월~8월 경 월북, 「해방전후」로 제1회 해방문학상 수상. 10
월 방소문화사절단의 일원으로 소련 여행.

1947년(44세) 5월 소련 여행기인 『소련기행』이 남한에서 출간됨.

1948년(45세)   8·15 북조선최고인민회의 표창장 받음. 북조선문학예술총
              동맹 부위원장, 국가학위수여위원회 문학분과 심사위원.
1952년(49세)   남로당과 함께 숙청될 위기에서 소련파 기석복의 후원으로
              살아남으나 문단활동은 미약함.
1954년(51세)   3개월간의 사상검토 작업중 과거를 추궁당함.
1955년(52세)   이광수, 박창옥 등과 함께 비판당함.
1956년(53세)   소련파의 몰락과 함께 <구인회> 활동과 사상성을 이유로
              1월 조선 노동당 중앙위원회 상무위의 결의로 임화, 김남천
              과 함께 비판받음. 2월 '평양시당관할 문학예술부 열성자대
              회'에서 한설야에 의해 비판, 숙청당함.
1957년(54세)   함흥 노동신문사 교정원으로 배치됨.
1958년(55세)   함흥 콘크리트 블록 공장의 파고철 수집 노동자로 배치됨.
1964년(61세)   중앙당 문화부 창작 제1실 전속작가로 복귀함.
1969년(66세)   강원도 장동탄광 노동자 지구에서 사회보장으로 부부가 함
              께 삶.2) 이후 연도 미상이나 사망한 것으로 알려짐.3)

   *한편 강상호의 증언4)에 의하면,
1953년(50세) 남로당파의 숙청 후 가을 자강도 산간 협동농장에서 막노동.
1960년대 초 산간 협동농장에서 병사한 것으로 되어 있음.

---

2) 1957~69년간의 행적은 김진계의 구술에 따름.
3) 장현준의 증언, <한겨레신문>.
4) 강상호, 「내가 치른 북한 숙청」, <중앙일보>, 1993. 6. 7.

이태준 작품 연보

1. 소설 연보

작 품 명	발 표 지	발표 연도	분류
오몽녀(五夢女)	시대일보	1925. 7. 13.	단편
모던껄의 만찬(晩餐)	조선일보	1929. 3. 19.	콩트
행복	학생	1929. 3.	단편
그림자	근우	1929. 5.	단편
온실화초(溫室花草)	조선일보	1929. 5. 10~12.	단편
누이	문예공론	1929. 6.	단편
엇던날의 뻬 - 토벤	학생	1929. 9.	단편
백과전서의 신의의	신소설	1930. 1.	단편
기생 산월(山月)이	별건곤(別乾坤)	1930. 1.	단편
은희부처(恩姬夫妻)	신소설	1930. 5.	콩트
어떤날 새벽	신소설	1930. 9.	단편
구원(久遠)의 여상(女像)	신여성	1931.1~8월	장편
결혼의 악마성(惡魔性)	혜성(彗星)	1931.4.6월(2회)	단편
고향	동아일보	1931.4.21~29.	단편
불도나지 안엇소, 도적도 나지안엇소, 아무일도 업소	동광(東光)	1931. 7.	단편
봄	동방평론(東方評論)	1932. 4.	단편

불우선생(不遇先生)	삼천리(三千里)	1932. 4.	단편
천사의 분노	신동아	1932. 5.	콩트
실락원(失樂園) 이야기	동방평론	1932. 7.	단편
서글픈 이야기	신동아	1932. 9.	단편
코스모스 이야기	이화(이대 교지)	1932. 10.	단편
슬픈 승리자	신가정	1933. 1.	단편
꽃나무는 심어놓고	신동아	1933. 3.	단편
법(法)은 그러치만	신여성	1933.4~1934.3.23.	중편
미어기	동아일보	1933. 7. 23.	콩트
제 2의 운명	조선중앙일보	1933.8.25~1934.3.23.	장편
아담의 후예	신동아	1933. 9.	단편
어떤 젊은 어미	신가정	1933. 10.	단편
코가 복숭아처럼 붉은 여자	조선문학	1933. 10.	콩트
마부(馬夫)와 교수(敎授)	학등(學燈)	1933. 10.	콩트
달밤	중앙	1933. 11.	단편
어머니	중앙	1934. 1.	희곡
박물장사 늙은이	신가정	1934. 2~7월	중편
빙점하(氷點下)의 우울	학등	1934. 3.	콩트
촌띠기	농민순보(農民旬報)	1934. 3.	단편
불멸의 함성	조선중앙일보	1934.5.15~1935.3.30.	장편
점경(點景)	중앙	1934. 9.	단편
어둠	개벽	1934. 9.	단편
애욕의 금렵구	중앙	1935. 3.	중편
성모(聖母)	조선중앙일보	1935.5.26~1936.1.20.	장편
색시	조광	1935. 11.	단편
손거부(孫巨富)	신동아	1935. 11.	단편
순정(純情)	사해공론	1935. 11.	단편
삼월(三月)	사해공론	1936. 1.	단편
가마귀	조광	1936. 1.	단편

산(山) 사람들	중앙	1936. 2.	희곡
황진이	조선중앙일보	1936.6.~9.3(연재중단)	
			장편
바다	사해공론	1936. 7.	단편
장마	조광	1936. 10.	단편
철로(鐵路)	여성	1936. 10.	단편
복덕방(福德房)	조광	1037. 3.	단편
코스모스 피는 정원	여성	1937. 3~7	중편
사막(沙漠)의 화원(花園)	조선일보	1937. 7. 2.	단편
화관(花冠)	조선일보	1937.7.29~12.22.	장편
패강냉(浿江冷)	삼천리	1938. 1.	단편
영월영감(寧越令監)	문장(文章)	1939.2.3월호	단편
딸삼형제	동아일보	1939.2.5~7.17.	장편
아련(阿蓮)	문장	1939. 6.	단편
농군(農軍)	문장	1939. 7.	단편
청춘무성(靑春茂盛)	조선일보	1940. 3.12~8.10.	장편
밤길	문장 ·	1940.5~6.7합병호(2회)	단편
토끼 이야기	문장	1941. 2.	단편
사상(思想)의 월야(月夜)	매일신보	1941. 3.4~7.5.	장편
별은 창마다	신시대	1942. 1~1943. 6.	장편
행복에의 흰손들	조광	1942. 1~1943. 1.	장편
사냥	춘추(春秋)	1942. 2.	단편
무연(無緣)	춘추	1942. 6.	단편
석양(夕陽)	국민문학(國民文學)	1942. 2.	단편
왕자호동(王子好童)	매일신보	1942.12.22~1943.6.16	장편
석교(石橋)	국민문학	1943. 1.	단편
뒷방마냄	『돌다리』에 수록	1943. 12.	단편
즐거운 기억	한성일보	1945.10(미확인)	단편
너	시대일보	1946.2(미확인)	단편

해방전후(解放前後)	문학	1946. 8.	단편
불사조(不死鳥)	현대일보	1946.3.27-7.19(연재중단)	장편
첫전투	문학예술(4권)	1948. 12.	중편
아버지의 모시옷	『첫전투』에 수록	1949	단편
호랑이 할머니	『첫전투』에 수록	1949	단편
삼팔선 어느지구에서	『첫전투』에 수록	1949	단편
백배천배로	『고향길』에 수록	1952	단편
누가 굴복하는가 보자	『고향길』에 수록	1952	단편
미국 대사관	『고향길』에 수록	1952	단편
고귀한 사람들	『고향길』에 수록	1952	단편
네거리에 선 전신주	『고향길』에 수록	1952	단편
고향길	『고향길』에 수록	1952	단편
먼지	(?)	1952	단편
두죽음	(?)	1952	단편

2. 수필, 기타 잡문 목록

작 품 명	발 표 지	발표 연도
물고기 이약이 외 5편	휘문	1924. 6.
어린 수문자	어린이	1929. 1.
끽다(喫茶)와 악수(握手)	별건곤	1929. 1.
불상한 소년 미술가	어린이	1929. 2.
야단들이다	학생	1929. 4.
추억(중학생시대)	학생	1929. 4.
슬픈 명일 추석(秋夕)	어린이	1929. 5.
도보 삼천리	학생	1929(1권 4호)
쓸쓸한 밤길	어린이	1929. 6.
불상한 삼형제	어린이	1929. 7. 8.합병호
여름	학생	1929. 8.
유령과 종로	별건곤	1929. 10.
눈물의 입학	어린이	1930. 1.
오십전 은화(銀貨)	신소설	1930. 1.
노상(路上)	신생	1930. 2.
학생연작소설 개관	학생	1930. 2.
학생소설 연작 개평(槪評)	학생	1930. 3. 4.
장주사부지(張主事不知)	별건곤	1930. 3.
봄비소리	신생	1930. 3.
복사꽃	학생	1930. 4.
동심예찬	신소설	1930. 5.
문제막연(問題漠然)	대조	1930. 5.
신록(新綠)	신생	1930. 6.
신록	별건곤	1930. 6.

악반려(惡伴侶)	신민	1930. 7.
귀뚜라미	별건곤	1930. 8.
과꽃	어린이	1930, 8권 7호
6월의 하누님	어린이	1930, 8권 5호
모기장 속	신민	1930. 8.
외로운 아이	어린이	1930. 11.
눈 온 아침	신생	1930. 12.
몰라쟁이 엄마	어린이	1931. 2.
봄날이외다	신생	1931. 3.
삼월과 인생	혜성	1931. 3.
산과 추억	신생	1931. 6
복덕방 영감	동광	1931. 7
오오 청춘 둥지도 없이	동광	1931. 10
6월과 구름	어린이	1931. 9권 5호
낙서	동광	1931. 12
독서 소론	신생	1932. 1.
낙서	신생	1932. 1.
사라지는 서울의 시	조선일보	1932. 1. 28
참새생각	혜성	1932. 2
낙서	신생	1933. 2.
낙서	신생	1933. 3.
나의 고아시대(추억 2, 3)	백악(白岳)	1932. 3.
낙서	신생	1932. 4.
시인	동방평론	1932. 4.
봄	동방평론	1932. 4.
낙서	신생	1932. 5.
낙서	신생	1932. 6.

슬퍼하는 나무	어린이	1932. 7.
물	신생	1932. 7. 8.
용담(龍潭) 이야기	신동아	1932. 9.
무식(無識)	한글	1932. 9.
낙서(밤)	신생	1932. 10
돈과 청한(淸閑)	신생	1932. 11.
낙서(나무)	신생	1932. 12. 3.
낙서(목욕과 이발)	신생	1932. 12. 31.
남행열차	신동아	1932. 12.
봄글(그리운 학창시대)	신동아	1933. 3.
그들의 얼굴 우에서	신가정	1933. 3.
못본이 상상기	신가정	1933. 3.
내게는 웨 어머니가 없나	신가정	1933. 5.
투르게-넵흐와 나	조선일보	1933. 8. 22.
작가에게 좀더 겸손하자	조선일보	1933. 10. 14.
예술의 동서(東西)	조선일보	1933. 8.~9. 1.
「무지한 평자」라는 것	동아일보	1933. 12. 6.
작품과 생활이 경주중(競走中)	조선일보	• 1934. 1. 1.
만년필	학등(學燈)	1934. 5.
강아지	신가정	1934. 5.
파초	청년조선	1934. 10.
박화성의 「백화(白花)	조선중앙일보	1934. 3. 25.
인생과 연애	중앙	1934. 5.
조심삼매(釣心三昧)	중앙	1934.
조고만 객주ㅅ집 사환	신가정	1933. 4.
동경에 있는 S누이에게	신사정	1933. 4.
글짓는 법 A. B. C.	중앙	1934. 6~1935. 1.

무서운 바다	신가정	1933. 8.
여정(旅情)의 하로	조선중앙일보	1934. 12. 13~20(6회)
수상이제(隨想二題)	중앙	1933. 1.
김동인의 단편집 「감자」	조선중앙일보	1935. 3. 14.
신도	학등	1935. 4.
김문집 저 「비평문학(批評文學)」에 대한 각계의 일가견(一家見)	청색지	1935. 5.
내가 존경하는 현대조선의 작가와 외국인에게 자랑할 작품	중앙	1935. 6.
내가 본 톨스토이	조선중앙	1935. 11. 20.
남의 글	학등	1935. 12.
불국사	조광	1935. 11.
구인회에 대한 난해 기타(難解其他)	조선중앙일보	1935. 8. 11.
소설과 문장	사해공론	1935. 6.
남의 글	학등	1935. 12.
어렴풋한 시절(고아의 추억)	조광	1936. 1
신춘창작개평	조선중앙	1936. 1. 17~29.
달래	여성	1936. 4.
미쓰 스프링	중앙	1936. 4.
광업가와 작가	조선문학	1936. 5.
야간비행	조선문학	1936. 6.
그의 고난에 경례(敬禮)한다	조선중앙일보	1936. 6. 22
바다	중앙	1936. 8.
한글문학만이 조선문학	삼천리	1936. 8.
피서지의 하로	여성	1936. 9.
카네 – 순 윤 순 윤	조광	1937. 2.
도세문답(渡世問答)	조광	1937. 2

근감수제(누구를 위해 쓸 것인가)	조선일보	1937. 5. 25~26.
휴맨이즘운운(云云)은평론을위한평론	동아일보	1937. 6. 4.
문장일어(文章一語)	조선문학	1937. 6.
평론태도에 대하여	동아일보	1937. 6. 27.
성패일반(成敗一般)	조광	1937. 7.
생활양식과 입체적 구성	조선일보	1937. 7. 15.
작가가 바라는 평론가	동아일보	1937. 6. 27,30(2회)
소설독본	여성	1937. 8.
「인격존중」비판을 대망	조광 23호	1937. 9.
장편소설론(최재서와 문답)	조선일보	1938. 1. 1.
김상용(金尙容)의 삶과 예술	삼천리문학	1938. 4.
「이상견빙지(履霜堅氷至)」 기타	삼천리문학	1938. 4.
작품애(作品愛)	박문	1938. 10.
춘원의 작품	박문	1938. 12.
1인칭소설과 초연(超然)의식	조선일보	1938.
서구정신과 동방정신	조선일보	1938. 8. 5.
이광수의 전작 「사랑」을 추천함	조선일보	1938. 11. 20.
춘원의 「사랑」 독후감	박문	1938. 12.
비평과 비평정신	조선일보	1939. 5.31~6.6(4회)
문장강화(文章講話)	문장	1939. 2~10
모방(模倣)	문장	1939. 4.
목수들	문장	1939. 9.
독자의 편지	문장	1939. 9.
독작의 편지	문장	1939. 11.
문방잡기(文房雜器)	문장	1939. 12.
문학의 제문제(좌담)	문장	1940. 1.
소설의 어려움 이제 깨닫는듯	문장	1940. 2.

문장의 고전, 현대, 언문일치	문장	1940. 3.
여묵	문장	1940. 4.
신작가 최태응(崔泰應)군	문장	1940. 4.
박태원 「소설가 구보씨의 일일」에	삼천리	1940. 7.
통속성, 춘향전의 맛	문장	1940. 9.
고완품(古翫品)과 생활	문장	1940. 10.
지원병훈련소의 일일	문장	1940. 11.
기생과 시문(詩文)	문장	1940. 12.
묵적과 신부	여성	1940. 12.
체홉의 「오렝카」	삼천리	1940. 12.
희망	박문	1941. 1.
허만군의 「어산금(魚山琴)」을 추모함	문장	1941. 1.
문학의 제문제(좌담)	문장	1941. 1.
소설	문장	1941. 3.
두 청시인(淸詩人) 고사(故事)	문장	1941. 4.(폐간호)
문학구성의 특질	삼천리	1941. 9.
우리 문단의 길조	매일신보	1942. 1. 7.
두연재물에 대하여	대동아 2호	1942. 7
도변야화(陶邊夜話)	춘추	1942. 8.
아동문학에 있어서의 성인문학가의 임무	아동문학	1945. 12.
전망이라기 보다는 주장—		
해방 제2년의 문화계 전망(창작)	개벽	1946. 1.
수상(隨想) — 이상(履霜)	서울신문	1946. 1. 1.
시대성과 예술성	서울신문	1946. 1. 25
문학과 정치—우리는 웨 정치에		
관여하는가	한성일보	1946. 2. 26~3. 3.
작자의 말	현대일보	1946. 3. 25.

서울문학가동맹 여러분께	문학	1946. 11(2호)
붉은 광장(廣場)에서	문학	1947. 4(3호)

3. 단행본 연보

책　　　명	발 행 처	발행 연도	분류
달밤	한성도서	1934. 7.	단편집
제2의 운명	한성도서	1937. 2.	장 편
구원의 여상	한성도서	1937. 6.	장 편
가마귀	한성도서	1937. 8.	단편집
황진이	동광당서점	1938. 2.	장 편
화관	삼문사	1938. 9.	장 편
딸삼형제	문장사	1939. 11.	장 편
이태준 단편선(選)	박문서관	1939. 12.	단편집
문장강화	문장사	1940. 4.	문장론
청춘무성	박문서관	1940. 11.	장 편
복덕방(福德房)	일본사	1941. 1.	단편집
이태준단편집	학예사	1941. 3.	단편집
무서록(無序錄)	박문서관	1941. 9.	수필집
대동아전기(大東亞戰記) (이무영 공역)	인문사	1943. 2.	번역서
서간문 강화	박문서관	1943. 7.	문장론
삼인우달(三人友達) (「행복에의 흰손들」 개제)	남창서관	1943. 11.	장 편
왕자호동	남창서관	1943. 11.	장 편
돌다리	박문서관	1943. 12.	단편집
별은 창마다	박문서관	1945. 3.	장 편
상허문학 독본	백양사	1946.	문학론
세동무	범문사	1946. 5.	장 편

(「행복에의 흰손들」 개제)

사상의 월야	을유문화사	1946. 11.	장 편
해방전후	조선문학사	1947. 1.	단편집
소련기행	백양당	1947. 5.	기행문
돌다리	을유문화사	1947.	단편집
복덕방	을유문화사	1947.	단편집
증정 문장강화	박문서관	1948.	문장론
농토	삼성문화사	1948. 8.	장 편
신혼일기	광문서림	1949. 2.	장 편

(「행복에의 흰손들」)의 개제

첫전투	문화전선사	1949.	단편집
고향길	재일본 조선인 교육자동맹	1952.	단편집
신문장강화	재일본 조선인 교육자동맹	1952.	문장론

이태준 연구 목록

양백화 외, 조선문단합평회, ≪조선문단≫, 1925.9

김기림, 작가론-스타일리스트 이태준을 논함, ≪조선일보≫, 1933.6.25 -26

박태원, 이태준 단편집 <달밤>을 읽고-독후감, ≪조선일보≫, 1934.7.26-27

조용만, 이태준씨 단편집 <달밤>을 읽고, ≪매일신보≫, 1934.8.4-5

김환태, 상허의 작품과 그 예술관, ≪개벽≫, 1934.12

김동인, 이태준씨의 <애욕의 금렵구>, ≪매일신보≫, 1935.3.27

안회남, 문예시평-최근창작개평, ≪조선일보≫, 1935.5.30

임　화, 7월 창작평, ≪조선중앙일보≫, 1936.7.18

안회남, 현역 작가들의 기량 문제, ≪조선일보≫, 1936.9. 3-10

백　철, 올결의 문학, ≪조선일보≫, 1937.3.17-21

김동리, 이태준론, ≪풍림≫, 1937.3

신남철, 작가심정의 문제, ≪동아일보≫, 1937.7.19

최재서, 최근 문단의 동향, ≪조광≫, 1937.11

김문집, 신춘창작대관-수난의 기록과 <패강냉>, ≪동아일보≫, 1938. 1.21

백　철, 문학과 사상성의 검토-내가 쓰는 작가 이태준론, ≪동아일보≫,
　　　　1938. 2.15-16

김문집, 이태준론, ≪삼천리문학≫, 1938. 4

최재서, 단편작가로서의 이태준, 『문학과 지성』, 인문사, 1938.6

최재서, 빈곤과 문학, 『문학과 지성』, 인문사, 1938.6

최재서, 문학·작가·지성, 《동아일보》, 1938.8

홍효민, 이태준저 <화관> 독후감, 《동아일보》, 1938.9.11

일기자, 이상을 어하는 이태준씨, 《삼천리》, 1939.1

김광섭, <영월영감>과 역작 <무명>, 《동아일보》, 1939.1.28

임 화, 단편소설의 조선적 특징, 《인문평론》, 1939

모윤숙, 조선여성 자화상-이태준씨의 <딸삼형제>, 《조선일보》, 1940.1.22

백 철, 이태준씨 장편소설 <딸삼형제>를 읽고, 《매일신보》, 1940.1.19

이헌구, <딸삼형제>를 읽고, 《문장》, 1940.3

박종화, 이태준저 『문장강화』, 《조선일보》, 1940. 5.18

최정희, 이태준작 <청춘무성>, 《인문평론》, 1941.1

윤규섭, 학예사판 『이태준 단편집』을 읽고, 《매일신보》, 1941. 3.23-29

홍 구, 우리 위원장 이태준, 《신문학》, 1946.8

K기자, 동인과 상허, 《백민》, 1946.12

방준원, 이태준론, 《백민》, 1946.12

김동석, 『예술과 생활』, 박문출판사, 1947. 6

황중엽, 『시작과 진실』, 진성당, 1948.10

백 철, 『조선신문예사조사』, 백양당, 1949

현 수, 『적치 6년의 북한문단』, 국민사상지도원, 1952. 3

김규동, 자유세계의 일원으로 작가 이태준에게, 《평화일보》, 1956. 6.27

조용만, 구인회의 기억, 《현대문학》, 1957.1

최태응, 이태준의 비극 (상),(하), 《사상계》116-117, 1963. 1-2

김종빈, 묘혈을 자청한 이태준, 《동아춘추》, 1963.4

임형택, 상허 이태준론 (1), 《낙산어문학》1, 1963.11

임형택, 상허론 (2), 《낙산어문학》3, 1964.10

천이두, 한국단편소설론, 《문학》7, 1966.11

김우종,『한국현대소설사』, 선명문화사, 1968

조연현,『한국현대문학사』, 성문각, 1969

조용만, 나와 <구인회> 시대, ≪대한일보≫, 1969. 9.30

김현 김윤식,『현대문학사』, 민음사, 1973

김윤식,『한국현대문학사』, 일지사, 1976.12

김시태, 구인회 연구, 제주대학교 논문집, 1976

선우휘, 납북되거나 월북한 문인들 문제, ≪뿌리깊은 나무≫, 1977. 5

백 철, 참 좋은 작가들이었는데, ≪월간중앙≫, 1978.5

양태진, 월북작가론, ≪통일정책≫4권 2호, 1978

長璋吉, 이태준, ≪조선학보≫92, 1979

이재선,『한국현대소설사』, 홍성사, 1979

이항구, 북한작가들의 생활상, 국토통일원, 국토통일원 조사연구실, 1979

정한숙,『해방문단사』, 고려대출판부, 1980

三枝壽勝, 이태준작품론, ≪史淵≫117, 九州大文學部, 1981

정한숙,『한국현대문학사』, 고려대출판부, 1982

이주형, 1930년대 한국장편소설연구, 서울대대학원 박사학위논문, 1983

오효일, 1940년대 후반기 단편소설연구, 계명대 석사학위논문, 1984

박재섭, 해방기소설연구, 서강대 석사학위논문, 1985

김윤식, 이태준론, ≪현대문학≫, 1989.5

송하춘,『1920년대 한국소설연구』, 고대 민족문화연구소, 1985

김윤식, 해방공간의 문학,『해방전후사의 인식 2』, 한길사, 1985

박정규, 상허소설의 현실인식, ≪어문론집≫, 고려대 국어국문학연구회, 1986.3

민충환, 상허 이태준론 (1), 부천공전 논문집 6, 1986

민충환, 상허 이태준론-특히 <농군>을 중심으로, ≪공산권 연구≫, 1986.7

이기봉,『북의 문학과 예술인』, 사사연, 1986

이익성, 상허단편소설연구, 서울대 석사학위논문, 1987.2

임진영, 8·15직후 단편소설연구, 연세대 석사학위논문, 1987

민충환, 상허 이태준론-<코스모스이야기>를 중심으로, ≪공산권연구≫, 1987.3

강진호, 이태준연구, 고려대 석사학위논문, 1987.7

박정규, 농민소설에 나타난 유토피아 추구의식, ≪한양어문논집≫5, 1987.10

민충환, 상허 이태준론-전기적 사실과 습작기 작품을 중심으로, ≪어문연구≫, 1987.11

이경남, 월북작가 이태준은 북한 탈출을 기도했었다, 월간 ≪현대≫, 1987.11-12

민충환, 상허 이태준의 중·단편소설의 이해, 『공산권연구』, 1988.2

조동일, 『한국문학통사 5』, 지식산업사, 1988.3

민충환, 『이태준 연구』, 깊은샘, 1988.4

민충환, 고단했던 생애와 작품세계, ≪현대공론≫, 1988.6

오일명, 그는 이데올로기가 낳은 비극인이었다, ≪현대공론≫, 1988.6

유한근, 스타일리스트 상허, ≪월간문학≫, 1988.6

임명수, 한국근대소설의 서정적 연구, 경북대 석사학위논문, 1988.7

정현기, 이태준연구, ≪세계의 문학≫, 1988. 가을호

한형구, 해방공간의 농민문학, ≪한국학보≫52, 1988. 가을호

이남호, 이태준단편소설연구, ≪한국어문교육≫3, 고려대 사대국어교육회, 1988.12

신동욱, 이태준작품의 문학적 의미, 『해금문학전집 2』, 삼성출판사, 1988

김우종, 사회악의 고발과 농촌계몽의 인간형, 『작가선집 3』, 을유문화사, 1988

김상태, 해방공간의 소설, ≪현대문학≫, 1988.12

민충환, 상허 이태준론－작품의 현지답사 내용을 중심으로, ≪공산권
　　　　연구≫, 1989.1

박경덕, 이태준 단편의 인물유형, 고려대 교육대학원 석사학위논문, 1989.2

추경란, 이태준 장편소설의 인물유형 고찰, 조선대 교육대학원 석사학위논
　　　　문, 1989.2

최은주, 상허 이태준 단편소설연구, 한국외대 석사학위논문, 1989.2

서경석, 미군정기 소설의 현실인식, ≪한국학보≫54, 1989. 봄호

정호웅, 해방공간의 소설과 지식인, ≪한국학보≫54, 1989. 봄호

이병렬, 이태준 문학연구의 향방, ≪숭실어문≫6집, 숭실어문연구회, 1989.4

이우용, 이태준-허위적 속성의 문학과 비극적 삶, ≪사회와·사상≫, 1989.5

이경은, 이태준단편소설연구, 연세대 교육대학원 석사학위논문, 1989.6

감태준 외, 『한국현대소설사』, 현대문학사, 1989.8

정현기, 작가적 증오심의 형상화, 『월북문인연구』, 문학사상사, 1989.8

이재봉, 해방기 이태준소설연구, 부산대 석사학위논문, 1989.8

권영민 편, 『월북문인연구』, 문학사상사, 1989.10

정운엽, 상허 이태준소설의 의식고찰, ≪경기문학≫10집, 1989.12

김은정, 이태준단편소설연구, 서강대 석사학위논문, 1990.2

김미순, 이태준소설연구, 단국대 석사학위논문, 1990.2

조문규, 이태준소설연구, 경남대 교육대학원 석사학위논문, 1990.2

김재용, 북한의 토지개혁과 그 소설적 형상화, ≪실천문학≫, 1990.봄호

서종택, 이태준의 단편소설, 서종택 정덕준 편, 『한국현대소설연구』, 새문
　　　　사, 1990.5

이탄미, 이태준소설연구, 중앙대 석사학위논문, 1990.6

김윤식, 『해방공간의 문학사론』, 서울대 출판부, 1990

유종호, 인간사전을 보는 재미-이태준의 단편, 『1930년대 민족문학의 인
　　　　식』, 한길사, 1990

조남현, 해방직후 소설에 나타난 선택적 행위,『해방공간의 문학사론』, 태
　　　학사, 1990

김상선, 이태준론,『이선영교수회갑논총』, 한길사, 1990

이재봉, 이태준의 <해방전후>와 그 이데올로기적 성격, ≪국어국문학≫27,
　　　부산대 국문과, 1990.9

김치수, 이태준-오몽녀,『한국대표명작총서』15, 지학사, 1990.9

김용성, 상허 이태준 소설론,『민제교수 회갑기념논총』, 중앙대 국문과,
　　　1990.10

김윤식, 빨치산 소설의 기원, ≪한길문학≫, 1990.11

김승환, 해방공간의 농민소설연구, 서울대 박사학위논문, 1990

김상선, 이태준단편소설연구, ≪인문학연구≫17, 중앙대, 1990.12

이선미, 이태준소설연구, 연세대 석사학위논문, 1990.12

신순철, 해방이후의 이태준의 삶과 문학, ≪국문학연구≫13, 효성여대 국
　　　문과, 1990.12

정병구, 이태준 역사소설연구, 충남대 교육대학원 석사학위논문, 1990

김한웅, 이태준연구-단편소설을 중심으로, 제주대 석사학위논문, 1990

민충환, 상허 이태준론, ≪논문집≫11, 부천공전, 1990.12

이우용,『해방공간의 민족문학사론』, 태학사, 1991.2

송인화, 상허 이태준 소설연구, 연세대 석사학위논문, 1991

서석준, 한국현대소설에 나타난 '부상실'연구, 경희대 박사학위논문, 1991

김현숙, 이태준소설의 기호론적 연구, 이화여대 박사학위논문, 1991.2

신순철, 이태준연구, 효성여대 박사학위논문, 1991.2

박건명, 이태준 단편소설에 나타난 인물유형연구, ≪건국어문학≫15.16,
　　　1991.3

류보선, 역사의 발견과 그 문학사적 의미, 한국현대문학연구회 편,『한국
　　　의 전후문학』, 태학사, 1991.4

김승환,『해방공간의 현실주의 문학연구』, 일지사, 1991.5

신순철, 해방전의 이태준의 문학적 전기고찰, 경주전문대 ≪논문집≫5집,
　　　　1991.5

황순재, 현실대응의 방법적 지각 - 이태준의 <화관>론, ≪문학과비평≫, 문
　　　　학과비평사, 1991.6

이병렬, 광복기 작가의 한 유형(1) - 이태준의 변신, ≪숭실어문≫8집, 숭실
　　　　어문연구회, 1991.7

김현숙, 이태준 소설의 기호론적 분석, ≪개신어문연구≫8, 충북대 개신어
　　　　문연구회, 1991.7

이재선,『현대한국소설사』, 민음사, 1991

장영우, 상허 이태준론, 홍기삼 김시태 편,『해금문학론』, 미리내, 1991.8

안남연, 이태준 소설의 미학적 연구, ≪우리어문학연구≫3, 한국외대 한국
　　　　어교육과, 1991.9

김상선, 이태준 단편소설연구,『현산 김종훈박사 회갑기념논문집』, 집문당,
　　　　1991.9

김상선, 이태준　단편소설연구(1), ≪비평문학≫5호,　한국비평문학회,
　　　　1991.10

이재봉, <농토>의 인물성격과 그 의미, ≪한국문학논총≫12, 부산대 국문
　　　　과, 한국문학회, 1991.11

박기연, 이태준소설연구, 동아대 석사학위논문, 1991.12

김우종, 이태준 소설의 몇가지 특성, 한국문학평론가협회 편,『현대문학사
　　　　의 재조명』, 백문사, 1991.12

김수경, 이태준연구, 서울시립대 석사학위논문, 1991.12

강진호, 이상과 현실의 거리 - 해방기 이태준 소설론,『문학과논리 2』, 태
　　　　학사, 1992

임형택, 이태준 단편선『해방전후』에 붙이는 말, 임형택·민충환 편,『해방

전후』, 창작과 비평사, 1992

장영우, 이태준의 초기작품에 관한 일고찰, ≪문학예술≫, 1992.4

원형갑, 이태준의 문학세계 어떻게 볼 것인가, ≪문학예술≫, 1992.7

장영우, 이태준 소설연구, 동국대 박사학위논문, 1992.7

최혜실, 이태준 장편소설에 나타난 애정의 삼각구도,『한국근대장편소설연구』, 모음사, 1992.8

이익성, <사상의 월야>와 자전적 소설의 의미,『한국근대장편소설연구』, 모음사, 1992.8

민충환,『이태준소설의 이해』, 백산출판사, 1992

최유찬, 이태준의 삶과 문학,『리얼리즘의 이론과 실제비평』, 두리, 1992

서은선, 이태준 장편소설연구, ≪국어국문학≫29, 부산대 국문과, 1992.10

장양수, 이태준 단편 <가마귀>의 탐미주의적 성격, ≪한국어문학논총≫, 부산대 한국문학회, 1992.10

안남연, 이태준 장편소설의 작중인물 유형연구, ≪한국어문학연구≫4, 한국외대, 1992.11

김종균, 이태준 장편소설 <불멸의 함성>에 나타난 민중문화의식, ≪한국어문학연구≫4, 한국외대 한국어문학연구회, 1992.11

안한상, 해방전후에 나타난 문인의 현실인식과 삶의 선택, ≪전농어문연구≫5, 서울시립대, 1992.12

양진오, 이태준의 <사상의 월야> 연구, 서강대 석사학위논문, 1992.12

이혜원, 이태준 소설의 이미지 연구, ≪한국어문교육≫6, 고려대 국어교육학회, 1992.12

이대영, 상허의 장편소설연구, ≪어문연구≫23, 충남대 어문연구회, 1992.12

안남연, 이태준 장편소설연구, 한국외대 박사학위논문, 1993

안남연,『이태준 장편소설연구』, 대영현대문화사, 1993

이명희, 이태준 장편 <청춘무성>고, ≪어문논집≫3, 숙명여대 한국어문학
　　　　연구소, 1993. 2

장영우, 낭만주의적 민족관과 온고지신의 정신, ≪동서문학≫, 1993. 봄호

이선미, 감상적 인간주의의 미적 승화, ≪동서문학≫, 1993. 봄호

강진호, 동경과 좌절, 그리고 욕망, ≪동서문학≫, 1993. 봄호

이명희, '좋은 소설'로서의 상허만의 존재방식, ≪동서문학≫, 1993. 봄호

이병렬, 소설미학과 현실인식의 사이에서, ≪동서문학≫, 1993. 봄호

이예주, 이태준론, ≪성심어문논집≫, 성심여대 국문과, 1993.2

공종구, 이태준 초기소설의 서사지평분석, ≪국어국문학≫109, 국어국문학
　　　　회, 1993.5

이병렬, 이태준 소설의 창작기법 연구, 숭실대 박사학위논문, 1993.6

이명희, 이태준문학연구, 숙명여대 박사학위논문, 1993.6

김진기, 이태준 단편소설연구, 건국대 석사학위논문, 1993.7

이경남, 구월산 유격대의 월북작가 이태준 귀순공작, ≪신동아≫, 1993.8-9

이병렬, <복녀>와 <오몽녀>의 거리, ≪숭실어문≫10집, 숭실어문연구회,
　　　　1993.10

상허문학회 편,『이태준 문학연구』, 깊은샘, 1993.12

이기인, 연민의 시대적 의미, ≪한림어문학≫제1집, 한림대 국어국
　　　　문학과, 1994.8

이명희,『상허 이태준 문학세계』, 국학자료원, 1994

김상선,『상허 이태준 문학연구』, 한빛미디어, 1994

신춘호, 이태준의 농민소설 연구, 중원인문연구소 논문집 11, 건국대,
　　　　1992.8

서은선, 서사기법으로 본 이태준 소설의 연구, 한국문학논총 14, 1993.11

이호숙, 이태준 문학관 연구, 이화여대 대학원논집 25, 1993.12

최정주, <사상의 월야> 연구, 우석어문 8, 전주우석대, 1993.12

장영우 외, 이태준과 한국문학, 동서문화 212, 1994.3

이명희, 이태준 소설의 기법과 구성법, 어문론집4, 숙명여대, 1994.8

안남연, 이태준 장편소설의 변모 양상, 한국어문학연구 6, 한국외대, 1994.12

양진오, 이태준 장편소설 분석, 서강어문 10, 1994.12

이명희, 이태준 소설의 인물과 성격화, 한국학연구 4, 숙명여대, 1994.12

박선애, <해방전후> <농토> 연구, 숙명여대 원우논총 12, 1994.11

황영숙, 이태준 장편소설 고찰, 명지어문학 22, 1995. 3

김용직, ≪문장≫과 문장파의 의식성향 고찰, 선청어문 23, 서울사대, 1995.4

공종구, 이태준 초기 소설의 서사지평 분석, 선청어문 23, 서울사대, 1995.4

송하섭, 이태준 소설의 서정성 연구, 단국대 논문집(인문·사회과학) 29, 1995.6

•작가소개

강진호, 고려대 강사
　　　저　서『한국근대문학작가 연구』外 다수
공종구, 군산대 교수
　　　저　서,『한국 현대 소설론』外 다수
김재영, 연세대 강사
　　　저　서,「한설야 소설 연구」外 다수
서종택, 고려대 교수
　　　저　서,『한국 근대소설의 구조』外 다수
신희교, 전주우석대 교수
　　　저　서,『일제말기 소설 연구』外 다수
유인순, 강원대 교수
　　　저　서,『김유정 문학 연구』外 다수
유종호, 연세대 교수
　　　저　서,『현실주의 상상력』外 다수
이기인, 한림대 교수
　　　저　서,「<삼대>의 문학적 성과와 한계」外 다수
이선미, 연세대 강사
　　　저　서,「이태준 소설 연구」外 다수

작가론 총서 5
이 태 준

인쇄일 초판 1쇄   1996년 12월 10일
　　　　 2쇄   2013년 03월 01일
발행일 초판 1쇄   1996년 12월 20일
　　　　 2쇄   2013년 03월 05일

편　저 이 기 인
발행인 정 진 이
발행처 **새미**
등록일 1994.03.10, 제17-271호

서울시 강동구 성내동 447-11 현영빌딩 2층
Tel : 442-4623~4 Fax : 6499-3082
www. kookhak.co.kr
E- mail : kookhak2001@hanmail.net

ISBN 978-89-8206-077-9 *03810
가 격 15,000원